———— 阅读之前 没有真相

午夜文库

岛田庄司作品集

日本推理小说家。1948年10月12日生于广岛县福山市。1981年以《占星术杀人魔法》出道，之后陆续发表《斜屋犯罪》《异邦骑士》《奇想，天动》《北方夕鹤2/3杀人事件》等作品，均以场景宏大、诡计离奇著称。作品主要有"占星师侦探御手洗洁"和"热血刑警吉敷竹史"两大系列，其中御手洗洁系列作品累计销量已近六百万册，代表作《占星术杀人魔法》更是先后获得日本《周刊文春》评选"百大推理小说"第3位、英国《卫报》评选"世界十大密室推理"第2位等殊荣。

作家生涯不断开拓创新，对新人的提携也始终不遗余力，绫辻行人、法月纶太郎、歌野晶午、西泽保彦、麻耶雄嵩等推理名家，出道伊始都曾受到其帮助。先后创立的"福山推理文学新人奖""岛田庄司推理小说奖"，更是成为挖掘推理实力新人的重要阵地。

近年来，在为推理文学的全球交流、推广活动奔波的同时，依然笔耕不辍，先后出版《星笼之海》《屋顶上的小丑》《鸟居密室》等作品。

岛田庄司作品年表

御手洗洁系列

1981 《占星术杀人魔法》
1982 《斜屋犯罪》
1987 《御手洗洁的问候》
　　　数字锁
　　　狂奔的死者
　　　紫电改研究保存会
　　　希腊之犬
1988 《异邦骑士》
1990 《御手洗洁的舞蹈》
　　　戴高筒帽的伊卡洛斯
　　　某骑士物语
　　　舞蹈病
　　　近况报告
　　《黑暗坡的食人树》
1991 《水晶金字塔》
1992 《眩晕》
1993 《异位》
1996 《龙卧亭杀人事件》
1998 《御手洗洁的旋律》
　　　IGE
　　　SIVAD SELIM
　　　波士顿幽灵绘画事件
　　　别了，我曾经的思念
1999 《P的密室》
　　　铃兰事件
　　　P的密室
　　《最后的晚餐》
　　　里美上京
　　　大根奇闻
　　　最后的晚餐
2001 《好莱坞之证》
　　《俄罗斯幽灵军舰之谜》
2002 《魔神的游戏》
　　《圣·尼古拉斯的钻石靴》

岛田庄司作品年表

　　　　　西尔维馆的圣诞节
　　　　　圣·尼古拉斯的钻石靴
2003　《上高地的开膛手杰克》
　　　　　上高地的开膛手杰克
　　　　　山手的幽灵
　　　　《螺丝人》
2004　《龙卧亭幻想》
2005　《摩天楼的怪人》
2006　《溺水的人鱼》
　　　　　溺水的人鱼
　　　　　美人鱼兵器
　　　　　耳朵发光的孩子
　　　　　海与毒药
　　　　《UFO 大道》
　　　　　UFO 大道
　　　　　折伞的女人
　　　　《最后的一球》
2007　《利比达寓言》
　　　　　利比达寓言
　　　　　克罗地亚人的手
2011　《进进堂，世界一周》
　　　　　进进堂咖啡 1974
　　　　　谢菲尔德的奇迹
　　　　　归桥与悲愿花
　　　　　追忆中的喀什
2013　《星笼之海》
2016　《屋顶上的小丑》
　　　　《御手洗洁的追忆》
　　　　　御手洗洁，那个时代的梦幻
　　　　　天使的名字
　　　　　从石冈先生的创作笔记说起
　　　　　给石冈的信
　　　　　石冈先生，长长的访谈
　　　　　西尔维
　　　　　MITARAI CAFÉ
2018　《鸟居密室》

黑暗坡食人树
(全新修订版)

[日] 岛田庄司 著
张翔娜 译

新 星 出 版 社　NEW STAR PRESS

目录

1	序章：苏格兰
7	一九八四年，马车道
27	昭和十六年，黑暗坡
37	屋顶上的死者
95	昭和二十年，黑暗坡
103	飞走的青铜鸡
117	昭和三十三年，黑暗坡
125	食人树
181	暗号
227	被树吞噬的孩子
245	书房
255	青铜鸡归来
289	詹姆斯·培恩
303	墙里的克拉拉
313	英国纪行
323	巨人之家
351	被树吃掉的男人
383	火灾
391	御手洗的行动
403	恐怖的美术馆
427	巨人的犯罪
451	一九八六年，黑暗坡
461	尾声：手记

S：昭和
T：大正

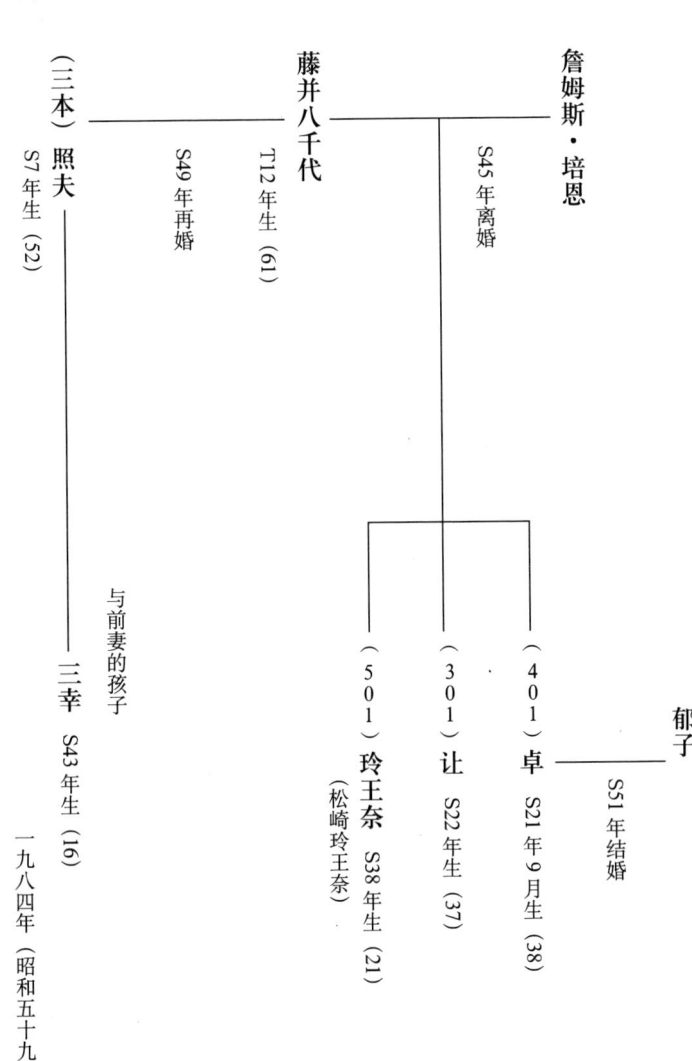

序章：苏格兰

事情发生在一九四五年四月。在距离日本非常遥远的英国北部，苏格兰一个名为弗塞斯的村子尽头的山里，一个男人正独自埋头建造着一幢奇怪的房子。

起初，是男人和父亲瞒着村里人偷偷建造的。等砖头砌好，钢筋加固完成，房子基本成型后，上了年纪的父亲决定把剩下的工程交给儿子，自己回到村里悠闲度日。这样做还有一个好处，那就是可以掩人耳目，免得父子二人建房之事败露。

他们建造的房子相当怪异，一扇窗户也没有。不过，因为房子建在视野开阔的山腰处，站在门口便可从高耸的榉树林间俯瞰山脚的狭长湖面。

这里常年云雾缭绕，只有在为数不多的晴天才能看到湖面。天气晴朗的时候，从山腰放眼望去，湖面犹如女王陛下的钻石项链铺满细小的碎钻，银光闪闪，光彩夺目。黄昏时分，在落日余晖的映照下，湖面又变成一条金灿灿的光带。

从房子步行三十分钟左右就可以到达村子。为了避免村里人知道建房子的事，男人特意选在远离山路的山毛榉密密层层的区域建造，即使从上空俯瞰也不容易被发现。不仅如此，男人还故意不在门前修路，甚至因为担心经常沿同一条路线往返会踏出路来，每次都从不同的方向绕行，真可谓煞费苦心。

男人性格腼腆内向，很少和村里人来往，尤其不擅长和女人说话，他的女性朋友仅限于十来岁的孩子。

男人刚满三十岁，还很年轻，在南方的大都市伦敦和熟人合伙经营着一家公司，因此手头宽裕，给小女孩买礼物之类的花销完全不在话下。

　　因建造房子而疲惫时,男人会在山脚下的湖边休息。那段时间,每逢星期六都会有一个小女孩骑自行车来到这里。女孩名叫克拉拉,和母亲住在十公里外的达勒斯村。她来采摘仅在此处盛开的鲜花,以迎接每星期天从因弗内斯小镇回来的父亲。

　　女孩有着一头金色的卷发,脸颊和脖子上细密的绒毛是金色的,长长的睫毛也是金色的。她有着北方女孩特有的白皙肌肤、粉嘟嘟的小嘴和碧绿清澈的大眼睛。男人被女孩的美貌彻底惊呆了。

　　很快,男人和女孩成了朋友。每到星期六,男人就会准备各种礼物和美食,坐在湖边的草地上等待女孩的到来,而女孩也渐渐期待和这个男人相会。

　　然而,男人并不因此感到满足。他已经疯狂地爱上了可爱的克拉拉,想要拥她入眠,甚至想把她吃掉。

　　终于有一天,男人在森林里杀死了克拉拉。因为每个星期六傍晚他都不得不和女孩分别,对男人来说,每次离别都是令他无法忍受的煎熬。

　　男人将克拉拉的自行车扔进湖里,抱着她的尸体回到建在山腰的秘密之屋。终于,女孩只属于他一人。当晚,他如愿以偿地抱着女孩入睡。

　　为了更加贴近女孩的脸,他割下女孩的头,紧紧地抱在怀里,一遍又一遍地抚摸她金色的头发,亲吻她的面颊。

　　他脱掉女孩的衣服,切开她的肚子,取出内脏。男人为什么要这么做?因为他想知道这个小生物凭什么让他这样着迷,他想知道女孩身体的所有秘密。

　　可是,越是肢解女孩的尸体,男人越搞不懂被她吸引的原因。女孩的尸体变成七零八落的肉片，感觉和小猫小狗并没有什么两样。

但是男人仍不死心，用刀子小心翼翼地剜出女孩碧绿的眼珠，期待从中得到答案。

男人总算获得了片刻的满足。他抓着两颗眼珠又唱又跳，幸福得发狂。但笑容很快消失了，因为原本晶莹剔透的碧绿眼球渐渐变得浑浊不堪。

男人心灰意冷，呆坐了半天。他突然回过神来，意识到必须赶快把房子建好，跟父亲交代。可眼下更重要的是处理女孩的尸体。如果女孩的父母发现女儿失踪，他们很可能会带着警察找过来。

男人左思右想，决定把女孩的尸体砌在正在建造的房子的墙壁里。他认为，如果藏在水泥里，就绝对不会被发现。

于是，男人把女孩流出的血和水泥搅在一起，又将女孩的尸块摆成站立的姿势，用钉子钉在无窗房子北面的墙里。男人特意用钉子挂起女孩的头发，做出随风飘舞的姿态，因为他觉得，女孩站在花丛中，金色头发被风吹动的样子最迷人。

做完这一切，男人后退几步，凝视着被钉起来的尸体。他感到了一种无以名状的美，就像在欣赏一个做工精美的娃娃，感动逐渐涌上心头。这是一种与女孩活着的时候完全不同的美，好比被做成标本的蝴蝶要比在野外飞舞的蝴蝶美上好几倍一样。

男人终于心满意足。他呆呆地看了一整天，最后才依依不舍地往尸体上涂水泥，涂了一层又一层，直到尸体被完全覆盖为止。

十年过去了，多年战乱渐渐平息，达勒斯村的警察仍在寻找克拉拉的踪迹。他得知女孩每星期六都会去弗塞斯村的湖边采花，于是费尽千辛万苦找到了附近。

经过多次搜寻，警察终于找到了男人建在山腰的秘密之屋。

在深山野林中发现这么奇怪的房子，警察感到非常诧异，进到屋里更是目瞪口呆，因为这幢房子一扇窗户都没有，屋内漆黑一片。

他取出手电筒四处搜查，不放过每一个角落，但还是没有发现女孩的尸骸。

他沮丧地回到达勒斯村。当晚，他躺在床上时突然灵光一现——也许女孩的尸体就藏在房子的墙壁里。

第二天，他与同事一起前往秘密之屋。他们从北面开始，凿开墙壁的水泥。

那么，到底是怎么回事？女孩的尸体不见了。男人明明把克拉拉的尸体砌在北面的墙里，可是过了十年多，尸体竟然像烟雾一样消失在水泥中。

达勒斯村的警察当然不知道男人的罪行。不光是北面的墙，他们将东、西、南面的墙也都检查了一遍，依然一无所获。最后，警察只能认为是自己判断失误，垂头丧气地回到村子里去了。

失踪的克拉拉最终还是没有被找到，绑架她的凶手也身份不明。事件至今依然是个谜。多年来，很多人试图解开这个谜团，但都不了了之了。

一九八四年，马车道

一九八四年九月,夏天刚刚结束,空气中弥漫着一股异常清新的初秋气息。当时御手洗在横滨还只是个无名小卒,根本无人登门拜访,也就意味着没有案件委托。因此,只要哪里发生了奇闻怪案,御手洗就会第一时间跑去凑热闹。而我,由于无事可做,总是闲得发慌。

或许只是极为常见的秋日感伤吧,那年九月,我莫名有些多愁善感,经常抛下室友,独自一人在横滨的街道、海滨、旧仓库街等地漫无目的地闲逛。我经常花上好几个小时,呆呆地凝视不断涌上拍打堤岸的浪涛,注视喷泉的水花落在被枯叶掩埋了一半的水面上。

现在回想起来,当年的我之所以如此多愁善感,或许是因为对女性这种生物产生了某种类似于乡愁的怀旧忧郁情绪。

乡愁这个词并不十分准确。横滨这座城市对我而言,是个容易勾起痛苦回忆的地方。当我的室友御手洗偏偏提出要搬到这里来的时候,我真想大叫一声:"除了横滨,哪儿都行!"

但是,时间治愈了我的伤痛。原以为这辈子都无法靠近的外国人墓地和运河附近,也由于改造工程的功劳而旧貌换新颜,我可以无所畏惧地信步穿行其间了。不仅如此,就像呛鼻的酒精最终变成甜酒一样,这些唤起痛苦回忆的地方,竟会给我带来某种甜美的感伤。

于是,我对那个强行让我搬来这里的室友御手洗洁也渐渐充满感激之情。如果不是这种逆向疗法,或许我这辈子都无法踏上横滨这片土地。

虽说如此，一九八四年的那个秋天，我独自徘徊在横滨街头，并不仅仅为了寻求这种甜美的感伤。现在回想起来，也许是因为连个女性朋友都没有而感到寂寞难耐，对将孑然一身慢慢老去的自己感到惶恐和不安。我在这条人地两生的古老海滨街道上徘徊，无意间幻想着与某位小说中的女性来一场浪漫邂逅。当时，大概因为我还年轻，完全没有意识到这一点。

那时候，我一直很羡慕我的室友。那位堪称超凡脱俗的朋友，不但从没在我面前抱怨过自己没有女人缘，也丝毫不会因为对他人的爱慕之情而郁郁寡欢。当我终日闷闷不乐地坐在椅子上看杂志或画画的时候，他总会凑过来，滔滔不绝地讲着诸如陀螺左转和右转时重量不同或尺蠖在枫叶上赛跑之类的话题，说完就大声唱着莫名其妙的外国歌回自己的房间去了。

看到友人无忧无虑的样子，我更加郁闷，无法待在家里，便开始漫无目地在街上闲逛。

某天，吃完晚饭，我故意把碗留给室友洗，自己则心不在焉地听着音乐。突然，电话铃响了。

平时很少有电话找我，我正想让室友去接，但他正在屏风后面专心洗碗，我只好自己接起电话。

"请问，是石冈老师家吗？"电话那边传来一个略带沙哑、彬彬有礼的女人的声音。

平时没人叫我"石冈老师"。特别是在一九八四年秋天那会儿，我只写了两本记录御手洗办案过程的书，即使是现在也只有个别年轻编辑会这样称呼。

更重要的是，几乎没人会给我打电话。从声音判断，对方还是个妙龄女子，我不由得紧张起来。

"是的……"我客气地回答。

"请问，是石冈和己老师本人吗？"她说。

"啊，是我。"我回答道。

"那个，我是老师的书迷，如果方便的话，想找个时间和你见一面，一起喝杯茶，可以吗？"

听她这么说，我的心中无端涌起一阵喜悦。

"这个嘛，没问题。只是我手头还有些随笔和插画的工作要完成，这周是最后期限了，下周的话应该可以。"

一九八四年，我还接了一些插画的工作。

"那个，能尽早见面吗？对不起，我有点儿强人所难。"

"嗯，那就这星期天……"

"请再早一点儿。"

"星期六呢？"

"可以再早一点儿吗？"

"星期五？"

"明天可以吗？我明天有空。真对不起，我太咄咄逼人了。"

"没关系。明天吗？啊，嗯，应该可以。"

"真的很抱歉。请问你几点方便呢？"

"你几点合适呢？"

想到要和年轻女性见面，还没见到人，我的心就已经扑通扑通乱跳了。

"我几点都可以，依你的时间。"

她的声音虽然平静，却显得很迫切。

"你家在哪里？你住在哪里呢？"

"伊势佐木町。"

"伊势佐木町？那很近啊。"

"是的。所以我一直在看你的书，还有插画。"

"见笑了。那么傍晚五点左右怎么样？我散步时顺便拜访。"

"三点左右可以吗？对不起，我只是随便问问。"

"没事。三点吗？嗯……好的，没问题。三点在哪里见呢？"

"请问，石冈先生，你结婚了吗？"

"结婚？没有。"

"你有孩子吗？"

"没有。"

后来，我们又聊了一会儿关于占星术的话题。我从御手洗那里学到了很多占星术的知识，经验告诉我，和初次见面的女性聊这个话题，通常很容易获得对方的好感。

她是天蝎座。我问她出生年份，她犹豫了一会儿才说是昭和二十六年[①]。我喜滋滋地放下听筒，浮想联翩。我带着祝酒般激动的心情来到厨房，想给自己泡一杯茶。这是有生以来第一次接到书迷或者说崇拜者的电话，我要以茶代酒庆祝一番。

"谁打来的？"我正在烧水，御手洗在一旁擦着盘子问道。

"一个读者，说是我的书迷，想要见我。"我沾沾自喜地哼着歌回答。

御手洗"哦"了一声。

三十分钟以后，红茶泡好了。御手洗像英国人那样左手拿着茶托，右手将红茶杯凑到唇边。"所以你们会见面吗？"

"嗯，明天见。"我回答道，接着便兴致勃勃地将刚才的通话内容详细复述了一遍。

御手洗将茶杯和托盘放在桌子上，身体猛地靠向椅背，左眉紧紧贴着左眼，右眉则用力往前额抬起，冷冷地盯着我的脸，嘴

[①]一九五一年。

唇右端微微翘起,浮现出一丝冷笑。这是御手洗独有的表情,一副打心眼里瞧不起人的样子。

"事实胜于雄辩,石冈,我不予置评。"

说完这句话,他就谈起当时我们经常讨论的医疗制度问题,但我根本听不进去。

第二天,我独自来到了女人指定的位于伊势佐木町的咖啡店。环顾店内,并没有看见像是给我打电话的女人的身影,于是我决定边看杂志边等。那是一个寒风乍起、体感微凉的星期二,透过窗户玻璃,可以看到伊势佐木商店街上穿梭往来的行人。人们都穿上了长袖,微微弓着背,似乎感到寒冷。

等了十分钟、二十分钟,还是没见到人。我在并不宽敞的店内来回走了好几圈。女人说在作者近照中看到过我,知道我的长相,会主动打招呼。无奈之下,我继续坐下来看杂志。

大约过了三十分钟。

"请问,是石冈老师吗?"

声音从头顶传来。我抬起头,看见一个略显丰满、长相可爱的女性正站在旁边俯视着我。

我急忙起身。她向我鞠了一躬,然后在对面的座位坐下。

"老师,你看上去比照片中年轻多了。"她说。

她皮肤白皙,双眼深邃,涂着粉色口红,笑起来有两个小酒窝。

"哦,是吗?"我回应道。

她从包里拿出《斜屋犯罪》,放在桌子上让我签名。这本书刚刚出版,我用喜欢的签字笔快速签了名。

"除了这本之外,老师你还出过其他书吧?是叫'占星术'

之类的吧？对不起，我没记住书名。"她笑着说。

她语速偏快，有点儿急性子，我却感到奇怪。因为比起《斜屋犯罪》，《占星术杀人魔法》似乎更受读者喜爱。大多数人知道《占星术杀人魔法》而不知道《斜屋犯罪》，我还是第一次遇到反过来的人。这个人真的是我的粉丝吗？我不禁感到怀疑。

"那个，出版这样一本书，石冈老师能拿到多少钱呢？"她问。

"定价的一成。"我回答。

"只有一成吗？"她瞪大了眼睛，眼眸滴溜溜地转。

"只有一成。"

"那稿费呢？"

"这本是新书，所以没有稿费。"

"啊，这样啊。"她有些失望地说道。

"如果之前在杂志上刊载过就有稿费。也就是说，如果这本书中的文章在出版之前在杂志上原封不动地刊载过，就可以从杂志社那里得到稿费。"

"啊，这样啊。"她还是那句话。

"没错。"

"那稿费的话，一张大概是多少钱呢？"

"嗯？"

"稿费的话，一张稿纸的字数能拿到多少钱呢？"

"你想当作家吗？"我不禁苦笑道。

"不，只是问一问。"

"我还是新人，所以是三千日元。"

"三千，那么写一百张就是三十万……"

"没错。"

"一个月能写一百张吧？"

"嗯，应该可以吧。"

"嗯……"她若有所思。

"我还不知道你的姓名呢。"

"啊，真的吗？对不起。我叫森真理子。"

"森小姐在写文章吗？"

"文章？嗯，倒是在写一些随笔之类的。"

"小说之类的呢？"

"小说完全不行，我很清楚自己没有这方面的天赋。"

"是吗？"

接着我们聊了一些不着边际的话题。我发现，她对我刊登在各种杂志上的文章和插画一无所知。简而言之，她只读过《斜屋犯罪》，知道我的住处离她家很近，仅此而已。我渐渐感觉到她是因为想当作家、想了解作家的工作情况才和我见面的。

"你现在在上班吗？"

"是的，我在横滨西口的百货公司工作。"

"百货公司？"

"嗯，同事全是女性。我今天休息。"

"哦，那是很光鲜的职业，不错啊。"

"可是老师，你刚才真让人害怕。我迟到了，对此感到非常抱歉，但老师的表情看起来真可怕。"

"啊，不会吧？我的表情那么可怕吗？抱歉了。"

"我是独生女，和父母住在一起。父亲已经上了年纪，靠我的收入过日子。"

"哦。"我心想，这人可真能转移话题。

"石冈老师，你现在有在交往的人吗？"

"交往？你是说女性吗？"

"是的"

"没有。"

"有女朋友或前妻吗？"

"没有。"

"哦。"

"你呢？"

"我也没有。"

然后我们聊起占星术的话题。她问我昭和二十六年出生的天蝎座今年的运势如何。说实话，我也不清楚，于是我一边想象着御手洗会怎么回答，一边模仿御手洗的语气随口说了几句。

接下来，她问她和昭和二十五年十月九日出生的我是否性情相投，我随口回答说应该不错吧。听到我的回答后，她又问她和昭和二十一年九月出生的男性情况如何。

我对如此突然的问题感到惊讶，问道："是你的男朋友吗？"

"已经分手了。"她回答，"我们交往过一段时间，感觉彼此很不合适。"

"性格不合吗？"

"不，也没有那么不合……"

我怕问太多失礼，就没继续追问。闲聊一会儿之后，我们决定找一家可以喝啤酒、吃下酒菜的馆子。

我们来到一家酒馆，在摆满圆桌的宽敞大堂里选了一张桌子坐下。我点了一杯中杯啤酒，喝到一半时，本就健谈的森真理子更是打开了话匣子，说个不停。

她说那位昭和二十一年出生的前男友名叫藤井卓，住在横滨西区户部一处建在外国学校旧址上的公寓里。

他们认识的经过是这样的：她想要买一辆小汽车，于是来到离公司不远的某汽车厂商的销售中心咨询,当时接待她并提供咨询的业务员就是藤井卓。

虽然她没有明说,但综合她的意思,可以推断对方是个高大英俊、温文尔雅、诚实可靠并且学识渊博的男人。我问他们交往多长时间,她回答说快七年了。

"你们没想过结婚吗?"

"我从一开始就知道我们不合适。"

"为什么?"

"因为他是一个不容易接近的人。聪明的人都很难接近,对吧?"

"嗯……"我不禁点了点头。

"他很冷漠,也很任性,但据说智商高达一百五十二,而且擅长所有体育运动……但他对我很好,也很诚实。"

我点了点头。听她的语气,这个叫藤井卓的人完全是个理想男人。

但是,喝到第二杯的时候,她的神情就开始不对了。

"我一直以为他住在品川,因为他一直是那么说的。但有一次我不小心看到他的记事本,地址栏写着横滨市西区西户部町。我很吃惊,于是质问他,他却说以前就告诉过我。"

"哦?"

"我说肯定没说过,他却说绝对说了。所以前年我第一次跟他说:'横滨很近啊,让我去你家玩玩吧。'他却说有一个炒股失利的朋友正借宿在他家,不方便。"

"然后呢?"

"但他之前说是一个人住在父亲留给他的大房子里。如果是那样的话,只有一个寄宿的客人,我过去玩一下也没什么问题吧？"

森真理子好像有点儿醉了，脸颊通红，语气变得有些古怪。

"但是他说那个寄宿的人在他家开了个儿童英语补习班，所以我现在不能去了。你说，是不是很奇怪？"

我含糊地点了点头。森真理子似乎彻底醉了，怒目圆睁。

"因此我那时去了他家一次。我本来没打算进去，只是想从外面看看到底是什么样的房子。所以，我就趁他去上班的时候……那个，你知道西区户部的黑暗坡吗？"

我不知道，于是摇了摇头。

"是吗？坡道的一侧像个悬崖，悬崖上有一棵巨大的树。因为那棵树的树枝非常茂密，遮蔽了坡道，所以那里白天也很昏暗。听说在江户时期，那里曾经是个刑场。

"据说悬崖上那棵大树的所在地就是过去的牢房和刑场，后来建了一所专门收外国孩子的学校，学校直到十几年前都还在。现在那里还残留少量学校时代的木结构建筑，还有一座已经停业、看起来像鬼屋的废旧澡堂。学校的旧址现在已经建起了一幢公寓，还有停车场。

"我找到那幢公寓的信箱，看到了藤井卓的名字，然后坐电梯到他家门口，按下门铃。"

"啊？你不是说是一幢大房子吗？"我惊讶地问。

"嗯，他跟我说以前是一幢大房子，现在变成公寓了。"

"啊？不是说以前是学校吗？"

"对，听说建学校之前，那里还是一家玻璃厂。"

我感觉思维很混乱，完全理不清它们的先后次序，看来她真的醉了。

"然后，门铃那边传来一个女人的声音。我想着完蛋了，他果然是有老婆的人。我虽然深受打击,但还是开口说:'我想和你谈谈。'于是她让我进屋,我和他老婆谈了一会儿。"

"嚯,你可真有勇气啊!"

"我这个人就是这样,情急之下,什么事都做得出来。后来,就在我们谈话的过程中,他突然回来了,说他去本牧那边钓鱼去了。"

"那工作怎么办?他不用上班吗?"

"他说他早就辞职了。但他没跟我说过辞职的事。"

这个叫藤并卓的男人,真是一句实话也没有啊!

"他看到我,吓了一大跳,问我怎么回事。"

"哦,然后呢?然后你们怎么样了?"

"接下来我们三个人聊了一会儿,我就回去了。"

"他看起来如何?"

"他对他老婆说我脑子有问题,是故意吓唬人的,这让我很受打击。可是他送我出来的时候又说他老婆不愿意离婚,他很头疼。他说会尽快和老婆离婚的,让我别着急。"

"这样啊,但已经过去三年了吧?"

"嗯。"

"有要离婚的迹象吗?"

"前天见面的时候,他拿着离婚申请书……"

"哦?"

"他和石冈老师很像,是个很好很善良的人。"她说道。

晚上回到家,我跟御手洗说了会面的情况。他靠在沙发背上又露出了鄙夷的神情,嘲笑般看着我。这是御手洗特有的表情,在全日本的男人里面,我从没见过第二个有这种表情的人。他歪起唇角，半闭着眼睑，好像是俯视，却又前倾着身体，两手交叉，抬起眼直勾勾地盯着我的脸，仿佛要把我看穿。

"然后呢？你觉得她怎么样？"御手洗用嘲弄的语气问道。

"这个……"

我提醒自己一定要谨慎回答，免得一不留神又上了御手洗的钩。于是，我慢慢开口说道："你肯定认为我一接到女书迷的电话就欣喜若狂，得意忘形，然后着急忙慌地约她出去喝酒，色迷心窍地口吐莲花吧？我可没你想的那么傻。"

听完，御手洗瞪大了眼睛。

"石冈，你真不得了，我对你刮目相看了。来，接着说。"

"我看她只是想当作家，所以想向我这样出过书的人打听一下出版界的行情，特别是收入方面的情况。她问了版税比例还有稿费方面的问题。"

"嗯，原来如此。所以她对稿纸、书写工具和如何向出版社投稿等问题一概不问，在第一通电话里直接问你是未婚还是已婚吗？"

"啊？"

"要成为作家，未婚还是已婚很重要吗？"

"御手洗，你想说什么？"

"看来她是个相当能干的女人，对要问的问题心中有数。"

我和往常一样，不知道御手洗到底想说什么。

"想当作家，为什么要跟你讲那个满口谎言的男人的事儿呢？"

"那个叫藤井卓的男人确实不靠谱。我一听说他的智商有一百五十二，马上就想到你了。跟这样的男人分手是明智的决定。"

听到这里,御手洗差点儿笑出声来。

"一个已经分手的男人,前天还和他见了面?"

"啊?"

"他们根本没有分手,她是已经被逼得走投无路了。"

御手洗一副很无奈的表情,身体又靠回沙发背。

"你是不是接受了她的约会邀请?"

"没有,我们才第一次见面。第一次见面,女方就向男方提出约会邀请,这怎么可能?她和父母住在一起,是一位矜持的女性。"

御手洗露出一种难以形容的表情。他睡眼惺忪,用力挠了挠卷曲的头发,打了个哈欠,站了起来。

"好了,我先去洗个澡睡觉了。"

"喂,等一下,御手洗,你这是什么态度?说清楚再走。"

我也站起来,追了上去。

御手洗迅速走进浴室,塞上浴缸的塞子,打开水龙头放热水。他做这些的时候,还不时回头看我。

"矜持的女人会突然给你打电话,二话不说就问你是否已婚,毫不犹豫地约你去喝茶,问你有没有孩子和恋人,迟到三十分钟才慢悠悠地出现,还责怪你脸色难看,甚至直截了当地问你版税和稿费的问题?还真是位矜持腼腆的大小姐啊!"

我顿时哑口无言,像被御手洗戳中痛处一般。

御手洗走出浴室,回到沙发上。

"今天一天,她从你这里得到的信息量相当惊人,在一般男人那里可能要花一个星期才能打听出来。她确实很能干,一点儿时间都没有浪费,想问的问题全问了。"

我沉默了片刻,无力地说:"那她……"

"可以肯定的是，她并非想当什么作家。"

"那为什么……"

"这种微不足道的谜题，解释起来很麻烦。"

说完，御手洗似乎感到厌倦，抬头盯着天花板。突然，他迅速直起身体。

"好吧，对我来说倒是无所谓，但对她来说至关重要，说不定对你来说也一样。

"就像刚才说的，她已经被逼得走投无路，站在悬崖边茫然不知所措了。这些可怜的女人被愚蠢的传统观念牢牢地捆绑着。想想她的出生年月日吧，昭和二十六年的天蝎座，今年三十二岁，过了生日就三十三岁了。对她来说，结婚是眼前的头等大事。她被这个重担压得喘不过气来，因为用力过猛而迷失了自我。

"耗费七年时间和一个完全没有结婚打算的叫藤并什么的男人交往，得到的是彻头彻尾的谎言，她很不甘心，无论如何都想和那个男人修成正果，但现实情况如你听到的那样。于是，她想找另一个男人，直接步入婚姻殿堂也好，借此给藤并施加一点儿压力也好，现在她最需要的就是男人。但是，她的周围根本没有比那个高大帅气、智商一百五十二又招女人喜欢的男人更优质的男人了。即使有可以当老公的人选，也跟藤并完全不在一个档次上。另外，藤并虽然说要和妻子离婚，但她隐约感觉到那个男人不会为了她而抛弃妻子和舒适的公寓。所以她很苦恼，濒临崩溃的边缘。正当她寝食难安、一筹莫展之际，偶然看到你写的书，于是拨通了你的电话。"

"什么？"

"因为你出过书，多少有些名气，或者说有些与众不同，说不定你能帮她战胜藤并。"

"帮她战胜？"

"说不定你能让她移情别恋，忘掉自己对藤并的爱。"

"天哪……"

"为此，你徒有其表还不够，收入水平也很重要。而且你不能有女朋友，因为她不想和情敌开战。你也不能有前妻和孩子，因为她不希望对方因为抚养费等问题一天到晚纠缠不清。所以，她开门见山问了那些问题。"

"但是，怎么会……"我突然觉得自己很可笑，"那么，她说是我的书迷也是骗人的吗？"

"也不全是假话。她刚好最近读到你的书，想结识那本书的作者，作者简介里还写到你在画插画，不是吗？这么看来，你的那本书也还挺有意思的嘛。"

"但是，怎么可能？女生这么主动……这种事情不是应该慢慢来吗？为什么会这样？"

"好了，石冈，饿了一个星期的狗，就算见到空的狗粮盒子也会扑上去的。"

"你是说我是空盒子吗？"我难过起来。

"不，石冈，冷静一点儿。错的不是你，是她被结婚的压力冲昏了头脑，不知道自己在干什么，每天都很茫然。"

"即使是那样，她也太过分了，居然毫无顾忌地窥探我的隐私！"

"石冈，说白了那就是一场相亲，只不过她做了自己的媒人罢了。"

"啊……"我深深地叹了一口气。

"石冈，你还年轻，不了解为己利而不择手段的女人的世界，那是胜败分明、非得即失的世界。女人如果只会傻傻地等待，幸福是不会如期而至的，得果断将它拿下。为此，手段简单粗暴一点儿也无所谓。女人守身如玉而孤独终老，只会博得同情而已。她们已经本能地看透了道德的本质。"

我顿时垂头丧气，对女人感到很失望。

"那，我呢？"

"你就是你，你要有自信。"

"不，我的意思是，对森小姐来说，我算什么？"

"这个嘛。"御手洗的语气变得轻快起来，"这么说吧，如果你通过了海选，下一步应该就会得到约会邀请了。哦，洗澡水满了。"

御手洗像体操选手一样精神饱满地从沙发上跳起来，一边走向浴室一边说："这个国家的民族基因里有某种独特的遗传信息，他们只敬重可怕的鬼神，而轻视民主领袖。所以和这个民族的某个人见面，就意味着为了一般意义上的幸福，必须被拉到大众的认知层面上去。如果你不准备像老师那样趾高气扬，还是不要和任何人见面比较好。"

御手洗打开浴室门，手抓着门把手，回头看了看我，同情地说道："所以我才那么说啊，石冈。事实胜于雄辩。"说完，他消失在微微冒着热气的浴室里。

恐怕御手洗说得没错，从那以后，森真理子一直没联系我。我莫名地有一种难以释怀的心情，如此度过了十天。

"黑暗坡食人树"事件就是以这样一个对我来说并不愉快的经历开始的。

如果我带着些许自嘲的口吻来写这段经历，任谁看了都会说这是个喜剧的开端，但是，事实恰恰相反，再也没有比一九八四年秋天的那起事件更加阴森恐怖的了。读者朋友们是否还记得那起曾经轰动日本的横滨黑暗坡大事件？

毫不夸张地说，至今我仍不愿触碰那起事件。因为之前不小心在某篇随笔中预告了书名，大家千呼万唤催促我赶快写出来，我却拖到了今天。之所以迟迟未能下笔，一个原因是我真的不想回忆此事，另一个原因则是我和其中一位当事人约定过，一九八九年以后才能公开有关记录。

在一九九〇年的今天，约定的期限已过。但当我提笔重拾事件点滴时，精神仍会因为恐惧而动摇。那是一起用残忍和离奇都无法形容的谜案，完全颠覆了我的认知，就连"占星术杀人事件"与之相比都是小儿科。

比起害怕将事件公之于世，我更害怕自己会面临某种道德攻击，同时担心会无端引发公众的恐慌。

事实上，户部警署和神奈川县警察也担心这一点，所以他们当初才没有向媒体透露此案的内情。即便如此，这起案件还是在社会上引起了轩然大波。现在骚动虽然平息，真相却依然隐藏在黑暗之中。只要我保持沉默，世间会和过去一样太平。

如今的日本，经济突飞猛进，已经跻身世界一流国家的行列，但过去的日本是一个贫穷落后的战败国。那个年代，在战败阴影的笼罩下，难免会发生类似的悲惨事件。没错，这起事件可以看作是那个黑暗年代的缩影。抛开时代背景，这起案件就无从谈起。我想哪怕只是让大家了解这一点，也有必要将案情公之于世。而且，这么多年过去了，现在公开对当事人的伤害也能降到最低。

即便如此，出于社会稳定的考虑，我还是会采取较为保守的叙述方式。这一点，请大家谅解。

昭和十六年，黑暗坡 ───

黑暗坡玩具店的门前,一群身穿制服的军人正步调整齐地列队经过。在路边玩军人游戏的孩子和围观的孩子中,突然有人阿谀似的唱起了军歌:"远离皇国几百里,那是遥远的满洲……"

很长一段时间,日本笼罩在战争的阴霾下。广播里不再播放歌曲、喜剧、说书等娱乐节目,统统换成军人的演讲、军备的讲解和日本军队在中国的战况等内容。

杂志和小说也是清一色的战争题材。书店里再也见不到令人轻松愉悦的书籍和扣人心弦的侦探小说了,取而代之的是一本正经的教辅书和讲述少年发明厉害武器打败敌人的故事书。

因此,孩子们的游戏不是打仗就是扮演军人。在那个年代,如果哪个孩子拿着球棒和球之类的玩具在路上走,肯定会被人耻笑。所以大家都会在腰间别一把木头手枪或水枪,学着军人的样子敬礼。他们还会把家里的空箱子拉到外面,打开箱顶,在箱底开个洞,钻进去玩起坦克大战。

但是,男孩爱玩打仗游戏,女孩显然对此毫无兴趣。哥哥照夫正和朋友玩坦克大战玩得起劲,淳子跑过去央求哥哥和自己玩别的游戏。淳子从小就喜欢玩捉迷藏和跳房子,因为黑暗坡这边有很多大树和杂草丛,很适合捉迷藏。淳子长得讨人喜欢,玩这些游戏的时候,朋友都会以她为中心,所以淳子特别喜欢跟哥哥和朋友一起玩。但是,自从日本和中国开战,男孩都喜欢上了杀气腾腾的打仗游戏,淳子经常感觉自己被小伙伴冷落了。

今天也一样,淳子央求哥哥和自己玩,哥哥却对淳子吼道:"吵死了!女人走开!"淳子十分委屈,却又没办法,只好一个人无精打采地往坡上的玻璃厂走去。

那天晚上,淳子过了晚饭时间还没有回家。一家人在附近找了个遍,也没有看到淳子的身影。妈妈急哭了,爸爸只能跑去报警,全家人乱成一锅粥。哥哥照夫也很担心唯一的妹妹,和爸爸四处寻找,但就是不见妹妹的踪影。夜深了,父母命照夫回家睡觉,可他躺在床上怎么也睡不着。难道妹妹真的像爸爸妈妈说的那样被人绑架了吗?还是在哪里被车撞了?照夫越想越难以入睡,后悔莫及。今天妹妹央求和她玩的时候,为什么没有陪她呢?照夫很自责,简直恨透了自己。

天渐渐亮了,半夜才迷迷糊糊睡着的照夫猛地睁开眼睛,瞬间想起昨天傍晚发生的事情。他从床上一跃而起,冲进厨房。

他多么希望昨晚的一切是一场噩梦,幻想着厨房里充满淳子和妈妈的欢笑声。然而,厨房里只有妈妈一人。她穿着和昨天一样的衣服,头发凌乱,萎靡不振,呆呆地坐着。没看见爸爸的身影,他大概还在继续奔走,寻找妹妹吧。除了妈妈之外,厨房里只有一个身穿制服的警察。照夫第一次经历这种事,难以相信妹妹就这么不见了。

在学校,照夫也一直惦记着妹妹,根本无法专心学习。照夫想,说不定妹妹已经回家然后来上学了。于是他偷偷跑去妹妹所在班级的一年级教室看了好几次,可妹妹的书桌依然空荡荡的。

他走到校园角落的榉树前发起呆来,忽然想到了黑暗坡上玻璃厂里的那棵大楠树,感到害怕起来。

那是一棵有着恐怖传说的树,据说过去很多罪犯正是在那棵树下被砍头的。站在那棵树旁边,会感到非常不自在,仿佛那棵巨树就是一只长满瘤子的大怪物,张牙舞爪,样子十分吓人。听说那棵树几百年来吸了很多人的血，才会长成那样。

人们还说，那棵树上封禁着无数亡灵的冤魂。顺着巨树像嶙峋的岩石一般坚硬的树干往上爬，把耳朵贴在高处的树洞口，会听到许多冤魂在地狱的血池里痛苦呻吟的声音。

再仔细听，会发现那声音不只有大人的，还有小孩、老人，甚至不明生物的叫声。

很多人都宣称自己亲耳听到了那个声音，连照夫的朋友也这么说过。有一年盛夏的日落时分，照夫和朋友玩试胆量的游戏，朋友唆使照夫爬上树洞口听一听。但无论如何被嘲笑、被戏弄，照夫都死活不肯。他太害怕了，怎么都不敢爬上去。不过照夫心想，这没什么丢脸的，反正那个说自己听过呻吟声的家伙也只不过是在吹牛，照搬老人讲的故事罢了。

关于那棵巨大的楠树，还有很多令人生畏的传说。有人说曾在夜深人静时看到高高的树梢上坐着一个腰间佩刀的武士，武士的脸在月光下泛着惨白的光。还有人说若在大楠树前拍照，洗出来的照片中树干的阴影处全是人头。

那些人头个个像睡着了一样，紧闭着双眼，半张着嘴。

这样的怪事屡屡发生，于是有人追溯历史，发现原来这里在江户时期是个刑场。囚犯在这里被斩首后，人头会被用黏土支撑着摆在大楠树下的台子上示众。所以，这棵树里封禁着无数被砍下人头的亡灵的怨恨。不仅是被砍头的人，他们的父母、兄弟姐妹和孩子的哭喊声也被封禁在树中。因此，只要将耳朵靠近树洞口，侧耳聆听，就能听到这些人撕心裂肺的哀号和咒骂。

照夫在学校的榉树旁，猛地想起了这些事，感到脊背发凉。

他不知道自己为什么会联想到玻璃厂的那棵大楠树，但冥冥之中觉得妹妹的失踪和那棵树有关。

大约每隔一天，就会有一辆蔬果店的黑色卡车到黑暗坡上来，将蔬果卖给当地主妇。卡车的车斗上盖着黑色的篷布，里面全是新鲜的蔬菜瓜果。蔬果店的大叔会把车停在坡道上，然后慢慢地从驾驶室里下来，飞身一跃，跳进车斗的篷布里，从角落找出两个三角形的轮胎止退器塞到车轮底下，以防卡车制动失灵冲到坡下。

紧接着，他把木板、天平和竹筐从车斗上卸下来，把蔬果摆在木板上，开始叫卖。因为他总是下午才来，所以会一直卖到太阳下山。等到天完全黑下来，卡车才会开走。

附近的主妇都有了经验。为了抢先买到新鲜的蔬果，她们会在星期一、三、六提前聚集在坡道上等待卡车。

那天下午，天空阴沉沉的，还刮起了风，树梢传来树叶摩擦的声音。那段时期，整个日本都笼罩在战争的阴霾下。军人倒行逆施，政府根本拿他们没办法，民众也只能忍气吞声。报纸上经常报道军人的负面消息，比如一群军人在东京闹市街头无视交通指挥强行横穿马路，不仅不听劝阻，还大声呵斥路人。

日本人一直有遇到强者就点头哈腰、顶礼膜拜的毛病，所以那时的日本简直就是军人的天下。没有人敢对军人有意见，也没有人敢采取任何管制措施。日本人就是这样，哪怕已经长大了，也还是会像小时候那样对恶霸阿谀奉承。主妇间还流传着军人不满足于和中国开战，还打算向英美开火这样的风言风语。

无论是国际政治还是作战计划，上头的人都不会向民众解释清楚，总是先斩后奏。因为他们把民众当傻瓜，认为民众是愚蠢的，无法理解专家在做的事情。但是，纸终究包不住火，主妇们一起购物时，就这样你一言我一语地诉说着心中不安。美国可是个大国，日本军队再厉害，日本终究是个小国，既没钱又没资源，拿什么和美国人打仗？能打赢吗？主妇们虽然无知，但这点儿道理还是懂的。当然，她们不敢公开谈论此事，怕被警察抓走，只能借着买东西聚在一起的时间窃窃私语。

最近蔬果的质量明显大不如前，食物和物资开始短缺，民生凋敝。据说伊势佐木町和黄金町的街头出现了大量饥肠辘辘的流浪汉和活活饿死的孩童，东京的宿民街①更严重。这样子还打什么仗啊？那天，蔬果店的卡车罕见地在天黑之前就离开了，但主妇们还不愿意走，便站在坡道上忧心忡忡地继续谈论着战争的话题。那是一个令人不快的黄昏，风吹得树叶沙沙作响，似乎在诉说她们内心的焦灼。

太阳下山后，风刮得更大了。秋色渐浓，一直站在室外难免有些凉意。坡上还有三个主妇在闲聊，其中一个说："哎呀，只顾着瞎聊，天都这么晚了，得赶紧回家做晚饭了。"于是三人互相鞠躬，准备离开。

其中一个主妇弯腰低头时，有什么东西突然啪嗒一声掉在她头上。

"啊。"主妇叫了一声，捡起砸在自己头上又掉落在地的东西。那是一个法兰绒质地的红色小蝴蝶结。

主妇笑了一声，说："哎呀，原来是个蝴蝶结。"

她边想着怎么会有蝴蝶结落到头上，边把蝴蝶结移到左手，感觉蝴蝶结上黏糊糊的，刚才捡起蝴蝶结的右手手指还沾了一点儿红色的东西。

她条件反射地抬起头。虽然不知道蝴蝶结是怎么回事，但她觉得应该是从那边，也就是从天上掉下来的。

---

①宿民街，二十世纪中叶日本的日雇劳动者集中区。因为居住环境十分恶劣，所以日本人故意把"民宿街"反过来说成"宿民街"。

三个主妇一起抬头看向的地方有一棵大楠树，在逐渐变强的风中，叶子像大海的波涛一样翻飞。

她们看见大楠树中央高高的树梢上有一团黑色的东西。尽管不知道那是什么，但三个主妇对在如此意想不到的地方出现异样东西而感到诧异，一动不动地凝神注视着。尽管不知道那是什么，但她们从没见过楠木枝上有这样的东西。但是尽管不知道那是什么，它肯定从刚才开始就一直在她们头顶。那到底是什么呢？

刚开始因为树叶太密，光线阴暗而看不清楚。但是看了一会儿，眼睛逐渐适应之后就能看清楚了。

一开始还以为是个布娃娃。戴着蝴蝶结，肯定是娃娃没错吧？

但是越看越不对劲，如果是个布娃娃，那也太大了，而且娃娃不会是暗红色的。如果是个布娃娃，不会如此没有人形，看着像一床破破烂烂、到处露出棉花的破棉被。

"啊——"一个主妇突然尖叫起来，另一个主妇也吓得捂住了嘴巴，她们终于知道那是什么了。但还有一个主妇因为近视，仍歪着脑袋一脸茫然地向上看。毕竟那里离坡道还有一段距离。她终于瞪大眼睛，悲鸣却卡在喉咙。她也明白那吊着的是什么了。

那东西被一条绳子悬吊着，像一块脏兮兮的破抹布，身上到处皮开肉绽，像炸裂的石榴，发黑的肉和黑色的血仿佛被丝线牵扯着一样垂下。

细小的手臂奇怪地弯曲着，耷拉下来。然而，引发主妇尖叫的是头部的惨状。

头部已经完全扭曲，失去原本的形状，因此她们一开始才没看出这是什么。头发被黏糊糊的血浸透，贴在脸上。已经无法分清面部和后脑勺了，不仅因为头发遮住了脸，还因为脖子奇怪地扭曲着。

　　头紧紧贴着身体，脖子被拉得又细又长，一定是颈骨断了的缘故。看上去像头颅的圆球无力地向下耷拉着，一直垂到胸部下方，几乎到了肚子附近。

屋顶上的死者

1

如今的横滨，因为推行了"港未来"计划，越来越有现代大都市的气派了。但在一九八四年那会儿，横滨只不过是一个普通的地方都市。

地处京滨急行铁路户部站西南边的黑暗坡，更是一个不起眼的小地方。这是一条通往伊势町的又长又陡的坡道。"黑暗坡"这个令人毛骨悚然的名字自古就有，但由来不甚明了，什么时候开始如此称呼的更是众说纷纭。

最普通的解释就是，这条坡道因为十分昏暗而得此名。如今这里的道路已经千篇一律地铺上了沥青，但在一九八四年，这里还有江户时代的旧影。面朝上坡的方向，右手边是一面用黑色大谷石砌成的石墙，再往上是一棵树龄高达几百年的大楠树，巨大的枝干向四面八方伸展，仿佛一片小森林。因为粗大而茂密的树冠遮天蔽日，这条坡道白天也很昏暗，到了晚上更是一片漆黑。

如今坡道两旁已经安装了水银灯。一九八四年的时候，这里路灯极少，夜晚只有天上的月光和附近民居的窗户透出的点点灯火。可想而知，江户时期这里到了夜晚一定伸手不见五指。

这样的地理条件，再加上听说江户时期坡上还设有牢房和刑场，"黑暗坡"这个奇怪的名字也算是名副其实了。当年行刑后，罪犯的首级会被摆在一个台子上示众。这里是羁押罪犯的地方，也是通往阴间地府的入口。

据说在江户时期，白天站在暗无天日的坡道上竖起耳朵，就能听见坡上牢房里传来罪犯的泣诉声和哀号声。因此，人们对这里心生忌讳，不敢靠近，哪怕有事必须到附近来，也会尽量绕开这个坡道。当地居民这种朴素的畏惧心理和这个陡坡的名字倒是很吻合。

坡道一侧的悬崖上方，也就是大楠树扎根的土地上，矗立着一幢爬满常青藤的古老西式建筑。这幢洋楼直到一九八四年也依然存在。洋楼建在大楠树下，给人一种阴冷的感觉。

事实上，这幢洋楼年代已久，是战前就建在这里的玻璃厂老板的宅邸。玻璃厂创办于昭和七年，所以洋楼已经有超过五十年的历史了。

战后，玻璃厂被一个名叫詹姆斯·培恩的苏格兰富商买下，改建成一所专门收外国孩子的学校，一直到昭和四十五年。在此期间，这幢爬满常青藤的三层洋楼一直作为校长的住处被保留下来。面对着黑暗坡的玻璃厂和仓库被拆除后，广阔土地上建起了校舍和操场。

昭和四十五年，学校不知何故突然关闭，校舍和操场也被拆除，只留下校长住所。原校舍和操场的土地上又建起了两幢公寓楼和一座澡堂。

据说关闭学校的直接原因是校长詹姆斯·培恩和他的日本妻子藤并八千代离婚了。但是，为什么校长离婚就必须关闭学校？实在令人不解。

昭和五十九年，澡堂已停业三年，这里完全变成一座废墟。外墙高处的窗户玻璃全被打碎，澡堂的瓷砖也已经开裂，长出了杂草。

两幢公寓楼在两年前被拆除，新建了一幢五层楼的钢筋混凝土公寓，多出来的地则变成收费停车场。玻璃厂、外国人学校、公寓、澡堂，见证这一系列变化的只有长满常青藤的洋楼和巨大的楠树。而大楠树无言地俯视着的历史可能要追溯到江户时代的刑场了。

一九八四年九月二十一日，台风在横滨一带登陆。当初这场位于太平洋上空的台风一直与日本列岛保持一定距离北上，原本预计在北海道登陆，结果突然在三浦半岛附近改变了方向，直击神奈川县。

二十一日全天至二十二日早晨，横滨进入暴雨圈层，倾盆大雨下了整整一天一夜。

二十二日拂晓时分，狂风吹过黑暗坡，地面到处积水，崖面上都是被暴风雨打落的残枝败叶，一片狼藉。

早上七点半，黑暗坡下玩具店的老板德山凉一郎打开了店面的玻璃门，又打开了玻璃门外的隔雨门板。

外面的光线照进来，德山发现从已经老化的隔雨门板的缝隙里渗进了大量雨水。因为内侧的玻璃门不是铝合金边框，而已经老化的木质边框根本挡不住雨水的侵袭，雨水灌进店内，地板已经完全湿透了。难怪电视里一直报道这次台风带来的暴雨，昨晚那场大雨的威力可见一斑。

幸好他昨晚在货架上盖了一层塑料薄膜，现在那上面有不少积水。

德山把隔雨门板收好，敞开玻璃门，将塑料薄膜取下，把雨水抖在店门口。门口的混凝土道路上落满了湿漉漉的树叶、报纸、纸袋和塑料袋，一地的垃圾似乎在诉说昨夜那场暴雨的丰功伟绩。暴风雨过后的早晨，潮湿的空气中弥漫着浓烈的植物气息，令人感到些许恐怖、些许释然，又有种奇妙的畅快之感。

德山凉一郎从屋内拿出笤帚，用力打扫门前的落叶。被雨水打湿的树叶黏在一起，扫起来特别费劲。大约扫了十五分钟，德山终于将这些暴风雨的战利品归拢到坡下的一个角落里。他将笤帚竖立着靠在门板上，捶着腰，伸了一个大大的懒腰。

　　可能是因为高中时期做过送报纸的工作吧，德山自年轻时就养成了早起的习惯。

　　他像往常一样，一边活动筋骨，一边四处走走看看。

　　他猛地想起昨晚的梦。

　　德山也不知道为什么会突然想起那个梦，说起来，那还真是一个奇怪的梦。可能是因为昨晚外面暴风雨的声音太大，所以才做了那样的梦吧。德山家的房子是很老旧的木屋，已经年久失修，嘎吱作响。在那样的台风夜，德山根本没办法睡个安稳觉。

　　但他梦见的，是位于德山家旁边的悬崖上方的藤井家。

　　藤井家主屋洋楼的屋顶上，出现了一个奇怪的东西——一只青铜制的鸡。青铜鸡的样子就像西洋建筑上常见的风向标，又像金阁寺顶上的凤凰。青铜鸡孤零零地站在屋顶的正中央。

　　这只青铜鸡并不是一直在那里的。战后，英国人收购了这幢洋楼和这片土地，并开设了学校，把青铜鸡从英国带来装了上去。

　　这只鸡并非一般的装饰品，它身上安装了一个凝结了西洋工匠智慧的有趣的机械装置。每天中午十二点，青铜鸡就会呼啦呼啦地扇动翅膀，摇晃起脑袋，像八音盒一样发出奇妙的音乐。

　　这个机械青铜鸡在这一带颇有名气。它从昭和二十三年开始扑扇翅膀，但只运作了十年，音乐则在更早以前就不响了。

　　德山在这里出生长大，小时候见过两三回青铜鸡伴随奇妙的音乐扑扇翅膀、前后摇头的样子。之所以只见过两三回，是因为德山上小学了，日本学生上的小学离这里很远。而且，青铜鸡星期天不会动，只有培恩学校的学生在校时才会振翅。德山能够看到随着旋律展翅的鸡，要么是因为感冒请假在家的日子，要么是学校因为建校纪念日放假的日子。

但是德山中学毕业时，早就发不出声音的青铜鸡的机械装置出了问题，彻底不动了。大概没有日本人会修吧，那只鸡至今仍一动不动地站在屋顶上。后来德山继承了家里的玩具店生意，从店门口可以远远地望见它。他有时候会不经意地看它一眼，但几乎已经忘记了它的存在。不知为何，德山昨晚突然梦见了它。

他梦见这只绿色的青铜鸡扇动着翅膀，飞向布满星斗的夜空。

德山想，太奇怪了，为什么会做那样的梦？也许因为他是卖玩具的，一直对那种机械装置感兴趣。即便如此，这种醒来就忘的梦，竟然在扫完落叶的瞬间突然想起来了。

从德山家的店门口可以望见大谷石墙上方藤并家的老宅。因此，德山伸完懒腰，就顺着坡道向上走了两三步，仰望那幢老宅。路上横七竖八地散落着被暴风雨打下来的树枝，坡上的车辆无法开下来，所以站在坡道中央也没关系。

德山瞪大了眼睛。难道是梦应验了？鸡不见了！藤并家屋顶的青铜鸡真的不见了。

如果只是这样，德山还不至于如此吃惊。因为他并不是每天都向那边看，说不定青铜鸡在德山没注意的时候被拆走了，这也很正常。让德山瞠目结舌的，是屋顶上原来青铜鸡站立的地方多了一个奇怪的东西。

那东西怎么看都像是个人影，像是有人以骑马的姿势跨坐在三角形屋顶的屋脊上。

德山觉得蹊跷，于是暂时关好玩具店的玻璃门，向黑暗坡上走去。虽然他最近有些老视眼，看远处的东西比看近处的要清楚得多，但藤并家还是太远了，他想再靠近一点儿。

这个时间，怎么会有人爬上屋顶？德山一开始以为那人是在拆或者维修青铜鸡，但是那人的身体丝毫没有移动的迹象，只是一动不动地坐着，就像青铜鸡的替代品一样。

那人的身体是绿色的，似乎穿着一件颜色鲜艳的绿毛衣。这颜色与他正前方的大楠树倒是很相称。

如此打扮也很奇怪，要爬上屋顶干活，一般不会打扮得那么漂亮精致。再说了，怎么这么早就爬上屋顶干活了？

越往上走，德山越觉得不对劲，越确认那是个人，是个像骑着马的人偶一样纹丝不动的人。

黑暗坡上空，暴风雨的余韵静静地卷成旋涡，大风时而掠过街道，把石墙上大楠树的枝条刮得沙沙作响，德山的心跳也随着枝条摆动越来越快。

再走近些，坡道一侧的石墙变高，已经挡住屋顶上的可疑物体了。

登上坡顶，德山想绕到藤并家后面的小巷，但庭院里郁郁葱葱的植物遮挡了视线，无法看到屋顶。他只好围着藤并家转了一圈，发现了一个有趣的事实——能清楚看见屋顶奇怪东西的位置，居然只有德山家店门口的那一段坡道。

从藤并家土地上的五层公寓的阳台或屋顶肯定也能看到，但距离和从德山家门口的坡道上看差不多。最后，德山又回到自家的店门前。

他再次望向屋顶，奇怪的绿人还和刚才一样跨坐在屋脊上，丝毫没有改变。绿人的时间仿佛和风暴一样静止了。现在德山可以清晰地看见他那张毫无表情的苍白面容。

德山呆呆地站在马路上向上看,一位正在散步的老人也顺着德山的视线望向屋顶,呆住了。

路过的人纷纷停下脚步,不知不觉,德山周围聚集了一群盯着藤井家屋顶的人。人群中出现阵阵骚动。"那是藤井家的人吧?"其中一个人好像对那种打扮有印象,"太奇怪了,怎么一动不动?赶快去藤井家看看,或者报警吧。"

2

"石冈,快看。"

坐在阳台一侧的办公桌前看报纸的御手洗突然大声叫道。他的语气罕见地认真,于是我走了过去。那是一九八四年九月二十三日的早上。

引起御手洗注意的报道并没有占据很大版面,内容是横滨西区西户部町一处民宅的屋顶上发现一名离奇死亡的男子。死者像骑马一样跨坐在屋脊上,原因不明。原来御手洗对这个案件感兴趣。不过他特意叫我过来,原因不仅如此。

"你看这个死者的名字。"御手洗指着一段报道内容。

我把脸凑近,读了出来:"无业……藤井卓……"

我一时没反应过来,因为上次听到这个名字已经是十天前了,况且只是在谈话时偶尔提到。

"藤井卓……啊?!"

我想起来了,他就是那个自称是我的书迷而给我打电话的森真理子七年来心驰神往的男人,那个聪明绝顶、高大英俊却谎话连篇的男人。他死了?!

我吓了一跳,从御手洗手里抢过报纸。

"居住在西区西户部町的无业男子藤并卓的尸体,于二十二日早晨在其母亲藤并八千代家的屋顶上被发现。推测死亡原因是心力衰竭……心力衰竭是什么意思?"

"就是心脏停搏。"

"怎么会这样?简直难以置信。森小姐的男朋友……森小姐能经受住这个打击吗……"我过了好一会儿才恢复平静,"但是,为什么会骑在屋顶上死去呢?昨天早上被发现的……"

"推测死亡时间是前天晚上十点左右。"

"前天晚上,那正是台风肆虐、暴风雨最猛烈的时候啊。"

"没错。"

"那种时候,他为什么会爬到屋顶上去呢……"

"石冈,你再仔细看看这篇报道。藤并卓身穿绿色薄毛衣和灯芯绒长裤,既没穿外套,也没穿雨衣。在伞都撑不起来的暴风雨夜中,他如此轻装爬上了屋顶。还有,你看这里,房子的后门旁边立着一把旧梯子,但据目击者称,二十二日早晨七点四十分左右发现藤并卓时,并没有这把梯子。"御手洗兴奋地搓着手掌说道。

"这是怎么回事?"我问。

"怎么回事呢?"御手洗精神饱满地回答道,"不备齐材料就做不成大餐。现在只能说,这是一起难得的有趣的案子。好了,石冈,准备出门吧,不用做早饭了,到伊势佐木町附近找点儿吃的就行。"

"要去现场看看吗?"我回房间拿上外衣。

"真拿你没办法。现在案发现场肯定挤满了警察和媒体,线索也早就被严密保护起来了。现在去现场已经晚了,我们去伊势佐木町吧。"

"去伊势佐木町干什么?"

"哎呀,石冈,你忘了你的头号书迷了吗?"

我一头雾水。"难道你……喂……"

"我们去会会那位森小姐吧。你不是担心她经受不住打击吗?"

"我不想见她。"

"那可不行,她能助我们一臂之力。"

"可是……"

"我在楼下的长椅上等你。关好窗户和燃气,然后下来找我。"御手洗毫不犹豫地出了门。

森真理子对我说过她在百货公司上班,作息时间和一般的上班族不同,所以现在她有可能在家,而如果不在家,我们就要去她上班的地方找她。但是,我没问过她的详细住址和电话号码。

"石冈,下次遇见女读者的话,可要记得问电话号码哦,毕竟谁也不知道以后会发生什么事。"

"我要是真的有那么一本通讯录,鬼知道你又会怎么说。"我回答。

"可我现在什么都没说。和你住一起,用不了一个月,谁都会知道你很好色。"

"怎么知道的?"

"你收藏的都是女歌手的专辑,看的都是女明星主演的电影,枕边堆满了全世界的美女杂志,还只喜欢去有漂亮女服务生的咖啡店。哦,是在这附近吧?不是说在这个 M 百货大楼后面的公寓吗?就是那里了。"

御手洗迅速拐过街角,加快了脚步。他只要接近目标就会变得急躁起来。

我们很快就找到了公寓。如果是喜欢拈花惹草的男人,肯定会希望有御手洗这样能不费吹灰之力就找到女人住处的朋友。但有这种能力的男人,往往不是花花公子。

森真理子的家在一楼。我在心里嘀咕,好不容易住进大楼,竟然偏偏选一楼这种容易遭贼惦记的楼层。还好她家靠阳台的一侧有个小庭院,看上去环境还算舒适。不过也许已经到了万木凋零的季节,再加上台风刚刚过境,狭小的院子看上去有些荒凉。

面向一楼水泥走廊的一扇门上挂着"森"字样的门牌。我按下门边的对讲机,没有声音。突然,门开了,开门的正是森真理子。

"是森真理子小姐吗?你在家真是太好了。如果你还没有忘记我的这位朋友的话……"御手洗指着我说。

森真理子看了看我,一副很吃惊的样子。

"呃,你们是谁?"森真理子问。

御手洗瞪圆了眼睛,高兴地朝我使了个眼色。

"森小姐最近好像读了一本非常有趣的书,名叫《斜屋犯罪》,对吗?"御手洗说。

"斜屋……嗯……"她皱起眉头,思索了一会儿,"啊,对,我想起来了。"

"那么,请你回忆一下写出那本书的人和书中登场的小丑吧。"

"啊,石冈老师,这不是石冈老师吗?真没想到,我没戴隐形眼镜,所以……啊!那么这位就是御手洗先生?"

"过了这么久,我以为你已经忘记我了。今天我们特地赶来,是希望能帮你做些什么。"

"有什么事吗？我没想到你们会来，太意外了……"

"我们来这里的原因，你多少知道一点儿吧？是关于藤并卓的。"御手洗用犀利的目光注视着森真理子。

"藤并先生？我确实跟石冈先生提起过他。石冈先生告诉你了吗？石冈先生，你也真是的。藤并先生怎么了？"森真理子圆润白皙的脸颊微微泛红。

"你还不知道吗？"御手洗的视线依然停留在森真理子身上。

"嗯，有什么事吗？"她的嘴角浮现出一丝微笑。

"昨天早晨，他的尸体被发现了。"

"啊？"森真理子含混地低声惊呼，脸上的笑容立刻消失了，脸色瞬间变得煞白。

"你真的什么都没听说吗？"

"是的，什么都……那是真的吗？"

"是真的，今天早上的报纸刊登了这则消息。所以，关于这件事，我们想和森小姐谈谈。"

森真理子的眼神惊恐而茫然，她错愕地怔在原地，好像根本没听见御手洗说话。

"我……"

"伊势佐木购物中心有一家P咖啡店，就是上周你和这位石冈见面的地方。我们先去那里吃早餐等你，希望你平复心情之后能来一趟。你今天几点上班？"

"我今天休息……"

"太好了。没问题吧？"

"是的……"

御手洗不容分说地说完，便从森真理子的面前离开了。森真理子茫然若失，仍旧死死地握着门把手，呆呆地站着。我回头看了她一眼，胸口隐隐作痛。

3

男人仅借着一盏煤油灯的光线在墙上画画。那是一幅非常奇怪的画。一棵大树，树干异常粗壮，像人的躯体——一具修长的身体。

长长的躯体纵向笔直地裂开，裂口处露出骸骨，当然是人的白骨。一、二、三、四，一共四具白骨。

树干的最高处开裂，像鳄鱼的血盆大口。有人的上半身已经被那张嘴吞下，只剩下半身仍在空中拼命挣扎，就像一条大蟒蛇把人从头生吞一样。

大嘴张开，露出锋利可怕的尖牙。这是巨树在吃人。从躯干中溢出的骸骨，一定是很久之前就被吃掉的人，已经变成白骨了。

大树旁边还有一幢古老的洋楼。在洋楼的屋顶上，有一个男人像骑马一样跨坐在屋脊，一直俯视着巨树吃人的场景。

这幅画到底是什么意思？作画的男人独自一人在昏暗的房间里，目不斜视，聚精会神地挥动画笔，异常专注。

4

我和御手洗刚吃完早餐，森真理子就到了。她的眼睛又红又肿，可见我们离开后她必定痛哭了一场。和上周见面时相比，她看上去萎靡了很多。她垂头丧气地拉了把椅子，在我们面前坐下。御手洗则毫不客气地看着她的脸。

"石冈说他很想见你。"御手洗突然说道。

"真的吗？"森真理子有气无力地说道。尽管如此，她的嘴角还是勉强露出了一丝微笑。

"他不分昼夜地提起你，连早上的问候都换成你的名字。他说你是他迄今为止遇到的最温柔、最可爱的女孩。所以我很好奇你是个怎样的女孩，一直非常期待能见到你。"

御手洗一贯这样，开口就胡说八道，我简直深受其害。但是想到他的这番话或许能缓解森真理子内心的痛苦，我也就沉默忍耐了。

"能得到那样的评价我深感荣幸。现在见到我本人，你一定大失所望吧？"

"怎么可能？你看，石冈都紧张得说不出话来了。不过，我们不能耽误你太长时间，还是说说藤并先生的事吧。我非常理解你现在的感受。但还请节哀顺变。"

"嗯，我真的很震惊。"

"关于他死亡的原因，你有什么想法吗？"

"不，我完全没有头绪。"

"他有什么烦心事吗？或者说，有什么事让他寝食难安之类的吗？"

"应该没有……但是，其实我也不太清楚。"

"听说你们已经交往七年了。"

"但我们并不是每天都见面，而且他不怎么喜欢说自己的事情。"

"他有很多女性朋友吗？"

"不,虽然大家都这么认为,但实际上并非如此。我反倒觉得他对女人不太感兴趣。"

"他是比较受女性喜欢的类型,对不对?"

"他确实很帅,个子也高,可是他自己并不会主动追求女性。"

"但你们的关系很亲密,不是吗?"

"我们只不过是在路上和百货公司里偶然遇见过几次,一起喝了几次茶,才慢慢熟络起来的。"

"你们还一起兜风过,对吗?"

"嗯,开我的车,因为他没有驾照。"

"哦,藤井先生的性格如何?"

"他的性格很奇特。"

"为什么这么说?"

"和其他头脑聪明的人一样,他比较难以接近,有些孤傲不群,唯我独尊。我感觉他有些鄙视周围的人。"

"原来如此。他是性格阴郁的人吗?"

"恐怕是的。他不怎么和周围的人说话,并且时常……算了,我还是不要说太多了……"

"怎么了?"

"我不想说一个逝者的不是。"

"森小姐,我们特地赶来拜访你是有原因的,希望你尽量配合我们。藤井先生以前心脏就不好吗?"

"不……应该说,我没听他提起过……"

"这样的话,这次的事件该怎么解释呢?他为什么会在台风夜一个人爬上屋顶,然后因心脏停搏而死呢?"

"这个嘛……"森真理子歪着头,露出疑惑的神色。

"对于他的这种难以理解的行为，你有什么想法吗？"

"这个嘛，我也……"

"难道他有偷窥癖？但是在台风天的深夜，爬上屋顶又能看见什么呢？"

"他不像有偷窥癖的人。"

"那就无法排除藤井先生是他杀的可能性了。"

"他杀？"森真理子再次语塞。

"我不知道警察是怎么判断的，但我认为他杀的可能性很大。"

"啊……是这样吗……"森真理子的声音变得有些嘶哑，"但是，在那样的屋顶上怎么杀人呢？况且他还是坐着的……"

"没错，的确不可思议，森小姐。"御手洗高兴地说道，"那么，如果真是他杀的话，你一定想知道真相、找出凶手吧？"

"当然！"

"那就请把你知道的都告诉我们吧，无论多么琐碎。哪怕是难以启齿的事情，说不定也能成为找到真凶的线索，可以为他报仇雪恨。"

"好的，那我说了，不过恐怕也算不上什么线索……他，好像不喜欢动物。"

"动物？是指猫和狗之类的吗？"

"是的，还包括其他动物。有一次我们在公园散步，他看到池塘水面的鲤鱼，居然认真地抓起一块石头砸了过去，把我吓了一跳。"

"池塘里的鲤鱼？是在闹着玩吗？"

"但他的表情看上去很凶，恐怕是真的想把它砸死。"

"石冈，也许他肚子饿，想吃鲤鱼刺身了。森小姐，请继续说。"

"我很喜欢他，也很仰慕他。"

"这我知道。"御手洗得意地点了点头。

"所以我不想说他的坏话。我们见面时，他虽然对我态度有些冷淡，却也善解人意、彬彬有礼。我想，他那么聪明，难免会目中无人，可能因此招致他人的反感，但不至于到招人讨厌和怨恨的地步吧。"

"藤并先生跟你说过自己遭人讨厌和怨恨的事吗？"

"完全没有。从根本上说，他本来就不常与人打交道，所以不可能讨人厌，因为他根本不会和别人深交到可以被讨厌的程度。"

"他有欠债之类的情况吗？"

"工作方面，他的确不是吃苦耐劳的人。因为太受女性欢迎，他经常遭到公司男同事的嫉妒，受了不少欺负，所以经常换工作……收入也就不太稳定。但在我看来，他并没有金钱方面的烦恼，因为他总是着装体面，出入高级餐厅。对此我也没有深究，我想他那么聪明，一定是炒股赚了钱或者打老虎机赢了钱吧。事实上，他确实这么说过。不过现在想来，可能还是因为他家里很有钱吧。"

"会不会有某个曾被他冷落的女性对他怀恨在心呢？"

"啊，我想不会的。我第一次见他时，就感觉他好像对女人没兴趣。"

"他并不是个花花公子？"

"不是。"

"最重要的是，他那么对你，你也并不怨恨他，对吗？"御手洗说这话的时候，眼睛里闪着犀利的光。

"是的，我并不恨他。"

"他不是经常对你撒谎吗？"

"虽然有过那样的事，但也是在所难免的。世界上没有完全不说谎的人吧？其实，我讨厌的不是撒谎这件事，而是……"森真理子有些支支吾吾。

"而是什么？"

"而是他虐杀动物。"

"动物？"

"对，猫和狗之类的……"

"他是怎么虐杀猫狗的？"

"他说他小时候曾经把附近的猫抓起来，活活解剖，还用绳子把它们绑起来吊到树上，用球棍活活打死。"

"啧啧啧……"御手洗频频咂舌。

"但是，说不定男孩子小时候都干过那种事呢……"

"那倒不是。这次说不定是被他虐杀的猫狗来寻仇了。"

"啊？"森真理子莫名其妙地看着御手洗。

"森小姐，你和藤并先生关系这么亲密，如果没有这起意外的话，你们是可能结婚的。"

"不，我完全没考虑过结婚的事。"

"你不是希望他和妻子离婚吗？"

"话虽如此，但说实在的，我不知道自己有没有那个资格……"

"但你还是对藤并先生念念不忘。"御手洗一针见血地说道。

森真理子对御手洗的话心服首肯，好像被施了催眠术一样，我顿时觉得她很可怜。

"是啊。"她回答。

"而且,你对你的密友——藤并卓先生的死也感到蹊跷,对吗?"

"对。"

"那个,你不必勉强自己。"我实在看不下去了,在旁边帮她解围。

"不,我并不觉得勉强。"森真理子坚定地说道,"御手洗先生说得没错。刚才我听你们说了藤并的事情之后,又从报纸上确认过了。事发突然,我一时接受不了,脑子里一片混乱。但通过刚才的对话,我渐渐冷静下来了。你说得对,我想知道藤并的死因。如果藤并真是被杀害的,我一定要弄清楚凶手是谁。"

"你这么说我们就放心了。"御手洗缓缓点头说道,"照这样下去,警方必定会认定藤并先生死于心力衰竭。他们没有闲工夫追究他在台风夜爬上屋顶的理由,只会认为藤并先生本来就是那样一个怪人,并且认定他爬上屋顶后碰巧心脏病发作而猝死,就这么草草结案。"

"那我该怎么做呢?"森真理子问。

"告诉你一个最简单的方法,那就是把调查真相的任务委托给你眼前的这个人。"

"眼前的这个人?就是御手洗先生……"

"我和石冈。"

"啊……"森真理子似乎感到惊讶,一时陷入了沉思,"如果要委托给你们……但是,我该怎么做……"

"你只要现在说'是的'就可以了。"

"那么费用之类的……"

"关于费用,石冈肯定会把这起案件写成书出版的,到时候你买一本就可以了。那么,现在让我们一起去黑暗坡的现场看看吧。"

御手洗话音未落就站了起来。

5

我们三人穿过长者町，跨过大冈川，来到京滨急行铁路的日之出町站。从日之出町站坐一站电车，就是户部站了。黑暗坡位于西区西户部町户部站的西南方向。

我们穿过站前的商店街，步入宽阔的大马路，在信号灯旁写着"御所山"的路口右转，顺着商店街和住宅区之间的通道一路前行。我们本可以乘出租车，御手洗却执意要走路。事实上，这里无论离横滨站还是樱木町站都不远，但周围的房子格外老旧，不见高楼大厦的踪影，映入眼帘的全是陈旧的房屋和斑驳褪色的广告牌。这里虽然离我住的地方不远，环境也不算恶劣，却像坐一整日火车才能到达的偏远地带一样古旧沧桑。这种感觉与其说是不可思议，不如说是不安。我在横滨住了三年，竟完全不知道附近有这种地方。看来横滨与东京相比，果然是小地方。

"刚才路过的信号灯旁边写着'御所山'，对吧？"一直夹在我和御手洗中间默默走着的森真理子低声问道。

听到她的话，我漠然地望向天空。天空乌云密布，阴沉沉地压向地面。

"我听藤并说过，那个信号灯对面一带叫御所山町，曾经是一个名叫御所五郎丸的武将的府邸和墓地。据说御所五郎丸是源赖朝时代的武将。当年户部村的年轻人以为五郎丸的墓地里一定会有财宝，于是挖开了他的墓。墓碑倒了，他们却什么都没找到。后来，附近建起了房子。一个菜贩子来到这里，看见墓碑，就将一块木板架在上面,搭成一个卖菜的摊子,卖起菜来。一天夜里,菜贩子做了一个梦,梦见五郎丸走到他枕边,大声喝令道:'你在我的墓碑上摆卖那些不干不净的东西,成何体统?命你立刻将墓碑归位!'

"菜贩子从梦中惊醒,发现是个梦,并没有把它当回事,仍旧在那里卖菜。结果,悲剧接二连三地发生。一开始是孩子病死,后来老婆卧床不起,进的菜也经常无缘无故腐烂。菜贩子伤心欲绝,却仍没意识到这一切是因为他无视梦中五郎丸的指令造成的。终于有一天,一块大石头从悬崖上滚落下来,把菜贩子压扁了。人们挪开石头一看,被菜贩子鲜血染红的那一面正刻着'御所山'三个字。

"人们吓坏了,赶紧跑去求助当地的老爷,最后一致决定将墓碑修复归位,还请和尚前来诵经超度。听说从那以后就再也没有出现奇怪的事情了,菜贩子老婆的病也痊愈了。自那开始,那一带就被称为御所山町。"

森真理子用极其平淡的语气讲述了一个惊悚的故事。

起风了,街上依稀可见昨日台风留下的痕迹。路边人家院子里被风折断的树干露出白花花的木头,就连铁皮广告牌也被刮得东倒西歪。

"听说这一带流传着很多恐怖的故事和传说。"

"这里简直就是横滨的秘境啊。"御手洗打趣地说道。

"前面就是黑暗坡,听说以前坡上有个斩首的刑场。在昏暗森林里的台子上,摆着一排被砍下的人头。为了让人头稳稳当当地立住,人头的左右两侧都会插上用黏土固定的棒子,真是可怕。以前,附近的居民都不敢靠近黑暗坡。据说如果晚上独自走在坡上,就会有一个小和尚从旁边的树丛里蹿出来,提着灯笼不紧不慢地走在前面，还会时不时回头微笑。小和尚的样子倒是挺可爱的，但听说他是狐狸变的。这是战前常有的事，当地的老人也经常看见那只狐狸。"

"你知道的真多。"御手洗说道。

"是藤井告诉我的，他说他弟弟就是专门研究这些的。"森真理子小声回答。她越说我越感到毛骨悚然。

在道路的前面可以远远地望见一个写着"藤棚商店街"的招牌。

"那里就是黑暗坡了。"森真理子用左手指了指。

顺着我们来时的路，有一条往左拐的上行坡道，这就是黑暗坡，我们正位于坡底。

坡道相当陡峭。我原本以为坡道两边应该是没有民宅的，其实不然，民宅和公寓可谓鳞次栉比。只是所有的房屋都很老旧，应该是"二战"前后的建筑。

这一带颇具乡土气息，景色也不错，但我莫名感到一股阴冷的气息。也许是因为两边房屋的庭院都不朝向黑暗坡，而且一个人影也看不到的缘故吧。总之，这些老房子看上去毫无生气，像是被人遗弃的空屋。

一百年前通向鬼门关的这条坡道，现在仍像一条死街。

刚开始上坡，我们就看见右手边有一家玩具店。这种地方居然有玩具店，还真是稀奇。玩具店的店门紧闭，透过木框玻璃门可以窥见店内货架上的玩具。过了玩具店，左侧房屋间的空隙处有一片草地。草地上是两幢老旧的水泥建筑，黑乎乎的，可能是公营住宅或职工宿舍。在那对面是如海面般连绵起伏的民居屋顶。

我们继续向上前进。坡道很长，在古代，这里对拉货的人力车夫来说必定是个难关。

走到坡道中途,只见左侧孤零零地立着一块小石碑,上面用平假名写着"黑暗坡"。

"就是这里吧?"御手洗大声说道。

石碑不远处的右手边有一堵黑色石墙,简直就像城堡的城墙。墙非常高,似乎是大谷石砖砌成的。

经历长年风吹日晒,墙已经变得很黑,只有靠近才能隐约看出是大谷石,远看就只是一堵黑墙。绿色的常青藤覆盖了这堵阴森石墙的近一半。

但让我们惊讶的并不是那堵老石墙,而是矗立在石墙上方的一棵巨大的楠树,巨树粗壮的枝干就像一片小森林。现在已经是秋天了,但巨树依然枝繁叶茂,绿意盎然。

石墙上方除了这棵巨树,还有几棵小树,就像孩子依偎在巨人父亲的脚边。大楠树的枝条向坡上伸展,叶子密密麻麻地遮住了上方的天空,因此石墙周围显得异常昏暗。原来这就是黑暗坡,果然名不虚传。

在大楠树的旁边,是一幢石板瓦屋顶的洋楼。因为被树木遮挡,站在坡上无法见其全貌,但可以窥见这幢洋楼的墙壁上爬满了藤蔓,只露出窗户。

"那是藤井先生母亲的房子吗?"我问道。

森真理子抬起头看了一眼,缓缓点了点头。

"这么说,就是在那个屋顶上……"尽管我知道这样有些残忍,但还是斗胆问了一句。森真理子伤心地点了点头。

坐落在阴森坡道上的洋楼的同样阴森的屋顶上,一个身穿绿色毛衣的男人就这样直挺挺地坐着死了,这是多么诡异的画面。我一边向上看,一边想象着这样的场景,不禁打了个寒战。

我们走到石墙边，站在大楠树宽阔而幽暗的树影下。一口气爬这么长的坡，我已经有些气喘吁吁了，于是停下脚步，御手洗和森真理子见状也停了下来。我们三人并排站着，同时望向天空。

周围的空气有些潮湿，植物的气息扑面而来，伴随着一股陈旧而潮湿的大谷石的气味。脚边是无数被台风刮落的枝叶，有已然枯黄的，也有尚存翠色的。

"这棵树可真厉害啊，石冈。"御手洗放下朝天的下巴，惊叹道。

我和他对视了一眼，深深地点了点头。记忆中我还是第一次见到这么大的树。

不知不觉间，我们已经在黑暗坡的大树下站了足足一分钟。现在想想，这的确有着某种象征意义。因为这棵巨大的树，正是一系列阴森惨案的主角。

6

我们在大楠树的树影下沿着石墙直上，走到黑暗坡的尽头。坡上是一片开阔的土地。

当年的培恩学校就在这堵石墙的上方，坡顶向右拐就是，也就是大楠树扎根的那片平坦宽广的土地。关于石墙上方的土地就是培恩学校旧址这一点，我和御手洗此时并不知道。森真理子可能有所了解，但她没有跟我们提起过黑暗坡"楠公馆"的历史，或许她也只是从藤井卓那里听说了个大概吧。

石墙上方这片开阔的平地上，有将巨楠纳入腹中的阴气逼人的洋楼，有如残垣断壁般荒废的巨大澡堂，也有与之形成鲜明对比的豪华崭新的五层公寓，还有散布在茂密林间的停车场，总体给人一种东拼西凑的感觉。

洋楼的屋顶上当然什么也没有。说来奇怪，两天前才刚发生了那么离奇的案子，此时的藤井家却安静得出奇，看不到警察和记者的身影，甚至连一个附近居民都没有。

洋楼周围砌着低矮的红砖墙，墙根种着枳树，形成一道篱笆墙，其中一边与大谷石墙相接。沿着这道篱笆墙，我们绕着洋楼转了一圈。但是由于篱笆墙的遮挡，还是无法看到洋楼内部的情况。这条通道大概也在藤井家的土地范围内，所以算是私人道路。

洋楼背对着黑暗坡的一侧有一扇阴气森森的大门，黑色的金属大门上雕刻着狮头。透过这扇门才能窥见围墙内的庭院，看见洋楼的内部。庭院有些异常，地面闪闪发亮，像撒了一层银粉。我正纳闷那些发亮的东西是什么时，却看见御手洗正目不转睛地盯着门内的洋楼。

洋楼是一幢三层建筑，屋顶盖着深灰色的石板瓦。像大多数洋楼一样，这幢楼屋顶有一扇凸出的窗户，想必有一间阁楼。

"如果死者是朝那一侧坐着的话，就是面对着大楠树。"御手洗右手抓着金属大门，喃喃自语。

他的话引人遐想，似乎在强调这起案子的离奇性，我不禁又打了一个寒战。

"为什么坐在屋顶上？坐在那里能看见什么？真想坐在死者的位置上看一看啊……"御手洗继续自言自语。我只求他饶过我。

"坐在那里只能看见大楠树。树叶那么茂密，根本看不见对面的房子。既然如此，是不是只能认为正是为了看见大楠树才爬上屋顶的？藤井先生为什么会专挑台风夜爬上那样的屋顶呢？森小姐，你有什么想法吗？"

"那个，我也……"森真理子歪着头。

"藤井先生喜欢做出格的事吗？"

"不，他虽然性格古怪，但总体来说是一个虚无主义者，不是行动派，完全没有疯狂的举动。"

"哦。"御手洗点了点头，"一个行为保守的人，为什么会在台风之夜爬上只能看见楠树的屋顶呢？好吧，只要找到相关人员，应该很快就能知道真相了。"御手洗说完，离开门前，"森小姐，藤井卓先生的家属中，你只见过他太太吗？"

"是的……"森真理子点了点头，脸上瞬间露出戒备之色。

"也就是说，你不认识这起事件的其他当事人，对吗？"

"嗯，不认识。"

御手洗点了点头，默默地踱起步子。

"我一定要和藤井的妻子见面吗？"

"是的。我没见过他的家属，也不认识横滨的警察，只能在你的委托下进行调查了。"

"嗯。"森真理子忧郁地点了点头。

"没关系，你只要介绍一个当事人就可以了，之后的事情就交给我们吧。藤井先生的妻子叫什么名字？"

"我记得叫郁子。"

"藤井郁子？好的。她住在那幢公寓吧？"御手洗转过身，用手指着澡堂和烟囱后面的五层公寓。

"对，是的。"森真理子小声地回答道。

公寓楼看上去很新，从我们所在的位置望去，可以看见数不清的阳台。

"见她之前,我们先在这附近走走吧。"御手洗说完就自顾自地溜达起来。

在屋顶上坐过死者的藤并家被篱笆围住的一角往南,隔着一条小巷就是澡堂。

澡堂与藤并家不同,没有围墙,就建在宽阔的水泥地上。

瓦片屋顶两端安置着常见的兽头瓦,看上去像城堡一样威风又繁华。然而这巨大的建筑物已经完全变成废墟,木板墙和白墙上到处是醒目的涂鸦,高处的采光窗户玻璃也全被打碎了,我猜是附近的调皮孩子比赛扔石头的时候干的好事。

面向道路的正面入口处写着"藤棚汤"三个字,门被木板封死了,无法进入。于是我们绕到西侧的后门,发现后门被破坏了,门板歪斜在一边。我们侧着身子,很容易就能从门板的缝隙钻进里面的木板房,继而进到浴场深处。

这个贴着白色瓷砖的开阔空间,让我产生了一种莫名的伤感。墙上的富士山图被深红色的锈迹不断侵蚀,画面斑驳,色彩也变得含混不清。我姑且算是个画家,这样的场景让我感到心疼。绘画这种平面艺术,无论倾注了多少画家的心血,总有一天都会像这样走向衰败和灭亡。

从天窗照进来的混浊光线落在浴池的白色瓷砖上,不出所料,瓷砖上到处是孩子的脚印。目光所及皆是脏兮兮的灰尘和泥垢,木屑和碎石散落一地,到处布满裂纹,瓷砖的裂缝处也冒出了青草。

水龙头一字排开,表面的镀银早已脱落,露出了黄铜坯子,上面布满白色的锈迹。

浴池的底部已经完全裂开,成了杂草的安乐窝。

"这简直是罗马帝国的遗址啊。"御手洗在我旁边嘟哝道,

"看来这里是一个小王国。"

我们从后门出去,凉风立刻迎面扑来,左侧就是巨大的烟囱。我们走到烟囱下的锅炉前,御手洗顺着烟囱向上看,视线在空中停留了好一会儿。

烟囱的底部异常粗大,大概我们三个人张开胳膊手拉手才能勉强抱住。抬头看,烟囱顶十分遥远。下面是一个巨大的锅炉,让人联想到火葬场。

锅炉旁有一间小屋。御手洗抓住小屋木门的把手,轻轻松松就推开了。

"哦,这里还有很多煤炭和柴火,真稀奇。原来这个澡堂不是用重油来烧热水的。"

御手洗走到锅炉的金属门前,打开门朝里面看了看,正若无其事地准备钻进去时,我连忙上前制止。身上如果沾满煤灰,一会儿还怎么去见人哪?

藤棚汤澡堂与藤井家的大门和篱笆之间的道路没有铺水泥,白色的土路上散落着许多碎石。

这些碎石似乎是从澡堂后面的大型包月停车场一点点带过来的,因为停车场就在藤棚汤和藤井家的西侧,而停车场的地面正铺着这种碎石。停车场里种着许多楠树。树下稀稀拉拉地停着几辆好像是长期停在这里的汽车,其中一辆红色的保时捷九九四引起了我的注意。这个停车场就在刚才看到的爬满藤蔓的大谷石墙上方。

我们在这片面向黑暗坡的土地上走了一圈,发现土地的形状很奇特,像一个变形的四方形。如果把藤井公寓也包括进去,形状更接近三角形。

在这块形状奇特的土地上,以前有一家玻璃厂,后来变成外国人学校，现在又成了停车场。我突然想起一个学建筑的大学同学说过的话，他说三角形的地形从风水的角度来讲很不吉利。

或许是因为周围的植物气味过于浓重，或许是因为台风留下的凛冽气息，又或许只是因为屋顶上出现的离奇死尸，我的脑海里一直重复大学同学的那句话。

我们踏入的黑暗坡这片土地氛围阴冷，宛若无人之境，阴沉的天空下不时有大风刮起，树梢在风中猛烈摇晃，沙沙作响。我的心底划过一抹难以名状的怪异感觉。

"这个停车场就像建在森林里，真有意思。"御手洗走在铺满碎石的地面上说道，"横滨的黑暗坡和江户的铃森、小塚原齐名，都是有名的枭首示众刑场。一百多年前，无数死囚在这里被砍下脑袋。传说有很多身首分离的恶鬼在附近游荡。"御手洗的话让人毛骨悚然，"文明开化前夕，外国人在黑暗坡拍摄到的枭首示

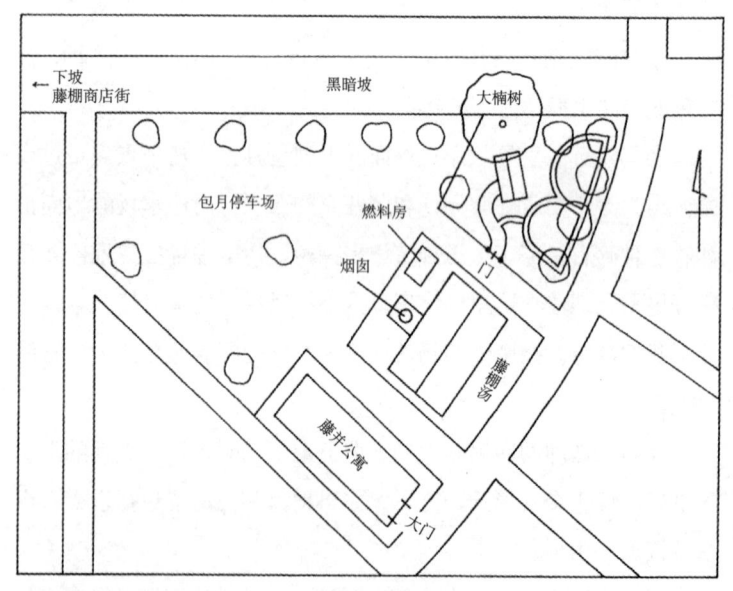

黑暗坡示意图

众照片，数量远超铃森刑场。"

"别说了，太吓人了。"听到我这么说，御手洗不再继续讲，只是扑哧笑了起来。

"我知道你听不得这些，但这次事件一定和这里的地域特征有关。石冈，我们还是要了解一下这里的历史。"说着，御手洗将两手插进口袋。

"藤并家和藤棚汤澡堂都有很悠久的历史。死者跨坐的洋楼战前就有了，澡堂已变成字面意义上的废墟，那棵巨大的楠树更是见证了文明开化前民众的各种愚昧行为。这里的一切都有时间留下的足迹。

"石冈，时间的流逝就是解开谜团的钥匙。在每日营生中，谜团就像水泡一样接二连三、此起彼伏，我们为此伤透了脑筋，试图一一解开，但其实我们什么都不懂。解开那些谜团，充其量只是给历史的伤口涂抹些药膏而已。对历史这副巨大的躯体而言，那些谜团小得就像指甲。而且谜团的本质是永远无法解开的，因为它们被封存在时空的迷宫里。人类倾注了所有心血，如果能在岩石中发现鹦鹉螺化石，或者在历史巨树上留下一道细小的年轮，就已经是无上荣幸。因为我们自己也只不过是历史长河中冒出的一个虚无缥缈的气泡。

"话说回来，这附近好像只有那幢公寓是新的。时间不早了，我们去拜见一下藤并夫人吧。森小姐，藤并卓先生有几个兄弟姐妹、他排行第几、和家人的关系如何，你知道吗？"

"我只知道他有一个弟弟……关于他们家的事，他曾经提起过几次，可是……

"他每次的说法都不一样。兄弟姐妹的人数不同，住址也是，时而说在品川，时而又搬到了横滨，一会儿是玻璃厂，一会儿又是一幢大房子，变来变去。后来我亲自跑了一趟，看到的却是这样一幢崭新的公寓。"

"啊……"

"嗯，正好，我们现在就去问问当事人，争取得到准确的信息吧。"

在御手洗的带领下，我们大步流星地向藤并家的豪华公寓大门走去。

7

我们进入藤并公寓的大门，大厅一侧的墙上整齐地排列着许多信箱，形成一道屏风。我们在标着四〇一的信箱下面找到了"藤并卓"的名字，看来他家在四楼。

走到大厅尽头的电梯时，森真理子渐渐放慢了脚步。我回头看她。

"嗯……我一定要上楼吗？"她的声音听起来很无助。

"很让你为难吗？"御手洗打起了官腔。

"嗯，还是有点儿……"

"藤并先生有孩子吗？"

"不，应该没有。他跟我说过没有……"

御手洗按下电梯的按钮，表情似乎在说藤并卓的话不可信。

"我只去过他家一次，并没有见到孩子，房间里也不像有孩子的样子。"

"他妻子是容易冲动的人吗？"

"不，她很温和沉稳，是个好人。可是……"

"丈夫以那种方式去世，谁能保证她现在还是个好人呢？请交给我吧。不知道藤井家现在是什么情况，搞不好家里来了很多准备办丧事的人，也说不定藤井夫人因为悲伤过度而怅然若失。我们见机行事吧，总之，我尽量不让你和她说话。"

御手洗说着，推了推森真理子的背，半强迫地将她推进了电梯。在电梯里，森真理子似乎非常紧张，始终沉默不语。

四楼的走廊静悄悄的，听不到说话声，看来藤井家并没有很多人。

藤井家位于楼道的西北角，在紧急逃生门的右侧。和别家不同，藤井家门旁的对讲机上有一块名片大小的铭牌，上面写着"藤井卓"。

明明是去逝者的家，接近门口时，御手洗却不合时宜地哼起歌来。听旋律，好像是莫扎特的《小夜曲》。他一边哼歌，一边毫不犹豫地按下了对讲机的按钮。森真理子站在我旁边，哭丧着脸。御手洗以这种方式哼歌，一般来说是他要开始胡说八道的先兆。

"哪位？"对讲机中传来一个女人低沉的声音。御手洗终于停下了哼唱。

"恕我冒昧，我是私家侦探御手洗。关于去世的藤井卓先生，我们想向你了解一下情况。"

"我现在谁也不想见。请回吧。"

"我非常理解你的心情，但是现在情况很紧急。如果继续拖延下去，杀害藤井先生的凶手就有可能逃跑了。"

"凶手？"

"对。郁子女士，你还不知道你先生是被杀害的吗？"

"不知道……这、这是真的吗？"

"警察什么都没跟你说吗？"

"没有。警察说这是一个意外……"

御手洗刻意地咂了咂嘴。"啧，那都是警察的惯用伎俩，他们总是不说实话。卓先生的遗体送回来了吗？"

"还没有，说是今天送到。你说我丈夫是被杀的，是真的吗？"

"当然是真的。我带来了一位证人，你一看便知。"

"是谁？"

"你打开门就知道了。"

对讲机的另一端沉默了。御手洗不动声色地瞥了一眼门口。这扇门应该是入住以后更换的，和其他家的金属房门不同，是精心制作的木门，而且没有猫眼。

门开了，链锁发出响声，门缝中露出了郁子夫人的脸。她敏锐地扫了一眼并排站在走廊上的我们三个，认出了站在我身边的森真理子，小声地"啊"了一声。两个不幸的女人再次相遇，相互微微点头致意。

"方便的话，你能把门上的防盗链摘下来吗？我们也是想为藤井先生报仇，配合我们调查你绝对不会后悔的。"

藤井郁子稍稍迟疑了一下，还是摘下了防盗链，用食指轻轻将门开大了一点儿。

"你是森小姐吧？你说掌握了我丈夫被杀的证据，是真的吗？"

藤井郁子一开口，就紧盯着森真理子的脸。

"我们的确掌握了证据。"御手洗连忙在旁边说道，"现在还不能直说，不过如果夫人能和我们谈谈，我们会在合适的时机向你透露的。"

御手洗是循循善诱的天才，总能巧妙地抛出对方感兴趣的话题。

"我叫御手洗，这是我的朋友石冈，这位森小姐是你早就认识的。森小姐委托我们进行这次案件的调查，她对藤井卓先生的死因充满疑问。"

"你是说，比起我这个做妻子的，这位小姐更有理由对我丈夫的死产生怀疑吗？"

"那么藤井夫人，你对藤井卓先生的死因没有疑惑吗？警察说他是主动爬上屋顶，然后骑在屋脊上猝死的，你能接受这样的解释吗？"

"这个……"

"你觉得很可疑吧？"

"嗯。"

"很想解开这个谜团吧？"

"当然。不过，这是森小姐该插手的事吗？"

"是夫人你该考虑的吧？"

"我想也是。"

"那么你可以尽管委托我们。至于费用，你完全不用担心。"

"你是认真的吗？"

藤井郁子大约三十五岁，长相文雅知性，但此时她的表情异常严厉，眼睛死死地盯住御手洗。

"我非常认真，森小姐也是如此。她和我的这位朋友通过相亲认识，现在两人正沉浸在热恋的幸福之中。她对毫无关系的藤井卓先生的死感到震惊，于是委托我进行调查。"

我被御手洗的这番话惊得目瞪口呆，森真理子也听得瞠目结舌。但藤井郁子的脸色有了明显的变化，表情变得柔和起来，脸上甚至浮现出一丝笑意。

"他们会结婚吗？"

"只是时间问题。不过，站在这里说话被邻居们听见也不太好，可以进去谈吗？不会耽误你太长时间。"

御手洗的半个身体已经进了门，藤并郁子也不再阻挡，微微点头让我们进去。

藤并家内部装修豪华，超出了人们对一般公寓的想象。玄关内是被擦得锃亮的木地板走廊，左右两侧各有一扇西式房门和日式拉门。粗略一看，应该是四居室。

藤并郁子打开最右侧的门，招呼我们进去。这里是藤并家的客厅，墙壁、地毯和天花板都很新。藤并郁子让我们坐在沙发上，她则转身出去泡茶。

"喂，你怎么说那种话？"我小声责备御手洗。

"什么话？"

"说我们相亲什么的……"

"啊，差不多吧。森小姐，你以前和夫人也是在这间客厅里谈话的吗？"

"是的。"森真理子紧张地点了点头。她面色潮红，可能还在为御手洗刚才的胡言乱语感到不知所措。

房内有一扇镶着磨砂玻璃的小门，是当时很少见的款式。门开了，藤并郁子端着茶盘走进来。

她将茶摆在我们面前，刚一坐下，御手洗就迫不及待地发问。

"警察说卓先生死于心脏停搏，是吗？"

"是的，刚发现尸体时和之后的电话里都是这么说的……"

"之后的电话，是指尸检之后吗？"

"对。"

"你先生的心脏一直不好吗？"

"完全没那回事。"

"那为什么会因为心脏停搏而猝死呢？你有什么想法吗？"

"完全没有。"

"你在平时和卓先生的日常生活中有没有察觉到什么？无论多么琐碎的事情都可以，请告诉我们。"

"警察也这么问过，但我确实一点儿头绪都没有。如果说我丈夫有什么异于常人的地方，那就是他有些目中无人，除此之外没有什么异常行为和古怪嗜好了。"

"那么关于爬上屋顶这一点，你怎么看？"

"对，这就是问题所在。警察也反复问过我这个问题，但是我完全不明白到底为什么……"

"你也不知道原因吗？"

"对，完全不知道。"

"他以前上过老屋的屋顶吗？"

"没听说过。"

"是吗？"

问这些话时，御手洗直视着藤并郁子，并时不时点头附和。

"我丈夫说过他有恐高症。就算不恐高，他也很难爬到那么高的地方吧……而且他完全不是行动派，总是沉默寡言，喜欢一个人看书、钓鱼。我无法想象他会爬到屋顶上去……"

"不好意思，请问你们是哪一年结婚的？"

"昭和五十一年。"

"哦，是相亲认识的吗？"

"是的。当时我在Y银行工作，是上司介绍的。"

"也就是说，Y银行和藤并家有来往吗？"

"我想是的。"

"这么算来，你们结婚已经将近十年了。"

"是啊……"

说到这里，藤并夫人的声音有些哽咽，脸上写满了悲伤，眼睛也湿润了。

但是御手洗这个人根本不会顾及女性的感受，依然无动于衷地继续问道："那么你非常了解卓先生的性格和为人，并且这九年多以来，他从没做过爬屋顶之类的事情，对吗？"

"完全没有。"

"不仅没爬过，也没想过要爬，是吗？"

"我从没听他说过那种话。"

"那边的老屋是卓先生的父母居住的地方？"

"是的，可是……"郁子夫人的泪水夺眶而出，声音变得含混不清。

"有什么不对吗？"御手洗也有些迟疑。

"没有，可是……"

御手洗没有说话，等着夫人继续说。

"你不知道吗？严格地说，不是我丈夫的父母。"

"为什么这么说呢？"

"那是我丈夫的母亲藤并八千代的房子。"

"那他的父亲呢？"

"我丈夫的生父叫詹姆斯·培恩，是个英国人。"

"什么？"森真理子在我旁边小声惊呼，"这么说来，他是混血儿……"

"对。"藤并郁子的语气稍显冷淡。

"那么培恩先生呢？"

"听说他在昭和四十五年和我丈夫的母亲离婚后就回英国了。"

"原来如此。那么现在住在老屋的都有谁？"

"我丈夫的母亲，还有她的再婚丈夫。"

"再婚的丈夫叫什么？"

"名叫照夫，听说旧姓是三本。"

"这幢公寓楼，还有旁边的澡堂和停车场等，都属于藤井家吗？"

"没错，以前这里都是培恩学校的范围。"

"原来如此，这块地现在仍然全部属于藤井家吗？"

"是的。"

"藤井家的土地就是这些吗？"

"对。从这里一直到黑暗坡的石墙，这一片被道路围起来的三角形或者说不规则四角形的土地，整块地都是学校旧址。"

"这么一大片地，可是一笔价值不菲的资产啊。当年这所学校的校长就是藤井卓先生的父亲吧？"

"是的，那是我丈夫已经回国的父亲以前为外国人的孩子创办的学校。"

"在那之前呢？"

"据说以前是一家玻璃厂。"

"听说更早以前是枭首示众的刑场，这是真的吗？"

"这个我不清楚。那些可怕的传说你们还是去问让先生吧，他是专门研究这些的。"

"让先生是谁？"

"是我丈夫的弟弟。"

"那他现在住在哪里呢？"

"也住在这幢公寓楼里。"

"哪个房间？"

"三〇一，就在楼下。"

"楼下位置完全相同的房间吗?"

"对。"

"你先生有几个兄弟姐妹?"

"三个。"

"卓先生、让先生,还有一位是谁?"

"年纪最小的是个妹妹,叫玲王奈。"

"玲王奈,真是个奇怪的名字啊。"

"你不知道玲王奈吗?她可是个模特。"

"我不知道。"

御手洗平时根本不看电视,他对娱乐圈的了解几乎为零。

"她很有名吗?"

"最近好像越来越红了。"

"如果是这样,稍后我可以问问我的这位朋友。"御手洗边说边向我使了个眼色。

其实,我一听到玲王奈这个名字,心脏就几乎要停止跳动了。

"玲王奈小姐,就是松崎玲王奈小姐吗?"我问。

"是的。"

我暗自庆幸参与了这次的调查。说起松崎玲王奈,她可是个超级大明星。她作为美少女模特出道,一路成长起来,是最近人气超高的混血艺人,经常出现在杂志封面和电视台的流行音乐节目上。

"啊?松崎玲王奈小姐?"森真理子也很惊讶。她似乎也是第一次知道藤并卓有这么个妹妹。

"玲王奈小姐也住在这幢公寓楼吗?"我问。

"她在这里有房子,就在五楼……但她好像不怎么回来,因为她在东京也有住所。"

"在东京南青山的公寓……"我刚说到一半,御手洗就打断了我。

"女明星的话题先到此为止,恐怕我的朋友对她已经相当了解了。那么你知道他们分别是哪一年出生的吗?"

"让先生是昭和二十二年出生的。"

"你知道他的出生日期吗?"

"我不清楚。玲王奈应该是昭和三十八年或三十九年。"

"他们年龄相差很大啊。"

"是的。"

"他们的母亲和再婚丈夫照夫先生之间没有孩子吗?"

"没有。他们是昭和四十九年再婚的,我婆婆八千代出生于大正十二年[①]。"

"这么说来,她再婚时已经超过五十岁了。"

"是的。"

"为什么要再婚呢?"

"不知道。"

"照夫先生多大年纪了?"

"听说是昭和七年出生的。"

"他是什么来头?"

"这我不太清楚。听说他以前曾在附近开过面包房。"

"让先生结婚了吗?"

"没有。"

"一直单身?"

"对。"

[①]一九二三年。

"藤井兄弟的母亲不关心儿子们的婚事吗？"

"可以说是毫不关心，以前从没让我丈夫去相过亲。我们还是在我丈夫公司同事的热心撮合下才结婚的。婆婆也从未催过让先生的婚事。"

"真是一位拥有正确人生观的女性啊！"御手洗十分佩服地说道。

"我婆婆是个很奇怪的人，从来不催我们生孩子。"

"哦。"

"听我丈夫说，她反而叫我们别要孩子。"

"哦？但是你婆婆自己倒是生了三个，而且年过半百还再婚了。"

"是啊。"

听了御手洗的话，藤井郁子苦笑着点了点头。

"我无法理解婆婆的想法……她从来不催促让先生结婚。"

"那么，让先生现在没有女朋友吗？"

"不……"说到这里，藤井郁子奇怪地笑了一下，"他正在和一个女人同居。"

"哦？同居很长时间了吗？"

藤井郁子抬起头，直视着御手洗，说："你是问和现在的女人吗？"

短暂的沉默之后，御手洗问道："也就是说，他先后与好几个女人同居过吗？"

"从我和丈夫住到这里开始，现在这位已经是第三个同居对象了。"

御手洗搓了搓手，他最喜欢和这种俗人打交道。

"真让人佩服，换句话说，他是个好色之人吧？"

"可能是吧,但我婆婆对此不闻不问。"

"没有孩子吗?"

"你是说让先生吗?他没有孩子。"

"藤井家两兄弟都没有孩子吗?"

"是的,我们也没有。"

"冒昧地问一下,你们为什么不要孩子呢?"

"我不想回答这个问题。"藤井郁子突然正颜厉色地回答道。

御手洗丝毫没有表现出受挫的样子,继续问道:"与让先生同居的女性都是什么样的人?"

"都是些陪酒女……"

"哎呀,不出所料!这可是一笔巨大的开销,就像在庭院的水池里养一条价值百万的鲤鱼一样,维护成本也太高了。"御手洗打了个极不恰当的比喻。

"所以……"藤井郁子稍有迟疑,又似乎不吐不快。不愧是御手洗,他就是有让女人对他推心置腹的本事。

"本来我不想说太多这方面的事情,但我丈夫和让先生因为钱的问题发生过几次冲突。停车场就是问题之一。停车场的经营收益本来是兄弟二人平分的,但是让先生经手管理后,钱立马就被他挥霍一空……"

"原来如此,都花在女人身上了。"

"嗯,是的。"

"这幢公寓的收益呢?"

"因为是新建的,还在偿还贷款,所以目前没有什么收益。我担心将来一旦有了收益,会出更大的乱子。"

"现在和他同居的女人叫什么名字?"

"千夏。"

"是个什么样的人呢?"

"她经常酗酒。"

"原来如此。"御手洗点了点头,继续问下一个问题,"让先生在做什么工作?"

"他以前留在Y私立大学研究室工作,还在一所女子高中担任讲师,后来因为一些传闻,丢了工作。"

"这么说,他现在无所事事吗?"

"是啊。他在这幢公寓楼和老屋那边都有研究室,一门心思搞自己的研究。"

"什么研究?"

"民俗历史之类的,还有关于死刑的研究……"

"死刑?"

"对。这一带以前是个有名的刑场,我想他一定是因此产生了兴趣。"

"那么,让先生一定经常出入老屋吧?"

"是的。"

"卓先生呢?"

"我丈夫很少到那边去。"

"老屋的日常管理、打扫和洗刷等事务都是由谁负责的?"

"由我婆婆现任丈夫照夫先生负责,附近照相馆的牧野夫妇也会定期过来帮忙。还有照夫先生的女儿,她放学回来后……"

"这个女儿是他带过来的孩子吗?"

"是的。"

"叫什么名字?"

"三幸。"

"几岁了?"

"好像是昭和四十三年出生的,现在应该是十六岁吧。"

御手洗的过人之处在于,在这样提问的时候,他从来不用做笔记或录音。

"照夫先生带过来的孩子只有三幸小姐一个吗?"

"对。"

"照夫先生的前妻呢?"

"据说已经过世了。"

"三幸小姐和照夫先生一样,总是待在家里吗?"

"三幸是高中生,每天都要去上学。"

"也就是说,目前家里在外面工作的只有玲王奈小姐了?"

"是的。虽然其他人都有过工作,但都做不长久。玲王奈小姐也有些任性,有时会连续一个月待在公寓里不出门。"

"她住在哪间房间?"

"五〇一。"

"这幢公寓里还有空房吗?"

"你想住进来吗?"

"我的这个朋友正在寻找新房。"

"虽然隔壁还没有人住,但是已经预订出去了,很遗憾……所以现在已经全部住满了。"

"真是遗憾啊,石冈!只能在马车道或者伊势佐木町附近找找新房了。还有一件事,藤并夫人,你丈夫应该不会自杀吧?"

听到御手洗的话,藤并郁子抬起头,注视着墙上那幅法国印象派画家的仿品画,过了一会儿才小心谨慎地说道:"我丈夫是个头脑非常聪明的人。"

森真理子也说过同样的话。

"他好像有我们常人无法理解的烦恼,似乎无法适应普通人朝九晚五的工作……他不适合那种生活方式。我想，他平时寡言少语，可能是因为在默默承受着这种烦恼带来的痛苦吧。侦探先生，我看你也是个聪明人，你能理解他的烦恼吗？"

"我完全没有这方面的烦恼。"御手洗挺起胸膛说道。

"是吗……"藤井卓遗孀的声音略显落寞。

"最先发现你丈夫尸体的是谁？"

"是附近的人。"

"附近的谁？"

"黑暗坡下面有一家叫'狮子堂'的玩具店，我听说是那里的老板最先发现的。"

"啊，那家玩具店吗？我们来这里的路上经过了。老板怎么称呼呢？"

"他姓德山。"

"是德山先生啊。听说发现尸体的时候，房子周围没有梯子，是这样吗？"

"梯子？什么梯子？"

"就是卓先生爬上屋顶使用的梯子。有人说发现尸体时那里并没有梯子，但后来又出现了。"

"是吗？我没听说过这回事。"

"这样啊。"御手洗似乎有些失望，"我已经大致了解了藤井先生的家庭情况。打扰你了，麻烦你百忙之中抽出时间回答，真是过意不去。但我敢说，你的帮助对我们的调查非常重要。关于让先生，我们现在到楼下去能见到他吗？"御手洗似乎对让最感兴趣。

"可能见不到，让先生应该在医院。"

"医院？什么医院？"

"你知道前面有一家藤棚综合医院吗？"

"不知道。怎么了？受伤了吗？"

"嗯，不过受伤的不是让先生，是我婆婆。"

"你婆婆藤并八千代女士？"

"对。"

"八千代女士怎么受伤了？"

"头盖骨粉碎性骨折，她差点儿就没命了。虽然暂时保住了性命，意识也恢复了，但她还在藤棚综合医院住院，医生说有可能会半身不遂或者出现语言障碍。"

"这是怎么回事？"御手洗的眼神变得锐利起来。

"详细的情况我也不清楚。你之后应该也会见让先生和其他家人吧，直接问他们就可以了。我不方便说……"

"是不是被暴徒袭击了？"御手洗语气略显尖锐。

藤并郁子垂下眼睑，踌躇了一会儿，小声说道："嗯，好像是。"

对她来说，家里出了这样的大事，实属家丑不可外扬，所以她不愿意提起吧。但她会不会认为这件事是因某个家人而起的呢？

在那之后，不管御手洗怎么劝说，藤并郁子始终对婆婆受伤之事避而不谈。看来她已经下定决心沉默到底了。御手洗显然也感受到了这一点，他看到藤并夫人眼眸低垂的样子，彻底死了心，靠向沙发。

"我明白了。不出所料，这个案子很有趣，接下来可能还会遇到不少棘手的问题，不能掉以轻心，必须迅速做出判断，采取行动。今天打扰了，可能以后还会再来打扰。如果你又有什么事想要告诉我们，请打这张名片上的电话，拜托了。"御手洗站起来，从怀里掏出名片递了上去，"最后一个问题，夫人，九月二十一日晚上十点左右你在哪里呢?"

"就在这里。"

"卓先生那天晚上做了什么?"

"他晚上八点左右就出去了,没说去哪里。"

"他经常这样吗?"

"是的,经常这样。"

"会不会有人打电话叫他出去?"

"电话确实响过,我丈夫接了电话。但不知道是不是那通电话叫他出去的,我至今也不知道电话是谁打来的。"

"那通电话是几点打进来的?"

"大概七点吧。"

"好的。"御手洗点了点头。

8

"石冈,我很清楚你接下来想见谁,不过我们还是先去藤并让先生的家吧。"御手洗按下三楼的电梯按钮,故意挖苦道,"如果能见到他的话,我有预感,这将是一次与众不同的对话。一个因为亲近女色而遭到大学和女子高中辞退的死刑研究专家,和因为晕船被赶下船的水手、因为恐高被开除的飞行员、因为文盲而丢掉工作的作家是同一类人。他们的行为背后肯定隐藏着某种真相……"

电梯门开了,喋喋不休的御手洗走在前头。

"你想想看,一个讨厌大海的水手,怎么可能不成为哲学家呢?啊,到了。"

"那个……"

森真理子刚要开口就被御手洗打断了。

"森小姐,麻烦你多陪我们一会儿,而且恐怕要辛苦你一整天。只要相关人士都知道是你委托我们调查这起案子的,准备工作就算完成了,接下来你就等着看我这个厨师能做出什么大餐吧。"御手洗高兴地说着,轻松地按下了门铃。然后他右手撑着墙,身体斜靠着。

他不再说话,仔细聆听着门铃上方那个小喇叭里的声音。但是小喇叭一声不响,于是他再次按下门铃。

还是没有回音。御手洗像往常一样瞪圆了双眼,朝我做了个鬼脸,好像在说没人在家。

当他再次把手伸向门铃时,金属门锁发出"咔嚓"的声响。

门轻轻嘎吱了一声,打开了一点儿。这扇门没有防盗链,但只开了一条缝,可以看到一头乱蓬蓬的卷发,像是刚睡醒的样子。头的位置很低,可见开门的是个矮个子。

"谁啊?"一个嘶哑的声音说道。单凭这个低沉的声音甚至无法分辨矮个子的性别。

"你好,这是我的名片。"御手洗弯下腰,拿出那虚张声势的名片,"请问让先生在吗……"

"现在不在。"

"是去藤棚综合医院了吗?"

"是啊。咦,你是侦探啊?"矮个子提高了嗓门,听声音应该是个女性。她盯着名片问道。

"是的。"

"哦,原来日本也有侦探啊,让我好好看看。我近视,现在没戴隐形眼镜。"

说着,她从门缝里走了出来,仔细观察御手洗的脸。我们终于确认矮个子是个女人,而且是个很有特点的女人。她的脸蛋长得还算标致,画着很浓的妆,还戴着现今已经很少见的假睫毛。连我这种对化妆一窍不通的人都能看出戴了假睫毛,可见不止一层。

她稍一靠近,就能闻到一股浓烈的酒味,我猜她一定喝了不少威士忌。

"哎哟,很有男子气概嘛。"在离御手洗二十厘米左右的位置,女人用欢场典型的问候明示了自己的身份,"如果是侦探的话,你一定很喜欢女人吧?"

"为什么这么说?"

"外国的电视节目常出现的嘛,侦探和女委托人上床什么的。他们救出被绑架的女孩之后也会打情骂俏。"

"只有堕落的美国侦探才会那样。"

"你不那样做吗?"

"我们是有分工的,那方面的事交给这个男人来做。"御手洗指了指我。

"哦?还有一个啊。"这个戴假睫毛的小脸女人开始上下打量我,"你也还凑合,但是,我还是喜欢这个。你,不进来喝一杯吗?"

"当然没问题。"御手洗爽快地答应道,抢在女人前面进了房间。我想制止他,但已经晚了,只得跟了进去。

和楼上大哥卓的房子不同,让的家室内装修相对朴素。一进门就是厨房,看起来值点儿钱的家当就只有一张厚重的实木大桌和几把配套的椅子了。厨具都很普通,墙上贴的壁纸也并不高级。

"你们坐吧。"

说着,她粗暴地拉出两三把椅子,接着打开橱柜的玻璃门,拿出三个杯子,又从冰箱里取出冰块。大木桌上已经摆着开了盖的白马牌威士忌。

她好像完全没把森真理子放在眼里,虽然拿出了三个杯子,却只给我和御手洗的杯子里放入冰块和威士忌。她高高地举起自己刚才喝了一半的酒杯,说了声"干杯",一看便知是个见惯了热闹场面的豪爽女人。

"虽然我不认识你们,但是,干杯!"她又说了一次,然后自顾自地仰头喝掉了一大半。御手洗给她的名片早就掉到了地上。

"千夏小姐,跟我们说说藤并让先生的事吧。"

千夏瞪大了眼睛。"你怎么知道我的名字?"

"因为你很有名啊。"御手洗回答道。

听到这话,她直接用拿酒杯的右手勾住御手洗的脖子,说道:"真开心!"

"千夏小姐,千夏小姐,这种事情应该交给这位帅哥。"

"不要!我喜欢你!"她说。

"喂,石冈,你倒是帮帮忙啊。"御手洗向我求救。

"我应该怎么做?"

"把她拉开。"

"恕我拒绝。"我回答。

"千夏小姐,让先生会生气的。而且这样我们就没法说话了,快跟我说说让先生的事情吧。"御手洗使出浑身解数,挣脱了出来。

"啊!那个变态,我才不管他呢!"她叫道。

"变态?"

"对,变态,脑子有毛病!"

"也经常有人这么说我。他怎么变态了?"

"他啊,整天研究什么世界的和古代日本的死刑,真的很恶心!说不定什么时候他会把我也杀了呢。"

"他对你做了什么吗?"

"那种事,我无论如何也说不出口。但是,等到只剩我们两个人的时候,我会慢慢告诉你的。"千夏笑着依偎着御手洗,似乎对御手洗很满意。御手洗始终坐怀不乱,表情却哭笑不得。

"他是个虐待狂,还喜欢屠杀动物。为什么这么说呢?前几天,他在我面前杀死了一只小鸟。"

"小鸟?"

"对!你猜他是怎么杀的?他把鸟泡在酒里了。哈哈哈哈!"千夏笑得前仰后合。

在我看来,她说藤并让的脑子有问题,她自己也好不到哪里去。又或许是因为她醉了。

"你认识死去的卓先生吗?"

"卓先生?啊,是让的哥哥吧?真是个可恶至极的家伙。"

"哦?他是个可恶至极的家伙吗?"御手洗故意问森真理子。

"对!那家伙也很变态,整天绷着脸,摆出一副好男人的样子,恨不得让全世界都知道他是个帅哥,以为全世界的女人都会为他着迷。做梦去吧!开什么玩笑,我可不吃那一套。"千夏说道。

"你不喜欢他?"

"我不喜欢他,我喜欢你!"

"他的性格怎么样?我是说卓先生。"

"一句话,阴险毒辣,像蛇一样。"

"哦?"

"他们一家人一个德行,都是疯子。表面上一副通情达理的样子,实际上他们都瞧不起人。相比之下,让好多了。这一家里只有让对我最好。"

"他们都对你不好吗?"

"不好,他们都把我当垃圾。'喂,滚开。'就是这种态度。"

"所以如果不喝酒的话,根本忍受不了。"

"就是,我还不如待在川崎的夜总会呢。在那里虽然会被客人拉去厕所动手动脚,但也比在这里强啊。这儿真是个鬼地方。"

"玲王奈小姐也一样吗?"

"那个女人?她最不正常,完全是个疯子,狂妄自大,蛮横无理。她以为自己是谁啊?"

"藤并卓的夫人怎么样?她看上去挺正常的……"

"那个女人也是个伪君子,表面上挺正经的,其实不是什么省油的灯,难以捉摸。这下老公死了,她不会善罢甘休的,肯定正磨刀霍霍谋划着夺家产呢,等着看吧。"

"藤并家的确家财万贯。那么,藤并八千代老夫人怎么样?"

"那个人就不清楚了,我来这里之后还没跟她打过交道呢,没什么可说的。不过啊,上梁不正下梁歪,你看她儿子就知道了。"

"照夫先生如何?"

"他还算正常。我看就是个普通人吧。"

"照夫先生带过来的女儿三幸呢?"

"她是个好孩子,还很年轻,只是个孩子。这一家子啊,特别是老屋那边,幸好有这对父女,否则早就乱成一团了。"

"你知道八千代老夫人和照夫先生结婚的来龙去脉吗?"

"不知道,不过是男女之事吧。"

"关于八千代老夫人的前夫詹姆斯·培恩呢？"

"他啊，听说是个了不起的英国绅士，适合搞教育的道德家，和蔼可亲，循规蹈矩，生活规律。他每天散步的时间都雷打不动，附近的居民可以根据他散步的时间来对表。"

"确实会有这种人。他们从用餐时间到一日三餐吃什么，甚至连洗澡水的温度都要提前计划好。这种人对于自己的葬礼，从仪式到预算，再到墓地的大小，都在遗嘱里写得清清楚楚，他们的亲人倒是很省事啊。"

千夏又笑得合不拢嘴，似乎平时生活极度缺少笑声和快乐。"你啊，还真有意思，太逗了，我很久没这么开心了！我以前常去川崎的夜总会，在那里都没见过像你这么有意思的男人。"

对这等莫名其妙的夸奖，就连御手洗也无言以对。

"听说培恩先生来自苏格兰？"

"好像是吧。"

"你知道是苏格兰的什么地方吗？"

"好像是一个叫因弗内斯的地方。我记不清了，让也不怎么聊这些，他说的都是些杀人的事。"

"杀人的事？"御手洗继续刨根问底，"是死刑的故事吗？"

"那是肯定的，不过还有什么动物或植物杀人之类的……"

"植物杀人？"

"嗯，记不清了，他好像是说过这种事。"

"培恩先生和八千代老夫人离婚之后就回家乡了，现在住在因弗内斯，对吗？"

"不，他只是出生在苏格兰，据说来日本之前一直住在伦敦郊外。"

"伦敦的什么地方？"

"不清楚，你自己去问八千代吧。"

"她还能说话吗？不是受伤了吗？"

"啊，是啊，也是。"

"除了八千代老夫人，还有谁了解培恩先生呢？"

"没有了吧。藤井卓好像知道不少，但他已经死了。"

"让先生呢？"

"他好像不怎么清楚。"

"如果他们是昭和四十五年离的婚，昭和二十二年出生的让先生那时已经二十三岁了，应该有记忆吧……对了，千夏小姐，关于八千代老夫人受重伤，你有什么看法？"

"什么看法？"

"她为什么会受伤，还差点儿没命了？如果只是摔倒不会受那么重的伤。"

"嗯，啊，没错。"

"为什么伤得那么重？"

"我不知道。我要是乱说，到时候被抓起来就惨了。"

"我不是警察，你不必担心。老夫人什么时候受伤的？"

"应该是那个台风夜吧。"

"那么，和卓先生的死在同一个晚上，对吗？"

"对。"

"在哪儿？"

"就在那棵楠树下。"

"楠树？老屋后院的那棵吗？"

"对，就在那棵可怕的大树树根。当时她倒在雨中，被照夫先生发现了。如果发现得再晚一点儿，她肯定没命了。"

"她为什么会去那里？"

"我怎么知道？"千夏边说边咕嘟咕嘟地喝起了威士忌。

"大概几点？"

"说是十点左右吧。他们是这样告诉警察的。"

"十点？"御手洗表情严肃，双眼熠熠生辉，"这和卓先生的死亡时间重合……这么说，卓先生当时已经死在屋顶上了？"

"照夫和三幸发现八千代之后就赶紧给藤棚综合医院打电话，听说那个时候他们还往屋顶上看了一眼。"

"看了一眼？发现了什么？"御手洗激动地追问道。

"屋顶上没人。"

"没人？还没有人吗？"御手洗两眼放光，终于忍不住站了起来。他挪开椅子，走到墙边，额头贴在壁纸上："这么说，卓先生是后来才上到屋顶的……"

御手洗离开墙边，像往常一样来回踱步，自言自语："藤并卓在屋顶上离奇死亡，藤并八千代身受重伤险些丧命，两者绝非无关。按照刚才的说法，首先是八千代差点儿被打死，然后才是藤并卓爬上屋顶丧命。这两件事都发生在大楠树旁边。到底是为什么？这两件怪事想必都和大楠树有关……"

"最近卓先生和八千代老夫人的关系如何？"御手洗停止踱步，继续问千夏。

"不知道。应该没什么特别的吧？"

"要查一查那棵大楠树，那棵树一定有问题。"

"是啊，听说那是一棵可怕的树。"

"可怕的树？"

"嗯，让说那棵树上附了很多恶鬼，还杀了很多人。"

"树杀人？怎么杀的？"御手洗停下脚步，咬着牙问。

"不清楚。是让说的，你去问他吧。但这附近的人都知道。"

"你不知道吗?"

"不知道,我是最近才来的。我只知道那棵树很可怕。"

"嗯……后来八千代老夫人怎么样了?"

"救护车把她送到藤棚综合医院,立刻做了手术,她才捡回了一条命。"

"是吗?原来如此。"说完,御手洗盯着天花板看了好一会儿,又把视线移到千夏身上,"八千代老夫人遭人袭击那天晚上十点左右,让先生在这里吗?"

"警察也问过这个问题。"千夏说。

"然后呢?"

"我本来应该跟警察说他在这里的,可是……"

"如果你是他妻子的话。"

"对,但我不是他妻子……"

"他不在这里,对吗?"

"我一直在这儿,但他九点左右就出去了,大概是去老屋那边的房间了吧。"

"是吗?"御手洗点了点头。

昭和二十年，黑暗坡 ——

夏日已至，蝉声聒噪，暑气蒸腾，热得让人受不了。

当时日本仍处在战争的水深火热之中，黑暗坡周围一片死寂，大人们早已习惯了屏住气息悄然度日。

但是战争似乎和孩子无关，他们依然无忧无虑地在宽阔的原野上撒欢。战争期间，家家户户都过着苦日子，谁也买不起像样的玩具，但男孩们根本不在乎。他们会想尽一切办法玩耍，个个都是天生的探险家。

黑暗坡上的废弃玻璃厂就是孩子们冒险的好去处。

那一大片废弃工厂被大谷石围墙和生锈的黑色铁栏杆围住，但已经破损不堪。尽管大人们严令禁止，那些淘气的男孩还是能通过围墙的裂缝或者直接翻过缠着锁链的铁门进入厂内。对他们来说，进入玻璃厂简直易如反掌，不会受到责罚。

工厂内悄无声息，到处锈迹斑斑。墙壁和天棚上的镀锌铁皮早已老旧破烂，满是红褐色的铁锈。

厂房里聚积了一天的暑气，闷热难当。偌大的车间里堆放着各种用途不明的机器，全都布满锈迹，早就停机报废了。

机器周围的空气中常年飘浮着一层白色的灰尘。午后的阳光从天棚的破洞照进来，形成一道顶天立地的白色光柱。

凉一郎和亲戚光二两个人进入玻璃厂，把放小水瓢的托盘摆在已经变成褐色的水泥地上。他们刚和附近的姐姐玩过水。

凉一郎就住在黑暗坡，离废弃玻璃厂很近，邻居家的大哥哥经常带他进来玩，所以他对工厂了如指掌。

废弃工厂里不仅有很多好玩的东西，角落里还有一个高大的烟囱，烟囱下面是个锅炉。凉一郎当时只有四岁，体形很小，完全可以自由出入锅炉。

他喜欢仰面躺在昏暗的锅炉里，即使在严冬也很暖和。是风吹不进来的缘故，还是那里的地面和别处不同，特别温暖呢？

仰面躺在锅炉中，凉一郎的脸在烟囱的正下方。长长的烟囱向上延伸，高得看不到头。在那很高很高的地方，可以看到像满月一样圆圆的蓝天。凉一郎喜欢这样凝视上空。多么神奇，外面明明还是白天，定睛一看却能看到若有若无的星星。

邻居家的大哥哥第一次领他进来的时候，凉一郎就发现了这个秘密，并把秘密告诉了大哥哥。所以之后每次进来，他们二人都会在锅炉里待上一会儿。

刚进锅炉的时候会有些害怕，因为里面又黑又窄，但待上一会儿就习惯了。对凉一郎来说，这里简直就是一个秘密基地，让他既兴奋又开心。

凉一郎把秘密基地告诉了亲戚家的哥哥。这位名叫光二的哥哥比凉一郎大三岁，完全不相信这回事，因为白天不可能看到星星。

凉一郎不甘心，拼命解释。他说，在很高很高的烟囱顶，能看见像满月一样的蓝天，白色云朵缓缓飘过，小星星躲在云间闪烁。这一景象凉一郎已经看过无数次了。

但无论凉一郎怎么说，年长的光二就是无法相信。于是两人约好去现场看个分明。

昭和二十年某个夏日傍晚，凉一郎和光二走进了那座废弃工厂。工厂里像往常一样散发着一股工业药水的味道，也许是制造玻璃时使用的某种化学药剂吧。踏入工厂，吵嚷了一整天的蝉鸣声骤然停下，风也止住了。

盛夏午后的阳光异常猛烈,气温虽高,但白天还有些凉风,不算难熬。傍晚本应该更凉爽,风却突然停止,反倒比白天要闷热许多。

来到锅炉前时,两个男孩都已汗流浃背。汗水浸透了他们沾满灰尘的小背心,汗珠顺着裸露在外的小黑胳膊和肩膀不停往下淌。

这么热的天气,狭小的锅炉里一定更加闷热,两个孩子早就失去了钻锅炉的兴致。他们并排站在那里,望着高高的烟囱,然后决定寻找更有趣的东西。废弃工厂就像一个游乐园,到处都是好玩的。

于是,他们离开锅炉,在工厂里到处转悠。突然,一个有趣的东西映入眼帘,那是一个飞机机翼的残骸。

那当然不是什么玩具飞机,而是个真家伙,巨大的机翼上画着"日之丸"的标志。

但眼前的东西和儿童画册上的零式、疾风和改进型紫电等战机不同,它的机翼不是金属,而是布。布的颜色也不是银色或绿色,而是红褐色的。看来,这有可能是两个孩子没见过的训练机的机翼。到底是谁把这个大家伙扔在这里的?

既然有机翼,说不定就会有机身和驾驶舱,如果能找到有操纵杆和挡风玻璃的驾驶舱就好了。想到这里,两人无比兴奋。因为机翼上没有武器,所以驾驶舱应该没有扳机之类的东西,但坐进飞机的驾驶舱已经是两人的梦想了。那时候的男孩子都爱做这样的梦。

他们在工厂里找了半天,却并没有找到梦寐以求的机身和驾驶舱。多半是哪个军人单独把机翼扔在这里了,两个男孩非常沮丧。

天慢慢黑了,微风徐来,已有些凉意。他们决定回家前再到烟囱底的锅炉前看看。

太阳已经下山,这时再钻进锅炉也不好玩了。不过,临走之前,凉一郎还是顺手拉了一下其中一个锅炉门。

就在这时,右侧的锅炉门突然"咣当"一声打开了。两人吓得魂都没了,拔腿就跑,边跑边回头看,锅炉里居然蹿出了一个留着短发、脏兮兮的小人影。

凉一郎觉得小人影似乎和他年纪差不多,但是因为身上太脏了,甚至分不清是男是女。小人影穿着灰色的破衣服,从锅炉里蹿出来后一溜烟地跑了。

凉一郎和光二下意识地追了上去。

三个孩子在散发着铁锈味、药品味和腐臭味的玻璃厂废墟里横冲直撞。

玻璃厂北边有一片小树林,树林里有一幢洋楼,原本是玻璃厂老板的住所。附近只有这幢洋楼还算崭新漂亮,但现在已经人去楼空了。

小人影飞快地穿过这片杂草丛生的树林,两个男孩在后面紧追不舍。

洋楼的外墙挡住了短头发的去路,于是小人影沿着墙根跑,在墙角右转。那里有一棵巨树,正是远近闻名的大楠树。

两个男孩追到这里,突然"啊"的一声停住了脚步。他们并非因为楠树太大而惊讶,这棵楠树凉一郎经常看见,光二也在黑暗坡远远地望见过好几次。

令他们吃惊的是,刚才他们到处寻找的训练机的机身,此时就靠在大楠树粗壮的大树干上。

机身上的布已经破损,骨架裸露在外,那副巨大的躯体就像曾经在照片里看过的恐龙化石。

短头发没有停止脚步，毫不犹豫地爬上树干，像爬梯子一样踩着机身骨架飞快地向上爬。

两个男孩站在那里默默地看着，都为短头发捏了一把汗。

短头发一言不发，不哭也不喊。两个男孩完全搞不懂短头发为什么要跑，又为什么要爬到那么高的地方。

很快，短头发爬到机身骨架的顶端。那附近的树干有一个小平台，于是他迅速移动到树干上，蹲了下来，一动不动。

这时，蝉鸣声四起，太阳已经完全下山，周围彻底暗下来了。树干上蹲着的小人影就像猫一样，完全融入树影中，已经看不到了。尽管如此，两个男孩还是站在原地，目不转睛地看着。

"啊！"

突然，传来一声尖叫。两个男孩终于听出短头发是个女孩了。

黑暗中，他们隐约看见短发女孩高举双手，拼命挣扎。短发女孩怎么了？原来她的下半身掉进树洞了。

"救命！"女孩大声呼救。

慢慢地，她的身体陷入树中。

暮色中两个男孩瞪大了眼睛，看得出神，不由得向大楠树挪了几步。

女孩的双手在空中不停地用力挥动，哭喊声震耳欲聋。

两个男孩转身就跑，慌不择路。这一情景太恐怖了，他们不禁觉得跑得越远越好。

他们头也不回地沿着工厂的铁皮厂房狂奔，但不管跑到哪里，都能听到女孩的哭喊，声音仿佛就在耳边。他们强忍着泪水，连滚带爬地从石墙的缺口钻出来，一口气爬到工厂外的马路上。他们就像被鬼掐住了脖子一样，缩着头顺着黑暗坡飞奔而下。

好不容易跑回了家，凉一郎惊魂未定，气喘吁吁地站在电灯下。仔细一瞧，他的手脚上好多地方都擦破了皮，鲜血混着脏污的汗水不停地往下流，可能是从石墙缺口爬出来时擦伤的。凉一郎被吓傻了，这时才感觉到伤口疼痛难忍。

飞走的青铜鸡

出了藤井公寓，御手洗在前面迈着大步走向藤井家的老屋。我用眼神示意森真理子快跟上，自己也紧随其后。

御手洗一言不发，显然他的大脑正在高速运转。他从烟囱下走过，经过藤棚汤澡堂的后门，来到藤井家的老屋。沿着枳树篱笆走到雕刻着狮头的大铁门前，御手洗双手抓住铁门，轻轻晃了晃，门没有开。门的内侧插着门闩，上面还挂着一把又大又重的锁。古旧的门柱上有一个锈迹斑斑的对讲机。御手洗焦急地按下了对讲机上的门铃，但是等了很久也没有回应。

"坏了吗？"御手洗嘟哝道。

实际上，无论是阴气森森的花岗岩门柱，还是刷着厚重油漆却浮满锈迹的黑色铁门，抑或从这里就能望见的爬满常青藤的洋楼，都给人一种恍如隔世的苍老感，俨然一幢废弃的老房屋。一阵风吹过，常青藤的叶子齐刷刷地颤动，像在窃窃私语。一股老古董特有的古旧气息从洋楼内飘荡而来。

或许是阴天的缘故，透过洋楼的窗玻璃能隐约看到楼内，里面昏暗得令人毛骨悚然，似乎阳光从没照进去过。据说这幢老房子建于"二战"前，镶着玻璃的白色窗框几乎完全朽坏。看样子，门框和门板应该是从"二战"前使用至今。这样的老建筑在英国比较常见，但在日本几乎没有。正如御手洗所说，门柱上的这个对讲机也像个老古董，根本不像能正常使用的样子，我甚至怀疑这幢房子里至今还住着人。

御手洗还在哐啷哐啷地摇着铁门。当他半开玩笑地说干脆翻门进去的时候，我不禁慌了手脚。

事实上，铁门的高度只到我们的胸口，要翻进去也并非难事。

"可恶，从这里根本看不清大楠树。它在洋楼后面。"御手洗懊恼地说道。

我终于知道御手洗为什么这么抓狂了，原来他想近距离看看长在老屋土地上的那棵大树。

"你想看大楠树吗？"我问。

站在这里，只能望见屋顶上方树冠雄伟的枝干。

"你不想见识一下吗，石冈？"御手洗注视着洋楼，看都不看我一眼，"这可是一棵会杀人的树啊。我见过很多杀人魔，杀人的动物也见过，唯独没见过杀人的植物，一定要见识一下。八千代险些丧命和她儿子藤并卓死亡，这两件事肯定和这棵杀人的大楠树有关。"御手洗说完朝我看了一眼。

"是的，石冈，真的有关系，不可能没关系。"御手洗继续说道。

他又按了几下门铃，还把手摆成喇叭状连喊了三声"有人在吗？"

"不行，好像真的没人。八千代老夫人住院了，丈夫照夫陪护，女儿三幸上学，应该是这样的。遇到这么有趣的案子，我可不想因为私闯民宅被逮捕。还是别翻铁门了，我们去一趟医院或者找附近的人打听打听吧。"御手洗说着，依依不舍地离开了大门。

从黑暗坡下来，直奔藤棚综合医院的途中，我觉得肚子有些饿了，于是告诉了御手洗。

"森小姐，你肚子饿吗？"御手洗的语气有些不耐烦。

"嗯？不……"森真理子回答道。她似乎根本没思考过这个问题。

"不饿吗?"

"我现在没胃口。"她说。

御手洗不屑地看着我。我连忙摆了摆手,说:"好了,知道了。"我清楚御手洗思考问题的时候基本茶饭不思,只好怪自己多嘴。

坡底的左手边有一家店,店门口的铁皮招牌上白底黑字写着"狮子堂"。店面是老式的木框玻璃门,门向左右两边敞开,货架上摆满了各种玩具和包装盒,有点儿像夜市里的露天小摊贩。黑暗坡两侧,除了这家店以外,就没有其他店铺了。

店老板应该就是发现屋顶死者的第一目击证人。从店门口走几步,站在坡道中央,回头看向石墙上方昏暗阴森的藤并家,的确能望见被藤蔓遮住大半的墙壁、茂密的大楠树和右边藤并家老屋深灰色的屋顶。老板当时看见屋顶上坐着个一动不动的人,一定吓得不轻吧。

"这就是德山老板的狮子堂吧。进去打听打听。"御手洗自言自语着走进店内。

可能是阴天的缘故,店内有些昏暗。我本想跟进去,但因为连续见了两个女人,有些疲惫,于是和森真理子站在店外等着。

森真理子站在坡道上,久久地凝忘着大楠树和隐约可见的老洋楼屋顶,脸上浮现出难以言状的悲怆神情。

虽然现在屋顶上什么也没有,但她可能和我一样,也在脑海中想象着藤并卓跨坐在屋脊上的画面吧。那是她深爱过的男人。

这种画面一般很难想象,因为它超出了我们的认知,对森真理子来说一定也是这样。然而不可思议的是,看着这幢建于"二战"前的古色苍然的房屋和树龄不知有几百年的大楠树,脑中很容易浮现出身穿绿色毛衣的男人跨坐在屋脊上的画面。因为黑暗坡这片土地和藤并家老屋已经营造出了某种特殊的氛围，让人很容易产生这样的想象。

御手洗和一个矮壮的中年男人从昏暗的店内走了出来，那人正是德山。德山抬起右手指着老屋，边兴高采烈地说着什么边往外面走来。刚开始他并没有注意到站在坡道上的森真理子和我，直到完全走出店门才意识到我们的存在。他向我们微微点头致意，我们也点头回应。

"这是石冈和森小姐，这位是第一目击证人德山先生。这么说，在德山先生之前，没有人注意到屋顶上的藤并先生吗？"

"应该没有。是我发现后开始叫嚷，其他人才围过来引发骚动的。"

"当时你一定吓坏了吧。"

"是啊，我怀疑自己看错了，心想难道那是个人？我往坡上走，就渐渐看清了，果真是个人啊。但是，他怎么一动不动呢？那人在屋顶上做什么？我越看越觉得不对劲。"

"是昨天早上吗？"

"对。台风过后，这边的路上到处都是枯枝落叶，还有什么报纸、纸袋、被吹落的告示板之类的，真是乱七八糟，一大早就感觉很不对劲。"

"看到死者的表情了吗？"

"看到了。我走到坡上，一直到洋楼周围的墙根。"

"死者是什么表情呢？"

"怎么说呢，面色苍白，完全没有表情，就好像戴着个能乐[①]

[①]能乐，日本最具代表性的传统仪式形式之一。能乐的特点是面具，通常在扮演孤魂、妇女、儿童和老人时会使用面具。

面具，眼神是空洞的。"

"表情并不痛苦，脸上也没有外伤吗？"

"嗯？"

"没有外伤吗？"

"没有，我看了，脸上很干净。"

"那梯子呢？"

"什么梯子？"

"就是藤并先生爬上屋顶用的梯子，靠在老屋旁边吗？"御手洗问道。

"不，我们发现屋顶上有人后就往房子走去，在周围转了一圈，没看见有梯子。"

"没有吗？"

御手洗的反应比我想象的要冷静很多。从看到报纸的那一刻起，他就一直很在意梯子的问题。

"嗯，没有看见梯子，但我们也只是在围墙外面看了看，进不去里面。靠近黑暗坡的那一侧看不清，站在东边的路上又有枳树篱笆挡着，只有站在大门和藤棚汤之间的那条路上才能勉强看清房子附近的情况。从这里也看不到房子背面，所以我们无从得知具体情况。"

"或许梯子靠在不容易被看见的地方。"

"是啊……"

"但是，要上到那幢房子的屋顶，不一定非用梯子吧。如果是日式房屋，不用问，肯定是需要梯子的，但如果是藤并家的话，从三楼阁楼的窗户爬出去，照样能上到屋顶。"

"是啊。"德山点了点头。

我这才明白御手洗反应冷静的原因，看来梯子的问题已经不重要了。

"附近的人对此议论纷纷吧？"御手洗问。

"没错。但是关于那幢老宅和那棵大楠树，一直都有各种各样的传言，在这里住久的人也都见怪不怪了。"德山点头说道。

"各种各样的传言？"

"嗯。"

"都是些什么内容呢？"

"嗯……我不太喜欢喋喋不休地谈论别人家的事情。这一带的老人比我更了解情况，你可以去问问他们……"

"我保证不会跟任何人说是你告诉我的。"御手洗立马拍着胸脯说道。

德山瘦削的脸上浮现出一丝苦笑，又很快消失了。在我看来，那笑容更像是因为恐惧的颤抖而僵住的。

"哎呀，这里的人都知道……"德山压低了声音，脸上还是苦笑的表情，"石墙上面的那一带，是我们小时候就经常谈论的地方，好像是非常可怕的场所。尤其是那棵大楠树，据说是一棵被诅咒的树，我从小就听说它的周围经常有冤魂作祟。"

"哦？"

德山说话的时候，脸上的肌肉像痉挛一样微微抽搐。我这才明白，那抹苦笑其实是恐惧的表情。

"都是些传说，我也将信将疑。所谓传闻，不免有添油加醋之嫌。有人说，大楠树是吸了砍头流出的血才长得那么大的；有人说，大楠树的一根粗树根伸进了专门用来清洗断头的血井里；还有人说，一个大盗被砍下的头突然'嗖'的一声飞到空中，咬住一根树枝，怎么也不松开，就那么一直挂着。这些传闻我都不信。小时候听到确实很害怕，不敢到坡上去，怕被诅咒，也怕被树上的冤魂附体。就算不得不到坡上去，也只敢沿着大楠树另一侧的路边走，不敢走在树枝下面，更不敢靠近藤井家的老屋。不过，现在已经是成年人了，知道那些传闻都是迷信。毕竟如果真的相信那些，现在不可能还住在这里。"

"言之有理。"御手洗认真地附和着。

"不过，确实发生过离奇的事情。听说曾经有一个五六岁的女孩尸体被吊在大楠树上。那是我刚出生不久的事情，我完全没有记忆。"

"吊在树上？怎么回事？怎么吊起来的？"

"具体情况我也不太清楚，因为没有亲眼所见，只是听别人讲过，但是这一带的人都知道那件事。那是起严重的恶性事件，当年报纸曾大肆报道，新闻和纪录片铺天盖地，心理学家和动植物专家都来了，轰动一时。按照现在的说法，那应该是一种超自然现象，也就是怪谈。"

"女孩的死因是什么？"

"不知道。据说女孩的尸体布满咬痕，惨不忍睹。"

"咬痕？是牙印吗？"

"这个嘛，不知道到底是什么样子的，但是，树一般不会有牙吧。"

"确实。大家都认为是大楠树干的吗？"

"毕竟有谁会对一个只有五六岁的孩子做那种事呢？她太小了，不会被抢劫，也不可能成为施暴的对象，更不会是复仇的目标。"

"嗯。"

"而且，杀人手段过于残忍。孩子的头被扭断了，垂在身前，面目全非，浑身是血。"

森真理子低下头,发出微微的呻吟声。她从我身边走开数步,弓着背,好像在拼命抑制涌上的恶心感。我很想走过去看看她,但德山讲的故事虽离奇却十分吸引人,最终还是好奇心占了上风。

"女孩的衣服已经破烂不堪,身体也没有人形了,只是一团黑红色的肉块。据说她已经死了两三天了,当时手脚和肚子都溶化了一半。"

"溶化?"

"嗯。"

"为什么会溶化?"

"大家都说是被树消化了。"

"被树消化?也就是说,那棵楠树吃掉了女孩吗?"

"是啊,大家都这么说,说是楠树吃了一半时被发现的。"

"食人树吗?还有这种荒唐的事?"

"的确违背常识。但是完全没有凶手的线索,所以大家渐渐认为这是一桩灵异事件了。"

御手洗抱着胳膊,嘴角挑衅地上扬。

"但是楠树怎么吃人呢?它没有嘴啊。"

"不,那棵树不一样。那根粗大的树干上有一部分是平的,那里张着一张血盆大口。"德山的语气非常肯定,仿佛亲眼见过。

"那是嘴吗?"御手洗语气轻松地说道。

这时,我的脑海里闪过一个想法。坐在屋顶上死去的藤井卓,他之所以骑在老屋的屋顶上,说不定是想看看巨楠的嘴?

"对,据说那张大嘴的周围还有像牙一样锋利的锯齿,上面沾满了血。"

御手洗一副难以置信的样子,瞥了我一眼。

"巨楠的树干上有好几个树洞。"

"好几个？"

"不，也不能说是好几个，应该是两个吧。我小时候曾战战兢兢地靠近看过几次，现在还记得。那些洞都在很高的地方，必须爬上去才能看到，现在想起来还真是恐怖。听说把耳朵贴近洞口，就能听到附在树上的冤魂的呻吟声。小时候非常害怕，但高中的时候有一次我试着把耳朵贴在树洞旁，还向里面看了……"

"怎么样？"御手洗问道。

"那是很久以前的事了，你可能不信……"

"嗯？"

"可是我的确听见了。我听见很多哀号的声音，还有，怎么说呢，树洞里好像有骷髅，还有黏糊糊的肠子。"

御手洗和我一时语塞。

"因为这个，我还做了好几次噩梦。树洞里的那些东西到底是什么……因为太害怕，我也不敢再去看了，所以现在仍然不知道里面到底是什么……"德山说道，撇了撇嘴，眼睛并没有看我们。

"原来如此，真是一棵异乎寻常的树啊。是一棵怪树。"御手洗说。

"也有人说那棵树是巨人变的。"

"巨人？"

"对，传说很久以前有一个巨大的独眼怪来到这里，栖息在黑暗坡上，后来变成了那棵巨树。"

"所以它吃人？"

"是啊，所以才会吃人……"

"但是，它怎么把小孩吊到树上的呢？"

"用树枝……"

"也就是说,无数的树枝就像无数只手吗?像触手那样。"

"对。那种触手在捕蝇草和茅膏菜之类的植物上不是很常见吗?它们捉住小虫,分泌消化液,将它们溶化后吃掉……"

"只不过大楠树的猎物不是苍蝇或蜈蚣,而是人类的小孩?"御手洗补充道。

"没错。捕蝇草如果长得非常巨大,说不定也会捕食人类的小孩哦。"

"嗯,那个小孩是被树枝勾住的吗?"

"我听说,小女孩的身体被细软的藤蔓缠绕着吊在高处。"

"哦……"

德山的话连御手洗也感到意外。他抱起双臂,低头沉思。

"是谁最先发现那个小孩的?"

"据说是附近出来买菜的主妇。"

"买菜的主妇……是真的吗?"御手洗目不转睛地盯着德山皮肤透薄的脸。

"这个绝对是真的。"

"不是以讹传讹吧?"

"不是,附近的人都知道。我就是听着这个故事长大的。"

"是哪一年发生的事?"

"按照我出生的那一年来算的话,应该是昭和十六年。"

"昭和十六年,也就是太平洋战争爆发的那一年?"

"是的,偷袭珍珠港是昭和十六年十二月,那件事应该更早,是昭和十六年秋天。我是夏天出生的,应该在我出生后一两个月。"

"昭和十六年,一九四一年秋……那时候,坡上还没有澡堂和停车场……"

"当然。也没有培恩学校,战前那里还是一家玻璃厂。"

"存留至今的建筑有哪些?"

"只有大楠树和藤并家的老屋,其他都完全变了样。"

"嗯,真是奇怪。大楠树吃人的事件之后没再发生过了吧?"

"我所知道的只有这一件,但是,说不定'二战'前还有其他吃人事件。"

"哦?"

"还有很多恐怖的传闻。据说战争结束时,有不少幸存的日本军官集体来到坡上的玻璃厂内自杀,所以那个玻璃厂因为不太干净很快就荒废了。有好几个人说在那里看见了军官的鬼魂,还拍了很多照片为证。附近的居民,尤其是孩子都害怕得不敢靠近。因此,买地建学校和去那里上学的,都是外国人。日本人是绝对不会买那块地的,即使建了学校也不会让自家小孩去那里上学。"

"嗯,有道理。正因为有这一连串的故事,所以德山先生发现藤并家屋顶上有死人的时候并没有过分吃惊,对吗?"

"不,我还是很惊讶的,但同时也觉得能接受,毕竟那里发生过类似的离奇死亡事件。"

"你是在台风过后清理道路时偶然发现尸体的,对吧?"

"不能完全那么说,也有托梦的成分。前一天晚上,我做了个奇怪的梦。"

"梦?"

"是的。"

"什么梦?"

"在战后不久的培恩学校时期,那幢老房子是时任校长的家,当时屋顶上有一只青铜鸡。"

"鸡?"

"嗯,在学校上课的时候,那只青铜鸡一到中午就扑腾扑腾地扇动翅膀。但是,差不多过了十年它就坏了,完全不动了。后来学校不在了,鸡还一直立在屋顶上。"

"哦?"

"我从小就酷爱机械装置,近几年也还经常注意那只青铜鸡,偶尔会看一看它还在不在那里。"

"是吗?"

德山说话的时候,我下意识地望向藤井家的屋顶,现在那里空空如也。

"台风大作之夜,我梦见那只青铜鸡展开翅膀,振翅高飞,飞向夜空。"

"原来如此。"

"那个梦非常真实,我想应该就是托梦吧……第二天早晨我清扫店前街道的时候,突然想起这个梦,就往藤井家的屋顶上看……"德山边说边比画,"一看可不得了!没看到青铜鸡,只看到一个绿色的人影。我怀疑自己看错了,于是鬼使神差地往这边走,上了坡。"

德山往上走了几步,回过头来。

御手洗点点头,若有所思地望向天空。德山本来是看向御手洗的,见御手洗没看他,就将目光转向我。我也心不在焉地点头回应。

昭和三十三年，黑暗坡　―――――

战争时期的那件事发生后，过了十三年，又是一个夏天的夜晚。

昭和三十三年，黑暗坡一带的面貌发生了翻天覆地的变化。昔日随处可见的破旧房屋变得整洁明亮，藤棚商店街也焕发勃勃生机，街头的流浪汉和战争孤儿明显减少了，居民又恢复了往日的欢声和笑语。

但变化最大的莫过于黑暗坡上的玻璃厂旧址。那废旧铁皮垃圾场般的厂房和像鬼屋一样布满红色铁锈的废墟被清理得一干二净，取而代之的是一排白色的崭新校舍。

这个学校不是日本人的学校，而是为英国和美国的孩子创办的小学，无论是教室、体育馆，还是学校的围墙和大门，都设计得十分俏皮可爱。因为老师和学生都是外国人，这里俨然是横滨中的一个小外国角。

原玻璃厂老板家的洋楼也被修葺一新。窗框被粉刷成白色，外墙也长出了常青藤，屋顶上还立着可爱的铜鸡，准确地说应该是一个鸡造型的装饰物。有趣的是，鸡身上安装了一个设计精巧的机械装置，它一到中午就会扑扑地扇动翅膀，在附近可谓家喻户晓。

刚装上去的时候，青铜鸡会在正午一边振翅一边发出类似管风琴或八音盒般美妙的音乐。但不知为何，没过多久音乐就不响了。

这幢原玻璃厂老板家的老洋楼，现在成了外国人小学的校长詹姆斯·培恩的家。

洋楼的周围也面目一新。以前杂草丛生之地，现在被平整得井然有序，栽种了各种美丽的植物，各色鲜花怒放其间，还铺设了小径，修建了水池。几棵杂乱无章的树木被移栽至别处，小径两旁立起许多精巧可爱的石像。洋楼周围摇身一变，成了一个美丽的大花园。

唯一没变的是洋楼后面的那棵大楠树。据传，那棵树从黑暗坡还是刑场的江户时代开始就在此扎根生长，时至今日，它仍以一种令人不寒而栗的姿态矗立在黑暗坡上。

凉一郎长大了，现在已经是一名高中二年级的学生。因为一直住在黑暗坡，他始终无法忘记坡上石墙上方的那棵大楠树，更忘不了昭和二十年夏天的那次恐怖经历。

四岁那年夏天傍晚看到的那一幕，到底是怎么回事？因为是小时候的记忆，所以许多细节已经模糊不清，留下的震撼却依旧难以忘怀。

孩提时期的很多事情都基本被淡忘了，唯有那一幕历久弥新，仿佛刻进了他的脑海，时常浮现在眼前。

那件事情过于匪夷所思，感觉就像是梦境。它真的发生过吗？该不会是幻觉吧？

对已经上大学的亲戚光二来说也一样。因为父亲工作的缘故，两个人自那之后已经有十多年不怎么见面了，但偶尔见面还是会提起那件事。昭和三十三年的暑假，光二突然来访。

"你也记得吗？那果然是真的发生过了。"光二对凉一郎说道。原来光二也渐渐觉得那次经历只是幻觉。

两人分别讲述记得的事情，把那个夏天的记忆一点一点地拼凑起来。虽然有些细节存在分歧，但主要情节完全一致。

"可是，那座工厂已经不在了。"光二说道，"刚才我在坡上散步的时候,看到那座废弃工厂已经变成学校了,吓了一跳。"

"是啊,叫培恩学校。"

"学校建得很漂亮,但那棵大楠树还是老样子。"

"嗯,唯独那棵楠树一点儿都没有变。"

之后两人一直聊到深夜。过了十点,光二突然提出想去看看那棵大楠树。

"我对十三年前的夏天发生的那件事一直耿耿于怀。那个女孩后来怎么样了?那惨叫声又是怎么回事?"

"嗯。"凉一郎也说道,"虽然事到如今再看也于事无补,但无论如何还是想去看一下,不然心里总是记挂着。"

"嗯……"

"但是晚上去不太好吧?"

"嗯,那是因为白天日本人进不去,现在或许可以偷偷溜进去。"

但是凉一郎还是心存顾虑。过去他也曾几度想去看个究竟,无奈因为害怕一次都没做到。不过今晚有光二做伴,于是凉一郎下定决心,说走就走。

两人把凉一郎店里贩卖的小手电筒揣进口袋,爬上黑暗坡。来到培恩学校,四周鸦雀无声,他们偷偷翻过铁丝网,进入学校。凉一郎知道,学校的保卫人员只在午夜十二点巡视一次。

他们俯着身子,从一棵树下迅速蹿到另一棵树下。

校长居住的洋楼还有几扇窗户亮着灯。因此,接近洋楼时,他们有意放轻了脚步。

来到大楠树前,两个人双腿发软,一时不敢靠近。一段时间没注意,大楠树好像又大了一圈,模样越发怪异了。

地面上到处是突出的树根,两人小心翼翼地走到树下,抬头往上看。

暗夜里,大楠树一声不响地矗立着,像一个顶天立地、一言不发的巨人。周围虫鸣四起,天空被浓密的树叶遮住,什么也看不见,树干附近更是一片漆黑。微风拂过,树叶摩挲着,发出沙沙的声响。

光二打开手电筒,照了照树干,一小块黄色的光晕在黑黝黝的树皮表面上下游移。十三年前树上的飞机残骸,现在已经不存在了。

光晕在树干上端的某个地方停住了,那里有一个树洞。光二照了过去。

"要不要爬上去看看树洞里面有什么?"光二在凉一郎的耳边低声说道,声音有些颤抖。凉一郎想象了一下里面的情景,吓得说不出话来。

"那里应该可以看见树干的内部,因为……"光二紧张地咽了口唾沫,"因为如果当年那个小女孩真的被楠树吃掉了,往洞里看也许还能看见她……"

凉一郎的头发和汗毛瞬间竖了起来。

"算了,回去吧。"凉一郎怯声怯气地说,但是光二非常坚持。

"很难有机会再来了。好不容易来一趟,今晚就看清楚吧。没关系,不会有事的,去看看吧!"

光二的声音颤抖得更明显了,可见他并不轻松。虽然吓得快要哭出来了,但凉一郎最终还是点头答应。尽管害怕,好奇心还是战胜了恐惧。

他们把手电筒关掉,放回口袋,蹑手蹑脚地爬上树干。

大楠树的树皮湿答答的,散发着木头特有的气味,但其中混杂着一股水果腐烂的臭味。

臭味是从哪儿来的？只要一想到这个问题，不祥的预感就似乎压在他们的心口，让他们濒临崩溃。

两人费了九牛二虎之力，终于爬到树洞口。光二首先把左耳贴近洞口听了听，凉一郎则一声不响地盯着他的脸。

光二的脸色骤变。虽然周围伸手不见五指，但凉一郎仍然能感觉到光二的脸突然变得苍白。

"你听……"光二用颤抖的声音说，恐惧和意外让他张大了嘴巴。

凉一郎虽然也很害怕，但还是咬了咬牙，把右耳凑近洞口。

霎时，从远处传来一声"啊——"的尖叫声，接着是"哎哟哎哟"的呻吟声，还有"嗷嗷嗷"的哀号声。

"这……"光二想说些什么，但只有嘴巴在动，完全发不出声音。突然，他打开手电筒，径直照向树洞深处。

顺着手电筒的光线，两个人一起往树洞里看，只感到心脏狂跳不止，手脚不停地颤抖。

"啊！"他们忍不住发出了惊叫声。

潮湿阴冷的树洞内侧像内脏一样令人胆寒，树洞底部隐约可见褐色的骸骨。

因为恐惧，光二本能地关掉了手电筒，周围立刻陷入无边的黑暗。头顶的树叶沙沙作响，似乎在下逐客令。

两人尽量控制住膝盖的颤抖，逃也似的从树上滑了下来。落到地面时，凉一郎因为双腿发软，一屁股摔在地上。

接下来发生了什么已经记不清了，总之，他们丧失了理智，只知道拼命逃跑。他们穿过培恩学校的校园，越过铁丝网，只想远离那棵可怕的巨树。

此时，十三年前的记忆一下子被唤醒了。

是真的！关于那件事的记忆千真万确！当年那个小女孩就在树里面，她被吃掉了，被树吃掉了！

凉一郎边跑边在脑海中反复回想。

回到家，两人默默铺好床，并排躺下，谁也不敢再提那棵楠树的事，因为害怕一开口就会被恶鬼纠缠。

次年夏天，光二因为摩托车事故死了。

听到这个不幸的消息，凉一郎的第一反应就是食人树在作祟。他想，一定是因为光二提议爬树和偷窥树洞，才落得如此下场。

他下定决心，今后再也不琢磨那棵可怕的树了，也不会对任何人提起那件事，要将它彻底遗忘。楠树吞噬了一名少女，尸体仍在树洞里，这件事更是坚决不能对任何人说。从今往后，这些秘密就烂在肚子里吧。凉一郎暗下决心。

食人树

1

顺着黑暗坡下到坡底，在与右边道路交汇的路口左转，穿过藤棚商店街，再左转，就能看见一个地势较高的地方，那上面就是藤棚综合医院。

这个医院和藤井家的老屋一样古旧，四周的水泥矮墙经过风吹日晒已经完全变黑，墙根长满青苔。

御手洗在医院接待处询问藤井八千代的病房，被告知是二一二号病房。探视时间是下午两点到晚上八点，时间还相当充裕，于是我提议先去途中经过的海鲜餐厅享用那顿错过饭点的午饭。御手洗接受了我的提案。我看了看接待处窗口上面的时钟，指针指向下午四点。

这家餐厅是欧式风格的，装潢考究，不愧位于横滨这个站在时代前沿的海滨城市。建筑整体是木质结构的，墙壁涂成了蓝色，墙上有白色窗框的飘窗，飘窗上随意摆放着几件黄铜的航海道具。我们三人落座在靠近飘窗的餐桌前。

晕船的水手可以成为哲学家。我将笨重的黄铜船灯拿在手里把玩时，想起了御手洗曾经脱口而出的那句话。

御手洗总是喜欢打这种比方，晕船的水手、恐高的飞行员……不知道他是怎么想到的，我经常怀疑御手洗是在说他自己。

"不出所料，果然是个棘手的案子，石冈。"御手洗吃着海鲜沙拉，左手肘撑在飘窗上，手托着脸，看着我说道。

"是啊，似乎越来越复杂了。"我边把红酒蒸鲈鱼送到嘴里边说。

森真理子似乎食欲不振，只喝了一小口咖啡，然后就呆呆地看着杯中升腾的热气，嘴唇再也没有想要凑近杯子的意思了。

"昭和十六年的那件怪事，和这次的案件有关联吗？"我边吃边问。

御手洗继续托着腮帮子，眼神呆滞，挠了挠额头。"我认为有关。"过了一会儿，他平静地说，"不仅是这次的案子，那棵树是黑暗坡一连串事件的核心，不可能无关。"

"但是现在是昭和五十九年，昭和十六年距今已经过去四十三年了。"

"是啊。"御手洗喃喃地说。

"刚才我们听到的简直就是灵异事件，完全没有合理的解释。如果搞清楚这次的'黑暗坡事件'，'二战'前夕昭和十六年的那起灵异事件也就水落石出了吗？"我问。

"骑在洋楼屋脊上盯着食人树的死者，树下头盖骨粉碎奄奄一息的老妇，还有四十三年前被吊在树上惨死的女孩，这几起案子之间不可能没有关联。我们现在正如盲人摸象，摸到的只是真相的不同部分而已。没错，石冈。我一定会解开这个谜团的。所谓解开，也就是要把大象的全身暴露在光天化日之下。不如趁现在宣誓吧，不解开四十年前的那个谜团，我就绝不会说这次的案子已经了结。"御手洗斩钉截铁地说道。

回到藤棚综合医院，在二楼走出电梯，立刻闻到医院特有的药水味，相当刺鼻。一个病人从我们眼前经过，他是光头，头部固定在一个套在肩膀上的金属支架上，像个机器人，手里推着一个像婴儿围栏一样有轮子的步行器，好像在提醒我这里是医院，我不由得严肃起来。

"请问,我可以在那边的沙发上等吗?"森真理子突然有气无力地问御手洗。

前方左侧有一间候诊室,里面并排放着四张深红色的塑料沙发。房间里还配备有烟灰缸、一台饮料自动贩卖机和两部公共电话。

森真理子的脸像纸一样苍白,看来我们不能再强人所难了。回想起来,她一定从未经历过今天这样震撼的场面吧,一直勉为其难地跟着我们东奔西跑,根本没有放松的机会,一定身心俱疲了。御手洗点头答应了,看来他也有同感。

森真理子留在沙发上,我和御手洗则穿过弥漫着消毒水味道的走廊,朝着门牌写着二一二的病房走去。御手洗还是一副轻松愉悦的样子,但这次没有哼歌。

我敲了敲二一二号病房白色的门,但不知为何没有回应。我不经意地看向走廊尽头的安全门,御手洗再次敲门。

"谁?"门内传来一个阴郁的男人声音,如同从坟墓深处传来的一样。御手洗推开门,我顿时闻到了一股和走廊不同的气味。这是一间单人病房,一位老妇插着鼻管躺在病房中央,身体被带子固定在床上,眯着眼睛,可能睡着了。病房的窗帘很新,床头柜也很整洁,一切布置都无声地彰显着这名患者的身份和财富。然而,室内的空气压抑得令人窒息,我感受到了一股极强的敌意,病房内还充斥着一股衰老与死亡的气息。如果说死亡的气息来自躺在床上的患者,那么敌意则来自坐在病房内的两个男人。

坐在患者右侧的是一个步入老年的白发男人,嘴唇很厚,身材瘦削,正用苛责的目光瞪着我们,坐在椅子上一动不动,看起来是个小个子。那声阴沉的应门声,应该就是这个男人发出来的。

坐在左侧靠墙的人则正好相反，是个魁梧的大块头。他戴着眼镜，圆鼻子下面也是两片厚嘴唇，头发稀疏，略显老态，印堂和两颊油光发亮，无框眼镜后面一双浑圆的眼睛毫不客气地盯着我们，完全没有要开口的意思。

御手洗完全无视当下让人想要逃离的险恶处境，依然兴致勃勃。

"你是八千代老夫人的丈夫照夫先生吧？这位是藤井卓先生的弟弟让先生吧？"御手洗交替看着两人，中气十足地说道。我也猜到了，白头发的应该是照夫，戴眼镜的圆脸则是藤井让。

但是，这两个人目不转睛地盯着御手洗，根本没打算回应。是戒备，还是无声打量？好像都不是。他们的表情更像优等生在鄙视差生，充满精英的优越感。病房内的气氛令我感到不快。

"此次藤井八千代老夫人和藤井卓先生遭遇不幸，我对此深表遗憾。"御手洗用一种近乎嘲讽的夸张方式问候道，还装腔作势地鞠了一躬，"那么，二位知道食肉植物的存在吗？"御手洗拍了拍手，开始了他热情洋溢的演讲。

"比如猪笼草，别名猴子埕，是一种生长在热带的美丽植物，京都大学也有栽种。猪笼草有一个瓶装体，也就是捕虫笼，捕虫笼的上面有一个笼盖，有防止雨水进入的功能。因为猪笼草外观像一个装水的瓶子，所以在英语中也叫'瓶子草'。平时笼盖处美丽的斑点周围会散发出甜蜜的气味，因为捕虫笼里面储存着大量苹果酸和柠檬酸，这些物质会散发出诱人的香味。

"香味能够吸引蜈蚣、蟑螂和蝴蝶等昆虫。这些昆虫一旦落在捕虫笼的边缘，等待它们的将是一场灭顶之灾。因为捕虫笼的边缘非常滑，猎物很容易掉进笼里，而一旦掉进去就再也出不来了。猎物掉进去之后，这种散发芳香的酸性液体的浓度和黏度会不断上升，开始消化猎物，原本的甜香会变成难闻的恶臭。

"据说，这种植物的捕虫笼，直径最大的超过十厘米，深度超过二十五厘米。所以，有时小鸟和老鼠也会掉进其中，被消化成为植物的营养。

"食肉植物能够分解和消化蛋白质，将其吸收为自身的养分，着实令人吃惊，因为这种能力本是动物的'专利'。自然界的所有物质中，脂肪和蛋白质提供的能量最大，而动物的运动量大，所以必须摄取足够的蛋白质。人类就是最典型的例子。人类从只是消化器官上长着触手的水螅生物开始，经过了长达三十五亿年的进化，才实现了消化器官和吸收器官的分工合作，得以维持人类这种高等动物的高智商和高运动性能。通过这种分工，人类有了专门的消化器官，才终于具备分解和吸收蛋白质的能力。

"对动物来说，做到这一步其实相当困难，因为动物的胃也是由蛋白质构成的。动物在消化肉类的时候，搞不好连自己的胃也会被消化掉。因为人类的胃壁只有五毫米厚，只不过是个薄薄的肉口袋而已。

"那么具体是怎么做到的呢？以人类而言，肉类一进到胃里，就会被喷上盐酸和一种叫胃蛋白酶原的消化酶，与此同时，胃壁也会分泌一层保护黏液。人类消化蛋白质，就是通过这种天衣无缝的堪称奇迹的配合来完成的。这种此唱彼和的方式使得原本不可能的事情成为可能。但是，如果两者配合得不够默契，就容易出现胃穿孔。

"可是植物不一样。与动物消化肉类的情况不同，植物消化肉类时，消化器官不会被自身分泌的pH酸碱度为二的胃酸或胃蛋白酶溶解。"

"原来如此。"一个尖锐的声音突然应和道。

回应御手洗这番演讲的，正是那个戴着眼镜的大块头男人藤并让。

"你，什么人？"八千代的丈夫冷冷地问。我早已习惯了御手洗这种超出常规的做法，但作为一个有常识的普通人，做出这样的反应再正常不过了。

"你是谁？有什么事？"八千代的丈夫用干巴巴的尖酸语气质问道。

"你看我像什么人？"御手洗装模作样地说道。

"我们很忙，请你适可而止。"照夫用鼻子哼了一声，冷笑道。八千代的丈夫说话时表情一本正经，我不禁想起了以前和警察打交道的场景。

"你是医生吧？知道这么多。"说这话的是藤并让。

听到"医生"两个字，照夫有些错愕。如果眼前的人是这家医院的医生，那可就麻烦了，出于这种自然的明哲保身的想法，照夫抬起了头。同时，我从藤并让眼镜后面的圆眼睛里看出，他并不排斥御手洗这种喜剧性的登场，还有一点儿欣赏。我忽然想起了千夏。

"医生？你真敏锐，不愧是位学者。我的确是个医生，但我并不是这家医院的医生。"

照夫脸上露出安心的神色。

"是独立创业的医生吗？"藤并让问道。

"嗯，也可以这么说吧。但是我的患者并不是那些躺在床上的病人，而是这个城市和国家。"

"这完全是传教士的口吻。"让摊开双手，苦笑着说道。

御手洗抓住时机把那张虚张声势的名片递到对方手里："我姓御手洗，今后可能会经常打扰你。如果可以的话，我希望能和你好好聊聊,藤并让先生。作为一名新人,如果能听你分享研究成果,给予指导,将是我莫大的荣幸。"

"御手洗,洁先生?好奇怪的名字。"

"是啊,大家都这么说。"

"原来是私家侦探,真是诚惶诚恐。是谁委托你的?"

御手洗也将名片递给了照夫,可照夫看都没看就把它扔在床头柜上。

"现在她正在候诊室里等你。如果方便的话,请你和她见一面吧,她是你的哥哥藤并卓先生生前的好友。"

"你的意思是……她对我哥的死有疑问吗?"藤并让用他那热情高亢的女性腔调问道,语速略快。

"疑问?对于那样的死状,世上怎么可能有不怀疑的人?"御手洗说道。

"那么这个人是谁?"

"我即使说出她的名字,恐怕你也不认识。方便的话,还请到外面的候诊室见个面,我为你介绍一下。可以的话,请照夫先生也一起来,毕竟在患者周围这样喧哗不太好吧。"

御手洗说着,站到门口,让出通往走廊的位置,向右下方伸出右手,做出"请"的姿势。我心想,在患者旁边喧哗的不就是你御手洗吗?但此时,这两个男人似乎没有别的事可做,只好勉强站了起来,走出病房。

等所有人都来到走廊,御手洗才小心翼翼地关上病房的门。

"八千代夫人贵体如何?"御手洗问道。

"实在不妙。"藤并让快人快语地说道,"脑部受伤了,大脑的伤是不可能痊愈的,所以将来她可能会半身不遂或者有其他后遗症。"

让的语气有些焦躁,语调很像我在街上偶然碰到过的那种轻浮之人,但他说的内容富有逻辑性,头脑应该不一般。

"她说过什么吗?"

"昨天和前天好像呓语了些什么,但根本听不清,不能算说话。这几天她基本处于昏睡状态。"

"是九月二十一日晚上十点左右,在大楠树下被发现的吗?"

"是啊,在那个狂风暴雨的台风夜。"

"是照夫先生发现的吧?"御手洗说着,回头看了看跟在后面的藤并照夫,但照夫始终一言不发。

"八千代夫人经常在那个时间外出吗?"

"我为什么要回答你的问题?"照夫压低声音短促地说道。

"是遭到袭击了吗?"

照夫仍然不回答。

"现场有没有发现打人的凶器之类的?"

"你没听见吗?我什么也不想说。也不知道你是哪儿来的臭小子,我没义务回答你的问题!"藤并八千代的丈夫提高了声调。

御手洗把右手拿到唇边,"呼"地吐出了一口气。

"如果你也敢这样回答警察,有你好受的。"

"现场并没有发现凶器之类的东西。我母亲的行动一向随心所欲,无规律可循。但是母亲基本上都是待在老屋自己的房间里,很少出门。"

"那她为什么偏偏在狂风暴雨之夜出门呢?"

"我也很吃惊。"

"她出门时带了雨伞或者其他雨具吗?"

"那么大的雨,雨伞根本拿不住,她穿了件雨衣。"

"她戴着雨衣的帽子吗?"

"戴着。"

"那么，是隔着雨衣的帽子被袭击的？"

"好像是。"

"周围没有留下暴徒的脚印吧……嗯，不可能留下脚印。"

"是啊，下着那么大的雨。"

"如果没有脚印的话，有没有留下其他线索？"

"警察说什么线索都没有。"

"警察是这么说的啊。嗯，老夫人的房间是在老屋里面吧？"

"对。"

"她总是待在那里吗？"

"是的，她会在房间里听音乐、读书、看电视打发时间。"

"她的房间里有电话吗？"

"有。"

"嗯。"御手洗点了点头，陷入沉思。

"那个房间在老屋的一楼？"

"是的。因为她上了年纪，爬楼很吃力，所以就把房间安排在一楼，一直住在那里。"

"那是她和照夫先生两个人的房间吗？"

"不，照夫先生的房间应该在二楼或一楼的门厅。他们夫妻的事情我也不太清楚，不过我母亲是个孤僻的人。"

我们到了候诊室。森真理子一个人孤零零地低头坐着，我们走近时，她才突然抬起那张苍白的脸。

"我来介绍一下。这位是森真理子小姐，卓先生生前的好友。森小姐，这位是卓先生的弟弟让先生，这位是他的继父藤并照夫先生。"

"初次见面，你们好。"森真理子轻声说道，她的样子非常痛苦。让和照夫也向她微微致意。我们五个人在空荡荡的候诊室的沙发上面对面坐下。

"那么，老屋的一楼只有门厅和八千代夫人的房间，对吗？"

"还有厨房、厕所、浴室和储物间。"

"门厅其实就是餐厅吧？"

"对。"

"平时谁来做饭呢？"

"是附近牧野照相馆的一对老夫妇，我们家的老相识。我母亲不喜欢那些素未谋面的家政人员。有时候三幸也会帮忙，我母亲顶多打个下手。"

"全家人一起用餐吗？"

"我有时会跟他们一起吃饭，但是我哥已经成家了，就在自己的公寓吃。"

"令妹呢？"

"她很少过来，可能家里的饭菜不合她口味吧，基本不来。"

"千夏小姐呢？"

"嗯，我来的时候她也一起来。你们见过她了？"

"对，刚刚见过。"

"又喝醉了吧？"

"不知道，我没太注意。对了，听说让先生在老屋有一间研究室。"

"嗯，公寓那边太小了，书和资料根本装不下，只好放到我在老屋的房间里。"

"你们三兄妹中，只有你在老屋有自己的房间吗？"

"不，不是这样。"

"哦，不是吗？"御手洗露出惊讶的表情。

"因为我们兄妹三人都是在老屋长大的，在那里都有自己的房间，只是大家嫌麻烦，就都不住在那儿了。所以，我哥的房间也好，玲王奈的房间也好，都还留着，虽然他们不来。"

"是在二楼吗？"

"我的房间在二楼。我哥的房间也在二楼，但空着。二楼还有一个房间是照夫先生的。玲王奈的房间在三楼靠近屋檐的位置，现在也空置着。三楼中间的房间用作储物间，还有一个房间是三幸的。"

"每层都有三个房间吗？"

"对。"

"那些空置的房间全是蜘蛛网了吧？"

"不至于，三幸平时会打扫。"

"如果有机会参观你的资料室，我将感到无比荣幸。如果能听你讲一讲研究成果，我会不胜感激。"

"好啊，刚才你已经发表了一番高见，下次也该轮到我了。"

"那只是冰山一角。"

"我还想继续洗耳恭听。"

"以后有的是机会，现在请允许我再请教几个问题。关于卓先生的死因，你有什么看法吗？"

"这个嘛……有点儿摸不着头脑啊。"

"卓先生以前上到过屋顶吗？"

"没有吧。"

"那你呢？"

"我也没有。"

"小时候上去过吗？"

"我记得小时候也没有……"

"如果从三楼令妹房间的窗户……"

"那也太危险了！当时我们还是孩子，洋楼的屋顶又那么高，而且为了防止意外发生，窗户玻璃都是镶住的。"

"镶住的？"御手洗提高了声音，"如果是镶住的，那三楼靠近屋檐的房间的窗户就是打不开的吗？"

"是的，打不开。"

御手洗慢慢站了起来，开始围着沙发踱步。转了一圈之后，他继续问道："这么说，所有窗户都是打不开的吗？"

"通往屋顶的窗户都打不开。"让回答。

"通往屋顶的？"

"对，无法通往屋顶的窗户都是能打开的。"

"哦，你是指九十度方向的侧窗？"

"没错。前段时间三楼的窗框全部换成铝合金的了，当时也考虑过把窗户都改成能打开的，但是因为房子实在太旧了，从强度来看还是镶住的比较牢固，所以最后还是做成镶住的。只是玻璃全都换成了百叶窗，转动把手，百叶窗就可以开合，这样既能通风，又能保证安全。"

"如果把百叶窗一条一条拆下来会怎么样？"

"不，那也不行，人根本过不去。"

御手洗听了摇摇头，继续踱步，这次转了两圈才停下来继续发问："这么说，还是需要梯子。有不使用梯子也能爬上屋顶的方法吗？"

"还有一种办法，事先从屋顶上扔下一条绳子，然后拽住绳子往上爬。除此之外，没有别的办法了。但是，有梯子啊。"

"有梯子？"

"我发现大哥的时候，房子旁边是有梯子的。"

"在哪儿？梯子搭在哪儿？"

"在杂物间的门附近。一楼有一间杂物间，梯子就在门边。梯子本来一直是放在杂物间里面的，但那天被拿出来了，就靠在杂物间的门边。"

"杂物间在老屋的哪一侧？是黑暗坡一侧，还是澡堂一侧？"

"在澡堂一侧。"

"也就是说，是狮子堂老板和看热闹的人看得到的位置……"御手洗以只有我能听见的音量喃喃道。看来，他再次感觉到梯子的重要性。

"让先生，你是怎么知道屋顶上有令兄的尸体的？是听谁说的吗？"

"嗯，有人给我打电话……"

"那么，照夫先生，你发现尸体的时候，梯子……还是不行，你的嘴巴似乎不方便说话……"

"你这是什么意思？"照夫很生气。

"对不起，我正在想事情……"御手洗烦躁地摆了摆手，继续来回踱步。过了一会儿，他突然在我旁边坐了下来。"梯子问题有好几种可能，但目前还不能确定是哪一个。让先生，如果卓先生是自己爬上屋顶的，你会感到惊讶吗？"

"肯定很惊讶啊。"

"因为不知道他为什么要爬上去，是吗？"

"对，不知道原因。"

"因为是很出乎意料、很反常的行为吗？"

"是啊……完全意想不到。"

"爬上屋顶，能看见什么呢？"

"只能看见大楠树的树叶吧。"

"也是……"御手洗低下头，再次陷入沉思。

"啊，真想快点儿爬上屋顶看个究竟。对了，卓先生最近在找什么东西吗？"御手洗抬起头继续问道。

"找东西？什么意思？"

"具体找什么我也不知道，我的意思是，他有没有在房子周围找什么东西？"

"我不知道你为什么突然问这个问题，我最近和大哥完全断绝来往了。"

"我倒是听卓先生说起过。"森真理子突然插话。

"他说了什么？"御手洗立刻把脸转向森真理子。

"嗯，一个多星期前，不，应该是十天前……他说家里好像发生了一件有趣的事情。"

"有趣的事情？"御手洗探出身子。

"对，他说要解开谜团，正在找什么东西……我也只是偶然听他说过这么一次。"

"不，这很重要，森小姐，这非常重要。他当时怎么说的？他要解开什么谜团？"

"我也没认真听，那是我们在一起喝酒的时候，他随口提到的……"

"没关系，他还说了些什么？"御手洗焦急地挥了挥右手。

"好像……"

"好像？"

"他说什么鸡之类的……"

"鸡？对了，鸡！让先生，鸡去哪儿了？"

"我也不知道……"让茫然地歪着头。

"现在老屋的屋顶上已经没有青铜鸡了吧？"御手洗说。

"确实没有，好像突然就不见了。"

"什么时候不见的？"

"不太清楚，不知道是什么时候消失的……"

虽然似乎对照夫的回答没报什么特别的期待，但让还是看向照夫，照夫没好脸色地摇了摇头。

"二位好像不怎么关心你们家屋顶上的那只鸡。"

"嗯，没有特别在意。"

"发现卓先生尸体的九月二十二日以前，鸡一直在吗？"

"应该在吧，我不太清楚。"

"没错，在的。"照夫点着头低声说道。

"真的在吗？"御手洗大声问道。

"台风来的那天，我到屋外巡视了一番，顺便扫了一眼屋顶，我记得那时候鸡还好好的。"

"你可真是个有心人，照夫先生。这么说，卓先生的遗体取代了那只会扇动翅膀的鸡，而鸡消失不见了？"

让和照夫听了都默默地点点头。

"也就是说，在屋顶上待了三十几年的青铜鸡，一夜之间不见了踪影。"

两个人再次缓缓点头。

"现在还没找到吗？"

"无影无踪。"让说。

"房子周围都仔细找过了吗？"

"找过了，不只是院子里，连周围的道路和石墙下面的小路都找遍了。"照夫说道。

"还是没找到吗？警察是怎么说的？"

"警察什么也没说……"这次是让回答道。

"看来警方根本没有重视这个问题。"御手洗说道,"但是,卓先生的尸体出现在屋顶上,青铜鸡却不见了,两者不可能没有关系。"说完,御手洗又陷入沉思。

"卓先生会出现在屋顶上,一定是因为青铜鸡的缘故。但是鸡去哪儿了呢?是谁把它拿走了吗?森小姐,除此之外,你还听卓先生说了什么?比如,他说过要找什么东西吗?"

"没什么别的了……嗯,他说他在家附近转来转去……大概就这些。然后……哦,对了。"

"什么?"

"他还说了一个词,音乐。"

"音乐?"

"对,他说音乐之类的……"

"音乐怎么了?"

"嗯,除此之外……我只记得这么多了。"

"音乐……这是什么意思呢?"御手洗望着天花板看了一会儿,"也许他是为了破解谜题才爬上屋顶的,这么推测应该没错。但是为什么偏偏选在暴风雨之夜?而且还那么晚……让先生,你对此有什么看法呢?"

"我完全想不明白。"

"那么照夫先生有什么想法吗?"

照夫一言不发,也摇了摇头。

"二十一日晚上十点之前,你二位有谁和卓先生说过话吗?"

两人仍旧摇头。

"家人里有谁和他说过话吗?"

"没听说过。"

"让先生,你当时在哪里?"

"我在老屋自己的房间看书。"

"照夫先生呢？"

"我也同样待在自己的房间。"

"二位对于青铜鸡、音乐，还有卓先生为了解开谜题而在自家周围徘徊的事情，有什么头绪吗？"

"完全没有。"让说道。

照夫也使劲地摇头。

2

藤井让、照夫、御手洗、森真理子和我一起从医院出来，向黑暗坡上藤井家的老宅走去。照夫说，上午医生查过房了，也测了体温，下午的点滴也打完了，今天医院没有其他事情了，只需等待明天的巡房即可。

"一直是二位在陪护吗？"御手洗问道。

"差不多吧。"照夫回答道。

"瞧，真是明智之举啊！"御手洗凑近，在我耳边悄悄说道。

御手洗的意思大概是这样的——现在看来，杀害卓、打伤八千代的凶手很有可能就隐藏在藤井一家，也就是让、照夫、三幸、郁子、千夏和玲王奈里面。如果只由一个人看护，而那个人刚好是凶手，他一定会想办法置八千代于死地。由两个人看护，就可以起到互相监视的作用，所以御手洗才会说这是个明智之举。

"森小姐，听说你怀疑我哥哥的死因？"走在通往藤棚商店街的路上时，藤井让用他那高亢的声音问森真理子。

"嗯？啊，是啊，我……"森真理子求救似的看了看御手洗。也难怪，她今天早上才从我们这儿听说藤井卓的死，根本没有时间独立思考。接连不断的打击已经让她晕头转向,而御手洗之所以把她带过来,也只不过是想利用她插手这个案子罢了。

"恕我冒昧,请问你和我哥是什么关系?"

"我们是朋友。"

"是曾经的同事吗?"

"不,不是。"

"那到底是什么关系呢?"

"都说了是朋友。"

"如果只是朋友关系,会为他雇侦探吗?为了普通朋友,能做到这个地步吗?"让毫不客气,咄咄逼人,"你对我哥的死有什么想法吗?你认为他是被杀的吗?是不是想查出凶手,为他报仇?"

"问得好,让先生,我也想问你同样的问题。你认为令兄是被杀害的吗?"

"啊?我?"让突然怪叫起来,"我没什么想法,我听专家的意见。"

"专家?警察吗?"御手洗调侃道。

"对。"让回答。

"专家只会追查入室抢劫、被放高利贷的追杀之类的案子,但令兄这件事,我敢打赌,警察什么也做不了。"

"哦?是吗?"让瞪圆了双眼,反问道,"那你认为警察会怎么说?"

御手洗搓了搓手,脸上浮现出得意的微笑。

"简单至极。卓先生爬上屋顶时,突发心脏停搏而死,这就是死亡原因。尸检结果显示其内脏器官并无中毒迹象,至于心脏停搏的原因,恐怕是他心脏一直不好,警方的结论大概如此。

至于青铜鸡的消失,警察根本不会当回事。怎么样,我说错了吗?"

"警方还什么都没跟我说……"

"那么你今晚就可以去问问,肯定会得到这样的回答。你认可这个结论吗?"

"如果没有其他更合理的解释,我也只能认可了。你有什么解释吗?"

"如果没有,我就不会插手了。"

"哦?那还请赐教。"

"很快我就会得出结论。"

"警察真的那么糊涂吗?"照夫突然冒出一句,"毕竟还发生了八千代的事儿。"

"不是糊涂,而是区别对待。成年人的区别对待,就是视而不见的代名词。现在我敢说,卓先生的案子和八千代夫人的案子中,警察只会对八千代夫人的案子上心。我和他们打了这么长时间的交道,对他们的想法了如指掌。关于八千代夫人头部的伤,我想警方会有两种推断。第一种可能是她自己摔倒的,但无法解释为何伤势会这么重。第二种可能是她遭人袭击,并且当时在屋顶上的儿子卓先生正好目击了这一幕,因此受到巨大刺激而突发心脏病。但是第二种解释也不完美,因为卓先生是在八千代夫人遇袭倒在大楠树下之后才上的屋顶。所以,警察现在也很伤脑筋……嗯,大体是这样。我敢打赌,他们现在的思路正围绕着这几处疑点团团转呢。"

照夫依旧沉默,让则嘀咕道:"嗯,有可能……"

"这次的事件,警察打算用常识来生搬硬套,但经验主义的思路在这里是行不通的,因为这次的案子很离奇。"

"但是对我来说,警察的分析也不是完全没有道理。"让说。

"是吗?"御手洗接着说,"但是昭和十六年,一个惨死的幼女尸体被吊在大楠树上,那个案子又该怎么解释呢?如果还是按照这种思路,将永远无法解决那个案子。"御手洗冷笑道。

下坡经过藤棚商店街时,我看见人行道上有两只鸽子在啄地上的面包屑。

我抬起头,发现不仅是人行道上,周围商店的屋顶上也随处可见鸽子。

"鸽子这种东西啊……"让突然用他那语速很快的高音问我,"你仔细看过鸽子的脸吗?"

我摇头,给出否定的回答。

"鸽子的眼神很疯狂,简直就是疯子的眼睛。"让接着说道,"你好好看看它们的脸,那些家伙的脸孔实在令人生厌,眼睛圆圆的,眼神相当疯狂。"

让重复了好几遍同样的话。让我吃惊的是,让说话时,他自己的眼睛就是那样的。度数似乎很高的近视眼镜后面,是一双瞪得又大又圆的眼睛,黑色的眼珠像小钟摆一样不停地左右晃动。

他的面颊上渗出汗珠,泛着红晕,湿润的厚嘴唇闪着亮光,说话的时候舌头时隐时现,语气急迫,仿佛要喘不过气来。

"你在欧洲开过车吗?"

我又摇了摇头。

"欧洲的鸽子很多,而且都是些厚颜无耻的家伙,怎么赶也赶不走,总在你眼前乱飞。所以,我在石板路或者山道上开车的时候,这些家伙……嘿!滚开!"

让恶狠狠地抬起右脚,想踢飞人行道上的那两只鸽子。鸽子受到惊吓,呼啦啦地飞走了。

"鸽子成群飞到我车前的时候,我就猛踩油门,握住方向盘,径直碾过去。咔嚓,嘿嘿嘿嘿!"

让突然发出猴子般刺耳的尖笑,肥大的身体摇晃着向前弯曲,捧着肚子狂笑不止。过了好一会儿,笑声才有所收敛,又变成像打嗝一样的咯咯笑。

"咔嚓咔嚓!真过瘾啊!轮胎碾过去的感觉真叫人痛快!咔嚓!哈哈,嘿嘿嘿!嘿嘿嘿嘿!"让不停地笑着,脸涨得通红,汗水流过太阳穴。

森真理子目瞪口呆,偷偷瞄了一眼。照夫却像什么也没听见一样,依然面无表情地向前走着。

气氛变得相当诡异。我看了看御手洗,只见他眉头紧锁,脸色凝重,似乎一直在观察让。御手洗注意到我的视线,左眉上挑,与我对视。

"那个,我……"走到黑暗坡坡底时,森真理子停住了脚步,畏畏缩缩地说,"我身体有点儿不舒服,今天先告辞了,对不起……"

"啊,是吗?没关系。"御手洗爽快地答应了,可能认为森真理子已经没有在场的必要了,"请便,路上小心!我会打电话汇报调查进展的。"

森真理子一时不知如何回答,只是默默地低下头,慢慢转过身,一个人沿着坡道左边迂回的道路,朝着与黑暗坡不同方向的户部车站走去。我目送她孤单的背影逐渐远去。

"八千代夫人只有头部受了外伤吗?"御手洗一边爬坡一边问道。

"不,她的胸骨有两处裂伤,脊椎也受了伤。医生说,就算治好了,因为年龄的关系,恐怕她将来也只能在轮椅上度过余生了。"让回答道。

"深表同情。"御手洗说道。

"母亲被打倒在地后，可能还被狠狠地踹了几脚，身上到处都是瘀青。"

"会不会是仇家干的？作为儿子，你觉得凶手会是谁呢？"

"凶手是谁？我……实在没有头绪。我平时只做想做的事情，只关心自己的研究，母亲和谁产生了摩擦或者招谁怨恨之类的，我想都没想过。我对这些事情既不了解，也不关心。"

在我看来，这个男人和御手洗简直半斤八两。

"令堂的性格如何呢？"我们路过狮子堂玩具店，向黑暗坡上走时，御手洗问道。

转眼间，我们已经在黑暗坡上走了半程，左侧已经看不见房屋了。走到能够眺望坡下街景的地方，我看到天边的云已经被染成一条暗红色的飘带，虽然看不见夕阳，但似乎太阳已经接近地平线了。气温开始下降，微风徐来，平添几分寒意。

"母亲的性格，一言以蔽之就是孤僻偏执。她平时不跟任何人说话，整天独自待在房间里，有时还会因为一些鸡毛蒜皮的小事发脾气，对家里人大发雷霆。我想，对母亲心怀怨恨的人肯定是有的。"

"令尊詹姆斯·培恩先生是个什么样的人呢？"

"他啊，就是个英国人，如假包换的英国绅士，彬彬有礼，循规蹈矩，性格内敛，所以我一直不知道他心里在想什么。不过，他虽然不善言辞，也不怎么与人交往，但算是个好人，我挺喜欢他的。印象中他虽然有些冷漠，但也还不错，是个好男人。他个子很高，总是穿戴得很整齐。"

"他会说日语吗？"

"完全不会，一句都没说过，而且到头来一句日语也没学会就回国了。但这完全不耽误他在这里生了好几个小孩。"

"他现在过得怎么样？"

"不太清楚，据说在英国的某个地方安度晚年了。英国的社会养老体系非常完善。"

"令尊是什么来头？他的职业是什么？"

"他以前好像是个画家，后来他父亲涉足军需物资制造业，恰逢大战爆发，发了一大笔战争财。昭和二十年，他和美军一起来到日本。我小时候经常听说他对日本、日本文化和日本女人情有独钟。来日本后不久，他就对当时在伊势佐木町日本餐厅里卖艺的母亲一见钟情，不顾一切和母亲结了婚。

"父亲有商人的敏锐嗅觉，注意到驻日美军及其他外国人的孩子急需一所学校，于是就开始物色可以建学校的地方，最终找到了这里。这里离横滨的市中心不远，位置不错。当时战争刚刚结束，到处兵荒马乱，再加上这里流传着各种风言风语，地价非常便宜，而且听说原来的主人死于空袭。于是他紧锣密鼓地买下这里的土地，建起了学校，母亲也跟着搬进校长住所。"

"原来如此。学校的经营顺利吗？"

"应该很顺利吧。学生好像很多，也没听说过有亏损之类的事。这里师资优越，教学口碑不错。"

"那为什么突然在昭和四十五年关闭了呢？"

"直接原因应该是父亲过够了日本的生活，想回英国了吧。他好像是当机立断，突然决定要走的。"

"好像？难道你没去机场送行吗？"

"那时候我在仙台上大学，我哥在东京上大学，我们都住在外面。妹妹又得了幼儿肺结核，住进了医院。我暑假回来时，父亲已经不在了。母亲告诉我他回英国去了，别的什么也没说。我当时虽然很吃惊，但父亲和我们本来也不怎么亲近，我们很快就习惯了。现在看来，这种事情挺常见的，西博尔德①也是这样，这些外国人只不过是到远东的异国来玩一场男人的游戏罢了。他们不远万里来到日本，和艺伎享受一段浪漫时光，再生个孩子——男人想象中的冒险就是这么回事。他虽然确实不负责任，但给我们留下了一幢大房子和丰厚的财产，让我们衣食无忧。所以我并不介意他的离去，母亲似乎也不介意，因为我从未听她说过要去英国找他。对母亲来说，和他结婚总比在伊势佐木町的日本餐厅里被人使唤一辈子要好，这就足够了。"

"但是，结婚、离婚又回国，没那么容易吧？不需要考虑户籍问题吗？"我插嘴问了一句。

让摇摇头，说："我也不太清楚，不过英国好像没有结婚必须入籍的说法，所以问题就简单多了。我也喜欢随心所欲地生活，搞不好就是遗传了我父亲的性格。"说完，让又发出刚才那般尖锐刺耳的笑声。

我们一行人走到大楠树下。像风暴乍起、惊涛拍岸般，大楠树的树叶翻腾着，发出沙沙的响声。

我和御手洗不禁抬头。斜阳下，黑压压的巨树像滚滚乌云笼罩在我们的头顶。

树上不会悬吊着什么不祥之物吧？我本能地感到恐惧。幸好，什么都没有。

---

①菲利普·弗朗兹·冯·西博尔德（1796—1866），江户后期赴日的德国内科医生、植物学家、旅行家。曾在江户时代的日本开设诊疗所兼私塾约六年时间，与日本女子楠本泷结合，其女楠本稻为日本第一位女妇科医生。

3

我们来到老屋的花岗石门柱前,原本挂在门闩上的大锁不见了,门闩也被拉开,右侧铁门向内打开了一条缝。应该是照夫的女儿三幸放学回来了。

"嘿,好漂亮的庭院啊!"穿过铁门时,御手洗说道。这话并不是在恭维。这个庭院的景致虽然从围墙外也能领略一二,但置身其中感觉完全不同,如同进入一个植物王国,四周弥漫着植物特有的香气。

庭院比我们想象的要大得多。一条石板小径从门柱通往爬满常青藤的古董洋楼,是隔开洋楼和庭院的界线。庭院在小径的右侧,里面栽种着各种各样的植物,色彩斑斓,郁郁葱葱,高大的树木和低矮的灌木错落有致,密密麻麻地填满了整个空间。白色拱形铁架像隧道一样纵横交错其间,上面爬满了常青藤和蔷薇的藤蔓。

林间有一处草坪,旁边是一个水池,随处装点着石雕和日晷,妙趣横生,别具一格。这个庭院让我联想到了莫奈和雷诺阿的作品,詹姆斯·培恩不愧是画家出身。

晚风追随着暮色越刮越大,密密麻麻的树叶在风中抖动,沙沙作响迎接我们,让人不禁联想到一只因受到入侵者惊吓而炸毛的猫。后院那棵大楠树的传闻听得越多,我就越感到植物的情感是真实存在的,就像诗人用拟人手法描写的那样。

我们沿着这条充满欧式风情的石板小径一路前行。这是一条用方形石子精心铺就的蜿蜒小径,走在上面只有很轻的脚步声。现在没有森真理子跟着,我们有意识地加快了步伐。

"这条石板路是战前铺的吗?"御手洗问道。

"不，这是我父亲从英国请来的工匠铺的。"

"哦？"

"这个庭院和屋内都进行过脱胎换骨的改装，似乎花费巨资。不过，那是我出生以前的事，具体哪里改了哪里没改，我也不清楚。这里从我出生到现在一直都是这个样子的。"

洋楼随着我们迈动的步伐逐渐逼近，渐浓的暮色让它看上去更加阴森恐怖。古旧洋楼的墙上爬满了常青藤，一楼和二楼的白色窗框已相当腐朽，犹如恶灵的栖身之所。横滨竟有这样的老房子，我不禁怀疑自己穿越到了遥远的异境。

太阳还没有完全下山，一楼的窗户已经透出昏黄的灯光。屋顶上依然没有青铜鸡的影子，只有电视天线和像兽头瓦一样立着的三根小烟囱。屋顶中央稍微靠近黑暗坡的一侧有一个四方形的水泥基座，想必那里就是安装青铜鸡的地方。

"泥土上好像撒了一层银粉。"御手洗说道。

石板小径左右两侧裸露的黑土表面有一层银色的粉末，这我们早在铁门之外时就注意到了。

"是以前玻璃厂留下来的吧，我也不清楚具体是什么，可能是制造玻璃的药品吧。"让回答说。

从花岗岩门柱的位置看，整幢洋楼有些倾斜，好似是对来访者的怠慢。现在我们终于来到它的面前。一楼中央有两根石砌的大圆柱，玄关因此显得格外气派，还有两扇白色的大门，看上去有些严肃庄重，显示出建筑的年代感。

"请进。"让说着，先迈上两级台阶，快步走到玄关入口。

"且慢。"御手洗叫住了他，"进屋之前，能否先让我们参观一下传说中的大楠树？"

"哦，楠树啊。"让用轻松的语气说道，随即转身出了玄关。

"这边请。"他再次来到我们前面带路，照夫则毫不客气地进入玄关。

我们沿着洋楼的墙边，向大楠树走去。风越来越大，洋楼外墙的常青藤叶子不停抖动，就像止不住的寒战。

随着太阳西沉，雾气渐渐涌起，远处开始出现雾霭。接近转角时，我的心脏狂跳不止。终于要和这棵可怕的食人树见面了。

片片树叶不住颤抖，我和御手洗争先恐后地拐过楼角。

"啊……"我倒吸了一口凉气，一声惊叹不受控制地从喉咙冒出。

让我发出惊叹的不是大楠树，而是洋楼后院的地面。那片地上像有无数条蟒蛇在蠕动，其惊悚程度足以让人瞬间石化，毛骨悚然。我定睛一看，原来那些是大楠树的浮根。粗大的浮根盘根交错，像人的动脉血管一样错综复杂，缝隙间长满了羊齿蕨。这是多么怪异的景象！我深深叹了一口气，像看得入迷一样怔在原地。渐渐地，我感觉没那么恐怖了，因为这些树根虽形同蟒蛇乱舞，但毕竟不会动。

但是，我的惊讶并没有就此结束。当我的视线从阴暗潮湿的地面慢慢向上移动时，我再次发出不知是悲鸣还是叹息的声音。这是树吗？我不禁怀疑自己的眼睛。

眼前这棵高耸的楠树根本不像植物，简直就是一块骨节分明的岩石，是盘踞在后院的一座黑压压的石山。

"这太厉害了……"我嘟囔着，战战兢兢地走向前。

日本自古就有神灵寄居大树的说法，各地都有被称为"神木"的巨树，现在我终于理解了这个名称的由来。大楠树的树干气势磅礴，给人一股强大的威慑力，仿佛从地底用力抢起的无数个拳头，张牙舞爪，要把我打倒在地。这是我见过的最大的楠树,树干之粗,就算三个人手拉着手也抱不过来。

"树干最粗的部位是接近根部的地方,将近二十米。"让漫不经心地说道,"二位被吓到了吗?这棵楠树在战前就被认定为神奈川县的自然遗产,恐怕是日本数一数二的大楠树了。在关东地区,它毫无疑问是最大最古老的。"

"树龄有多少年?"御手洗的声音难掩惊讶。他小心翼翼地看着脚下,迈过树根,靠近大楠树。

"说到树龄呢,来这里做初步调查的官员说,应该有两千年了。"

"两千年?"御手洗瞪大了眼睛,"也就是说,它一直在冷眼旁观人类的历史吗?"

"是啊。从绳文时代开始,历经弥生、奈良、平安、镰仓、室町、战国的乱世、江户时代……这棵树一直活到了现在。它以罕见的气势在两千年来生生不息,堪称自然之谜。

"因为自家后院有这么一棵稀世巨树,我对以楠树为主的植物也颇有研究,写了很多这方面的论文,还曾一度认真考虑过研究植物学呢。"

"你还记得这棵大树的有关数据吗?"御手洗问。

"当然记得。树高约二十六米,树冠东西长二十六米、南北长三十一米,冠顶的树枝上寄生着七星草、伏石蕨、日本女贞、棕榈、野漆、海桐花和花椒等植物。"让滔滔不绝地介绍着。

我从见到大楠树的那一刻起就屏住了呼吸,从没想过树居然能长成如此庞然大物。

大楠树的树干如同从地表裂缝喷出的滚滚熔岩,像原子弹爆炸时腾起的蘑菇云,又像炼油厂发生火灾时升起的滚滚黑烟,凹凸嶙峋,神鬼莫测,似乎聚积着一股深不可测的非人力量。

树的样子确实丑陋。树干高达十几米，就像由几个巨大的瘤体堆叠而成，显得异常粗野笨重。树干上长出无数粗细不等的树枝，其中最粗的树枝上还垂下多条像钟乳石一样恶心的东西。很明显，那些东西也是树的一部分。

"树干上有一部分是平的，那里张着一张血盆大口。"我想起狮子堂老板说过的话。仔细观察，的确能发现树干上面有两个洞。树干的褶皱处，空洞张开黑色大口，就像树张开嘴尖叫。一直盯着的话，树洞周围就像有很多张人脸一样。

把耳朵凑近洞口，会听见无数被封印在洞中的冤魂的哀号声。我觉得这个传闻有其道理。

真是一棵怪树，光是站在它旁边，就仿佛要被它的迫力压垮，灵魂出了窍。树干枝节扭曲，丑态毕露，我感觉这种姿态正象征着潜藏于这个世界的邪恶。

离奇而又古怪，从楼角转过来的瞬间，我就跌入异维世界的黑暗空间里。风停了，黑暗和雾霾将我们和巨树团团围住。我像被牢牢捆绑一样，只想不顾一切地挣脱。

我继续向前挪动身躯，伸手摸了摸粗笨又凹凸不平的树干表面，湿漉漉的，触感就像潮湿的臭袜子。想到这里，竟然随即飘来一股腐败腥臭的怪味。树干底部覆盖着一层厚厚的青苔。

这棵树有故事，不简单，就连我都对此深信不疑。两千年来生生不息的这棵巨树，明显成了恶灵的栖息之所，人只要站在树旁就会魂不守舍、头晕目眩。

"在日本，"让完全不顾我的失神，继续用他的高音解说道，"据我所知，闻名的楠树除了我家这棵以外，还有三棵。总体来说，西日本的楠树相对较多，不知是什么原因，它们集中生长在九州地区。因为楠树的'楠'字是一个木字旁加一个'南'，顾名思义，就是生长于温暖的南方的树。首先说说位于九州熊本县植木町田原坂公园的大楠树，那里是当年西南战争的战场。人们捡它的枯枝来生火的时候，发现枯枝里有西南战争时期的子弹，那棵树便因此闻名。

"不过那棵树本身算不上什么，和我家这棵比起来，简直就是孙子辈。树围才六米，树龄也只有三百年。

"九州的一号选手是位于佐贺县武雄市的那棵楠树。因为它的存在，楠树还被选为佐贺县的县树。那棵树接近树根处的树围达到二十五米，距离地面四米高的地方树围是十二点五米，树冠南北长二十九米、东西长二十四米，树高二十六米，和我家的树不分高下，树龄是一千年。那棵树还有一个别名，叫'川古楠'。只有一棵树，当地人却称它为'森林'。

"那棵树的树干底部正面摆着一个神位，当地人在那儿祭祀稻荷神，称那个稻荷神为'南森稻荷大明神'。在九州和山口县，用'森林'来形容巨树的例子比比皆是。像那样在树前祭祀稻荷神，或在树干上雕刻不动尊菩萨的雕像来祭拜的行为也很常见。过去人们认为巨树之中栖息着精灵，树洞尤其是精灵之家，并且无论神灵还是恶鬼都需要有一个栖息之所。这种观念根深蒂固，延续至今。

"作为日本人信仰对象的神，是没有善恶之分的。人们只是单纯地害怕神，怀着朴素的敬畏之心，顶礼膜拜，呈上贡品，虔诚供奉，祈求神灵不要发怒。"

"说得对。"御手洗深表赞同。

"还有一棵有名的楠树位于伊豆半岛的热海。从伊东线的来宫站下车就能看到来宫神社的大楠树，据说它的树龄有二千年。

"那棵树也很大，像两根树干合体的样子，树干底部树围有十五六米，树高约二十米。

"据说那也是一棵有故事的树。一般来讲，巨树总是附会民间传说。那棵树就是来宫神社的'神木'，人们用稻草绳环绕树干，并挂上许愿用的千纸鹤。自古以来就有围着大楠树转一圈可以延长一年寿命的说法，我曾经在那里转了十圈。"

"那你毫无疑问可以长寿了。"御手洗继续附和道。

"其他地方或许也有巨大的楠树，但在日本有名气的就数这三棵，加上我家这棵就是四棵。楠树只有在温暖的地区才能长成巨树，所以九州比较多，热海也很温暖。但是，在横滨这个地方也能长这么大，无疑是极端的个例，就连植物学家也认为这是个谜。"

"原来如此，所以大家才会说这棵树是吸了被处刑者的血才长这么大的。"

"没错，它就是吸了很多人血才长成今天这歪七扭八的样子，嘿嘿嘿嘿。"让又怪笑起来。此时浓重的夜雾已经开始笼罩后院，让的笑声就像鬼怪在欢呼，气氛异常诡异。

夜风从脚下腾起，将密布周围的植物吹得沙沙作响，这个世界瞬间失去了颜色，没有丝毫动物生命的气息，仿佛一个只有植物的死亡世界。

"哎呀，我又想起一件有趣的事。在东京港区的高轮，高松中学也有一棵大椎树，不但树干非常粗，而且根部隆起，拱出地面，变成一座小山。树怎么会长成那样呢？经专家考证，那棵树的所在地就是江户时代的细川府邸。"

"细川府邸？"我问。

"所谓细川府邸，就是忠臣藏事件中赤穗浪士为主君复仇后切腹殉主的地方。"

热海，来宫神社的大楠树

"哦……"我感到浑身发毛。

"不是四十七浪士全在那里切腹自杀,而是以大石内藏助为首的十七名主力浪士,于一七〇三年二月四日在细川府邸相继切腹自尽。所以说,树这种东西就是这么神奇,如果吸食了人类含恨的鲜血,并在吸收大量灵力的环境之中生长,就会长得异常巨大。"

我因震惊而语塞。

"那么,房子的前庭和后院,警察都仔细搜查过了吗?"御手洗问。

"搜查什么?"我和让异口同声地问。

"鸡啊,屋顶上的青铜鸡。"御手洗不耐烦地说道。

"哦,那只鸡啊,警察好像找过。"让说。

"但是他们没找到,对吗?"

"没找到。"

"他们真的认真找了吗?大楠树上面也找了吗?"

"树上面?"

"嗯。"

"怎么可能会在那上面?"

"按常理来说,青铜鸡在树上的可能性不大,但是这次的案件不能用常识来考虑,所以还是应该上去找找。"

"那里恐怕还没找过。"

"嗯,那么就等明天天亮的时候爬上去找找,现在天已经黑下来了。"

"喂,御手洗。"

"怎么了?"

"你真的要爬上这棵树吗?"

"不爬上去怎么找？"

我惊讶地张大了嘴。这家伙到底在想什么？爬上这棵树？光想想就觉得恐怖。

"算了吧，太危险了。"

这棵树的树干上，正张着一张吃人的大口呢。

"为什么？你觉得我会被吃掉？"

御手洗笑了起来，两排白牙在黑暗中忽隐忽现，甚是恐怖。御手洗真是个冒失鬼，难道他忘了过去那么多惨案都和这棵树有关吗？藤并卓的死说不定也跟它有关，不，十有八九就是因为这棵树。也就是说，凶手不一定是人。这次的情况很不一般，谁也无法预料会发生什么事，御手洗简直不要命了。

"还有，我也想到屋顶上面瞧瞧，不过今天不行，天已经黑了。让先生，请允许我们到府上看看好吗？"

御手洗语气欢快，不过在我听来，那声音和平时不同，显得有些空洞。

4

洋楼的玄关空间很大，进门处铺着三合土的门厅也很宽敞。右手边有一个老式的大鞋柜，颇显日式风格。和其他日式房屋一样，进入室内必须换成拖鞋。门厅的正面是一间日式房间，装饰着猛虎主题的日本画屏风。房间很老旧，板材已经发黑，但看得出保养得宜，处处擦得锃亮。

玄关如旅馆大堂般大气敞亮，想必因为这里是当年玻璃厂老板的家，经常会有员工拜访。后来成为校长的宅邸，一定也是宾客盈门吧。

鞋柜对面的墙上挂着一幅水墨风景画。让一直在前面带路，我看到右手边走廊的墙上也挂着几幅裱框的日本画。看来洋楼虽然外表是欧式的，室内装饰却很日式。

天花板上的日光灯是开着的，但室内依然很昏暗，和在楼外时预想的一样。墙上的碎花壁纸已经老化褪色，到处可见褐色的斑点。拖鞋踩在走廊上，发出嘎吱嘎吱的声响。三个男人一起走动，脚下的嘎吱声汇成一曲大合唱。

让推开一扇装着马赛克图案磨砂玻璃的门，玻璃在深褐色的老旧门框上晃动，发出咔啦咔啦的声音，令人担忧。玻璃上写着"会客室"三个黑色的毛笔字。

这番景象不禁让我想起了过去。嘎吱作响的走廊、污迹斑斑的壁纸、响个不停的玻璃门，这些道具合演了一出唤起我儿时回忆的戏码。我感觉自己就像被叫到校长室接受训斥的淘气中学生。

会客室十分宽敞，里面摆着一张巨大的长方形餐桌，十二张靠背上雕了花的椅子围在桌旁。因为没人落座，桌子周围显得异常冷清。那年的夏天是个冷夏，虽然才九月末，但因台风刚过，太阳也已经下山，气温明显下降了很多。再加上屋内没有烟火气，空旷的房间感觉冷飕飕的。

离大餐桌较远的墙边有一个石砌的壁炉，旁边是一台大电视，电视旁有一套会客的组合沙发和一把摇椅。壁炉周围的石头被熏得发黑，似乎在诉说着年岁。这个壁炉虽然有最近生过火的痕迹，但现在已经没有热气了。

壁炉旁边摆着一张高脚桌，上面放着一部黑色电话。高脚桌旁放着几个桶，里面装着木柴和煤炭，还有十几个装着合成燃料的圆筒。我想起了藤棚汤澡堂燃料房里的煤炭，看来老屋就是用那些煤炭来烧壁炉的。

让示意我们坐在壁炉旁边的沙发上。

"有点儿冷吧?"让说,"这房子到底还是太旧了,密封不好,到处漏风。我这就生炉子。"

"不用在意,我们已经习惯了。"御手洗说道。

的确,习惯贫穷的人多半也习惯了寒冷。

但是让不以为然,抓起手边的一张报纸,揉成一团,从口袋里掏出打火机点燃纸团,丢进壁炉,又在火上放了一块合成燃料。

"这样比较容易生火。"让说道。

我在空荡荡的会客室里毫无顾忌地环顾四周。

天花板是用生石灰涂刷的,和四面墙的接角是圆角。也许天花板本来是白色的,因年代久远渐渐泛黄,现在变成哑光的浅灰色,到处是壁炉的烟熏痕迹和裂纹。

墙壁是胶合板的,仔细看也能发现裂纹,还被涂成忧郁的浅绿色,像过去国有铁路车站内墙壁的颜色。我完全无法理解会有人喜欢这种颜色。看得出,墙壁被反复涂刷过,油亮亮的。

地板采用了拼木工艺,但四角已经变形,稍稍有些翘起。

如果是传统的日式房屋,应该有一扇通往庭院的大玻璃门,门外是走廊或露台。但因为这是幢西式建筑,面向庭院的只有一排小窗户。那些窗户上都挂着窗帘,窗帘应该也是花朵图案,但已经褪色得厉害,完全看不清了。

屋内照明全靠天花板上裸露的日光灯。这盏灯似乎是后来装上去的,因为它旁边还有以前的灯具留下的痕迹。四面墙上都装有仿古煤油灯样式的灯,但没有点亮。

每盏仿古煤油灯下都挂着一幅油画,装裱在夸张的大画框里，画框上布满灰尘。油画看上去也很老旧，甚至已经发黑，看不出到底画了什么。

"很旧吧？"让说，"比博物馆的文物状况还糟糕。这都已经翻新过好几次了，但确实到头了，毕竟是'二战'前的建筑。"

"那些画都是培恩先生的作品吗？"我指着墙上的油画问道。

"不，那些都是日本画家的作品，从这幢房子建成的时候就在了。父亲可能觉得换下来麻烦，就一直挂着，未必是名家之作。这些都是上一任房主，也就是玻璃厂老板留下来的。"

"这里有培恩先生的作品吗？"御手洗问。

"不，这个嘛……"让说话的时候，眼镜后边的眼睛瞪得很圆。壁炉里的火已经生起来了，跃动的火苗把他肥胖的脸映成了橘红色。"不知为什么，我父亲在这里住了那么久，却一幅画也没有留下。据说，在英国，他还是一个小有名气的画家呢。"

"一幅也没有？"御手洗立刻坐直了身体。

"嗯，他在日本期间好像一幅画也没画，我连一张素描都没看到过。"

"那就奇怪了。画家不作画，音乐家不演奏，小说家不创作，这简直是一种酷刑。是不是因为工作繁忙？"

"不，我父亲虽然是校长，却只是个单纯的经营者，我看他相当悠闲。"

"一个艺术家有空闲时间居然不搞创作，简直难以置信，是吧，石冈？"

"是啊，鸟儿出了樊笼肯定要直冲云霄！"我说道。

"我也有同感。让先生如果有充足的时间，难道不会用来钻研自己喜爱的研究吗？"

"话虽如此，但我父亲是个怪人，生活非常规律。他会在早晨六点四十五分起床，散步三十分钟后吃早饭，然后去学校，下午在固定的时间内一直待在房间。他过着千篇一律的每一天。"

这时传来一阵敲门声，一个年轻的姑娘端着托盘走了进来。她的脸庞白皙而圆润，长相很可爱，虽说应该是个高中生，可模样看上去更像初中生。她小心翼翼地端着托盘，慢慢将它放在桌上。

"这是三幸。"让介绍说，"这位是御手洗先生，是名侦探。这位是他的助手石冈先生。"

三幸连忙向我们点头鞠躬，微微一笑，脸颊露出两个小酒窝。她有一双大眼睛，双眼皮，眉毛浓密。

为我们摆好茶杯之后，她将托盘抱在胸前，轻盈地转身准备离开，动作活泼流畅，毫不拖泥带水。我不禁感叹青春的朝气与活力。

"三幸小姐，请稍等。"御手洗叫住了她。

"怎么了吗？"三幸又一次轻盈转身，宛如跳舞，优雅而爽朗，散发着一股青春的魅力。

"耽误你一小会儿，我想和你说几句话。五分钟可以吗？请坐在那里吧。"御手洗指着我旁边的位置，我慌忙挪了挪身体。

三幸怯生生地来到我的身旁，微微向我行了个礼，利落地坐了下来。

"有什么事吗，侦探先生？"三幸眨着大眼睛问御手洗，眼神里仿佛有光。

御手洗似乎有点儿吃惊。"你好像很习惯和侦探打交道，不是第一次吗？"

"是第一次，但我在电视上经常看到。"

"原来如此。"御手洗表示理解。御手洗这样的人物在社会上虽然少见,但可能在三幸的眼里并不稀奇。

"关于卓先生的去世,什么都可以,把你知道的告诉我们,好吗?"

"嗯,但是我什么都不知道,也不能到屋顶上看,所以我什么都没看见。"

"那么,关于卓先生的死因,你有什么想法吗?"

"我想应该是后院那棵大树搞的鬼,他是被树杀死的吧。"三幸的语气好像在聊家常。

"你也这么想吗?听说那棵树以前曾经杀死过一个小女孩,是吗?"

"对,在昭和十六年。"

"那棵树杀死过很多人啊。"

"对,那棵树就是这样。"

"你每天住在那棵树附近,不害怕吗?"

"我不怕。"

"不怕?为什么?"

"它说它不会杀我。"

"大楠树这么说吗?"

"是的。"

"你能和树说话?"

"有时候吧,我钻进被窝准备睡觉的时候,它就会和我说话。"

"你们都说些什么呢?"

"说的都是很久很久以前的事,那棵树还是动物时的故事。它说,那个时候它经常借着月光到处找碎肉吃。"

"碎肉?"

"对，它说碎肉特别香，它喜欢吃动物的碎肉。而且，它经常在月色皎洁时和其他树谈论人类的事情。我是它的朋友。"三幸说话时眼睛熠熠生辉。

御手洗沉默了一会儿，目不转睛地盯着三幸的脸。

"听说房顶上曾经有过一只青铜鸡？"

"嗯。"

"但是现在不见了。"

"是啊，它到别处去了。"

"大楠树说过那只鸡去哪儿了吗？"

"说过。"

"怎么说的？"

"它说，青铜鸡在很远的地方，在有水的地方，河边或者海边。"

"警察是怎么想的？"

"那我就不知道了。"

"他们找过青铜鸡吗？"

"好像找过，但是除了卓先生的鞋以外什么也没找到。"

"鞋？"

"对，皮鞋。"

"在哪里找到的？"

"一只在藤棚汤澡堂那边，另一只在后院的大楠树下。"

"怎么会？两只鞋不在一起吗？"御手洗站了起来，开始像往常一样在窗户和沙发之间踱步，"让先生，卓先生的尸体没穿鞋吗？"

"对。"

"光着脚？"

"不,穿着袜子,但好像没穿鞋。"

"他为什么脱鞋?而且两只鞋离得那么远……为什么?三幸小姐,你记得藤棚汤和大楠树下的鞋,哪边是左脚,哪边是右脚吗?"

"大概藤棚汤的那只是右脚吧……我记不清了。"

"让先生,你记得吗?"

"可能是吧,我也记不清了。"

"为什么?到底是怎么回事?是脱下来之后,有人把它们分别拿到两处去的吗?但是拿鞋做什么?难道有什么目的……"御手洗停下脚步,原地思索,"爬上屋顶的时候,把鞋脱下来也是可以理解的,因为可以防止打滑。但如果是那样的话,应该也会脱掉袜子吧。"

御手洗盯着天花板看了一会儿,然后慢慢走到窗边,拉开窗帘的一角,看向窗外。

"从这里往外看,虽然树丛有些遮挡视线,但仍能看到藤并公寓。现在四〇一号房阳台的灯还亮着,卓先生的太太郁子夫人应该在家。三〇一号房也开着灯。五〇一号房没有灯光亮起,玲王奈小姐应该不在家。如果上到三楼,能看得更清楚吗?"

"当然。"让回答道。

"但是卓先生那样骑在屋脊上是背对公寓而面对大楠树的。卓先生是不是想和大楠树说话?三幸小姐,你觉得呢?"

"不知道。"

"你知道卓先生爬上屋顶的原因吗?"

"不知道。"三幸摇了摇头,说道。

"好吧,如果你还想起什么事情,请一定告诉我,什么都可以。"御手洗说着回到了座位。

"御手洗先生？"三幸并没有离开，而是主动叫住御手洗。

"怎么了？"

"我们家的这个案子，你会帮忙破解谜团吗？"

"我有这个打算。"

"真有意思，我愿意帮你。"

"那太好了。"

"卓先生是被杀的吗？"

"我对这一点也很感兴趣。"

"是谁？为什么要杀他？"

"如果知道了，案子不就破了吗？"

"啊，也对。"

"三幸，快去做饭吧。"让说道。

"好。二位先生也留下来一起用餐吗？"

"如果方便的话……"

"请留下来一起吧。我们家因为人少，总是很冷清。"

"牧野先生来了吗？"让问道。

"嗯，应该在路上了。那么，侦探先生，待会儿见。"三幸站起来，向我们微微致意后就出去了。

"牧野先生是谁？"御手洗问。

"是附近开照相馆的，从培恩学校时代开始就经常和我父母来往。现在照相馆的生意交给儿子了，夫妇俩过着隐居的生活，颇有闲暇。近来他们一直帮我们做家务，我们当然要表达感谢。我母亲对牧野夫妇从来没有怨言。"

"今天他们夫妇二人都会来吗？"

"应该是吧，从照相馆走过来只要几分钟时间，老人家走动起来也方便。"

"坡下有一家叫狮子堂的玩具店，对吧？"

"嗯，那是德山先生的店。"

"你们两家没有来往吗？"

"我父母好像和他们有来往，到了我们这一代就基本没有交流了。"

"是吗？附近还有哪家和你们走得比较近？"

"没有了，只有照相馆的牧野一家。因为当年培恩学校经常举办郊游、毕业典礼、运动会和才艺表演等活动，他们的照相馆因此挣了不少钱。"

"嗯。培恩学校是所小学吗？"

"是的。对了，御手洗先生，三幸是个奇怪的孩子吧？"

"看上去很聪明啊。"

"她真是个奇怪的孩子，的确很奇怪。御手洗先生，你能把我们家这件事彻底查清楚吗？"

"当然，我已经跟三幸保证过了。"

"你是说，你能破解我哥离奇死亡之谜，还有昭和十六年那个女孩的惨死之谜吗？"

"不搞清楚昭和十六年的那个事件，就破不了这起案子。"

听到这句话，让又差点儿"嘿嘿嘿"地笑出来。

"那就全靠你了！但是，你能胜任吗？如果只是找出袭击我母亲的凶手还好说，但是昭和十六年的那个案子，谁能解开谜题呢？案情太过离奇，谜团重重，又不是一桩凶杀案，况且已经过了那么长时间……"让继续用高亢的声调说道。

"在我解开谜题之前，大家都会这么说。"御手洗向后靠在沙发上，底气十足地说。

让瞪大了眼睛。

"还有比这更离奇、更不可能解决的案子呢。"

"嘿嘿嘿。"让的喉咙里又挤出了怪笑。我无法理解这个男人到底出于怎样的感情发出这种笑声。

"以前发生过比这个更离奇的案件吗?二十年来,我天天读报,从不间断,还没看见过类似的报道呢。"让说道。

"那是报社隐瞒了实情。虽然我刚才说有比这个更离奇的事件,但其实这个案子并没有结束,还有更深的内幕,今后可能会发生更不可思议的事件。但即使是那样,我敢打赌,此类事件也不会登上报纸的。

"但是,无论如何,我经手的刑事案件无一不被侦破。这次也不会例外。"

让听罢,咯咯咯地笑了起来。

"但愿你永远这么自信,希望经历了一九八四年横滨黑暗坡事件后你还能继续这么说。"让边笑边说道,他的语气好像根本不希望我们破案似的。

"谢谢你的祝愿,但我还是希望得到你的帮助。"

"什么帮助?"

"首先是青铜鸡。这东西是从什么地方弄来的?"

"是我父亲从英国带来的。"

"他来日本时带来的吗?"

"不是的。据说是他在法国买的,一直放在英国的家中。后来,从英国请工匠、室内设计师和机械技师一干人等到日本来翻修老屋时,父亲才让他们从英国的家里带过来的。"

"那么它是法国制造的了?"

"不,是意大利制造的。"

"让它振翅的是什么装置?"

"好像只是一套简单的发条。上好发条，想让它振翅的时候就定时按一下开关，就是这样。"

"在哪里操作呢？"

"就在这上面，在三楼中间的房间，青铜鸡的正下方。"

"培恩学校时代，每天都要进行操作吗？"

"是的。"

"由谁来操作？"

"是我父亲自己。上午十一点五十分，他会准时从学校回来，操作青铜鸡振翅，然后在家里吃午饭。我父亲是个异常守时的人。"

"有教育家的风范？"

"对。日本人和英国人存在某种相似之处，似乎一成不变、固守陈规的生活更让他们舒心。当然，我是例外，我完全不想那样生活。"

"那只青铜鸡是培恩先生因为喜欢才买下来的吗？"

"那当然。我父亲非常喜欢艺术品，这里的日本画和其他古董都是父亲收藏的。每天下午四点，他会上街去物色艺术品。现在母亲住的房间就是父亲当年的书房，那里的书画和古董数不胜数，壁橱都成古董店的仓库了。

"房子的改造翻新是由父亲亲自指导的，培恩学校的教室和体育馆几乎都是他设计的，这个庭院的园林设计也是他的手笔。"

"原来如此，不愧是位艺术家。但是他在日本连一幅素描都没有留下，这是为什么呢？"

"这一点我也琢磨不透。听说他以前在英国时，一年要画好几幅呢，至于素描作品就更多了，但来日本以后突然就不画了。"

"这很反常。很向往日本的人，就连以前不会画画的，到日本后往往都会拿起画笔,比如发现了大森贝冢遗址的爱德华·摩斯①。培恩先生在英国时都画些什么画呢?"

"因为这里没有他的画作,所以我也不太清楚。不过我好像听人说过,他的画有比亚兹莱②的风格,我也好几次听父亲提起过比亚兹莱的大名。"

"哦,比亚兹莱。但是比亚兹莱擅长的是油画吧?培恩先生也是吗?"

"好像是。"

"你也没见过他的绘画工具吗?"

"不,我记得父亲的书房里一直有油画画具,不仅如此……"

"不仅如此?"

"也许是我记错了,小时候父亲抱我的时候,我总能闻到他身上有一股奇怪的油料味道。最近我在想,那会不会就是油画颜料的味道呢?"

御手洗紧皱双眉,一副屏息凝神的样子。

5

接到让的电话,酩酊大醉的千夏出现在老屋客厅的门口。她一打开门,让就一把将她扶住,看来早有准备。千夏醉成那样,如果没人扶着,肯定连站都站不稳。

---

①爱德华·西尔维斯特·摩斯(1838—1925),美国动物学家。一八七七年赴日,发现大森贝冢并进行挖掘调查。在东京大学讲授动物学,首次介绍进化论,对日本的考古学和人类学发展做出了贡献。
②奥伯利·比亚兹莱(1872—1898),英国插画艺术家,创作受拉斐尔前派、印象派、古典主义、巴洛克和日本浮世绘等风格的影响,是唯美主义运动的先驱。

让揽住千夏的腰,将她搀扶到餐桌前坐下。千夏眼睛还没完全睁开,就认出了御手洗。

"哎呀,大侦探,你还在啊!"她旁若无人地大声说着,边说边笑。

"因为还没有抓到凶手。"御手洗冷静地回答道。

"请我来当你的助手吧,案子肯定很快就解决了。"

有这样的助手,本来能解决的案子也会陷入迷宫吧。不过,女人似乎都想当侦探的助手。

"我已经有助手了,多谢挂念。"

"喂,你不是我的助手吗?"让抱怨道,"你还有什么不满意的吗?"

"可是你不肯陪我喝酒……"

"我要是陪你喝酒,早就肝硬化了。"说完,让看着我,又嘿嘿地笑起来。

"还有,你对我一点儿都不好。"

"我对你不好?我都叫你来吃晚饭了,还对你不好?真不管你的话,你的胃里就只有酒了。那样会很伤身体,我这是在关心你的身体,明白吗?"

"而且……"

"而且?还有什么?"

"而且你不肯和我结婚!"

"又来了。把你娶进门,光酒钱就能让我倾家荡产。"让又看了看我,嘿嘿地笑了。

三幸把炖菜端过来,放在餐桌的搪瓷垫板上。她瞥了千夏一眼,立刻转身离去,写着"会客室"的玻璃门随即发出一声刺耳的关门声。很快,门又打开了,这次是死者藤井卓的妻子郁子。

郁子站在门口，握着门把手，从我的角度正好能看见她的侧脸。只见她朝着刚离开的三幸笑了一下，而把脸转向屋内时，她像看到丧门星一样，笑容立刻消失了。毫无疑问，这是因为她看到了千夏。

郁子明显有些进退两难，她心里一定在权衡到底是直接去餐桌前就座呢，还是找个理由离开。她站在原地，犹豫着。

"哎呀，郁子夫人，别担心，我马上就走。里面请吧！"千夏先开口说道。

"不了，我没什么食欲，只是过来看看要不要帮忙。"郁子说着，向房间内走了两三步，又停住了。

"那你就应该早点儿来，晚饭早就准备好了。"千夏说完哈哈大笑起来。

郁子高挂免战牌，一言不发地推开玻璃门，溜之大吉了。不难想象，千夏当年在川崎的夜总会一定是不好惹的类型。

"喂，这里不是夜总会，她也不是陪酒小姐。"让毫不客气地说道。

"比陪酒小姐更可恶！陪酒小姐只管拿钱办事。"千夏大着舌头说。

可能害怕千夏发作起来局面会更加尴尬，让不再说话，显然已经猜到千夏接下来要说什么了。

"这个女的总算来了。"千夏直勾勾地盯着让的脸说道，"这还是第一次吧？"

让没有说话，似乎在回忆，直到他不得不承认千夏说得对，便默认了。

"现在变成孤家寡人了，不和家族搞好关系，恐怕煮熟的鸭子就要飞了。以前躲在家里，对谁都爱答不理的，现在只能恬不知耻地走出家门了。以前只需要在老公面前煽风点火,现在可不行了。你们知道她的娘家吗?她娘家最近正需要钱。"刚才还在哈哈大笑的千夏,此刻的表情异常严肃。

走廊传来嘎啦嘎啦的声音。门开了,三幸撑着门,一位七十多岁的老者推着餐车走了进来。

"啊,又给您添麻烦了,牧野先生。"让说道。

"哪里哪里。"

牧野先生布满皱纹的脸上浮现出和善的微笑。餐车上摆着盘子、刀叉、葡萄酒瓶和银色的锅具等,好像要开始一场上流社会的晚宴。

跟在牧野先生身后的老妇人应该就是牧野夫人了,提着装有面包的篮子。牧野夫人的后面是面无表情的照夫。照夫二话不说,直接入席。

老夫妇慢慢在每个人的面前摆上盘子和刀叉。三幸和郁子也端着什么过来了,开始帮老夫妇的忙。

当每个人面前的餐具和菜肴都安排妥当,让往高脚杯里注满了白葡萄酒,站起身来致欢迎辞。

"最近,不幸的事情接二连三,但还请各位不要过度伤心。今天,名侦探御手洗先生光临,希望这位稀客能早日为我们藤井家破解谜团。现在,让我们举起酒杯,欢迎他们的到来。干杯!"

我们端起酒杯,三幸也高高举起果汁饮料,一起喊了声"干杯"。我完全没有料到今天会参加这样的豪华晚宴,有些喜不自胜,不由自主地激动起来。在我眼里,郁子、三幸,还有酒鬼千夏,这些女性各具魅力。

"御手洗先生,这两位是牧野先生和夫人。他们在附近经营照相馆。"让把坐在自己右边的老夫妇介绍给御手洗。双方友好地颔首致意。

"从'二战'前就开始经营照相馆了吗?"御手洗问道。

"是啊,从我父亲那一辈就开始了,现在已经是第三代了。"老人家满面笑容,缓缓答道。

"您还有孙辈吗?"

"是的。"老人温和地回答道。

"如果孙辈也继承家业的话,那就四代了。"

"恐怕不行了……"老人的笑容闪过一丝悲凉,"经营照相馆这一行已经在走下坡路了。现如今家用摄像机日渐普及,照相馆的时代已经结束了,根本赚不到钱。"

"的确如此。"我插嘴道。

"老伯,你也做录像生意不行吗?"千夏说,"雇一些年轻女孩,拍些裸体照啊。"

"喂,你在说什么呢?"让立刻责备道。

"您有后院那棵大楠树的照片吗?"

"有的。我自己以前拍过很多,也有别人拍的。但是我拍的全是培恩学校时代的照片,那个时候培恩校长还没有回国。"

"听说还有灵异照片,是吗?"

"啊……是的,嗯……有的。"

"有很多吗?"

"不,只有两三张。"

"是什么样的灵异照片呢?"

"就是照片上树叶的阴影部分好像被砍下的头颅之类的……"

"是吗?有从江户末期到明治时期,这一带还是刑场时的照片吗?"

"也有，不过都是些银版老照片，有钉刑的，有斩首示众的……经常有制作资料集或电视台的人来借这些照片。"

"因为都是些珍贵的资料。您是怎么得到那些照片的呢？"

"我的祖父很喜欢照相，留下了很多老照片，我一直珍藏着，打算将来传给子孙后代。"

"请一定好好保存，这些照片非常有价值。"御手洗郑重其事地说道，"来日可否允许我欣赏一下那些老照片呢？"

"啊，当然没问题，欢迎随时光临寒舍。"

"太好了！那就有劳了，改日一定登门拜访，去之前会跟您联系的。请问您有名片吗？"

"有。"老人从缝着护肘的粗花呢外套口袋里掏出名片，递给御手洗。名片上面写着"摄影家牧野省二郎"。

"御手洗先生，那些照片我也洗出来过，我的房间里也有很多。"让说道。

"嗯，是的，他那里也有。"牧野附和道。

"真的吗？在哪儿？在公寓那边吗？"

"不，就在楼上。如果你愿意，等会儿可以前去观看。"

"一定。"

"我说侦探先生，照片的话题暂时告一段落吧。谈一谈适合用餐时讨论的有趣的话题如何？你从事这样的工作，肯定有很多新奇的经历吧。"让说道。

"哇，我也想听。"三幸也饶有兴致地说道。

"和案件调查有关的经验还是留到饭后再说吧。而且，我的破案过程都会由这位作家写成小说，如果不小心说漏嘴，泄露了谜底，恐怕他会找我麻烦。

"但是，对于犯罪，我是这样理解的。我认为，人类有一半的犯罪行为是人类的认知无法把控的，因为很多犯罪都源于人类的大脑。

"没错，人类的大脑是个不可思议的存在。正常情况下，它具备一定的思考能力，是人类用以自我保护的判断器官。比如，大脑可以做出红灯停、绿灯行这样的判断。但是，这样的功能仅仅是大脑这个神奇器官的一部分能力而已。

"就像用铁丝把很多木板紧紧勒成一个木桶一样，人类的行为受到大脑的充分制约，在绝大多数人的一生中，大脑只是作为自我保护的判断器官发挥作用。由大脑的其他功能引发的犯罪，在我国的社会派推理小说中很常见。

"什么是铁丝呢？我认为大概率是贫穷，贫穷束缚了人们的行为。非常幸运，在贫穷的状态下，大脑无法发挥出恶魔般的潜能。那么相反，物质极端丰富又会如何呢？饱食终日的人们会做出什么事来呢？可以看到，欧洲贵族的犯罪行为就无比凶残。有人认为，日本没有发生类似的事件是因为人种的差异，但是我不同意。日本之所以没有出现类似的犯罪，是因为这个国家从开国至今都很贫穷。当有一天人们富到流油，谁也预料不到他们会干出什么事来。"

"会干出什么事呢？"让问道。

"举个例子吧，在巴黎塞纳河畔的法兰西学院附近，有一条叫作尼维尔街的昏暗小巷。十三世纪，那里建起了一座尼鲁塔，尼鲁塔的露台一直延伸到塞纳河上。那座塔里幽禁着大贵族的夫人玛格丽特·勃艮第。

"这个女人异常贪恋男色，已经到了每晚无男不欢的地步。身为有夫之妇的她一次次红杏出墙，被戴够绿帽子的老公无奈之下将她幽禁在尼鲁塔内。

"但是,这个女人居然站在窗口,引诱从窗下经过的英俊男子,将他们骗进尼鲁塔中翻云覆雨。在身处贵族阶层的她看来,那些与她露水之欢的平民男子只不过是泄欲的工具,和动物没什么区别。于是,欢愉过后,她命侍从把这些男人塞进麻袋,扔进塞纳河里活活淹死。

"然而,有一个男人奇迹般地生还了,整个事件也就浮出水面。这名男子叫让·布里丹。他从这次危险的亲密关系体验中吸取教训,发愤向学,成为一名经院哲学家,后来还当上巴黎大学的校长。"

"嘿嘿嘿……"让放声大笑,"有意思,真有意思!哲学家的背后总有一个可怕的女人!千夏,你听到了吗?"

"后来被问及玛格丽特·勃艮第夫人时,让·布里丹的回答是,那个女人简直妙不可言。"

让再次嘿嘿笑起来。

"有的贵族会在庭院里刺杀平民。有的贵族女人为了保持不老容颜,杀死年轻貌美的姑娘,将她们的鲜血注入浴缸,每晚用鲜血洗浴。这样的犯罪,都是穷奢极欲的生活对大脑的影响造成的。人的大脑非同一般,我们日本人认为的正常人的大脑,充其量只是穷人的大脑。"

"原来如此。"

"因此,欧洲革命的最终结果就是将这种恶魔般的欲望分给了平民。在巴黎,能够俯瞰协和广场的杜伊勒里公园的栅栏附近,有一家专门让客人参观断头台行刑的餐厅。那家餐厅有一个惯例,就是把当天受刑者的名单做成当日菜单。法国革命的领导者罗伯斯庇尔就是在那家餐厅一边进餐一边观看行刑的,后来,他自己也上了餐厅的菜单。"

餐桌上,御手洗滔滔不绝地讲了很多不适宜餐桌的话题,在座的人无不听得目瞪口呆。

"日本人可能会认为,这种事情只发生在残忍的人种中。岂料在'二战'期间,南洋岛屿上就有日本士兵将很多死人的手砍下之后,用铁丝串成一条项链,挂在脖子上。所以说,人类都一样,这就是人类犯罪的本质。"

御手洗说完,若无其事地喝了一口汤。

暗号

1

晚餐之后的用茶时间，御手洗要求到三楼参观操纵青铜鸡振翅的装置。

"我带你去！"三幸立刻表态。但是她必须收拾餐桌，还要完成家庭作业，所以她的提议很快就被驳回了。

那么能够为我们带路的就只有让了。但是千夏已经醉倒，让必须带她回公寓，所以最后还是只能由三幸领我们去。

我们跟在三幸后面，穿过嘎吱作响的走廊。门厅旁边有一间房间，房门看上去很厚重，三幸告诉我们，这就是八千代的房间。可能因为里面有贵重物品，所以门上了锁。走廊的尽头就是楼梯，楼梯比想象的狭窄得多。我原以为楼梯会像外国电影中常见的那样，有巨大的楼井、宽敞的楼梯平台，还有光滑得像滑梯一样的扶手，人可以"嗖"地从扶手上滑下来。但这个楼梯相当狭窄，恐怕很难通过它搬运大件家具。房子本身就旧，楼梯当然也老化了，一脚踩上去，连带着好几级台阶都有响声。

这里的壁纸和一楼的走廊一样，都是奶油色底色上印着茶色的竖条纹，搭配交错的碎花图案，颇具设计感。

楼梯平台周围的墙壁因陈旧而发黑，墙上安装了一盏煤油灯样式的灯具提供照明。煤油灯的四面玻璃中有两面是黄色的，墙上映射着黄白的光。

壁纸之所以是乳黄色的，可能是煤油灯玻璃的颜色和壁纸老化的缘故，也许壁纸本是雪白色的吧。

煤油灯下悬挂着装裱在画框里的日本画和水墨画，还有装在相框里的横滨风貌的老照片。这些应该都是詹姆斯·培恩来日本以后的收藏。培恩作为一名画家，品位不俗。但他回英国时居然把这些藏品都留下了，这一点令我十分不解。如果是我，自己辛辛苦苦收藏的东西，说什么也要带回国。难道培恩已经厌倦了这些作品？

这里的壁纸和一楼走廊上的一样，布满褐色的斑点，二楼到三楼之间的壁纸则略显干净。可能是因为楼下使用更频繁，所以污痕也更多些吧。

"这幢房子只有这一个楼梯吗？"御手洗问三幸。

"是，只是南面有。"走在前面的三幸回答道。

"每层楼都有三个房间吗？"御手洗继续问道。

"是的。"

"屋顶有很多烟囱，这里每个房间都有壁炉吗？"

"中间的房间没有。"

"只有两侧的房间有壁炉？"

"对，一楼靠中间的客厅也有，但二楼和三楼只有两侧的房间有，所以正中间的房间现在没人住。"

"因为没有壁炉冬天会很冷吗？"

"有这个原因，而且有壁炉的房间更有格调嘛。"三幸语调明快地说。

"原来是这样。"

住这样的老房子，肯定谁都想住在有壁炉的房间吧。

转眼到了三楼。三楼的天花板很低，和其他楼层不一样。

我们所在的位置位于三角形的屋顶下方，右侧的天花板向下倾斜，几乎要贴到地板。因此，我们只能尽量靠左侧和中央行动，即便这样，还是必须弓着身子。走廊的地面虽然面积很大，但空间感狭小。右边是一排飘窗，窗帘束在两边。月光透进窗户，从这里可以望见黑暗坡大谷石墙附近的树木和坡道两旁的石棉瓦屋顶。我用手推了推，发现玻璃窗的确是镶住的，打不开。

"就是这里。"三幸指着三扇房门中的一扇说道。

可能是因为楼梯处煤油灯光线昏黄，抑或是建筑年代久远，白色的房门都已泛黄。

"请。"三幸转动黄铜色的门把手，像撞门一样把门向内推开。御手洗率先走进了黑漆漆的房间，我紧随其后。

屋内很暗，透着月光只能看见两扇窗户。三幸最后进来，打开灯，天花板上的日光灯闪了闪，房间亮了起来。

由于三楼走廊的位置靠近屋脊的正中间，和一楼的房间相比，这间房间门到窗户的距离要短很多，房间看上去也很狭小。再加上房内堆放着旧家具、木箱和纸箱等杂物，空间更加局促，俨然一个杂物间。

房内的壁纸款式和走廊的不同，但也是碎花图案的。可能因为三楼在受风吹雨淋的屋顶的正下方，所以壁纸上的褐色斑点比一楼和二楼走廊的还要多。同样是褐色的天花板和裸露的房梁尽显岁月沧桑。

靠近门口的墙边有一台黑色的沉甸甸的大机器，铁架上搭载着无数黑色齿轮，两根铁管支撑机身。

"哦，令青铜鸡振翅的机关就是这个吧？"御手洗兴奋地说道。

他用手指轻轻抚摸那些裸露在外、已经生了红锈的大大小小的齿轮，还摸了摸钢制发条和连接这些零件的铁架。整台机器应该有我两臂合抱的大小,与天花板由一条链条连接。

"太棒了!"喜欢机械装置的御手洗喜出望外,"但是锈得厉害,又落满了灰尘,不好好维修根本动不了。"

"是啊。"

"我要是这家的主人,一定第一时间把它修好,上好机油,至少得让它动起来。"御手洗惋惜地说道。

"但是关键部件青铜鸡已经不见了。"我说。

"哦,说得也是。"御手洗看到这么有趣的机器,已经有些忘乎所以了,"看来这儿是拧发条的地方。"御手洗伸出手,"这么高,小孩子根本够不到,女人估计也不行。看来培恩先生是个高个子。"

"是的,据说培恩先生有一米九呢。"

"那就没问题了。怎么没见到螺丝呢?应该有一个可以拧动的蝶形螺丝才对。"

"可能在这个抽屉里……嗯,找到了。"三幸打开房间角落的抽屉柜,翻出一个生锈的蝶形螺丝,递给御手洗。

"谢谢。但是,不进行修理的话,发条也是拧不动的,请先放回去吧。"御手洗回到机器前面,"拧紧这个发条,松开后力就会传递给这个齿轮,扭矩不断变大,这个曲轴就会转动起来,联动着上面的链条转动。啊,这是开关吧?你看,这个爪子可以暂时压住这个齿轮。石冈,这台机器实在是太棒了!"

"这是意大利制造的吗?你看,那个齿轮的颜色和其他的不一样,这个也是,看来是材质不一样。换句话说,可能是因为机器本身旧了,运转有障碍,所以部分零件已经更换过了。哦,那里有个机油罐。嗯,这是英国产的,培恩先生应该使用过吧。"御手洗完全入迷了。

"咦？奇怪，那里怎么有真空管？"御手洗突然眉头紧皱，目光犀利，"真奇怪啊……这种机器根本用不着真空管。三幸小姐，那把椅子没坏吧？"御手洗指着角落的一把旧木椅问道。

"嗯？没坏……"三幸感到有点儿莫名其妙。

"请把它拿过来。我可以踩在上面吗？"御手洗盯着天花板问。

"嗯，那……可以的。"三幸快步拿来椅子。

"谢谢。"御手洗接过椅子放下，飞身跳了上去，把脑袋探进机器深处仔细观察。

"还真是一个真空管。这是一个放大器，石冈。为什么这台机器里要安装放大器呢……嗯？"

御手洗把手指伸进机器深处。我担心他会弄坏这台贵重的机器或者伤到手。

"锈住了，搞不懂。这是个磁鼓，你看，这个齿轮转到这边，带动这个磁鼓转动。磁鼓表面的这么多凸起，也就是拨子，会开始拨动这块像铁琴一样的金属。这么看来，这是一个大型八音盒！"

御手洗又开始按捺不住兴奋。

"铁琴一响就用这个拾音器收音，像麦克风一样，经过放大器扩音，然后……这根电线通到屋顶，上面肯定有喇叭。三幸小姐，屋顶上的青铜鸡是随着八音盒的旋律振翅的，对吗？"

"啊？大概是吧，我听别人说过。"

"但是没过多久，音乐就不响了，青铜鸡只好在没有音乐伴奏的情况下继续振翅，对吗？"

"嗯，是的，他们好像是这么说的。"

"明白了，没错。这里的齿轮脱落了，于是磁鼓也不转了，因此没有伴奏了。扩音器的电源线也……你看，也断掉了。三幸小姐,请问家里有工具箱吗?我需要扳手、电笔和钳子……"

"当然有,我这就去拿。"

"好的,麻烦你。还要手电筒。"

"知道了。"三幸走出房门。

"御手洗,你想把它拆了吗?"

"是音乐啊音乐,这里原来能演奏音乐的。控制风向鸡振翅的装置,就算不拆开也能猜出个大概,但是这个八音盒演奏的旋律,光靠看是看不出来的。只有把它拆开,让磁鼓拨子按照顺序敲击铁琴,才能听到声音。"御手洗从椅子上跳了下来,坐在椅子上,向我解释道。

"但是,知道是什么曲子又能怎么样呢?说不定只是学校常用的铃声而已。"我说道。

"可能吧。但是死去的藤并卓曾经提到青铜鸡和音乐,现在这两样东西就摆在眼前,够朋友的话,就别劝我。"

三幸双手提着一个沉甸甸的红色工具箱回到房间。御手洗迅速从椅子上跳起来,急忙接过工具箱,打开箱盖,确认工具。

"嗯,有这些就够了。对了,三幸小姐,家里有钢琴吗?"御手洗问道。

"隔壁玲王奈小姐的房间里有一台老式的立式钢琴,但是很长时间没人弹,可能音已经不准了。"

"培恩先生弹钢琴吗?"

"不,听说他不会弹。玲王奈小姐和八千代夫人倒是会一点儿……"

"那间房现在没人住吗?上锁了吗?"

"没有锁。这层楼的房间都没有上锁。"

"那让我进去看看吧。"御手洗打开门,闪身而出,轻轻推着三幸的肩膀来到走廊，我紧随其后。只走出几步，我们就到了右手边的房门前，三幸握住门把手，毫不犹豫地把门推开，顺手打开了门边的电灯开关。

这个房间和青铜鸡机房的最大不同在于，这间房间右边的墙上有一扇窗户。透过窗帘的缝隙，可以看见像怪物一样的大楠树正沐浴着月光。

御手洗立刻走到窗边，把窗帘全部拉开，眺望大楠树。

"这扇窗户没有封死，可以打开。"御手洗说道。

"嗯，但无法从这里爬上屋顶。"

"没错。"

窗户在右侧，紧贴走廊墙壁，左边是一个比一楼客厅的小很多的壁炉。

"从这里看过去，大楠树相当壮观。瞧，好几根树枝都伸到窗边来了。啊，钢琴在那儿。"御手洗从窗前回头，看见了钢琴。从门口的位置看，钢琴就靠在左侧的墙壁上，也就是和青铜鸡机房相邻的墙。

"没什么灰尘。"

"嗯，我时常会来打扫。"

"你可真了不起。不过，你可别光想着以后当个好妻子哦。"御手洗说了句莫名其妙的话，随即打开琴盖。琴盖的合页发出摩擦的声响，不过琴键很干净。只见御手洗的双手从低音部轻快地滑向高音部，弹出了一曲美妙的音阶旋律。

"御手洗，原来你会弹钢琴！"我惊讶地问道。

"别这么大惊小怪的，只要是乐器我都能来两下，尤其是弦乐。这架钢琴就适合这样的曲调。"御手洗说着，穿拖鞋的右脚在地上啪嗒啪嗒地打着节拍,随即弹奏了一曲布基伍基①风格的乐曲。屋内突然有了一点儿西部电影的情调。

"真厉害!侦探先生,弹得真好!"御手洗的手指一停,三幸就惊呼起来。

"我最擅长音乐,其次才是犯罪侦查。那么……"御手洗合上琴盖,走到并排的两扇飘窗旁,掀起窗帘,用手推了推玻璃,确认窗户是封死的。他又弓着身子,一边看着天花板,一边朝这边走来。

"三幸小姐,非常感谢。你该去写作业了。我的调查工作可能会持续到明天早上。有没有房间可以让他睡觉呢?"御手洗沉迷于工作的时候总是想把我支开。

"二楼中间的房间经常拿来当客房。那里以前是卓先生的房间,现在没人住。"

那不是死者的房间吗?!

"那就多谢了。"

"房间里有两张床……我这就去收拾一下。"

"那就有劳了。待会儿见。"

关掉电灯,我们来到了走廊。三幸小跑下楼,我和御手洗回到中间的机房。三楼的走廊地板不怎么嘎吱响,真是不可思议。

"真是个好孩子,一点儿不像他父亲。"御手洗进入房间,关上门,一边开灯一边说道,"另外,你如果有机会和这个孩子单独说话,记得问问她父母的来历。"

"为什么?"

---

①布基伍基(Boogie Woogie),一种起源于十九世纪七十年代的非裔美国人社区的音乐流派,二十世纪二十年代后期开始流行。这种风格的音乐节奏明快,旋律优美,充满活力。二十世纪六十年代成为节奏摇滚的一个重要分支,对后来的音乐风格产生了深远的影响。

"我觉得她父亲好像有什么心事。我想知道他是不是本地人，还有他以前与培恩学校和藤并家的关系。"说着，御手洗又踩在椅子上，开始摆弄机器。

"喂，你非把它弄坏不可吗？"我说道。

"别说丧气话，我只是想把八音盒拆下来看看，这部分和操纵振翅的部分没关系。再说了，这机器本来就是坏的。"御手洗若无其事地说道。

"我刚才说过，我还要在这里操作一阵子，一个人就够了，你差不多可以下楼睡觉了。"御手洗头也不回地说道。

"可我当初没想到会在这里过夜，没带睡衣。"

"没有睡衣也照样能睡觉。"

但我还是有些郁闷。想到三幸的父亲照夫那副爱答不理的样子，我觉得他根本不欢迎我们，我们还这么厚着脸皮住下来。

这时，传来敲门声。

"来了。"我和御手洗同时回应道。我们都以为是三幸，没想到站在门外的是让。

"哎呀，侦探先生，你在忙什么呢？"

"我想把它修理一下。万一青铜鸡回来了，立刻就能让它扇动翅膀。"御手洗信口说道。

"还是算了吧，都锈得不成样子了。三幸呢？"

"我猜她正在房间里和家庭作业殊死搏斗呢。让先生，请问你小学是在培恩学校读的吗？"

"是啊，我那会儿从没迟到过，还挺享受的。"让又发出了他那独特的笑声。

"卓先生和玲王奈小姐也是吗？"

"玲王奈不是。她上小学的时候，培恩学校已经关闭了。那家伙只好到山那边的教会学校去上学。"

"你还记得在培恩学校上小学的时候,青铜鸡扇动翅膀时,有八音盒的音乐伴奏吗?"

"八音盒……啊,模模糊糊有点儿印象,没错!但那是很久以前的事了,八音盒很快就不响了。"

"你还记得是什么旋律吗?"

"哎呀,这可实在想不起来了。"

"有谁还会记得它的旋律吗?"

"应该没有了,那么久之前的事情了。"

"有保留录音或者乐谱之类的吗?"

"没有,我从没听说过有那些东西。恐怕大家连它会响的事都忘了吧,它好像也就响了几个月。我也是本来只记得那只鸡会挥动翅膀,听你这么一说才想起音乐的事。"让说道。

"是吗?看来我非把它拆了不可,石冈。"御手洗说道。

"刚才晚餐时你提到黑暗坡作为刑场时的照片,之前还说想看看我的研究成果。我想趁现在请你过去看看,会打扰你工作吗?"让说道。

"真遗憾,我现在手头的工作有点儿急,暂时放不下。不过,石冈很感兴趣,他可以代替我前去恭听。"御手洗说话的时候,手一直没停。

"那么,石冈先生你能来吗?"让问我。

"好的,如果方便的话。"我只好点头答应。

2

"千夏小姐没事吧?"只有我和让两个人的时候,我问道。

"她已经在公寓里睡下了。"让若无其事地答道,"这种情况已经司空见惯了,不必劳神伤身。"

让的房间在二楼北侧,就在御手洗刚才弹奏钢琴的房间正下方。

我们经过二楼走廊时,遇见从中间房间出来的三幸。

"床铺已经收拾好了。"三幸兴高采烈地说道。

"啊,非常感谢。"我向她点头致谢。三幸小跑着奔向去往三楼的楼梯。

让指着三幸刚才跑出来的房门说道:"中间这个房间,小时候是我的,而我现在的研究室以前是我哥的。不过,自从公寓建成,我哥就不到这边来了,于是我把两个房间对调了一下。毕竟还是有壁炉的房间更适合做研究室。来,请进。"

让推开门,请我先进去。房内已经亮着灯。

"好漂亮的房间。"我情不自禁地说道。

这话并非恭维,让的房间是我在这幢洋楼里看到的最漂亮的房间了。房内的壁纸并非平凡的白色,而是印有金色细丝花纹的胭脂色。或许是颜色的缘故,壁纸上的斑点并不明显。窗帘是与壁纸相同颜色的厚布料,下摆缀着金色的流苏。这间房间的面积看上去比三楼的房间大些。

进门的左侧是一个巨大的书架,直达天花板,上面密密麻麻挤满了书籍,以外文书居多。

书架对面的墙上有一个壁炉,火焰正噼里啪啦地在炉中跳跃。壁炉前是一面像屏风一样的金属网,已经被熏得焦黑,左右随意放着一些木柴和燃料块。

壁炉右边的窗户被厚窗帘遮挡得严严实实。按理说,从那里应该可以看见大楠树。

地板上铺着和墙壁同色系的有花纹的波斯地毯，正面墙上的两扇窗户之间摆着一张漂亮的大书桌。书架前放着一套豪华的洛可可式沙发，工作累了时在上面小憩一会儿应该很舒服。

整个房间品位不俗。有个富裕的英国人父亲就是不一样，也有可能是因为房间主人继承了英国人的血统。

不过，最吸引我的还不是房内的装修，而是墙上大大小小的画框。壁炉一侧、窗户两旁和房门两边全部挂满了画框，里面裱着各式各样的画作和照片，风格与一楼门厅、走廊和楼梯平台的完全不同。

我被壁炉旁的一张照片深深吸引，不自觉走了过去。

"这是……这是照片吧？"我小心翼翼地问道。

"没错，就是刚才你朋友说的那类照片。这张是一个名叫达罗萨的英国人于明治二年在这附近拍摄的。据说照片上被处死的人是一个当铺伙计，因为做了强盗的内应，杀害了当铺老板，所以被处刑。"

"在这附近吗？"

"对，就在黑暗坡的刑场上。达罗萨在附近散步时无意间路过刑场，看到这一幕，吓了一大跳，于是拍下了照片。"

那是一张钉刑的照片，一具少年的尸体被绑在一个"木"字形的刑架上，形成一个"大"字。

看样子已经是处刑后很久了，尸体的手腕等部位都已弯曲变形。其中头部最为怪异，朝右侧弯曲九十度，完全搭在左肩上，和被直挺挺地绑在行刑架上的躯干形成了鲜明的对比。看来他的颈骨已经断了。

"据说这张照片是一个叫冈田朝太郎的法学博士，在牛込神乐坂毗沙门天王庙会的夜市上偶然发现的。那是大正时期的事儿了,他以三十五钱的价格买下了这张照片。照片的背面写着'Year of Serpent',意为'蛇年',所以这张照片应该是在明治六年废除钉刑之前的蛇年拍摄的,也就是弘化二年、安政四年或明治二年。再根据前因后果判断,应该是明治二年拍的。但是,也有人说是英国人菲利克斯·贝阿德在庆应三年拍的。"

"真可怕。没想到明治二年横滨的路边居然摆着这种示众的尸首。"我瞠目结舌。

让却若无其事地走到我身边,看着我的眼睛说:"这种掰断脖子的刑罚让人受不了吧?嘿嘿,死亡有一种独特的美,嘿嘿!"他的话语中夹杂着抽搐般的笑声。

"请看这边。"让热情洋溢,指向旁边的画框,"这张也是达罗萨在黑暗坡拍摄的。这是狱门台,上面的这三个人头就并排摆在刚才那具钉刑尸首前面。这是我在牧野照相馆偶然发现的,应该和刚才那张当铺伙计的照片是同时拍摄的。"

"你看,后面是两盏官府捉拿犯人的御用灯笼,刑具和杀头牌是这样搭配的。这里是个监房,狱门台后面立着屏风一样的竹围子。每次斩首示众时都是这么布置现场的。"让的厚嘴唇湿漉漉的,反射着室内的灯光。

"如果是穷凶极恶的死刑犯,斩首后就要示众。为了让犯人的首级稳稳当当地摆在示众台上,行刑的刽子手必须出手干脆,一下解决,然后把黏土堆放在首级的两边支撑。真吓人啊,这样的示众台就摆在路边,达罗萨只是过路的游客,凑巧记录下来而已。

"日本人也真是够厉害的,这种死亡艺术居然在日常生活中随处可见。日本的斩首技术堪称世界一流,几乎没听说哪个刽子手出现失误。在西方,斩首是用斧头,失败的例子比比皆是。因为西方的刽子手技术不行，经常出现死囚的头皮被削掉，或者连砍好几刀都没砍断的情况。有的犯人甚至被砍得血肉模糊，痛苦惨叫，人头却没有落地，最后只能众人一起按住他，用铡刀砍。还经常出现因为刽子手不得要领而引发围观群众暴动的事件。西方人真是太笨了。因此，在西方没办法斩首示众。他们不得不发明断头台这种绝妙的杀人机器，可以调整好位置再行刑。西方人的愚笨激发了他们的发明，嘿嘿！这可不是开玩笑，砍头这种技术活真不是西方人能干得来的。请再看这边。"

让讲起这些口若悬河，滔滔不绝。

"这幅图描绘的是当年日本金泽藩采用的极刑——三段斩。普天之下只有日本掌握这种斩首绝技，真乃神技也！哎呀，日本人真是太厉害了！具体的方法是，先把死囚的双手反绑，将其吊在大树上。这样一来，死囚的头部就会朝下，腿也会自然下垂。接着，斩首大师就出场了。只见他拔刀冥想，气运丹田，随即断喝一声，血光迸发。一刀下去，胴体一分为二，下半身落地，上半身因头部的重量而大头朝下。说时迟那时快，大师反手一挥，刀光闪处，人头落地。这就是三段斩。

"最后只留下死囚的上半身还挂在树上，头颅和下半身都落了地。这一切都发生在眨眼的瞬间。据说为了达到示众的效果，还要选择野外的刑场，在众目睽睽之下行刑。这样的处刑堪称绝技吧？哦呵呵！嘿嘿！嘿嘿嘿嘿！

"还有记载说，有的死囚受刑后，刀口处流出了面条。原来是因为行刑前死囚可以选择最后一餐的食物，而那个死囚死前吃了一肚子荞麦面。我猜，观众们恐怕这辈子再也吃不下荞麦面了吧。啊嘿嘿嘿嘿嘿！"

听着听着，我的脸不自觉地扭曲了。

《狱门》(《拷问刑罚史》,雄山阁)

《三段斩》(《拷问刑罚史》,雄山阁)

"人这种动物,不知为何,就喜欢观看同类被杀。不论在西方还是日本,只要有公开处刑,周围总是人满为患,拥挤不堪。就连最近在巴黎的万国博览会上,断头台处刑的展示台甚至比埃菲尔铁塔更受欢迎。"

"那是什么?"让的话实在不忍卒听,我只好转移话题,指了指其他图片。我以为那一幅看上去像幽默漫画,会比那些血淋淋的照片要好,但事实证明我错了。

"啊,那一幅。那一幅叫《车轮刑》,是一五四八年瑞士一家报纸刊载的图片。这幅画,嘿嘿嘿,也是极品。在欧洲,被判处死刑的囚犯都是这样赤身裸体的,或者只在腰间围一块遮羞布。他们会躺在一排木桩上,然后被绑在事先打在地上的楔子上,固定成一个'大'字。接着,刽子手将一个半人高的车轮举过头顶,砸向死囚的小腿。车轮又大又重,还带着铁环,囚犯的小腿当即断裂。车轮接着砸向身体其他部位,犯人的手脚也会断成好几截,最后车轮直击脖子和心脏,结束犯人的生命。"

"真的有这样的刑罚吗?"我倒吸一口气。

"当然了,这是史实。还没结束呢,粉身碎骨的死囚尸体会被固定在轮子的辐条上,让尸体脸朝上,放在柱子上。

"时而有尚未咽气的犯人,他们求生不得,求死不能,只能慢慢忍受痛苦的折磨。而且,囚犯死后,尸体不会立刻被收走,必须经历风吹日晒,鸟啄虫食,直到风化成一副骷髅为止。这种刑罚在欧洲很常见。呵嘿嘿嘿!嘿嘿嘿!"

在壁炉火焰的烘烤下,汗水从让的太阳穴滑落下来。

"看这个。这是十七世纪的铜版画。你看,地上立着一个'门'字形的木架,他们会把犯人的右手和右脚吊在木架上,让鸟将他们活活啄死。囚犯死了以后也一直这么吊着,直到化成白

《车轮刑》(《图说:死刑物语》,原书房)

Tormenti usati per castigo de'Malfattori negli Stati di Barbaria.

《中世纪意大利的处刑》(《图说:死刑物语》,原书房)

骨。这是中世纪意大利的死刑例子。

"呵嘿嘿！嘿嘿！接下来这幅杰作，也是一五四八年瑞士某家报纸上的插画，是犹太人被行刑的情景。

"过去，欧洲常用这种方法处死犹太人。同样也是立起一个'门'字形的木架，把犹太死囚活生生地倒吊在上面，然后在死囚的左右两边各吊一条狗，狗的后腿被绑在木架上。垂死的狗异常凶猛，会拼命扑咬旁边的死囚，以此来增加囚犯的痛苦。

"有记载称，在瑞士的沙夫豪森，一个犹太死囚和两条狗被一起吊了三天之后，死囚还能和妻子说话。

"在法兰克福，有一个死囚和狗吊在一起，活活吊了七天，结果狗死了，人还活着。嘿嘿嘿嘿嘿！

"但是，倒吊在高处的处刑方式好像是为犹太死囚量身定制的，目的是要使犹太教的罪人和基督教的罪人在面对死亡时有所区别。实际上，最开始并不是和狗吊在一起，而是和狼，源于将罪人和狼一起作为祭品供奉给神的宗教思想。后来狼越来越难找，只好用狗来代替。"

"真的发生过这么残忍的事情吗？现实中真的像图画里描绘的一样吗？"听了让的话，我心惊肉跳，不禁又问了这样的问题。

"这还只是冰山一角呢。请看这个，这是利用树木的韧性把死囚分尸成四块的行刑图。像这样把四棵树往一个中心压弯，将死囚的双手双脚分别绑在四棵树上，然后将四棵树一齐松开，死囚就会被分成四块了。

"嘿嘿嘿，这还算轻的。再看这个。这张画的是扒光死囚的衣服，将他绑在一块木板上，成'大'字，然后刽子手直接用刀开肠破肚。"

《犹太人被处刑》(《图说:死刑物语》,原书房)

《四裂刑》(《图说:死刑物语》,原书房)

克拉纳赫,《圣彼得的殉教》(《图说:死刑物语》,原书房)

"在囚犯还活着的时候?"

"当然要在他活着的时候。刽子手先咔嚓咔嚓地打断肋骨,然后取出五脏六腑,啪嗒啪嗒地扔到地上。这时围观人群会破口大骂,用最不堪入耳的话语,嘿嘿嘿!最后,囚犯的尸体被放在圆木上,刽子手用斧头剁下头颅,把躯体砍成四块,钉在路边的柏木柱上。嘿嘿!"

我已经不知该如何回应了,简直不敢相信那是有理性的文明人以正义的名义实施的酷刑。

"还有,中世纪时,还有一种只挖内脏的刑罚,要挖出犯人的内脏,用火焚烧。

"嘿嘿嘿,更厉害的是那种对付剥树皮和偷蜂蜜的犯人的刑罚。他们会活生生地剖开犯人的肚子,把肠子扯出来,将其一圈一圈地缠绕在被剥了皮的树干上。你看,就是这张,这是一位叫卢卡斯·克拉纳赫的文艺复兴时期的德国铜版画家留下的描绘极刑的画作。

"过去的人们对树木有一种巫术般的敬畏。直到十九世纪初,英国仍对无故砍树的人处以死刑,公众也认可这样的刑罚。不,不光是认可,还实际执行了极刑,或许有充分的理由吧。而且,据说死者的灵魂还会附在树上。嘿嘿,嘿嘿嘿嘿。"

我只觉得胸口憋闷,一阵阵恶心袭来。让却完全不同,他讲起这个话题如数家珍,喋喋不休,似乎天生就喜欢杀人与血腥。我再也听不下去了,壁炉那股闻不惯的刺鼻味道也让我心乱如麻。我希望让能转移话题,但他依然沉浸在故事里,频繁地用舌头舔着湿漉漉的厚嘴唇,用他那奇怪的高亢而女性化的声音继续着热情洋溢的演讲。

"人类是任性自私的动物。树木不会动,也不会说话,任由他们摆布,这样的刑罚并不能说明人类对树木的重视超过了对人类本身。你看现在,到处大兴土木,乱砍滥伐,只是为了搞房地产以赚钱。

"但是,正如古人认为的那样,树木——包括我家这棵大楠树——是有尊严的,有作为树的尊严。这些树是有自我意志和精神的。以前的人对此深信不疑,否则他们不会对破坏树木的人施以极刑,那毕竟是杀害同类。

"树木的寿命比人的寿命要长得多,对树木完全没有敬畏之心的人实在愚蠢至极。

"我又想起一件事。我有个朋友是美国的植物学家,在美国佛罗里达州的一个湿地发现一种日本名为'蝇地狱'的茅膏菜科植物。那种植物有一个捕虫器,样子就像一个带着锯齿的汉堡……"

让的两个手掌合在一起,手指向内弯曲交错,轻轻咬合,模仿着捕虫器的样子。

"苍蝇之类的昆虫一进来,捕虫器就会立刻合上,把虫子捉住。因为锯齿部位上下咬合形成一个牢笼,猎物根本无法逃脱。你朋友刚才在医院里讲的猪笼草也是有名的食虫植物。

"我朋友在大学的研究室里栽培了那种植物。但不知为何,从某一天开始,他突然总是梦见那株捕蝇草。他觉得不对劲,于是跑去研究室,发现闭合的捕虫器里竟然有贝壳的碎片。原来是捕蝇草托梦给我朋友,希望人类帮忙把贝壳碎片从捕虫器里拿掉。所以说,植物不但有感情,还有超能力,我朋友经常这么跟我说。

"关于植物的趣闻还有很多,你可能没有听说过给植物播放音乐的事吧。据说给仙人掌播放它喜欢的音乐,它就会比那些没有聆听音乐的仙人掌长得好。还有,电视上也播放过,十个人轮流站在绿箩花盆前,让其中一个人掰下绿箩的一片叶子,再给那株绿箩接上正负电极,并在电路中加上蜂鸣器,蜂鸣器的声音会随着电流的增强而变大。接着,那十个人再一次轮流站在绿箩前,结果掰下叶子的那个人一靠近,蜂鸣器就大声响了起来。"

"这是真的吗?"我问。

"当然是真的,这是个非常有名的实验。所以,植物——不,准确地讲,应该是某些植物——的确是有感情的,过去的人对植物的那种敬畏之心是完全有道理的。以前的日本人也是这么想的,实际上,直到现在也有不少人隐约意识到这一点,但还是有人为了利益大肆砍伐树木。那些砍树的人只是在自欺欺人,掩耳盗铃罢了,为了砍树赚钱。人类是自私的动物,目光短浅。话说回来,我刚回这里住的时候,也经常梦见后院的大楠树。"

"梦见了什么?"

"哎呀,都是些杂乱无章的梦,说出来恐怕会被人笑话的。"

"比如呢?"

"梦见大楠树那家伙正在吃人。它粗大的主干顶部有一个像'蝇地狱'捕虫器那样的大嘴,将小孩一口吞进腹中,消化殆尽,嘿嘿嘿!"

我可笑不出来。

"不过,那可能是因为我听别人讲了一些过去发生的事情,脑子里留有印象,才会做那样的梦。我想不过如此……

"不过,人类的自私,还体现在断头台上。"

"断头台?"让又回到刚才的话题,我不胜其烦。

"断头台'砰'的一声砍下的头颅,被下面的篮子接住,围观的人根本看不见头颅的表情,嘿嘿嘿。而且,按照规定,斩首之后的一段时间内谁也不许取出头颅或触碰它。也就是说，有好几个小时是没有人能看见死人的脸的。所以啊，大家都深信，囚犯在身首异处的瞬间当场死亡，大脑也完全失去意识。但这其实是人的一种想当然罢了，因为这么想可以让他们心安，不会有罪恶感。

"可是，你觉得人的脑袋被砍下来，人就会立刻死掉吗？"让额头上冒着汗，盯着我的眼睛问道。

我根本没有想过这个问题，脑袋一片空白，不知说什么好，只感觉浑身发冷，直打寒战。

"被斩首的人身首分离，不可能再复活了，所以被斩首的感觉到底如何永远是个谜。但医学上有明确的看法，斩首后大脑不会立刻死亡。因为只有大脑缺氧才会导致脑死亡，而完全缺氧在斩首的一两分钟后才会发生。也就是说，人被斩首后还能活一至二分钟，在这段时间内大脑应该是有意识的。但西方的医生不敢说破真相，一直保持沉默，嘿嘿，嘿嘿嘿。"让说这番话时，头不停地前后摇晃。

"我说，你想不想捧起被断头台砍下的头，大声问它：'喂！你还活着吗？'我倒是很想。我查找了好多西方文献，坚信有人或医生会和我一样思考这个问题，结果还真让我找到了。虽然数量不多，但留下了各种实验记录。"

让的话题虽然让我无法忍受，痛苦不堪，却有着某种奇妙的吸引力。看来死亡的话题的确蕴藏着某种魔力。

"一八七五年，有两位法国医生得到了对囚犯被斩首之后的头颅进行调查的许可。但那是在行刑后五分钟进行的，没有发现被砍下的头颅存在生命迹象。

"一年后，一位叫利尼埃尔的博士用压力泵将活狗的血注入距离被砍下已经过了三个小时的头颅里。据说，注入狗血的头颅脸色变红，嘴唇和眉头抽动了大约两秒钟。但这可是被砍下三个小时以后的头颅。

"最引人注目的应该是下面这个实验。一九〇五年，一位叫波利奥的医学博士得到许可，对刚砍下的头颅进行调查。博士在调查报告上称，首级被斩下后恰好断面朝下立住了，无须用手翻碰，嘿嘿嘿。被砍下的男人头颅不规则地抽搐了五六秒钟后就不动了，面部肌肉渐渐松弛，半闭着眼睛，仿佛翻着白眼。于是，博士大声呼唤这个男人的名字。接着，你猜怎么着，嘿嘿嘿，那半睁半闭的眼睛慢慢睁开了。呼嘿嘿嘿！慢慢睁开的眼睛直勾勾地盯着博士看。博士在报告书上说，那毫无疑问是一双活人的眼睛。

"接着那双眼睛又慢慢闭上，于是博士再一次喊他的名字，只见他抬了一下眉毛，又睁开眼睛盯着博士看了一眼，然后眼睛又慢慢合上了。嘿嘿嘿！

"第三次喊他名字时，已经完全没反应了。博士用手指扒开眼皮，发现眼珠已经不动了，呈玻璃状。这时距离斩首过去了三十秒，嘿嘿嘿。

"所以可以得出结论，即使头颅与身体分开，头脑还是能清楚地意识到身体的惨状，如果这个人的意志力够顽强的话，呼嘿嘿嘿嘿嘿。"

这时，我们头顶响起了微弱的钢琴声，旋律很奇怪，和我们耳熟能详的西洋音乐和传统日本音乐大相径庭，听起来像独具异乡特色的民族音乐。

"哦？"让的反应比我强烈，"那个曲调……喂，石冈先生，你听到钢琴声了吗？"

"嗯。"我点了点头。

"这段音乐我好像听过……"音乐再次响起,简短的旋律重复了一遍。

"御手洗可能已经把楼上的八音盒拆下来了,上去看看吧。"我赶紧朝房间外走去。总算可以结束话题了,真是谢天谢地。

让似乎也对音乐产生了兴趣,跟着我出了房门。我和让相继登上楼梯。我们再次听到相同旋律的钢琴声,这次演奏者似乎弹顺手了,旋律更加流畅,听起来更像一首完整的曲子。御手洗不在青铜鸡的操控间,而是在离大楠树更近的钢琴房里。

我们迅速穿过走廊,走廊尽头有一扇小窗户,窗帘紧闭,对面应该就是大楠树。这就意味着我和藤并让此时正向大楠树走去,而我们的头上,就是前天藤并卓坐着死去的屋顶。

我来到流淌出钢琴声的房间门口,敲了敲门。御手洗似乎沉浸在音乐中,没有回应。于是,我不假思索地直接推门而入。

不出所料,御手洗正坐在钢琴前。他一边注视着谱架上展开的记事本,一边用双手按动琴键。左手弹低音,右手弹高音,双手配合,反复演奏。高音和低音来回切换,形成一段奇妙的旋律。

地面上放着从旁边房间机器上拆下来的零件,上面沾满了油污和灰尘,还有一块布满裂缝的铜片和一个锈迹斑斑的金属圆筒,圆筒像刺猬一样有刺。此外,旁边还散落着一些脏兮兮的螺栓、螺帽,以及扳手、钳子等。

我们来到御手洗背后,看到谱架上的记事本上画着潦草的五线谱,是分别标注着高音谱号和低音谱号的双行五线谱。

"让先生,你听过这首曲子吗?"御手洗头也没回地问道。

"听过,刚才在楼下听到时我就有印象了,现在终于想起来

五线谱图

了。小时候，一到中午，这房子就会响起这个声音。哎呀，真令人怀念。"让用高亢的声音回答。

"好奇怪的曲调，有点儿像中东或者非洲的民族音乐？"我说道。

"是啊。"说着，御手洗停止了弹奏，转过身来，"听到这样的旋律，你还能回忆起更多事情吗，让先生？"

"你指的是……"让问道。

御手洗此时却盯着天花板出神，陷入沉思。

"御手洗，你为什么这么问？"

"嗯，这个旋律是某段人们熟知的旋律的一部分吗？如果不是，会不会是藤井家族都知道的某首曲子的变奏……"

"不是，这个……我记得大概在我三四岁的时候，有半年左右的时间，每天都会听见这个音乐。其他的实在想不起来了。"让回答说。

"这首曲子应该是培恩先生创作的。让先生，令尊培恩先生是否和你谈过这首曲子的事情？"

让抱着胳膊，低头思索了一会儿，说道："嗯……确实不记得了。"

"是吗？"御手洗也抱起了胳膊。

"御手洗,为什么问这个问题?"我问道。

"因为这段旋律里有什么。"御手洗瞟了我一眼,说道。

"什么意思?"

"原因的话,现在很多线索都模糊不清,暂时无法确定。"

"你为什么一直纠结于这段旋律?或者说,你有什么思路?"让问道,"是因为这段旋律太奇怪,你不喜欢吗?"

"是这样的……"御手洗沉思了片刻说道,"就像有人不喜欢诵经音乐一样,这完全是个人喜好问题,因为诵经音乐包含着某些宗教情感。无论是中国的音乐还是冲绳音乐的旋律,音乐家都在创造该地域的人们喜欢的音乐。这样创作出来的音乐都有自己的音阶特色,正是因为音阶的特殊性,才使它们听起来特别。但是,石冈……"

说着,御手洗又转向钢琴,继续弹起刚才的曲子。

"但是,世上哪个音乐家会创作这种曲子?完全没有情感的投入,只是简单的机械音。"

"但事实上这种音乐是存在的。"我反驳说。

"对,就存在于此……"御手洗把带裂缝的铜片从地上捡了起来,上面还连接着电线。接着,他又从谱架上拿起圆珠笔,在铜片上敲,敲击的位置不同,声音的高低也不同。

"这个圆筒旋转起来,奏出的旋律应该是这样的。"御手洗指着记事本上潦草的乐谱说道,"我刚才还在怀疑是不是这个旋律,因为旋律实在怪异。但听到让先生刚才的回答,我确定是这个旋律没错。画家詹姆斯·培恩在昭和二十几年……让先生,是哪一年来着?"

"我三四岁的时候这段旋律响起,应该是昭和二十五六年吧。"

"在那以前呢?"

"在那以前青铜鸡虽然存在,但只会振翅,没有音乐。"

"嗯……"御手洗把铜片放回地上,用沾满油污的手指按着额头,低头思索着。

过了一会儿,他扬起脸说道:"还是想不通。培恩先生一开始把这只会扇动翅膀的青铜鸡安装在屋顶上,到了昭和二十五六年突然心血来潮加装了这个八音盒。每天中午,奇怪的音乐就在培恩学校内,不,是在整个黑暗坡响起。也就是说,他有意让附近的人每天都听到这个音乐……"御手洗说着,站了起来,"这附近都是日本人,但培恩学校的师生是说英语的外国人。让先生,培恩学校的师生都是说英语的人,没错吧?"

"是的,都是美国人和英国人的子女。老师也是。"

"学校里有说法语或德语的人吗?"

"完全没有。"

"是吗?让那些人天天听这么奇怪的音乐,到底是什么意思呢?"

"御手洗,你说世界上没有音乐家会创作这样的曲子,那这首曲子到底算什么?"我问。

"应该是某种信号。"御手洗不假思索地回答道,"这不是音乐,而是语言。"

"语言?"

"对,我猜是暗号。培恩先生在向周围的人偷偷传递某种信号……我要在今晚破解这些暗号。"御手洗说着,瞥了我一眼。

3

夜深了,还有人在用钢琴弹奏那段旋律。那是一首毫无特征,也毫无抑扬顿挫的怪异曲调。世界上任何一个地方都不会有这样的音乐。

那不是人类的创作,而出自恶魔之手。

琴声从藤井家三楼屋檐下的房间,也就是离大楠树最近的房间里流淌出来,专门为大楠树奏响。

听到这首曲子,大楠树开始蠢蠢欲动,无数树枝躁动不安,树叶也纷纷喧哗起来。

其中一根树枝像着了魔一般,朝着音乐流出的房间,伸长延展……

4

我猛地睁开双眼,盯着白色墙壁上的褐色斑点。

半梦半醒间,只见那些斑点像变形虫一样慢慢膨胀。

我迷迷糊糊地思考着。那些污渍形状不一,有的像圆盘,有的像海星,似乎正缓缓蠕动着。

它们时而膨胀时而收缩,时而黏合时而分裂,就像显微镜下的细菌,在默默地享受着舞蹈带来的欢愉。

接着,我听到淅淅沥沥的水声。是雨吗?哦,外面好像下雨了。

我终于意识到自己身处何处了。这里是藤井家老宅的二楼。

我转头看了一眼旁边的床铺,还像昨晚入睡前一样,空空如也,没人动过。

外面朦胧的灯光透过窗帘的缝隙照到室内。

我仿佛听到窗外有人在说话。突然,窗边传来"砰"的一声巨响,把我吓了一跳,好像有人在敲打外墙。原来我是被这个声音吵醒的。

我赶紧起身，穿上拖鞋，走到窗边，拉开窗帘。窗外阴云密布，微风徐徐。放眼望去，苍翠的庭院和对面藤棚汤澡堂的废墟和烟囱，都笼罩在一片白色的雾霭中。雾霭中夹杂着蒙蒙雨丝。

我低下身仰望天空，云团涌动，变幻莫测，可见上空风力强劲。恍惚间，我产生了一种奇妙的错觉，感觉自己飘然而起，腾云驾雾，升上天空，俯瞰着这片弹丸之地上如火柴盒般大小的建筑物。横滨，我生活的这片土地，竟变得如此虚幻和渺小。这个阴郁的早晨，让我掉进这样的幻梦之中。

外边又传来"砰"的一声。我猛地向左转头。因为窗户玻璃上糊着一层雨滴，看不清外面，于是我想打开窗户看个究竟。窗户打开的瞬间，湿冷的空气便迎面扑来。因为只穿了一件单衣，我感到一阵彻骨的寒冷，不由得抱紧了胳膊。

我把头探出窗外，闻到了一股裹挟着雨水湿气的常青藤的味道。我看到爬满常青藤的那面墙上搭着一把银色的梯子。

"喂，御手洗！"我吓了一跳，大声喊道。

"早上好，石冈。你再睡下去，案件的调查就要结束了。"御手洗的身体就在近在咫尺的空中，我定睛一看，原来御手洗正踩着梯子往上爬。

"喂，御手洗，你小心点儿！"

"没事，如果你也想看看就快点儿出来。"御手洗说着，迅速地经过我的头顶。地面上，藤并让和藤并照夫两个人并肩站着，没有打伞，正在抬头看。难道照夫放弃摆臭脸，愿意配合御手洗调查了吗？我向地上的两人微微致意后，缩回了头，关上窗户。

我穿好衣服，向三幸借了伞走到院子的时候，御手洗已经在屋顶上走来走去了。

"喂，小心脚下！"我叫道。

御手洗举了举右手，算是对我的回应。

照夫一直没有打伞，只是用手遮住额头，皱着眉头在细雨中抬头望。忽然，他把手放了下来，疾步走向玄关处的屋檐下。

我走到同样未打伞的让旁边，替他撑伞遮雨。

"早上好。"我说。

"啊，早上好。你昨晚睡得如何？"让点了点头，问道。

"很好。"我说。

接着我们二人并排站着，仰望屋顶的御手洗，他正骑马式地跨坐在屋脊上。

"对了，就是那个姿势……"站在我伞下的让小声说着。为了看得更清楚，让推了一下我的肩膀，说："我们再向后退一点儿吧。"

"卓先生坐的位置是这里吗？"御手洗在屋顶上喊道。

"很近了，再往前。"让大声喊道。

于是，御手洗保持原有的姿势，又向前挪了挪。我想他肯定蹭了一裤子污泥。

"是这里吗？"御手洗又喊道。

他面前有一个水泥台座，就是以前竖立青铜鸡的地方。

"差不多了，再稍往前一点点。"让大声喊道。

御手洗又向前挪，几乎贴紧水泥台座。他面前并立着三根橘红色的筒状物，是烟囱。那三根烟囱也立在台座上。再往前，只有一面垂直的墙壁和大楠树那茂密得如同小森林般的枝叶。

御手洗身后是电视天线，再往后又是三根立在水泥台座上的橘红色小烟囱，接着就是屋脊的尽头了。

"御手洗先生。"身后传来了年轻女孩的声音。我吃惊地回头看,发现是三幸打着白色的塑料伞,身穿高中制服,右手提着一个深蓝色的书包。

"请等我放学回来再破案,好吗?"她喊道。

"没问题,你也不要在路上耽搁!"御手洗也在屋顶上大声回应。

"好。"三幸答应道,向我鞠了一躬,然后迈着轻快的脚步上学去了。

"喂,石冈,如果你真想把这起案件写成书的话,忽略了这上面的风景可不行啊。"御手洗对着我喊道,我沉默不语。

"上来吧,风景这边独好。"

"不,不用了,还是等你下来告诉我吧!"

事实上,我有恐高症。这个洋楼是三层建筑,比两层的日式房屋还要高,再加上今天下雨,脚下容易打滑。如果从那么高的地方掉下来,恐怕要没命了。更何况,我根本不想接近那个死因不明的死者坐过的地方。

御手洗不再邀请我了,一直跨坐在屋脊上,丝毫没有下来的意思。他目不转睛地盯着前方,不知道到底看到了什么。

"就是那种感觉,对,就是那样的……"和我共用一把伞的让一直嘀嘀咕咕,"我哥的尸体,是那个姿势没错。"

听了这话,我再次抬头看御手洗。他一动不动,看上去的确令人毛骨悚然。想当初,附近的人发现这样一具尸体,一定吓得不轻吧。

"喂,御手洗!"我有些担心,于是开始喊他,但他依然一动不动。我心里涌起一阵恐惧,怕他也变成尸体。

"喂,御手洗!"我惊慌失措,继续大声叫喊。

"什么事?"御手洗总算回应了,我这才松了一口气。太好了，他还活着。

"快下来，我有种不祥的预感。"

"我这就下来。你先去吃早饭吧！"御手洗喊道。

"那你呢？"

"我已经吃过了。"

真的吗？我的确睡过头了。看来最近的家务活把我累得不轻。

"他真是个怪人。"在我看来和御手洗半斤八两的让居然也这么说。连他都觉得御手洗怪，可见御手洗实在怪得不一般。

"嗯，大家都这么说。"我说道。

"他很勇敢，你看，警察爬上屋顶也不敢那么坐着，而且坐那么久。他不害怕吗？"

"嗯，是啊。"

"我哥就是在那里猝死的，坐在那里遭遇横祸，暴毙而亡。他是不是遭遇了什么可怕的事情？谁也不知道坐在那里会发生什么。"

我顿时感到后背发凉。让的话确实有道理。

"喂，御手洗，快下来！"我再次叫道。

"吵死了！快去吃你的早饭吧。"御手洗不耐烦地大叫起来。

"他既然这么说了，应该就没问题吧。大清早的，不会出什么事的。进屋吃早餐吧。"让说道。

我虽然担心屋顶上的御手洗，但还是在让的催促下不情愿地向玄关走去。

和昨晚一样，一进餐厅，牧野照相馆的老夫人就为我端来了鸡蛋和红茶。

我却食之无味，心思全在三楼屋顶上的御手洗那里。下雨了，脚下容易打滑，再加上他昨晚一宿没睡，该不会摇摇晃晃地从上面摔下来吧……我一想到这些就无法安心用餐。

我正嚼着面包,果不其然,外边传来"咚"的一声巨响,震耳欲聋。我大惊失色,嘴里还叼着面包就从椅子上跳了起来,跃过走廊,胡乱穿上鞋,飞奔而出。

"喂,御手洗!"我狂喊。

但我环顾四周,并没有看到落在地上呻吟的御手洗。于是,我稍微跑远了一点儿,向屋顶上看。嗯?屋顶上也没人。

"难道掉在后院了?"

我一边自言自语,一边急忙往后院跑。拐过屋角,就能看见雨雾中的大楠树像一个巨大的怪物挡在面前,地面上裸露的树根像蟒蛇扭动。这个光景在今早再一次让我怔住,我屏住呼吸,从大楠树前面跑过,绕到洋楼后面。

后院里,裸露的树根有所减少,羊齿蕨和杂草掩住了地面,漏出的斑斑点点的土壤吸收了雨水,颜色有些发黑。

"御手洗!御手洗!"我绝望地叫着。

"什么事?"身后传来御手洗的声音。

我惊愕地回头,看见他若无其事地站在那里。

"怎么了,石冈?"

"你没事吧?"

"什么事?干吗那么慌张?还拿着块面包。"

我才注意到右手还攥着一片面包。

"没事吧?掉下来了吗?"

"掉下来?谁?"

"那刚才的声音是什么?"

"啊,那个声音啊。那是刚才在黑暗坡上有两辆车相撞了,现在车主还在那里吵架呢。我一直在大楠树后面的铁丝网那里看热闹,发现你神色慌张地飞奔过来,还以为出了什么事。"

"什么嘛,原来是撞车的声音。我还以为你从屋顶上掉下来了呢。"

"原来是这样,石冈,坡上撞车的声音听起来很近,这也是一大发现。"

"发现不发现的都无所谓,我算白操心了。要是连你也受重伤的话……"

"那我就要和八千代老夫人一起住院了。你赶紧把那块面包吃了吧。"御手洗说着,又回到铁丝网那边,留我一人面对大楠树。

我又一次僵住了。这是多么怪异的树啊,似乎寄居着一个不可思议的生命。

对这样的大树,碰一下都是亵渎,更不要说损毁和砍伐了。我想起昨晚让说过的话,那些因伤害树木而被处以极刑的人。现在我居然也接受这种刑罚了。砍伐这样一棵大树,不就相当于杀掉几十个人吗?

回到餐厅吃完早饭,让说要去医院看望母亲,于是我又去院子找一直没回来的御手洗。

雨越下越大,御手洗不得不撑起雨伞。我在树丛中发现了他。他正摊开记事本,边看边走来走去。

"那是什么?"我顺着树木间的小径追上了御手洗,指着他的记事本问。

"是这个庭院的地图。"御手洗把记事本给我看,"我把从三楼的窗口和屋顶上看到的都画下来了。现在我们在这里,这里有水池,小径这样弯曲前行,整体就像是一个翻过来的字母B。"

"这有什么含义吗?"我问道。

"现在还不能确定,暂时应该没有什么特别含义。瞧,这里有一个猫的摆件，那边是扑克牌士兵。真是个好庭院，石冈。"

"嗯，绿化很好，植物的味道也好闻。"

"你知道这个摆件是什么意思吗？"

"不知道。"

"这是爱丽丝，取材于刘易斯·卡罗尔的《爱丽丝梦游仙境》。从这里的景致可以看出，建造这个庭院的人是一个很讲究、很喜欢出谜题的英国人。"

"是吗？"我回答道。

我和御手洗在雨中并肩前行。

"我虽然知道这些，却唯独不知道青铜鸡的去向，它简直销声匿迹。"御手洗说道。

"对了，你在屋顶上看到什么有价值的东西了吗？"我问道。

"我看到大楠树了，"御手洗的语气变得严肃，"看到了大楠树吃人的大嘴。"

"什么？"我以为他在开玩笑，他的表情却出奇地认真。

"你在开玩笑吧？"我感到脊背发凉，但还是强颜欢笑地说道。

"我看上去像是在开玩笑吗？这次我是认真的，那个八音盒的暗号指的也是这个。"

"那个音乐暗号？昨晚的那个？你弄清楚了？"

"是啊，花了整整一夜的时间。"

"快告诉我，谜底是什么？"

"石冈，那个放梯子的仓库里有一把旧冰镐，这家人里面可能有登山爱好者。你把那把冰镐拿来好吗？"

"冰镐？你要那个东西干什么？"

"你拿过来就知道了。"

"不能先告诉我吗?"

"我是不会告诉一个因为恐高而不敢爬上屋顶的记录者的。"御手洗把脸扭向一边。

"你生气了吗?"

"开个玩笑。你快去把冰镐拿来,我还要思考其他事情。"御手洗说着停住了脚步,把右手插进口袋,"石冈,等一下,也许我想错了。"

我走到一半,又停了下来。

"这次的案件或许远比当初设想的还要恐怖,接下来可能会遇到更加不可想象的事情,我们要做好充分的心理准备。"御手洗说道。

"喂,是你们两个吗?假冒伪劣的名侦探!"突然,背后传来一个言语粗暴、盛气凌人的声音。我们循声回头,看见两个身穿浅褐色雨衣的高大男人正站在我们身后。他们挤在一把黑色的大伞下,两人雨衣的肩头都因为被淋湿而变成了深褐色。

其中一个身材健硕,另一个稍胖,两人的目光都很凶狠。

"年纪轻轻不学好,大清早到别人家里来干什么?赶紧走,别妨碍我们工作。"身材健硕的男人说道。他五十来岁,梳着个大背头。

御手洗把脸转向一边,"扑哧"笑了。

"喂!你笑什么?"对方气得像一只遭遇天敌的河豚,涨红了脸,"还真是自以为是,没有自知之明。外行人还来插手,连一点儿常识都不懂吗?"大背头怒吼道。

"哎呀,失礼了,我一想到大人物的出场总是这么千篇一律就特别想笑。二位是神奈川县的刑警吧?是解剖结果出来了,你们来归还藤井卓先生的遗体吗?然后你们听说有两个奇怪的男人在院子里玩侦探游戏，所以气不打一处来，是吗？"御手洗边笑边说。

两名刑警顿时哑口无言。

"刚开始都会这样火冒三丈，不过，我敢保证，再过十分钟你们就得不情不愿地听我说了。敢问二位尊姓大名？"

"为什么要告诉你？"

"我就知道二位会这么回答。好吧，那就十分钟以后再说吧。请问解剖结果如何？好吧，就算问了你们也不会告诉我的，反正不问我也知道答案。你们对待这个案子过于草率了。警方仅根据消化系统的解剖结果推断死亡时间，因为没有发现中毒的痕迹就草草结案，没错吧？口腔黏膜之类的肯定也没有检查……石冈，走，我们去拿冰镐。"御手洗说走就走。

"喂，等等！"两名刑警叫着跟了过来。

"要审讯吗？凭二位的能力，肯定知道把我们的姓名和住址登记下来对案件的侦破没有任何用处。你们只是看我们不顺眼，故意找麻烦罢了。接着你们要指控我们妨碍公务了吧。如果是那样的话，二位还是趁早回去。遗体已经归还了，家属也问完话了，这里已经没你们什么事了吧？我早就知道你们的结论了。卓先生的死因是心脏骤停，而八千代女士是遭到了强盗的袭击。哈哈，怎么样，我没说错吧？"御手洗边走边漫不经心地说。

雨越下越大。

"你明明是个外行，还敢胡说八道！"

"那就恕我失陪了，二位专家。"

御手洗收起雨伞，打开仓库的门，钻进黑暗中。只听里面传来窸窸窣窣的声音，过了一会儿，御手洗拿出一把生锈的冰镐，在两名刑警面前旁若无人地掸去灰尘。那把银色的梯子仍靠在墙上。

"也就是说,你还擅自爬上了这把梯子?"

"当然。因为二位恐高不敢爬,我也没办法。"

"简直强词夺理!那你倒是说说,你都看见什么,知道什么了?嗯?"

"看吧,我就说过你们会询问我的意见。"

御手洗撑开雨伞,拿起冰镐就走。两名刑警在后面紧追不舍。

"谁问你的意见了?你既然说了大话,我们就姑且问问。"

"二位真闲啊,但我很忙,请不要打扰我的工作了。"

"喂,我说,你到底明白什么了?"

"好了,我要开始忙碌地工作了。本来我也没指望,但没想到刑警先生比我想象的还要糟糕。看来我只能靠自己了。要开始忙碌了,石冈。"

"喂,你到底知道了什么?说说看啊!"

"你们真吵。我知道的东西太多了,跟你们这些满脑子糨糊的人讲到明天也讲不完。"

"那就告知一二吧。告知一二总行了吧!"听到两名刑警的话,不但御手洗想笑,就连我也忍俊不禁了。

"略言一二的话,没问题。比如说这棵大楠树。"

我们四人走过洋楼拐角,看见山一样的大楠树堵在眼前。每次见到它我都会不由自主地屏住呼吸。

"大楠怎么了?"两名刑警用词专业,把大楠树称为大楠。

"我明白了这是一棵食人树。"

"什么?!"

"就是吃人的树。"御手洗言简意赅,接着反问道,"它看起来像一棵普通的树吗?"

这时，周围忽然暗了下来，雨势突然变猛，仿佛这棵恐怖的老树在宣泄不满。我有一种不祥的预感，一阵恐怖的战栗涌上心头。御手洗到底要干什么？

"石冈，把梯子抬过来。"

"梯子？就是靠在房檐下的那把梯子吗？"

"对，就是那把梯子。我必须好好调查，因为大楠树希望我这样做。你把梯子上面的螺丝松开，拉一下绳子，就可以折叠成一半的长度了。拜托了，快点儿。"

于是，我加快脚步跑回去拿梯子，按御手洗说的把梯子折成一半扛在肩上，另一只手还费力打着伞，好不容易把梯子扛到御手洗身边。

"刑警先生，如果你们想听我讲课的话，就请帮忙举着这把伞。石冈，梯子。"

御手洗放下冰镐，接过梯子，慢慢将它搭在大楠树粗壮的树干上。

"刑警先生，可以把雨伞还给我了。石冈，你也上来。这不是屋顶，没那么高。"

突然，天空划过一道闪电，我吓得缩了缩脖子，紧接着听到低沉粗野的雷声。

御手洗爬上了铝合金梯子。

"御手洗，太危险了，快下来！"

"没关系，你也上来吧。难道你只想在书里写'御手洗这样说，御手洗那样说'吗？偶尔也要亲眼看一看。"

"是要看树干顶部的树洞里面吗？"

"不，到树洞口就可以了。"

御手洗先到达了树洞口，在那里等着我。

"石冈,来,把耳朵贴到洞口。"

"不要!"

"没关系,你只要稍稍靠近一点儿就行。"

树洞张着黑暗而深不见底的大嘴,直径大约有二十厘米。

"石冈,我们撑一把雨伞就够了,把你的伞扔下去吧。"

雨滴打在脚下的草丛和树叶上,发出巨大的声响。雨势似乎越来越大了,但是因为我们在树干旁边,有浓密的树冠遮挡,倒是没怎么淋到雨。

我一步一步登上梯子,鼓起勇气,把耳朵贴近洞口。

混杂着雨声,我清楚地听到"哦哦……""呜呜……"这类似魑魅魍魉的诡异叫声。

如果是独处时听到这个声音,我肯定会被吓得魂飞魄散。事实上,我已经魂不守舍了。

"这是什么声音?"

"石冈,到这里来,爬到和我眼睛齐平的高度,然后往树洞里看。"御手洗表情严肃地盯着我说。

虽然身处极度恐惧中,但既然已经爬上来了,干脆一不做二不休。于是,我踩着梯子,来到御手洗身边。

"你看。"

我向树洞里张望,但里面一片漆黑,什么也看不见。

"太暗了。"

"等一等。"

我正纳闷他要等什么的时候,立刻就明白了。一道耀眼的闪电划过,周围瞬间亮如白昼。

霎时间,我好像看到了树洞深处那些可怕的东西。

是幻象吗?还是幻觉?我不由得怀疑起自己的眼睛。

千真万确。我看到树洞里有一团乱蓬蓬的黑发,还有一个深褐色的骷髅头。

轰隆隆——一声闷雷从地底钻出。树洞里又恢复一片漆黑,什么也看不见了。

我目瞪口呆,简直不敢相信自己的眼睛。刚才看到的是什么?我缓缓转向御手洗,踩在梯子上的双腿开始不停地颤抖。

被树吞噬的孩子 ————

1

我惊魂未定地爬下梯子,站在两名刑警面前。明明有两个大活人站在眼前,我却视若无睹,只觉双膝发软,连站着都用尽全身力气。

御手洗紧跟着下来。

"这棵树到底怎么了?"那个不识趣的大背头刑警冲着御手洗大声质问道,声音堪比雷声。

"刑警先生,你们知道这棵树的传说吗?"御手洗问道。

刑警沉默不语。作为堂堂刑警,如果回答"不知道",等于宣告自己无能,也未免太没面子了。如果吼一句"谁会关心这种无聊的事情"搪塞过去,又过于简单粗暴。于是他们选择沉默。

"那么,你们看过树上那个树洞的内部吗?"御手洗继续冷静地问道。

"为什么要看?"刑警有些愤怒了。

"好了,我们的调查已经完成大半,如果继续待在这里恐怕会给专业人士带来不便。石冈,我们回去吧。"御手洗对我说道。

我的脑袋一片空白,心不在焉地点了点头。

"等等。你说这棵树到底怎么了?还有那个所谓的树洞是怎么回事?"

"通过那个树洞,可以看到这棵树的内脏。你们可以跨到洋楼的屋脊上,就能正好看到那个树洞。"

"等、等一下,你好好解释,里面到底是什么?"

"这棵树有一个传说。只要爬到树洞边,把耳朵贴近洞口,就能听见冤魂的呻吟和哀号。怎么样,二位想上去听听吗?"

"在科学年代别说这种胡话……"

"所以说,不如亲自听一听,验证一下。"

"没必要,不可能有这种事!"

"但是附近的人都这么说,又该怎么解释呢?"

"那都是骗小孩的传言,不用再浪费口舌了!里面到底是什么?还有,那种声音是怎么回事?"

又是一道闪电,紧接着是一声闷雷,乌云越压越低。

"那是被吃掉的人充满怨恨的哀号声。这棵老树会吃人。"

"胡说八道!"刑警训斥的声音丝毫不比雷声小,"你在胡说什么?疯话连篇,我看你是精神有问题,最好还是去医院看病吧!"

"是你们没做足功课。你们不但不去调查这棵树的传说,还先入为主地认为那些都是骗小孩的鬼把戏,当然不会去看树洞里到底有什么了。连藤并卓先生到底是怎么死在屋顶上的也不去思考,你们甚至连屋顶都没上去过。

"屋顶上有个水泥台座,你们不关心它是用来干什么的,当然不可能知道那里隐藏着一个扬声器。你们或许知道那里以前有一只青铜风向鸡,却不知道鸡会随着奇怪的旋律扇动翅膀。至于那音乐的曲调是暗号之类的,恐怕你们更是想都没想过吧。你们觉得这是骗小孩的花招,所以不肯做耐心细致的分析工作,我没说错吧?

"你们什么都不知道,什么都不想做,只知道在我们面前耀武扬威。你们的侦查能力只有幼儿园水平,我敢保证,就算再花一百年,你们也侦破不了这个案子。"御手洗冷笑道。

我本以为大背头会暴跳如雷,结果出乎意料。

"什么音乐?什么暗号?"他嘟哝着。

看来,被御手洗数落了一番,大背头反而清醒了过来。

"音乐就是暗号,在向周围传达这棵老树是一棵食人树。不可思议吧。"说着,御手洗把梯子慢慢横在湿滑的草地上。

两名刑警局促地挤在一把雨伞下面,沉默了一会儿,然后嘀咕道:"胡说八道,这完全是疯人呓语。我还以为有什么像样的线索呢?纯粹浪费时间。我们走。"

大背头催促着另一个自始至终一言不发的寸头刑警,慢慢转身准备离开。

"请随意。"御手洗爽快地说着,弯腰拾起了草地上的冰镐。

"住手,御手洗!"我大声叫道。

准备离开的两名刑警也停下脚步。御手洗不知在想什么,高高地举起手中的冰镐。

"你疯了吗,御手洗?不要动这棵树,快住手!"我惊叫起来,因为御手洗的冰镐正瞄准大楠树。雷电再次袭来,雨下得更猛烈了。也许这是大楠树预感到危险而做出的反应。

"你要干什么?你疯了吗,御手洗,会被鬼魂诅咒的!"我正想从后面抱住他,却被他抢先了一步。御手洗以力压千钧之势手起镐落,向怪物一般的巨楠树干劈去。

"咔嚓"一声,湿润的木屑四处飞迸,一声惊雷紧随其后。

大楠树的树干根部长满青苔,树身有些部分已经腐朽,御手洗的冰镐很轻易就劈进了树干深处。只见他拔出冰镐,再次高高举过头顶。

"喂,我说,你还是离他远一点儿吧,他已经疯了。"大背头在身后对我说道。

"不用担心，石冈，这部分已经坏死了。"御手洗的话让我一头雾水。他不顾我的劝阻，再次挥动冰镐。

又是"咔嚓"一声，更多树皮木片飞散而出。

又是一阵电闪雷鸣。雷声越来越大，越来越近，我内心不祥的预感挥之不去。再这样下去，御手洗肯定会出事。他在雷光下疯狂地挥舞冰镐，即使没有刑警开口制止，他的行为也会引鬼上身。看来御手洗真的疯了。

他拼命挥动冰镐，大力往下凿，树干底部的树皮已被凿烂。突然，一个一米见方的大洞出现了。

"啊！"我惊恐地大叫。

"哎呀，那是什么？"身后的两名刑警也大声叫道。

御手洗扔下冰镐，双膝跪在大洞前，双手用力扒开洞口周围的树皮碎片。这部分树干确实已经干枯，表皮也完全腐烂了。

雨越来越大，只能听见雨水击打在头顶无数树叶上发出的响声。

闪电将昏暗的四周照成白昼，令人感到头晕目眩。

此时，我们四个人的眼睛都注视着那个大洞。

一声霹雳，地动山摇。惊雷直击上空，仿佛就在眼前。这是大楠树在怒吼。

又一道闪电划过，空洞被瞬间照亮。

洞中的景象非常诡异。洞内布满像血管一样的白色纤维，纵横交错，如蜘蛛网般黏住湿漉漉的树皮和被冰镐凿下来的木片。

和这无数血管般白色丝线缠绕在一起的，是一具小小的人类尸骸。

恶心的白丝缠满了棕褐色骷髅的两个大眼洞、两眼之间的小鼻洞、两排脏污的牙齿，还有像在尖叫的嘴巴。缠满白丝的骨头滑腻腻的，闪着油光，棕褐色的头骨上还黏着湿漉漉的黑发。

整具尸骸呈蹲姿，手骨、腿骨和胸骨上原本曾是肌肉和脂肪的地方包裹着一层黑泥似的物质，上面缠裹着破布片，可能是死者的衣服。

尸骸的下半身浸泡在黏稠的液体中。不知那液体是大楠树的体液，还是大楠树用来消化尸体的消化液。

"怎么回事，真不敢相信，树里面居然……"大背头跪在御手洗旁边，呻吟般喃喃道。

这就是所谓食人树的内脏。

"谁？这是谁的尸体？"大背头质问御手洗。

"不只一具，里面还有！"另一个年轻刑警终于开口说话了。他也蹲了下来，把伞抛到一边，任凭雨水不停击打。

我走到他们背后，从缝隙中窥见大楠树的内脏，顿觉恶臭逼人。

的确不只一具尸骸。因为尸体的头骨和树洞里的东西黏在一起，光线又暗，无法确定具体数目，但粗略数了一下至少有三具尸体。三个？！目之所及就有三个头盖骨，恐怕这棵大树还贪婪地吞噬过更多血肉。

"怎么会这样……这……到底是怎么回事？"大背头用沙哑的声音喃喃自语道。

"是谁？这些人骨到底是谁的？"年轻刑警暴躁地质问御手洗。

"现在还不知道，但过一两天就能弄清楚了。目前可以肯定的是，这些都不是成年人的尸骨。"御手洗没有伸手触摸，只是稍稍把头伸进洞内仔细观察了一番。

"也就是说，这些都是孩子吗？"

"是的,恐怕只有十来岁。这里面有三个十岁左右的孩子……"御手洗站起来,后退了几步。又是一阵电闪雷鸣。

听罢,两名刑警立刻争先恐后地挤向洞口,往里面看。

"难道那些传闻是真的?"我不由自主地嘀咕起来。

就在这时,两名刑警和我同时惊叫着跌坐在地。伴随着一声巨响,又一具尸骸掉落下来。

"四具了……目前已经四具了。"御手洗稳若泰山,在我上方喃喃地说道。

我们都瞪大了眼睛,僵在原地,一句话也说不出来。周围一片死寂,只能听见哗哗的雨声。

2

"喂,坐在屋顶上真的能看见树洞里面吗?"我问御手洗。

我们身处藤并家的餐厅,现在这里只有我和御手洗两个人。外面来了很多警察,他们忙着调查大楠树、检查树洞里的尸体、打电话联系增援和法医,忙得不可开交。

让、照夫和牧野夫妇都被刑警叫去问话了。虽然两名刑警认为御手洗最好和他们待在一起,但御手洗声称调查已经结束,毫不犹豫地回到了这里。

"当然能看见。但是必须靠近房檐,靠近烟囱才行。"

"你在屋顶上就已经发现那些东西了吗?"

"哪些东西?"御手洗问道。

"那些尸体,大楠树里面的。"

"你说尸体啊。没有,当时还没看见。"

御手洗把被雨淋湿的冰凉的手脚贴近壁炉,烤了烤火。

"那你是怎么知道的？你怎么知道里面有尸体？"

餐厅里只有我和御手洗两个人，所以不用担心被人偷听。

"的确难以置信……"御手洗先说了这么一句，然后看了看天花板，我觉得他仍对事态发展感到不明所以。

"是青铜鸡的音乐告诉我的。"

"青铜鸡的音乐？就是三楼那台机器奏出的音乐吗？"

"没错。"

"就是你说是暗号的那个？昨天晚上还用钢琴弹的那段旋律？"

"正是。虽然鸡已经不知去向，但暗号揭开了大楠树的秘密。"

"暗号说了什么？你是怎么解读出来的？"我紧张地挺直了身体。

"要弄懂这个问题，必须掌握一些音乐方面的知识。"

"什么知识？"

"德国作曲家舒曼有一首叫作《狂欢节》的钢琴曲，副标题是《四个音符的小景》。那部作品是以音名A、降E、音名C、音名B四个音为核心创作的曲子。

"舒曼二十岁时，与一位名叫艾尔涅斯蒂娜·冯·弗里肯的十七岁少女坠入了爱河，但少女的父亲弗里肯男爵极力反对这段感情。为了拆散他们，男爵直接将女儿带回了故乡。

"舒曼对少女念念不忘，于是追到了阿施——一个靠近波西米亚和萨克森边境的小镇。但他最终只能无奈地选择放弃少女，和其他女人结婚。那个女人就是后来让舒曼精神失常而跳进多瑙河企图自杀[①]的克拉拉。

"将《狂欢节》核心的音名A、降E、音名C、音名B转换

[①]其实舒曼跳的是莱茵河，御手洗可能记错了。

为欧洲另一种常见音名体系，就是A、S、C、H，也就是阿施，舒曼那爱而不得的恋人的故乡，一个令他难以忘怀的边境小镇。

"事实上，这样的例子在古典音乐中比比皆是。德国作曲家勃拉姆斯的《第二号弦乐六重奏》中，作曲家在第一章的小结尾部分加入了恋人AGATHE（阿加特）的名字。此外，弗朗茨·李斯特的管风琴曲《巴赫主题幻想曲与赋格》也是例子之一。

"也就是说，音乐这种东西其实很容易被用来传递暗号，而且出于这种目的创作的乐曲并不一定是索然无味的。

"于是，我就想，说不定这样的做法也适用于三楼八音盒的旋律。在尝试了很多种可能性之后，我终于解读出来了。

"把音阶转换成字母的方法在欧洲很普遍。把音阶的根音'拉'定为'A'，这样'哆'就是'C'，'来'是'D'，'咪'是'E'，'发'是'F'，'唆'是'G'，然后又到'拉'为'A'。到这里为止没有任何问题。

"但是在德音体系里，'西'这个音是用'H'来表示的。因此，'哆来咪发唆拉西哆'在德音体系中就成了'CDEFGAHC'，所以刚才提到的舒曼的作品中会出现'ASCH'。不过，在美国创造的新音乐体系中，'西'简单地用'B'来代替，在日本当然是用片假名来表示。

"另外，制作乐曲的人是否掌握丰富的音乐知识至关重要，要先思考是谁创作了这首曲子。

"无论怎么想，我都认为这首曲子的作者非詹姆斯·培恩莫属。根据让的说法，青铜鸡发出声音的时间是在昭和二十五六年的样子，仅凭这一点就可以排除掉其他人。

"但是，培恩先生作为作曲者，究竟了解多少音乐知识呢？他是画家而不是音乐家，甚至连钢琴都不会弹。可见，这个暗号根本不受乐理的约束，只是简单转换而已。

"还有，刚才提到的'CDEFGABC'式的音阶能表现的词汇数量非常有限，作为暗号，顶多只能用来组成人名或地名，无法组成文章，因为缺少I、J、K、T、V、U等字母。

"再试着把'哆来咪发唆拉西哆'直接替换成英文字母'CDEFGHIJ'。高一音阶的'哆来咪'等也直接转换成接下来的字母，也就是'JKLMNO'。这样一来，向低八度走的就是'CBA'……再往后，A前面没有字母了，就再从Z开始，按照'ZYXWVU'一路往下。这样一来，二十六个字母大致可以转换三个八度音阶。就像这样。"

御手洗把记事本翻开给我看。三个八度的音阶一路排开，下面密密麻麻地写着对应的字母。

音阶五线谱

"这样一来，即使不怎么懂音乐的人也能做出暗号转换机制。现在，用这个方法解读一下屋顶那只青铜鸡发出的旋律。

"第一个音是突然出来的低音'西'，按照刚才的转换规律就是'U'。

"第二个音，突然向上跳了将近两个八度，是'唆'，根据刚才的转换方法换成字母，相当于'N'。

"接下来呢？旋律猛地下降，是'来'，这无疑就是'D'。

"紧接着是'咪'，转换成'E'。

"然后又降了一个八度,是'发',转换一下就是'R'。

"下一个还是低音的'拉',是字母'T'。

"然后跳了一个八度,是中音的'拉',也就是字母'H'。

"下面是再次出现的'咪',直接对应'E'。

"后边的音又一下子降八度,'T'第二次出现。

"接着低音'发'再度登场,毫无疑问是'R'。

"最后,'咪'连续出现两次。从头算起,这已经是第三、第四次了,两个'E',就是'EE'。

"好了,谱子到这里就结束了,因为旋律从头开始重复了。

"'E'出现了四次。如果按照暗号转换成的是英文来解读,'E'就是重点,因为'E'在英语中出现的频率最高。哪怕在这短短的暗号中,这个理论也是成立的。

"按照这个思路,将音阶从头到尾转换成英文字母,就是'UNDERTHETREE','under the tree',也就是'在树下'的意思。"

御手洗还像往常一样漫不经心地说着,我却听得出神,竟忘了呼吸。

"说的是树下有什么东西……所以你才刨开树根,发现了尸体。"我兴奋地说道。

御手洗默默地点头表示肯定。和我的兴致勃勃相比,御手洗的表情显得有些波澜不惊。

"伟大的发现,真了不起!尤其是这组暗号,你居然只用一个晚上就解开了。"

"解开那组暗号并不难。"

"但是三十年来谁都没有解开这个谜!"

"那是因为没有人发现它是暗号而已。"

"对，没人注意到。"

"虽然解开了暗号，但出现了新的谜题。"

"什么谜题？"

"也就是说，詹姆斯·培恩编写这组音乐暗号，是在悄悄传递尸体的位置信息，对吗？"

"嗯，没错。"我点头称是。

"那他为什么要这么做？虽然现在还不能断定，但那些干尸显然不是昭和二十六年左右的，应该要更晚一些……"

"什么意思？"

"也就是说，那四具尸体是在昭和二十六年以后死亡的，换句话说，是那首暗号曲子响彻培恩学校之后才死的。"

"真的吗？"

"可能性很大。这就说不通了。那首暗号曲在黑暗坡上响起的时候，大楠树的树洞里并没有尸体。那么，创作暗号曲的动机到底是什么呢……"

"嗯……"

"难道说，那几具尸体中，有个别是更早以前的，早就在树洞里了？"

"嗯……"

"谜团还有很多。而且那些尸体看上去非常奇怪，相当匪夷所思。"

"为什么这么说？"

"因为已经死了很多年了，所以乍一看很难发现，但仔细看的话就会发觉头骨和躯干完全不同。"

"不同？我没看出来。"

"那种类型的尸体我见过很多，所以才觉得怪异。尸体颈部以下的部位，风干的皮肤和脂肪还牢牢地覆盖在骨骼上，唯独头骨是完全裸露的。这到底是为什么呢？"

我顿时心头一紧。

"唯独头部没有皮肉的踪迹，仿佛是被酸性液体溶解了。但是，为什么头发能紧紧地贴在头骨上呢？我还是第一次见到这样的尸体。"

我始终感觉云里雾里，还是第一次听御手洗用冷静的语气讲出如此恐怖的话来。

"不清楚的事情还很多。比如，那些尸体是谁？因为都是孩子，不能排除是培恩学校的学生。但是学校里凭空失踪了四个学生，肯定会引起不小的骚动。如果真的发生过失踪事件，我们一定会有所耳闻，但目前为止还没有听到类似的传言。还有，那些孩子到底是外国人还是日本人？看来只能等待警察的调查了，但那些家伙靠得住吗？"

我点了点头，等惊恐的心情平复后，缓缓问道："你打算把暗号的事情告诉警察吗？"

"说了他们也不明白！"御手洗立刻鄙夷地说道，"在他们充分意识到那首音乐的重要性之前，我是不会告诉他们的。人敬我一尺，我敬人一丈。如果对方总是盛气凌人，我也只能看他们笑话。那些家伙的言行举止和蝼蚁有什么区别？和他们相比，后面公寓里的那条狗堪称哲人。"

话音未落，门开了，"蝼蚁二人组"进入客厅。他们脱下湿透的雨衣，拿在手里。

御手洗一言不发，冷眼旁观。他们进来后也一直沉默地站着。

"如果方便的话，请问尊姓大名？"御手洗居然先开了口。

两名刑警动了动嘴唇，却什么也没说。

"明白了，那就叫你大背头或者发蜡吧。"御手洗打趣地说道。

"我是丹下。"大背头赶紧回答，"这位是立松。你呢？"

"我姓御手洗，这是石冈。那么，丹下先生，凡事都有第一次，我很理解你们的担忧。当初如果你的态度稍微友好一些，我们也不会对尊敬的警察先生出言不逊。"御手洗好像忘了刚才还在说人家坏话，突然就换了一副面孔。

"如果从业余人士那里获得指导会有损二位威信的话，那是因为二位受到等级观念的束缚。平等的友人之间，就不会有那样的顾虑。那么，今天就是专业刑警和业余人士成为朋友的日子，堪称史无前例，不是吗？"御手洗和颜悦色，送上甜言蜜语。

丹下哑巴吃黄连，沉默了一会儿，说："啊，当然，未尝不可。你有介绍信吗？"

"如果有必要，我可以请樱田门警视厅总部一课的朋友帮我写一封，但我不想那样做。哪儿有交朋友还拿着介绍信的。"御手洗唇角歪斜，嘲讽地笑了一下。

"知道了。这么说，你在樱田门有朋友，是吗？"

御手洗抬起眼睛，表现出无所畏惧的气概。"有，但是请当作没有。无论如何，你我都能成为朋友。但如果你不想的话，那就请回吧，大家就此分道扬镳。不过，即便如此，我也会向你呈上我的调查结果。"御手洗说着，靠在沙发上。

丹下露出洁白的牙齿，微笑了一下，似乎是苦笑。尽管如此，这是他第一次对我们笑。

"我还是第一次遇到像你这么自信的人。明白了，我会改变对你的态度，并为刚才的无礼表示抱歉。我可以坐下来吗？"

"请坐。"

"有几个问题请赐教。你是怎么知道那里有尸体的？"

"这个问题解释起来相当麻烦。我的朋友石冈知道,如果可以的话,稍后你问他就好。他有点儿难伺候,但只要他心情好,或许就会告诉你的。"

"尸体总共有四具,死者都是些什么人?"

"我也是昨天才介入此案,仍有很多疑问,你的问题就是其中之一。不过,我想线索就隐藏在这幢房子里。稍后请把照夫先生叫过来,我们一起把这幢房子,特别是培恩先生的书房仔细搜查一遍,或许可以找到一些线索。"

"还有一个非常奇怪的问题。我们仔细检查过那棵大楠树,并没有发现任何足够大的树洞。"

我不懂丹下的意思,屏住呼吸等他继续说下去。

"也就是说,起初我们判断四具尸体是被人杀害后塞进树里的,但我们检查了大楠,并没有发现可以塞入尸体的洞口。虽然树干上有几个树洞,可是根本塞不进四具尸体。这到底是怎么回事?"丹下停下来看着御手洗。御手洗一言不发。

"树干顶那个洞呢?"我忍不住小声问道。

"不,那么小的洞,连头骨都塞不进去。树里的四具尸骨,躯干都是完整的。"

"所以说是被树吃掉的啊。"御手洗爽朗地说,"要回答这个问题,需要你们配合做几个调查。做笔交易如何?如果你们按照我说的去调查,我将根据调查结果回答你们的疑问。"

"调查什么?"丹下从怀里掏出笔记本。

"大楠树里的尸体一共四具,对吗?"

"对。"

"请分别推断出四具尸体的死亡时间。另外,仅有头部没有皮肤和筋肉相连,头发却还在,关于这一点,我想知道法医的看法。"

"好。还有吗？"

"那四个孩子是否都是日本人？当年的培恩学校有没有儿童失踪报告？

"不过，如果法医已经认定是日本人，那就不必调查培恩学校的失踪案了。我想是日本人的可能性更大。

"而且失踪案调查起来应该相当麻烦。虽然现在去培恩先生的书房或许能找到当年的学生名册或毕业纪念册，但大部分毕业生都已经回国了吧。

"还有，我想尽可能地了解藤并八千代女士的丈夫照夫先生的底细。"

"就这些吗？"丹下皱着眉头忙着做记录。

"关于藤并卓先生的尸检结果，如果警方没有什么要补充的话，就这些了。"

丹下本来就长着一张苦瓜脸，听完御手洗的话之后表情更难看了。

"嗯，没什么要补充的。"丹下冷冷地说道。

"有外伤、骨折之类的吗？"

"有多处骨裂。"

"什么？在哪些部位？"

"大腿、骨盆等处。"

"大腿和骨盆？其他部位呢？"

"其他没什么特别的。"

"有勒痕吗？"

"没有。但是……"

"但是？"

"左膝盖脱臼了。"

"脱臼?"看来这一点大大出乎御手洗的预料。他用拳头抵住额头,陷入沉思。

"没有要问的了吗?"丹下似乎有意打断御手洗的思考。

"还有,卓先生的鞋底是否沾满泥土?"御手洗问道。

"没有,很干净。"丹下回答。

御手洗脸色阴沉,缓缓点了点头。

"目前就这些。现在能否请照夫先生过来一趟?我们详细检查一下八千代女士的房间,也就是培恩先生以前的书房,想必可以得到更重要的线索。"

书房

外面的雨仍然下个不停。藤井家老屋的周围停了好几辆警车，杂乱的脚步声与雨声交织在一起。

藤井照夫对警察倒是周到热情，很会见风使舵，面对丹下等人又是赔笑又是奉承，完全变了一副嘴脸。起初我还担心他跟我们在一起会尴尬，但事实证明我的担心是多余的，他非但不尴尬，还主动和我搭话，御手洗更得到了笑脸相迎的"礼遇"。看来照夫把御手洗也当成警察了。

"真会看人下菜碟啊。"御手洗笑眯眯地在我耳边说道。

御手洗对八千代的房间最感兴趣。那个房间就在一楼客厅的隔壁，以前是培恩学校校长詹姆斯·培恩的书房。

据说屋里有很多贵重物品，平时一直锁着，钥匙由照夫保管。御手洗通过丹下表明了想调查房间的意图，于是照夫拿来钥匙，打开房门，让我们进去。

"咔嚓。"夸张的开锁声穿透了充斥着雨声的幽暗走廊。照夫推开那扇厚重的欧式房门。这扇门和其他房间的门不同，并非白色，而是接近木头本色的红豆色。

踏进房间，一股经年累月的陈旧气息扑面而来，感觉像进入了一家古董店。

窗帘是拉开的，雨天暗淡的光线透过玻璃窗落在昂贵的波斯地毯上。玻璃上密密麻麻的雨滴滑落，影子投射在地毯上，形成一块纹理独特的四角形窗影。

"哇，藏品堆积如山啊！"御手洗欢呼雀跃地说道。

我也有同感。放眼望去，房间里都是西方人感兴趣的东洋物件，只有桌椅、电视、电话和沙发是西方风格的。

木纹突出的焦褐色木板墙上挤满了画框和挂轴，几乎看不到墙面。西式房间的墙上挂着山水画挂轴，感觉很奇妙。绝大多数作品是用毛笔绘制的，也有大量浮世绘版画。看来走廊和楼梯旁的那些画作就是从这里拿出去的。

厚重的大木桌上有一个青铜制的龙造型摆件，旁边的竹笼里随意放着几个江户时期的烟管和百宝囊，再旁边是一部黑色的电话。

最让人吃惊的是窗前那三张横拼在一起的桌子，桌上摆满了大大小小的日本人偶。

仔细观察，会发现这些人偶并不是为了堆积数量买来的，而是按照某种挑选标准被收集起来的。这个标准，一言以蔽之，就是逼真。

它们大部分被装在玻璃盒里，也有直接立在桌面上的。日本竟然能制造出如此精密且逼真的人偶，连身为日本人的我都惊叹不已。

排列在眼前的人偶目光凝视前方，有的眼睛大而圆，有的眼睛小且丹凤。无论是眼角的小细纹、微微隆起的鼻翼、噘起的柔软嘴唇，还是丰满光滑的下颌都栩栩如生，极具写实性。

詹姆斯·培恩果然眼光独到，慧眼识真，不是凡人。伫立在狭小桌面上的人偶形态各异，惟妙惟肖，似乎每个都有坚定的意志和独特的性格。虽然娃娃很小，但排列整齐，就像一群不会说话的小人儿，形成一种实实在在的压迫感。

"这简直就是大英博物馆的日本展厅，石冈。古代的日本工艺品居然能做得如此细致逼真，真是大开眼界。"御手洗说道。

我想，无论谁看了都会发出类似的感叹。通过这位英国艺术家的挑拣过滤，我们看到了日本古典艺术的写实性，简直是一个无与伦比的写实艺术的宝库。

但两名刑警站在房间中央，看上去无精打采，御手洗则摩拳擦掌准备大干一场。他先来到放人偶的桌前，仔细观察了一遍，又来到书架前，专心致志地查看书架上的每一本书。这个嵌入墙体的书架上挤满了密密麻麻的书，把隔板都压弯了。这里几乎全是英文书，只有最底层放着几本关于和服、插花的书和小说之类的日文书，估计是八千代的藏书。这个书架恐怕是两名刑警最感乏味的地方了。

御手洗看完书架，又打开旁边一个少见的推拉门壁橱。壁橱很深，里面光线昏暗，隔板一直架到头顶。隔板上堆着好几个五颜六色的纸箱，上面写着英文字母。御手洗把眼前的一个纸箱搬了下来，打开后发现里面是一双黑色皮靴。

他看了一眼，然后依然用英文报纸和杂志内页盖上，合上纸箱，将它放回原处。说来也怪，壁橱里几乎看不到八千代的东西。

御手洗蹲下身，只见三个叠在一起的行李箱。他打开最上面的，发现里面装满了细长的盒子，装的是挂轴。

最下面的行李箱上挂着一把锁，这引起了御手洗的注意。

"照夫先生，这个行李箱的钥匙在哪儿？"御手洗迫不及待地问道。

"啊，这我就不知道了……也许在桌子的抽屉里？"

御手洗走到桌前，逐个拉开桌子右侧的一列抽屉。左侧也有一个抽屉，但上了锁，打不开。在右侧最下面的抽屉里，御手洗找到了一串钥匙，他回到行李箱前挨个尝试，发现所有钥匙都打不开。他又焦急地回到桌前，试着用这串钥匙打开左侧的抽屉。

终于有一把钥匙合适，他打开了左侧抽屉，但里面并没有御手洗要找的钥匙。

两名刑警坐在会客的沙发上，看着忙碌的御手洗。

御手洗没在抽屉里找到钥匙，却找到了一本《圣经》。只见他哗啦哗啦地翻着《圣经》，居然在书页里取出了一把小钥匙。他拿起那把小钥匙，得意地在我面前晃了晃，接着迅速回到行李箱前，这次终于对上了。御手洗兴奋地打开行李箱，立松刑警见状也起身走了过来。

打开行李箱，首先映入眼帘的是一块藏青色的苫布，掀开布，下面是两个黑色封面的文件夹，里面装着厚厚的资料。御手洗翻阅资料，上面全是密密麻麻的英文。他看了一会儿，对我说："应该是日记或备忘录之类的东西。"

文件夹旁边有一个藤蔓花纹的包袱皮，打开一看，里面包着奇怪的东西。御手洗从中拿出一根白色木纹的短木头。

"这是人偶的身体。"御手洗说道。

包袱皮里有很多相同的短木头，御手洗把它们拨开，发现里面还有很多人偶的头。

"人偶被肢解了。"御手洗调侃道。

"头有很多，身体却很少，衣服和手脚也少。这是怎么回事？为什么有这么多头部的零件？培恩先生是在制作人偶，还是在肢解人偶呢？"御手洗嘀咕着，把手里的人偶零件放回行李箱。

"哦？"御手洗突然站了起来，把脚边的三个行李箱一股脑拖出壁橱，放在书房的角落，接着抬起脚，重重地踩在壁橱的地板上，"好奇怪，只有这块地板有缝隙。石冈，你来看，这一块比其他地方高出了差不多两毫米。"

御手洗趴在落满灰尘的地板上仔细观察了一遍后，兴奋地叫道："你看，这是块活板，应该可以拉出来。"

"拉出来又能怎么样？"我问道。

"那还用说吗？拉出来当把手，这样就可以把整块地板掀起来了！这块板现在被钉子钉死了，恐怕还掀不起来……哦，果然如此！瞧，四个角上都打了斜钉，被牢牢固定住了。石冈，不好意思，麻烦你去三楼中间的房间把工具箱拿来。"御手洗说道。

听到御手洗的话，我连忙跑到走廊，一路狂奔至三楼，抓起工具箱就往回跑。整幢洋楼随着我的奔跑地动山摇般颤动起来，嘎吱声此起彼伏。

剧情峰回路转，眼看就要有惊天大发现了，我实在按捺不住内心的兴奋。

回到一楼八千代的房间，御手洗迫不及待地从我手里抢过工具箱。

"石冈，你拔那边的钉子，我拔这边。"

但是拔钉专用的工具只有一个，我只好用铁锤另一侧的拔钉头和大号螺丝刀撬，着实耗费了些时间。两名刑警见状也过来帮忙，我们四人七手八脚地总算拔出了牢牢钉在四个角上和把手处的钉子。

"这些钉子锈成这样，看来已经钉进去很久了……果然不出所料，这里弹出了一个把手。我来拉拉看。大家都从壁橱里出去。喂，石冈，你去哪儿？你别走，站在旁边帮我。我把这个拉起来之后，你帮我撑住它。来吧……"

御手洗握住把手，使出浑身力气拼命向上拉。随着一阵咔啦咔啦的声响，地板终于被掀起来了。顷刻间，一股密闭空间特有的陈腐味道扑鼻而来。

两名刑警也没闲着，上前帮忙。壁橱的地板被掀起十厘米左右后，再向上抬就变得轻松很多了。

"哎呀！"御手洗的声音听起来很沮丧。

"什么嘛！"我也失望地叫道。

期望越大，失望就越大。我脑海中想象着地板下面会是一条通往地道的深不见底的阶梯，可摆在眼前的只是一块发黑的水泥地。御手洗穿着拖鞋，在水泥地上用力踩了踩，只能听见"啪啪啪"的闷响。听起来，这水泥地应该是实心的，下面没有空间。

"哎哟，本以为会有丰硕的调查成果呢，真是扫兴啊！照夫先生，你知道壁橱里的这块活动地板吗？"

"不，不知道。我现在才知道有这样一块地板，正感到吃惊呢。"

"这么说，这里不是你来了以后才堵上的。"

"不是，是在我来之前。我隐约想起，妻子好像说过以前这幢房子地下有一个防空洞，因为太危险，战后全部填埋了。原来指的是这里……"

"哎呀呀，要是没有填埋就好了，偏偏如此令人失望。照夫先生，你听她说过防空洞的其他入口吗？"

"不……我没听说过。应该只有这里吧。"

"既然只有这里，那就没什么意义了。把地板放回去吧，请从那边慢慢放下。"

我们把地板恢复原样。

"照夫先生是昭和哪年结婚搬到这里来的？"御手洗一边拍打手上的灰尘一边问道。

"昭和四十九年。"

"这么说，填埋防空洞是昭和四十八年以前的事情。

"好了，接下来就是仔细检查房间里的贵重收藏品这一枯燥的工作了。我还注意到了一个非常奇怪的现象。石冈,你也是个画家,一个画家在憧憬已久的异乡收藏了这么多艺术品,你觉得他会舍得丢下它们回国吗？"

"简直不可想象。"我回答道。

"这里的所有藏品都是培恩先生以他近乎苛刻的审美眼光精挑细选而来的,就算去日本人偶的博物馆也很难看到这种水准的艺术品。"

"的确如此。"我附和道。

"要搜罗这么多藏品,无论是金钱、时间还是精力的付出都是巨大的。他如何可以就这么潇洒离去呢？

"丹下警官,连我的艺术家朋友都这么说,这绝对是个谜。解开这个谜题的钥匙,一定就在这个房间里。从现在开始,我要花半天时间彻底调查这个房间,这里全是谜题和提示。顺利的话,今晚或明早,我们就可以碰头交流彼此的调查结果了。这间书房的藏品和密密麻麻的英文书籍,估计很难让二位热血沸腾吧？"

这时,突然有人敲门,是牧野夫人。

"午饭已经准备好了……"牧野夫人说道。

"那么,先吃午饭如何？"照夫说道。

"好吧。"御手洗明显没有食欲,但还是点了点头。

青铜鸡归来

1

御手洗巧妙地利用两名刑警顺利进入了房门紧锁的原培恩书房，还想方设法支开藤并一家和两名刑警，独享房间。这样的把戏，他早已轻车熟路。

在用餐的十分钟里，御手洗心不在焉，心思早就飞到书房里了，无论跟他说什么都完全没反应。才吃到一半，他就匆匆起身，飞快地回到书房，并宣布要在里面待到天黑。

吃完晚饭，我也来到书房想帮御手洗的忙，但看见他正在默读最让我头疼的英文资料。想来我在这里也全无用武之地，就坐在沙发上发呆，后来干脆跑去客厅看电视了。虽然书房的沙发旁也有电视，但我不敢打扰御手洗工作。

很快，三幸放学回来了。

"啊，你们还在，太好了！御手洗先生呢？"三幸问道。

我告诉她，御手洗正在八千代的房间里案牍劳形，最好不要去打扰他。于是我和三幸闲聊起来。三幸说她加入了学校的园艺社团，负责照顾学校里的花花草草。

学校的话题告一段落后，我想起御手洗之前的嘱咐，于是有意将话题引到她父母身上。

"我是在这里出生长大的。从黑暗坡一直走下去，过了藤棚商店街，有一个叫'愿成寺'的寺庙，我小时候就住在那个寺庙后面。我从小就知道这幢房子和后院的大楠树，因为小时候常来这里玩，父亲也经常提起。"

"提起什么?"

"藤井家的大楠树很可怕。"

"今天在大楠树里发现了人骨。"

"是啊,我刚才听说了。真是吓人!"

"但是你看上去并不怎么吃惊。"

"是吗?我吓了一跳呢。只是我早就听人讲过大楠树的树干里有人骨,所以已经有心理准备了。"

"大家都这么说吗?"

"是的,都这么说。"

"是谁说的?"

"附近的居民,还有我父亲。父亲的妹妹很久以前就是被这棵树吃掉的。"

"啊?真的吗?"我大吃一惊。

"当然是真的。我父亲总是提起这棵树,说想为妹妹报仇。"

"这么说,昭和十六年吊在树上的尸体就是……"

"嗯,就是我父亲的妹妹,也就是我的姑姑。"

"啊,真的吗?我还不知道有这回事……这么说,照夫先生对这棵大楠树怀有刻骨的仇恨。"

"我想是的。但他最近没怎么提这件事了。"

"那你母亲呢?"

"我四岁时,母亲患癌症去世了,是肾癌。"

"你一定吃了不少苦吧。"

"嗯,不过父亲比我更辛苦。他要开店,还要把我养大。"

"你父亲以前开店吗?"

"是的,开面包店。本来是和他的表弟两人合开的,现在剩表弟一个人了。"

"卖面包吗？"

"嗯，做面包再卖面包。我还在店里打过工呢。冬天还行，夏天店里热得像个蒸笼，非常难受。"

"你父亲是怎么认识八千代女士的？"

"他们好像早就认识了。"

"早就认识了？"

"据说培恩学校还在的时候就认识了。"

"培恩学校时代？怎么认识的？"

"那时候父亲经常给学校做午餐面包。"

"原来如此。但是，后来怎么发展到结婚的呢？"

"这种事情总免不了有个爱管闲事的媒人，媒人促成婚事就有钱收。听说他们是被人推动着结婚的，我父亲倒是抱着无所谓的态度。"

"嗯。"

说话间，窗外已经完全黑了下来。随着玻璃门的一声震颤，客厅的门开了，御手洗满脸疲惫地走了进来。

"啊，三幸小姐，牧野先生在吗？"御手洗问道。

"牧野先生？应该在厨房。"

"牧野先生的照相馆有复印机吗？"

"没有，但是坡下的文具店可以复印。你要复印吗？"

"嗯，我发现了一张有趣的图纸。"

"我去复印吧。"

"啊，好的，那麻烦你了。"

"资料在哪儿？"

"在那个房间里。走吧，我们一起过去。"说着，御手洗走到走廊，我和三幸马上跟了过去。

培恩先生的书房简直乱得没地方落脚。御手洗硬生生把人家书房搞得跟自己的卧室一样乱。

"给，就是这张图纸。今天我翻了一天，发现了这张图纸，画在《英国史》这本书卷末的余白处，还只是张草图。"

那是一幅分不清是画还是图纸的钢笔画，上面画着一个摆着四个人偶的箱子，箱子里画满了齿轮。这幅画很奇怪，不过绘画水平相当高，笔触也很细腻。

"这里有培恩先生的签名，看来是培恩先生的亲笔画。这真是一个很有意思的机器。

"图的下方有一些解说，可以了解它的机械构造。你看，转动箱子旁边的这个手柄，风扇就会转动，从而产生空气流动通过这个管道。管道在这里分成四股，空气会在四个管道内上升，让这个簧片震动发出声音。这个簧片发出的音色可能和笛声一样，最后声音从箱子上的四个人偶嘴里发出来。

"不仅如此，手柄转动会将动力传给齿轮，带动四个人偶在这个范围内上升。换句话说，四个人偶就像引擎的活塞一样会各自升降，并且上升时嘴巴张开，下降时嘴巴闭上。人偶的嘴巴闭上时，下面箱子里的阀门也同时关闭，空气被阻断，就发不出声音了。

"这真是个有创意的想法，就像一种加装了日本人偶的手风琴。看来培恩先生非常喜欢这类机械装置。从行李箱里那么多被肢解的人偶来看，培恩先生应该制造过这种机器，而且为此不惜拆掉了那么多日本人偶。"

"嗯……"我陷入沉思，"也就是说……"我一开口，御手洗就嘲弄般地看着我。

我继续说道："他必须在某个地方制造这样一台机器，对吗?"

"聪明,石冈,我也是这么想的。看来培恩先生在日本的所有闲暇时间都投入在这台机器上了。那么,他会在哪里制造这台机器呢?除了洋楼以外的地方都不太可能,也不在这个房间里,三楼、二楼的房间和隔壁的客厅里都不见这台机器。三幸,你见过这样的机器吗?"

"没见过。"三幸的语气十分肯定。

"外观不一定和图上的一模一样,有可能被罩起来或盖上盖子,看起来就像一个神秘的箱子。你的房间或者你父亲的房间里有类似的箱子吗?"

"家里绝对没有这种东西。"三幸斩钉截铁地说道。

"就是这样,石冈。它到底会在哪儿呢?"

"嗯。"我再次陷入沉思。

三幸也想了想,说:"我还是今天第一次听说这台机器。"

"人偶已经被拆得七零八落,或许机器最后也没完工,但至少说明动工过。你看,这里故意学达·芬奇使用晦涩难懂的英语,意思是说已经从英国的工匠那里订购了零部件。"御手洗饶有兴致地说道,"说不定那台机器和屋顶上的青铜鸡一样失踪了。也有可能培恩先生割舍掉全部收藏品,唯独把那台机器做好并带回英国了。"

"青铜鸡的下落已经清楚了。"这时,突然传来了一个奇妙的女高音。

我们循声看去,只见走廊一侧的门前站着一个美得令人窒息的女人。

我胸口一紧,瞬间变成木头人。这是我有生以来见过的最美丽的女人。

一头栗色的卷发从肩膀披到后背。她腰身纤细，不盈一握，胸部却异常丰满，傲然挺立。上身穿着一件毛衣，毛衣上是用橄榄绿、深褐色、黑色和银色等各色毛线编织而成的几何图案。下半身穿着迷你皮革短裙，那下面是一双日本女人罕有的修长美腿。脚下虽然穿着拖鞋，看上去却像踩着十几厘米的高跟鞋。

然而，最打动我的是她美丽的容颜。大眼睛，双眼皮，长长的睫毛向上翘着，褐色的眼珠充满自信，正抬眼看着我们。

她的鼻梁又细又高，微厚的嘴唇露出不可一世的笑容。

她一副外国人的长相，却说着一口流利的日语，这样的反差让我感觉极不协调。她就像个洋娃娃或者从画里走出来的人正在自由活动，有一种不可思议的感觉。

但我其实很熟悉这张脸，曾多次在杂志封面、电视时尚节目和日法意合拍的电影中见过。然而，眼前活生生的她，比照片和电影里的还美好几倍。

此人正是松崎玲王奈。她反手关上房门，向我们款款走来，让我平生第一次知道什么是模特步。三幸和御手洗正蹲在地毯上看书，此时也不得不站起来迎接这位大明星。

她再次开口，流利漂亮的异国语言从她唇边流淌而出。御手洗也用英语和她对话，可惜我对英语一窍不通，无法在此记录他们说了什么。我只是直勾勾地盯着玲王奈那张仿佛不属于这个世界的白皙透亮的脸，以及涂着棕金色口红的嘴唇和同色眼影的眼睛。果然是明星啊！我被她的美惊得有些发愣。

"英语说得不错。"玲王奈说道，"这种英语水平，查阅这里的资料应该没问题了。"

"这么说，我通过考试了？"御手洗说道。

"看来你可以胜任警察干不了的工作。"玲王奈似乎很满意御手洗的反应。

"没错,我能做他们做不到的犯罪调查。"

"这个家总算来了一个像样的人了。我不相信不会说英语的人。"玲王奈微微一笑。

"我有一个朋友,把不会说英语的人视为动物。"御手洗煞有介事地说道。

"是谁?"

"它叫弗利茨,是我的一位英国朋友养的狗。"

玲王奈用美丽的大眼睛瞪了御手洗一会儿,然后慢慢点了点头,说:"看来你的人生观很不一样。"

"的确如此,我反而不信任这座城市里说英语的人。好了,先不谈这些,刚才你好像说知道青铜鸡的去向了?"

"没错,我在主持的电台节目里说老家屋顶上的青铜鸡失踪了,结果有听众打电话说看见它了。"

"在哪里?"御手洗来了兴致。

"我不想和人生观不同的人说话。"玲王奈傲慢地说道。

"啊,我要去复印了,否则文具店要关门了!"三幸说着,从御手洗手里拿过了文件夹。

"只复印这一页就可以了,对吧?"三幸确认后,快速跑出了房间。

"真是个好孩子,性格率真。"御手洗快活地说道。

"还只是个天真的小孩。"玲王奈说。

御手洗似乎想说什么,但提高了警惕,没有开口。

"我听说家里来了个大侦探,在后院的大楠树里挖出了白骨,于是急忙赶回来想把独家消息告诉他,但现在看来似乎没有这个必要了。"

"犯罪调查的确需要众人的帮助。"

"你看起来并非如此,需要他人帮助的人应该很谦虚才对。"

"我一直都是个谦虚的人,但如果传教士过分谦虚就没法拯救迷途的羔羊了。"

我真为御手洗捏了一把汗。御手洗这个男人,不管对方是谁,都宁折不弯。

玲王奈沉默了一会儿,不慌不忙地说:"你的意思是,我是迷途的羔羊?"她用充满火药味的眼神挑衅地看着御手洗。

"不,我不想介入你的人生。是不是迷途的羔羊,请你自己判断。"

"可是我认为你已经做出了判断。"

"我们以后再讨论这个话题吧。关于这次的案子,你知道了什么?有什么新奇的线索吗?"

玲王奈噘了噘嘴,再次放荡不羁地笑了。这样的表情似乎是她的习惯。

"保证让你大惊失色。"

"只是青铜鸡的下落有什么好吃惊的?"

"当然不止如此。"玲王奈慢条斯理地眨了眨眼睛,用力点头。

"那就请说说看吧,不必拘束。"御手洗伸出右手,做出请的姿势。

"那也不能白白告诉你。不管什么事情都要有个程序吧?就像要拿驾照必须先进驾校学习,要想结婚必须先送花和请看电影一样。"

"结婚啊!"御手洗嗤之以鼻。

"只是个比喻。你这根本不是请人帮忙的态度。"

"我生来就不是一个循规蹈矩的人,总是惹人生气。如有失礼之处,还请见谅。"

"为什么不坐在沙发上说呢?"玲王奈说着,自己先坐了下来。我和御手洗坐到她对面。

"先说青铜鸡,据说它被扔在多摩川的河岸上了,是我节目的一位忠实听众在河边散步时偶然发现的。"

"多摩川?!为什么?现在还在那里吗?"

"不,那位听众特地把它送到了电台,现在青铜鸡就放在我公寓的房间里。如果二位想看的话,请有机会到我那里去吧。"

"稍后一定会去拜访。为什么会在多摩川呢?还不知道原因吗?"

"不,原因已经知道了。日本有很多私家侦探,我早就雇人调查过了。

"在多摩川的河岸边,隔着堤坝有一家运输公司,他们有几辆卡车,负责运输业务。据说,这个公司的人经常把多余的沙土倾倒在多摩川的河岸上。捡到青铜鸡的听众曾多次看见他们倾倒沙土,于是怀疑青铜鸡是运输公司的人倒在那里的,还专程去那家公司询问。果不其然,九月二十一日深夜,工人到再生纸厂搬运纸箱时,发现堆满货物的车上有一只青铜鸡。

"工作结束后,他们像往常一样回到公司,把青铜鸡也一并带了回去。后来他们觉得这只鸡派不上什么用场,就把它扔在多摩川的河岸上了。"

"知道青铜鸡是什么时候被放到车上的吗?"

"这一点完全不清楚。把纸箱搬上车准备出发时……"

"那是在哪里?"

"听说卡车转了很多地方,最后一站是横滨。从横滨出发时,车斗里还什么都没有,到工厂时才发现的。"

"他们经过了这附近吗?"

"是的,据说经过了黑暗坡,是从黑暗坡上往下开的。"

"从黑暗坡上往下开?大约几点?"

"运输公司的人说是晚上十点左右。"

"晚上十点?那是台风登陆的时间,正是台风最猛烈的时候。"

"嗯。"

"而且正好和卓先生的死亡时间吻合。"

"没错。"

"卓先生在狂风暴雨中蹊跷死去。正巧在那时,有一辆卡车从黑暗坡上经过,本来安装在洋楼屋顶上的青铜鸡不知怎么落到卡车的车斗里了,然后一直被载到遥远的多摩川堤坝……"御手洗低下头,陷入沉思。

"那辆卡车在黑暗坡上停过吗?"我终于找到和松崎玲王奈说话的机会,仅仅问了这么一句,心都快跳到嗓子眼了。

"没有。"玲王奈看着我说,"他们只是路过这一带,在坡道上一刻也没有停留。这附近又没有红绿灯。"她竟一口气和我说了这么多话,我紧张得喉咙发干。

"也许是什么人'砰'地一下把青铜鸡扔到车上的吧。"我说道。

玲王奈点点头,看了看御手洗。御手洗却什么也没说。

"御手洗,不管怎样,青铜鸡是在这附近被弄上卡车的,这点能确定吗?"

"这一点的确没错……不过,我总觉得这件事有一定的象征性。"御手洗点了点头,说道。

"象征性?象征什么?"

"现在还不清楚。但我觉得这件小事向我们暗示了一连串大事的核心。"

玲王奈窃笑了一声。

"笑什么?"我问道。

"我觉得这件小事向我们暗示了一连串大事的核心。"玲王奈像煞有介事地模仿着御手洗的语气和表情,"不愧是大侦探的台词。我总觉得这件事有一定的象征性,华生,把加了威士忌的苏打水拿过来。"

御手洗并没有做任何反击,只是默不作声。

"啊,今晚真是愉快,能近距离洗耳恭听名侦探的推理。请你做我下期节目的嘉宾如何?"

"青铜鸡的事情我已经了解了,但你似乎还有什么别的事情可以令我吃惊,是不是?"

"想听吗?"玲王奈挑衅地看着御手洗。御手洗一言不发。

"想听就直说。"

接着玲王奈又说起了英语。不知说了些什么,可能是福尔摩斯的英文对白。

"玲王奈小姐,如果可以的话,请你稍微现实一点儿。你的大哥去世了。"

御手洗的话非但没有使玲王奈陷入悲伤,反而让她快要憋不住笑了。

"然后呢?大侦探,继续说下去。"

"你难道不想找到真凶吗?"

"如此说来,侦探先生,你认为我哥哥是被谋杀的,对吗?"

"没错。"

"那太遗憾了。侦探先生,出乎你的意料,这不是什么大不了的案子。我哥哥留下了遗书。"玲王奈露出得意的笑容。

"什么?!"御手洗果然大吃一惊。

"瞧,是不是吓了你一跳?"

"遗书在哪儿?"

"你愿意承认自己的错误吗?"

"对不起,我绝对不会认错,这肯定是桩杀人案。遗书在哪儿?"

"在我的房间里,公寓那边。"

"在你的房间?外人能进你的房间吗?没上锁吗?"

"我哥是外人吗?他有我家的钥匙。我是个粗心大意的人,经常忘记带东西,有时怕忘记关火什么的,所以我哥经常帮我检查房间,给我送东西。这些事情,我还不想麻烦其他人呢。"

"这么说,你哥哥只把遗书留给了你?"

"是啊,你不满意吗?"

"你们兄妹关系这么好吗?"

"算是吧,和其他家人比起来。"

"可是他死了,你好像还挺开心的。"

"你觉得我应该整天痛哭流涕吗?你这人真无聊。"

"遗书放在你房间里的什么地方?"

"在桌上的文字处理机里,没有打印,也没有保存。要是遇上停电,遗书可能早就没了。"

"你没碰过那台文字处理机吧?"

"你的意思是,上面可能留有凶手的指纹吗?不过,他是自杀。反正除了打印以外,我没有进行其他操作。"

"真聪明。遗书上明确写了你的名字吗?是写给你的吗?"

"没有。就是这个,我已经打印出来了。"玲王奈从皮裙的口袋里掏出一张折好的纸。御手洗急忙接过来,我也凑近看。万幸,是用日语写的。

"请为跳楼自杀的我感到悲哀吧。制造出这种东西,我也有责任。现在看来,就好像是我为自己的死量身定制的手段。卓。"

御手洗读完,表情十分困惑。他仰面朝天,把纸递给了我。我接过来又读了一遍。

"这段文字既没有打印也没有保存,就这么一直放在文字处理机里吗?"

"对,文字处理机一直开了好几天。"

"卓先生自己没有文字处理机吗?"

"应该没有。"

"所以他就到你的房间打了这些内容?手写不是更好吗?"

"可能自己家里有老婆在吧。兄嫂二人关系并不融洽。"

御手洗沉默了。

"他写的可是跳楼自杀。这遗书真奇怪,我大哥明明不是跳楼自杀而死的,也有可能正准备跳就死了。"

御手洗突然抓住玲王奈的手腕,像眼科医生一样盯着她的瞳孔,质问道:"这封遗书不是你恶作剧杜撰出来的吧?"

"不是。"玲王奈表情坚定,同样直视着御手洗,"今天我是回来给哥哥守灵的,回到自己房间时想用一下文字处理机,结果发现了这个。"

"你想用文字处理机做什么?"

"说出来你可能不信,我还是个诗人呢。"

这一点我大概知道。玲王奈写的诗,我记得以前还在哪里读到过一首。

御手洗点点头,站了起来。

"为什么不把它打印出来?为什么不把它装在口袋里?为什么一定要用文字处理机写?跳楼自杀?为自己的死量身定制的手段?什么意思?真是奇怪的遗书。"

"就是很奇怪。不过,连份遗书都读不懂,亏你还是个大侦探。"

"解释起来倒是很容易。"

"洗耳恭听。"

"可以有两种解释。"御手洗盯着玲王奈的脸,一字一句地说道。

"那就快说。"玲王奈催促道。

"比如有一位女性,她看到一个自称大侦探的家伙在她父亲的书房装模作样地调查。她想测试他的英语水平,顺便捉弄一下那个自以为是的家伙,于是捏造了一份根本不存在的遗书,故意引导他做出错误的推理,好看他的笑话。"御手洗冷冷地说道。

玲王奈缓缓点头,说:"你真多疑。我已经说了不是捏造的。"

"侦探本来就多疑。见识到真正的侦探比书上写的更令人生厌了吧?"

"好像是,不过,反正你说错了。"

"但是,卓先生为什么特地到妹妹的房间里,用自己根本不熟练的文字处理机,以无法辨认笔迹的方式写下一份不明不白的遗书呢?而且遗书的内容既与事实不符,又没有被死者随身携带,捏造一说应该说得通。"御手洗窃笑道。

玲王奈露出厌烦的表情。"还有一种推理是什么?你快说,如果等会儿想去我房间的话。"

"第二种推理是这样的:卓先生本想从你房间的阳台上跳楼

自杀，可是不甘心就这么无声无息地死去，于是想写一份遗书。他在你的房间里找来找去，没找到笔，却找到一台文字处理机，所以用它写了遗书，却完全不知道怎么打印出来。从遗书里几乎全是假名，没有转换成汉字，就能看出他并不熟悉文字处理机的操作方式。写完遗书，他改变了主意，不想跳楼了，于是来到老屋，爬上屋顶，接着突发心脏病，死了。"

"原来如此。不愧是大名鼎鼎的侦探，这么短时间就能推理出来。"玲王奈对这个解释似乎很满意。

"你似乎是在夸我，那就多谢了。这种级别的推理，刚才听你说的时候我就想到了。但是这种级别的推理，我自己是很不满意的。"御手洗空洞的视线在天花板上游移。

"为什么？我认为已经很完美了。"玲王奈说道。我也有同感。

"首先，卓先生为什么会骑在老屋的屋脊上死去，这一点还完全无法解释。他爬上屋顶的动机也不清楚，同样无法解释他放弃跳楼的原因。"

"可是……"我和玲王奈异口同声地说道。我们想继续说下去时，御手洗摆了摆手，制止了我们。

"我很理解你们的心情，但是推理不能靠心情。所有线索应该相互关联，一环扣一环。但是刚才的推理就像无本之木，完全站不住脚。

"另外，遗书中说'制造出这种东西，我也有责任。现在看来，就好像是我为自己的死量身定制的手段'。这句话指的是什么？"

"应该是指藤并公寓。"玲王奈果断地说道，"难道不对吗？"

"我最初也这么想。"御手洗说道，"但还是觉得不对。"

"为什么？那幢公寓虽说现在还在偿还贷款，但等将来还清了，房租收入就是他们兄弟二人的了。也就是说，那幢公寓完全是为了我那两位赋闲在家的哥哥建的。'制造出这种东西，我也有责任'这句话，难道指的不正是藤井公寓吗？"玲王奈说完，像在寻求声援似的看向我，我连忙点头称是。

"乍一看似乎是这么回事，但这份遗书的字里行间似乎是在感叹'这种东西'除了作为他死的手段以外没有其他作用。你们能领会到这层意思吗？"御手洗问道。

玲王奈沉默了。御手洗这么一说，我觉得似乎也有道理。

"藤井公寓的住户很多，无论为人还是为己，都发挥了很好的作用，并非仅仅是自杀的工具。"

"但是……这么简短的遗书，会有那么多含义吗？我还是觉得他说的是公寓……"

"我和你的见解不同。在讨论这个问题之前，还有一个更重要、更根本的问题。"

"是什么？"

"作为妹妹，你认为你的大哥卓先生会自杀吗？"

"这个……大哥这个人有点儿捉摸不透，没人知道他在想什么。"

"但你还是把房间的钥匙交给了他，说明他是值得你信赖的。"

"说是信赖，其实也不对……我只是觉得他和我是同类人。"

"同类人？"

"换句话说，我和同事、朋友以及其他周围的人总是格格不入，我大哥也一样，所以我就把他当成同类了。这并不是说我们很合得来，或者趣味相投、说话投机之类的……你能明白吗？所以我把房间的钥匙交给他保管。"

御手洗连连点头却不说话。事实上，他完全理解玲王奈的话，因为御手洗也是这样的人，甚至有过之而无不及。

"这样的卓先生，你认为他会自杀吗？"御手洗问道。

"至少对我来说……"玲王奈看着手上精致的美甲，停顿了一下，接着说道，"在自己的文字处理机上发现哥哥的临终遗言时，我并不感到特别意外。"

"是吗？"御手洗说。

"我哥本来就是个不苟言笑的人，居然还去做了汽车销售员，我知道他一直都在勉强自己。事实上，我做电台和电视节目也一样，这种勉为其难的工作真的很累。"

"是吗？"

"侦探先生，你一定能理解吧？"

"完全不理解。我从不勉强自己。"

"是吗？我认为头脑聪慧、思维缜密和与众人打成一片、八面玲珑是两种完全不同的能力。看着我哥，我深切地感受到了这一点。因为我哥是个非常聪明的人。"

"是啊，我有所耳闻。"

"我哥整天钓鱼、读书，或者沉思默想。这才符合他的性格。"

"这一点毫无疑问。而且事实上，你哥已经从公司辞职，过上了这样的生活，不是吗？既然如此，他就没必要自杀了吧？"

"话虽如此，但一个大男人整天游手好闲，心里也并不好过吧？"

"没想到你的思想还挺保守的。"

"我是个守旧的女人，一个保守的日本女人。"

"哈哈，真是完全看不出来。遗书的事情告诉郁子夫人了吗?"

"还没有,我只告诉了你。"

"不胜荣幸。跟警察也没说过吗?"

"完全没有。"

这时,传来了敲门声。

"请进吧。"玲王奈回应道。

门开了一点儿,三幸怯生生地站在门口。

"侦探先生,资料复印好了。"

"非常感谢。"御手洗回答道。

"嗯,还有……"三幸还没说完,门被完全打开,两名刑警从她后面大摇大摆地走了进来。

"哎呀,今天真是辛苦了。刚才已经请三幸小姐拿给我们看过了。这张图纸是什么?"原来三幸复印的资料正在丹下手里。

"这是詹姆斯·培恩先生为制造机械玩具而绘制的图纸。"御手洗回答说。

"制造出来了吗?"

"目前还不清楚,但他似乎已经着手制作了。插画下面写着有关从英国订购零部件的记录。"

"啊,是吗?零部件在哪儿?"

"还没有找到。三幸小姐,麻烦把那本书放回书架空出来的位置,可以吗?谢谢。虽然没有找到这套机械装置,但找到了青铜鸡。"

"找到了?在哪儿?"

"就在这位女士的房间里。"

"玲王奈小姐,晚上好,又见面了。这位立松刑警可是你的粉丝呢。请问青铜鸡是怎么回事?"

"被人扔在多摩川了,幸好被我的一位忠实听众捡到,送过来给我了。"玲王奈说道。

"在多摩川?这又是怎么一回事?"

"丹下先生,先说说那四具尸骨的鉴定结果好吗?"御手洗打断丹下的问话。

"哦,这个嘛……"丹下从胸前的口袋里掏出一本绿色塑料封皮的笔记本,翻到夹着一根火柴的一页。我正好奇火柴该怎么办的时候,他把它拿出来,叼在嘴上,说道:"四具尸体均是七八岁至十四五岁的儿童,性别均为女性。"

"都是女孩……"我不由得喃喃道,直觉告诉我这就是这桩恐怖案件的关键线索。

丹下瞥了我一眼,目光又回到笔记本上,继续说:"看来死亡的具体时间很难推断,目前只能说在三十年前到十年前之间。"丹下含糊其词地说道,"换言之,现在是昭和五十九年,那么死亡时间就在昭和二十九年至昭和四十九年之间。"

"有二十年的时间跨度吗?"御手洗也嘀咕起来。

这么长的时间范围,很难锁定被害人。但是,无论如何,御手洗当初的预测有一点是对的,那就是大楠树中四具尸体的死亡时间比昭和二十五六年黑暗坡那首暗号音乐播放的时间晚。

"法医有没有提到更可能是昭和三十年前后?"

"啊,的确这么说过。为什么你也这么认为呢?"

"因为过了昭和三十年,战乱渐渐平息,社会稳定下来,极端贫困的现象也逐步改善了。"

"哦,所以呢?"

"也就是说,昭和三十年以后,如果有小孩失踪,无论是谁家的孩子,都会引起重视。横滨和其他城市一样,也回到正常的社会状态了。"

"哦……"丹下似乎没有完全理解御手洗的话,只是含含糊糊地表示同意,嘴里叼着的火柴瞬间掉了下来,"还有,那些儿童的尸体,从人种上判断都是日本人。"

"果然!"御手洗拍了拍手,"这样我们的调查范围就小多了。那么,能拜托你们调查一下昭和三十年前后横滨一带战争孤儿的失踪记录吗?"

"战争孤儿?昭和三十年前后?也太宽泛了……"

"我知道这是个艰难烦琐的工作,但别无他法,调查一下儿童收容所的记录应该就可以了。还有其他调查结果吗?"

"还有一点,非常奇怪。"

"什么?"

"那四具尸体头骨上的头发都是用胶水黏的。"

"胶水?!"就连御手洗听完也吃惊地瞪大了眼睛。

2

御手洗神情凝重,紧盯着天花板,又重复了一遍:"胶水……关于头骨上没有皮肤这一点,法医有什么具体说明吗?"

"法医说,头骨上的皮肤已经完全消失了。"

"是什么原因呢?"

"没说,只说皮肤消失了。"

"也就是说,头上的面部皮肤和头皮全部消失,头骨裸露,凶手用胶水把被害人的头发黏在头骨上,是这样吗?"御手洗问道。

御手洗的话让我毛骨悚然。凶手为什么要这么做?如此变态的行为真是前所未闻，令人费解。

"会不会是面部皮肤和头皮比躯体的皮肤更容易风化呢？"我问御手洗。

"不可能。"御手洗立刻回答道，"头部和身体其他部位的风化是同时发生的，不可能只有头部特殊。否则，当年黑暗坡刑场那些枭首示众的头颅就要进行特殊处理了。"

"也许头部是被楠树的消化液溶解的。"我说道。

"颈部的确有被切割的痕迹。"丹下接着说。

"四具尸体都有吗？"御手洗问。

"是的。"丹下点了点头。

我不禁想起昨夜藤并让讲的那些东西方死刑行刑方式，顿感心头一凉。

"丹下先生，鉴定人员对卓先生遗体的内脏进行显微镜检查了吗？"御手洗突然问起藤并卓的事。

"显微镜检查？为什么？内脏显微镜检查又是什么？"

"取出各部位的器官组织，去除水分，进行蜡化处理，然后用锉刀切出薄薄的一层，涂上色素，进行组织变质检查。"

"那又怎么样？"

"如果人体摄入了毒物，就能看到组织的异常变质。"

"为什么要这么做？你是说藤并卓先生的死是药物中毒引起的吗？"

"目前还不能排除中毒的可能性。"

"解剖已经做完了。"

"那只是对口服毒物的检查。"

"不，死因已经确定是心力衰竭了……"

"那样的结论和死因不明是一个意思，弄不清死因的时候就会用这个说法。毕竟所有死亡最后都是心脏停搏。"

"可是,在屋顶那种特殊环境中,周围一个人也没有,如果是中毒,除了口服还有其他方法吗?况且我们已经仔细检查过他的体表,没有发现注射的痕迹。"

"现在就断定是自杀为时尚早,世上有很多不露痕迹的下毒方式,有些毒物进入人体后如何致人死亡至今都还是个谜。总之,仍然存在毒杀的可能。"

"但是遗体已经返还死者家属了。现在家属正在守灵,我们不可能再把遗体运走。"

"是啊,还要顾及体面嘛。"

"你就那么肯定是他杀吗?"

"不,我的结论目前还是白纸一张。"

"刚才讨论的不是大楠树里的尸体吗?"

"对,但是异常状况接二连三出现,无论如何,在开始阶段不能马虎应对。这并非一般的案件。我们必须像组装精密机器一样,将谜题逐个解开,所有齿轮都要契合才能弄清真相。地基没有打牢,高楼就建不起来。"

丹下对御手洗的意见充耳不闻,盯着我手上的东西看。御手洗的话虽然有几分道理,但见识了大楠树超自然力量的我却不完全认同。我甚至认为藤井卓的死是大楠树的某种超能力所致。

"那张纸是什么?"丹下问道。

我下意识抬起手,他从我手里把纸夺了过去。

"这段话出现在玲王奈小姐的文字处理机里,可能是遗书。"

听我说完,丹下脸色大变,展开纸读了起来。

"'请为跳楼自杀的我感到悲哀吧。制造出这种东西,我也有责任。现在看来,就好像是我为自己的死量身定制的手段。'怎么了,玲王奈小姐,你想自杀吗?"

"不是我,你没看到写着我哥的名字吗?"玲王奈说道。

"啊?哦,是真的。你看,卓先生就是自杀!嗯,卓先生的遗书怎么会在你的文字处理机里?你的房间没上锁吗?"

"不,一直锁着。但我哥有钥匙。"

"哦,是这样啊。"

"丹下先生,卓先生的衣服口袋里有玲王奈小姐的房门钥匙吗?"御手洗问。

"不,没有。"

"玲王奈小姐,你给卓先生的钥匙是否掉落在你的房间里?"

"没有。"

"你仔细看过了吗?"

"因为很久没回来了,我刚刚才打扫过。二十二日回来过一趟,但工作太忙,没来得及打扫。"

"什么?已经打扫过了……"御手洗有些失望,"房间里有什么异常吗?"

"没什么特别的,只是阳台上的塑料椅翻倒了。"

"塑料椅?"

"嗯。那是我日光浴用的椅子,可能是被台风刮倒的吧。"

"房门是锁着的吗?"

"是的,房门和阳台的玻璃门都是锁着的。"

"房门的锁是那种不用钥匙也能上锁的类型吗?"

"你是说离开房间的时候吗?是的。把内侧门把手中间的按钮按下去,再用力关上门就锁住了。"

"这就对了,卓先生准备从这幢房子的屋顶上跳楼自杀,原来如此。"丹下大叫道,"这样一来,他在台风夜冒着大雨踩梯子爬上屋顶的谜题就解开了。"

"那么，我们到玲王奈小姐的公寓看看吧。丹下先生一起来吗？"

"不，我们就不去了，前两天已经看过了。"

"那好，玲王奈小姐，我们走吧。"

"不，等等，还是一起去吧。既然青铜鸡找到了，还是去瞧瞧吧。"丹下急忙说道。

三幸因为还要写家庭作业，回到自己房间了。

我、御手洗、玲王奈和两名刑警走出洋楼时，雨已经停了，月亮出来了，天空依然云雾缭绕，隐约可见稀疏的星斗。雨后的风吹在脸上，感觉又湿又冷。

玲王奈的房间给我留下了很好的印象。虽然不是很豪华，甚至可以说是朴素，却能看出她与众不同的品位。

推开白色的金属门，进去一看，门的内侧是黑色的。迎面是一扇中式屏风，屏风后面是宽敞的客厅，地板是黑白相间的方格图案。

"不用脱鞋。"玲王奈说道。

客厅里摆放着时髦的黑色桌椅和银白色的沙发。面向阳台的左侧墙壁有一个黑色的吧台，旁边是一台白色立式钢琴和一台大电视，再旁边是一面镜子墙。吧台对面的卫生间门也是黑色的。总之，全屋统一黑白色调，感觉像进入了一间品位不俗的咖啡馆或小舞厅。

但是客厅里没有文字处理机。

"文字处理机在哪里？"刑警立松问道。

玲王奈推开吧台旁边一扇同样漆成黑色的门，里面是与客厅风格迥异的女性卧室。屋内有蕾丝窗帘和原木色的家具，也有一面古董大镜子。如果客厅是美式风格，这间卧室就是欧式风情。

房间的角落有一张单人床，一条蕾丝帐幔从天花板一直垂落到床上，掀开蕾丝才能躺到床上，简直就是阿拉伯公主的卧室。床的对面是浴室。

"这里也可以穿鞋进入吗？"御手洗问道。

"可以。请进。"玲王奈说道。

紧贴着床头是一台看上去价格不菲的古风琴，上面有一排褪色的英文字母和花纹。这架古风琴已经伤痕累累，相当老旧了。

风琴上坐着一个旧洋娃娃，旁边立着一把旧吉他。一束干花从天花板垂下来。

在这个古色古香的房间里，只有一件东西是新的，那就是风琴上面的一台小型文字处理机。

"当时文字处理机是合上的，但还通着电。我打开，发现屏幕上有字，读了之后才知道是一封信，于是将它保存并打印出来了。"玲王奈说道。

"这个文字处理机一直放在这里吗？"御手洗问。

"不，我总是乱放，因为经常要用。有时放在桌子上，有时放在床上。"

"哦，放在床上。"丹下似乎想开个玩笑。

"是你把文字处理机放到风琴上的吗？还是写遗书的人放上去的？"

"是我放的，我去东京之前就把它放在这里了。"

"当时是插着电源的吗？"

"不，我记得是拔下来的。"

"这么说，电源是写遗书的人插上去的了？"

"从刚才起你就总是说'写遗书的人''写遗书的人',难道写遗书的并非卓先生吗?"立松问御手洗。

"不一定是卓先生,而且也不能肯定那就是一份遗书。我建议检查一下这台文字处理机、电源插座以及阳台上的指纹。"

"但是,恐怕只有这家人的指纹吧?"丹下不耐烦地说道。

"也许如此,但还是建议你调查一下。好了,现在去阳台看看。"御手洗说着,快步走了出去。

我没有立刻跟上,而是在松崎玲王奈的卧室里逗留。我边欣赏房间边感慨,原来我崇拜的大明星就是在这样的房间里独自生活的啊。

"玲王奈小姐在东京也有住房吗?"立松刑警问道,很明显只是想和玲王奈搭讪。

"有,在南青山。在东京没住处的话,工作起来很不方便。"玲王奈有些冷淡地回答道。

"确实如此。"立松回答。

阳台的玻璃门门锁是旋转式的,御手洗手上缠着一块手绢,打开门。他踏进阳台,鞋底发出"咔"的响声。我诧异地瞥了一眼,原来阳台地面铺着瓷砖,同样是黑白相间的方格图案。

"很暗吧?我这就开灯。"玲王奈说着,按下了墙上的开关。

阳台防护栏上白色的灯球亮了起来,头顶的日光灯也闪了闪。

阳台的防护栏并不是一般公寓阳台常见的那种金属栅栏,而是一面涂成白色的水泥防护墙。从外面看进来,阳台被遮掉一半。这简直就是为爱情片主人公设置的布景。

御手洗双手搭在白色水泥护栏上。越过他的肩膀,可以望见黑黝黝的藤棚汤澡堂,感觉近在咫尺。因为没有其他建筑物遮挡,阳台的视野相当开阔,还能看见澡堂烟囱高大的黑色轮廓。

远处是藤井家老屋的庭院,黑压压的,像片小树林。

洋楼的窗户透出温暖的灯光。一楼客厅亮着灯,看来牧野夫妇已经备好了晚餐。三楼只有一个房间亮着灯,可能是三幸在写家庭作业。二楼亮灯的应该是照夫的房间,藤井让的房间则一片漆黑。站在这个阳台,老屋人们的生活状态一览无余。这派景象对破解这个离奇死亡案件似乎有某种暗示。

在老屋的另一边,大楠树的黑色剪影像可怕的巨人静静矗立着。枝叶的缝隙中隐约可见远处的民居灯火,星星点点,像一把撒向夜空的光粉。但这里的灯火比我们在马车道家里的阳台上看到的要少得多,看来这里只能算是横滨的远郊了。

阳台外面景色不错,冷风拂面,带着植物淡淡的清香。玲王奈的住处和我们这些凡夫俗子的住处就是不一样,虽然说不上具体哪里不同,但仅是阳台外面的景色就有一种难以言喻的明星气质。

"好高啊,下面很暗。"御手洗越过水泥护栏向地面看去。

玲王奈站到御手洗旁边,两人并肩向下看。丹下和立松也站在那里。

"嗯,等一下!"丹下说道,"藤井卓是不是本来想从这里跳下去?"

"啊!"立松惊呼。

"但突然改变了主意,离开这里,去了老屋那边……"丹下继续说。

"这就是你说的那张翻倒的塑料躺椅吧?"御手洗问玲王奈。

阳台的角落有一张白色塑料椅,是游泳池边常见的那种躺椅。金属管的框架上,白色塑料胶带纵横交错地缠绕,人可以在上面伸直双腿躺着。

"就是这张椅子倒了吗？"

"对。"玲王奈回答。

"怎么倒的？能摆成当时的样子吗？"

御手洗说完，玲王奈把塑料躺椅搬到阳台中间，横着放倒。

"哦，现在这里除了这张塑料躺椅没有其他东西。当时也是这样吗？"

"当然。"

"你是什么时候回到这里发现椅子翻倒的？"

"我接到哥哥的死讯就立刻赶回来了。那是台风过后的第二天，九月二十二日。"

"就是在屋顶上发现遗体的当天吗？"

"对。"

"恕我冒昧，请问九月二十一日晚上十点左右你在哪里？"

"在南青山的公寓里。"

"有人能做证吗？"

"我一个人在家，没人做证。"

"是吗？好了，可以把椅子放回去了。台风造成其他损失了吗？"

"没有。这把椅子果然是风刮倒的吧？"

"这里有挡风的地方，这么矮的椅子没有理由会被刮倒，有可能是卓先生想自杀时不小心弄翻的。"

"啊，是的，一定是这样……"也许是想象到当时的场景，玲王奈咬了一下嘴唇，第一次露出悲伤的神情。

"阳台已经看过了，房间地上也没有发现掉落的钥匙……玲王奈小姐，现在能带我们去看看青铜鸡吗？"御手洗转过身，倚靠在阳台的护栏上，对身旁的玲王奈说。

"哦，糟糕，差点儿忘了。"玲王奈似乎突然想起来，慌忙离开护栏。那慌乱的样子令我感到意外。或许正如她自己所说的，她虽然外表沉稳，却不免有些粗心。

"这边请。"玲王奈说着回到室内，朝卧室对面的那扇门走去。原来那里还有一个房间。

"在这里。这是衣帽间和储藏室，有点儿乱……"玲王奈推开门。这个小房间有三张榻榻米① 大小，既没有窗户，也没有家具。玲王奈打开灯。首先映入眼帘的是墙壁上伸出的无数根金属杆，上面整整齐齐地挂满了五颜六色的服装。

衣服的数量惊人，简直就像时装店的仓库。地板上挨着墙角摆满了各式鞋子。房间里面还有一个人体模型和一面大镜子，应该是用来试穿衣服的。墙角堆放着几个纸箱和木箱。在这个华丽的小空间内，就连不起眼的箱子看上去也充满时尚感。不愧是明星的家，这视觉冲击让我的心怦怦直跳。

木地板中间铺着几张报纸，上面放着一块黑乎乎的大家伙，正是张开翅膀的青铜鸡。

"挺大啊。"丹下说。

我的第一印象也是如此。我一直以为能振翅的鸡是那种捧在手心的精致小物件，而眼前这个黑乎乎的东西恐怕用两只手都抱不过来。它像伟人的铜像一样气派，全身沾满泥，污秽不堪，青铜的颜色完全被掩盖了。

御手洗弯腰检查了一遍。青铜鸡两个伸展开的翅膀下各有一根细细的支柱，御手洗用手指触碰，羽翼就动了起来。

---

①一张榻榻米的传统尺寸是宽九十厘米、长一百八十厘米、厚五厘米，面积一点六二平方米。因为榻榻米的大小是固定的，所以传统的日本建筑中，房间边长都是九十厘米的整数倍。

两只翅膀随着御手洗右手的动作缓缓地上下扇动,断掉的脚踝处有一根金属棒也随之慢慢前后伸缩。

"原来如此,真有意思。"御手洗说,"虽然因为沾满泥巴,动作不够灵敏,不过只要把它拆开、清理锈迹和污垢、打磨部件并上机油,还是能让翅膀灵活扇动的。比起青铜鸡,问题更大的应该是那台操控它的机器。"

"为什么会从屋顶上消失呢?"我问道。

"瞧,这里有个断面。"御手洗指着青铜鸡的脚踝,"好像是被用力掰断的,断面很不整齐。经年累月,风吹日晒,青铜鸡本身也锈蚀变脆了。"

"是我哥卓弄的吗?"玲王奈问。

"应该是吧。"御手洗用他开玩笑惯用的轻快语气回答道。

"这么说来,应该有共犯。"丹下似乎把藤井卓说成了犯人。御手洗欲言又止。

"藤井卓爬上老屋的屋顶,是想偷走这只青铜鸡吗?"立松疑惑地问道。

"一个本来想从这个阳台跳楼自杀的人,会突然心血来潮爬到老屋的屋顶上偷东西吗?"我忍不住问道。

这种行为完全不可理喻。丹下可能也觉得说不通,沉默了一会儿,用仿佛是从肚子里发出的粗哑声音说道:"这一点暂且不谈。假设藤井卓想偷走这只青铜鸡,他肯定会搭梯子爬上屋顶,然后拽住青铜鸡猛地用力……"

丹下凑近青铜鸡,双手一左一右握住青铜鸡两边的翅膀。"就这样晃动,然后'啪'地拧下来,往屋下扔。下面得有人接应,所以需要两个人……"

"这样的话一个人也可以。没有必要往下扔,他自己抱着鸡,顺着梯子爬下来不就可以了吗？"玲王奈说道。

"我也这么认为。把这个又大又重的东西扔下去太危险了，下面的人根本接不住。"我说。

"嗯，也许吧。"丹下沉默了一会儿，接着说，"但不管怎样，爬上屋顶并骑在屋脊上死去的藤并卓可能正是去拿青铜鸡的。"

丹下说的可能性从一开始就存在，现在虽然找到了青铜鸡实物，但也算不上什么重大发现。

"但是，藤并卓为什么突然改变自杀的念头？不仅如此，他为什么会选择在暴风雨之夜爬上屋顶偷青铜鸡呢？想偷这个东西，什么时候都行，他为什么偏偏选在台风夜，又为什么死了呢？"御手洗说道，"疑点还有很多，这封遗书到底是不是卓先生写的还未可知，也就是说，还不能确定他是否真的想自杀。即使他的确意图跳楼自杀，也不一定要从这个阳台跳下去。最终卓先生死在老屋屋顶上，到底是自杀还是他杀还是个谜，因为目前连死因都不明不白。这样吧，商量一下如何？现在到楼下卓先生的灵堂去，你和郁子夫人谈话，引开她的注意力，我趁机打开棺盖检查卓先生的口腔，可以吗？"御手洗竟口出狂言。

"岂有此理！你又不是医生，我们怎么可能允许你这样做。"丹下怒不可遏。

"好吧，我早料到了。"御手洗只好作罢。

詹姆斯·培恩

1

我偶尔会和詹姆斯·培恩一起散步。有一段时间,不知道为什么,他不去绿树环绕、视野开阔的地方,而总喜欢去黄金町和日出町等运河边的贫民窟,要么就去逛古玩字画店。

黄金町距黑暗坡大约二十分钟的步行路程,从距离上看倒是很适合散步。但那时战乱才刚平息,就算在白天女性也不敢独自走入那片地区。那里到处是衣衫褴褛的流浪汉,倒街卧巷,忍受着伤病和饥饿的折磨,奄奄一息。甚至有些人早就死了,但没人为他们收尸。那些尸体因腐烂而爬满蛆虫,有的甚至被丢进运河,肚子鼓得像气球,一直在水面上漂着。

当然,除了那些虚弱濒死的流浪汉,町上也有不少健全人,但他们不是瘾君子就是酒鬼。注射了兴奋剂的瘾君子往往目光呆滞、胡言乱语,一眼就能分辨出来。

运河沿岸的荒野几乎都被火烧过,已成废墟,搭着密密麻麻的破棚屋。稍有一小块地空出来,就立刻有人在上面烧柴火,架起一个黑漆漆的脏锅煮东西吃。周围的瓦砾堆上坐满了等着开饭的女人和小孩,身上都很脏。

如果是现在,小孩应该会唱一两首歌,可那时我从未听过这些小孩唱歌,唱歌的都是些醉鬼。

被火烧过的贫民窟散发出一股泥土的焦臭味,还夹杂着醉鬼呕吐物的烂柿子味。那是一种贫病交加的恶臭,也是战败者的味道。每当和詹姆斯·培恩走进这个街区,我都对此有切身的感受。

那时的我总是天真地认为战争是男人发动的，空地角落里默默忍受饥饿与贫穷的女人只是单方面的受害者，而我和她们一样，也是受害女性中的一员。

然而，这些可悲的女人成了我最大的威胁。不知为何，这里大白天也有很多打扮得花枝招展的站街女。每当我路过，她们就会恶狠狠地瞪着我，直到我从她们的视野中消失。幸好培恩在场，否则我非被她们吃了不可。

但是就算培恩在旁边，她们也时常对我破口大骂，骂累了就像疯子一样尖声狂笑，全身颤抖，眼泪横飞。她们这样对我，仅仅是眼红我衣着体面。每当这时，我都会为女人这种生物感到悲哀，心情也会变得更加沉重。

我实在无法理解培恩为什么会喜欢来这种地方，这里对他来说同样危机四伏。作为战胜国的公民，他很容易成为这些贫民发泄积愤的对象。事实上，他曾被一群一言不发、面目狰狞的人围堵过。我当时害怕极了，因为他们凶神恶煞的，眼看着就要对我们动手了。培恩却临危不惧，至少外表上没有表现出丝毫胆怯。英国人在这里总是昂首挺胸，底气十足。

有一次我问培恩为什么喜欢流连于此。他回答说："我是教育家，有必要了解社会底层的生存状态。"

他的回答使我深受感动，发自内心佩服这位了不起的教育家。

不过，他能维持这样的体面其实是有原因的。他经常给这里的穷人撒钱，还会将罐头和火腿拿来施舍给卧床不起的病人。在漆黑的棚户深处，得到施舍的病人会挣扎着坐起，像遇见活菩萨一样对培恩双手合十，感激涕零。

看到这一幕，我总是百感交集，既感到心酸，同时因自豪而心潮澎湃。

詹姆斯·培恩最关心的莫过于孩子。他的口袋里总是塞满巧克力和糖果,是为那些贫民窟的孩子准备的。孩子们一看到他就会蜂拥而至。

我一直想不通,培恩为什么会喜欢这里的孩子。棚户区的孩子并不可爱。他们的眼睛贼溜溜的,眼神总是很狡猾。有糖果吃的时候还算老实,一旦没东西吃,他们就会惦记你身上值钱的东西。有的孩子还用下流的脏话骂我,大概是从站街女那里学的。

有些坏孩子会串通好一起偷钱。他们会笑嘻嘻地接近我们,然后用手戳培恩的口袋,从声音判断里面有没有硬币。一听到声响,他们就会伺机将脏手伸进口袋里硬抢。

即使是这样,培恩也从不生气,最多只会笑眯眯地说:"真拿孩子们没办法。"难道英国的绅士都这样吗?我甚至怀疑培恩生来就缺乏愤怒这种感情。

还有一件事令我耿耿于怀。遇到人群拥挤的时候,培恩不会用英语或日语说"对不起""请让一下"之类的话,而是理直气壮地将手杖插进人群中央,左右为自己拨开一条路。

毫无疑问,他没把对方当人,而是当成动物了。作为日本人,我的自尊心受到了伤害。虽然我很快就习惯了他的做法,但内心还是无法接受。这不就是殖民者与生俱来的做派吗?

走过贫民窟,来到街上,听到附近商店传来播放唱片的声音时,我才能暗暗松一口气。

但是,这种地方也有小坏蛋。他们看见我穿着干净的衣服,就会用竹竿把路边的泥水挑向我,还会朝我的脑袋扔小石头,或者直接伸手抢我身上的东西。

我时常感慨这些日本小孩和培恩学校的外国小孩差距巨大,

担心培恩会讨厌日本孩子。但有一次，培恩向一个身上很脏的小女孩施舍完零钱后，竟笑眯眯地对我说："瞧这孩子长得多漂亮啊，像个日本人偶。如果给她洗个澡，再帮她擦去身上的泥垢，一定可爱极了。"

2

两名刑警走了。我们和让围着餐桌吃晚餐时，问起了藤井八千代的伤势。

"恢复意识了。"让和照夫异口同声地回答道。似乎他们又是两个人一起去的医院。

"勉强能站起来，拄着拐杖的话可以迈开步子了。"照夫接着说道。

"那太好了。能开口说话了吗？"我问道。

"还不行，但可以进行简单的笔谈。"让回答道。

看来八千代正在逐步康复。

晚餐后，御手洗向牧野夫妇了解詹姆斯·培恩的为人。夫妇二人似乎仍未忘怀培恩校长的照顾，对他赞不绝口，夸他彬彬有礼、善解人意、信守承诺。

他们说，培恩虽然是战胜国的公民，却毫无骄奢之气，尤其尊重日本文化，对日本人很友好。牧野夫妇的话虽然有恭维的成分，但应该大致符合培恩本人的形象。

他们还说，培恩散步时经常光顾牧野照相馆。他们会拿出照相馆收藏的老照片给他看，培恩还从中挑选了几张照片要求加洗出来。虽然培恩一句日语也不会说，但是人很聪明，不需要翻译也能大致听懂他们的话。

牧野记得培恩还问过他黑暗坡地名的由来。事实上,黑暗坡的"黑暗"并不是一般人认为的"夜色黑暗"的意思。牧野解释说,他小时候听父亲和祖父讲过,日语中的"黑暗"和"鞍止"发音相似,是停马的意思。

传说在很久以前,黑暗坡一带是眺望大海的绝佳高地。镰仓幕府第一代将军源赖朝策马途经此地,被此地的美景深深吸引,不由得停下马,流连忘返,此地因此得名"鞍止坡"。因为日语的"鞍止"与"黑暗"谐音,久而久之,"鞍止坡"就变成了"黑暗坡"。牧野说,他小时候曾因将"鞍止坡"写成"黑暗坡"而遭到父亲的训斥。培恩问起"黑暗坡"的由来时,牧野曾向他提起过这些儿时往事。

晚餐后,御手洗仍把自己关在培恩的书房里,继续与书山"搏斗"。培恩喜欢在书页的留白处写字,有的书甚至从扉页一直写到封底,稍不留神就有可能错过重要线索。

玲王奈和三幸喜欢跟在御手洗的屁股后面。如果不是藤并让制止,醉鬼千夏也准备跟进书房。

在这些女人心目中,侦探实在是个稀有物种。她们见到御手洗,就如同狂热的海洋生物学家发现珍贵的海星品种。

御手洗显然对此感到困扰,但也许是考虑到可以得到更多詹姆斯·培恩的信息,他唯独不排斥玲王奈。

"喂,御手洗。"我对趴在地上看书的朋友说道。

"嗯?"他似乎有些不耐烦。

"我有很多疑问,请你解答一下吧。

"大楠树里的四个死者是谁?明明那个树洞连个头颅都塞不进去,四具尸骸是怎么进到树里的?难道真是被大楠树吞进去的吗?藤并卓在屋顶上是自然死亡还是他杀。如果是他杀,那么凶手又是谁？还有，八千代为什么会受重伤，到底被谁袭击了？你不解释一下的话，问题太多我会容易忘，到时候什么也写不出来了。"

"把你的小本子掏出来记。"御手洗语气生硬，"关于那四个死者的身份，不是已经拜托丹下他们去查了吗？一两天内应该就有结果了。但是想知道她们的具体姓名和住址，我看还是死心吧。"

"但是，就像你今天说的，这些事件之间真的有关联吗？"

"真啰唆啊……"御手洗终于从地上爬了起来，盘腿坐在地毯上，"当然有关联。"

"凶手是同一个人吗？树洞里的四个小孩、藤井卓、八千代，甚至包括昭和十六年的那名小女孩，是同一个人干的吗？"

"没看我正在调查吗？目前还不能确定，但是我认为这种可能性很大。"

如果是这样，那果然是大楠树干的。凶手除了它还能有谁？

但是，胶水又该怎么解释？头骨上的头发是用胶水粘上去的，大楠树不可能做到这一点。

我转念又想，不，说不定那不是胶水。因为头发是用胶水粘的，所以被认定是人类所为。但会不会大楠树的树脂本身就含有某种黏合剂成分？说不定是尸体在树干里的时候，因为树脂的黏性，头发和头骨才偶然粘在一起，而这种自然的粘连现象被误认为是人为的。我认为这种可能性很大。

夜已深，三幸说明天还得早起上学，于是回自己的房间去了。我也累得眼皮直打架，但没接到御手洗的圣旨又不敢去睡觉。如果我把他扔在这里，自己跑去睡觉，肯定会惹得他龙颜不悦，所以只好舍命陪君子了。我困得力不能支，只好横倚在沙发上。

玲王奈也一直没走,坐在沙发的角落默默念着什么,应该是剧本,可能是 DJ 或电影的台词。她在一边默读一边记住台词。

"玲王奈小姐。"沉默了几个小时之后,御手洗突然开口。

"嗯?"玲王奈应了一声,似乎被吓了一跳。

御手洗推着大书桌旁那张带脚轮的大转椅,小心翼翼地绕过书山,来到玲王奈面前,坐了下来。经过几个小时的奋战,检查书籍和培恩先生留在空白处的潦草笔记,御手洗似乎有所发现。他的双眼因疲劳而充血,却炯炯有神。

他一定是发现了什么。我立刻从沙发上坐了起来。

"玲王奈小姐,能谈谈你对培恩先生的印象吗?"御手洗说道。

"说不上什么具体的印象,因为我懂事的时候父亲已经不在了。"

"那就说说他在你记忆中的印象吧。"

"他给我留下的印象就是有条不紊,严于律己,是个天生的教育家。他衣着讲究,身材高大,形容端正,而且偏爱日本人。母亲和周围的人都是这么告诉我的。"

"原来如此。那你自己对他有什么不同的看法吗?"

"没有,他确实是那样的人。他的生活作息就像时钟一样规律,起床时间、散步时间,星期一吃什么、星期二吃什么,每星期的菜色都是固定的。母亲经常说,附近的人都是看着父亲的散步时间来调时钟的。"

"那岂不成机器人了?"

"父亲就是那样的一个人,可能那就是他的道德准则吧。他不吸烟,不喝酒,更不涉足风月场所,一门心思全部放在读书、教育和东方美术的鉴赏与收藏上。"

"是个异常认真的人啊。"

"是的。"

"你尊敬你的父亲吗?"

"嗯……母亲和周围的人都是这么说的。"

"记忆中,你和父亲说过话吗?"

"说过,不过那是很久以前的事了,当时我还是个孩子,对话的内容已经忘了……"

"一点儿都想不起来了吗?"

"似乎是关于院子里的植物。他说日本的土地很肥沃,所以可以开出各种各样的花,大概是这一类的吧。"

"提到后院的大楠树了吗?"

"他说那是个怪物。"

"怪物?"

"对,他说大楠树受伤了会流血,是棵可怕的树。我记得他这么说过。"

"用日语说的吗?"

"不,是用英语说的。父亲完全不会说日语。"

"也听不懂吗?"

"不,能听懂,只是不说。"

"是吗?他热爱日本文化和艺术,对日本人十分友好,却一句日语也不说?"

"是的……也许是因为父亲的偏执吧。侦探先生,你到底想说什么?"

"我在想,培恩先生到底对日本的什么最感兴趣。假设我们去法国,想学习法国文化,首先要学的应该是法语吧?"

"话虽如此,但是每个人对学问的态度不一样。"

"是吗？如果想学习某个国家的文化，就应该毫无偏见地熟悉这个国家的语言。培恩先生是位教育家，应该比常人更懂得这样的道理。"

"我觉得你的看法有失偏颇。我并不认为父亲对日本人有什么偏见或优越感。"玲王奈说道。

御手洗盯着她看了一会儿。

"培恩先生热爱日本文化，而你同样爱你的父亲，对吗？"

"这我不知道，但是有谁愿意听别人说自己父亲的坏话呢？"

"那就看你的自尊心有多强以及你有多自恋了。这正是我想知道的。"

玲王奈一时语塞，睁大了眼睛，御手洗的话似乎让她摸不着头脑。

"不是在说我父亲吗……"

御手洗沉默着。

"你可真是个怪人，像你这样的人我还是第一次见。"

"行李箱里的日记本中并没有什么奇怪的记录，但是在这海量的书籍空白处，我发现了许多意味深长的笔记。"御手洗指着堆在地毯上的几本书说道，"比如，这里有向熟悉的英国商家订购一公斤水银的记录。他订购水银干什么呢？"

"可能是学校的化学实验需要吧？"

"这种东西需要校长亲自订购吗？而且在日本完全可以买到，为什么要特地在英国订购呢？"

"为什么不能在英国订购？"

"也不是不能，只是这恐怕说明他对日本的家人和学校有所隐瞒。事实上，你确实完全不知道这回事。你听说过苏格兰的少女诱拐之屋吗？"

"没听说过。那是什么?"

"培恩先生的老家有这么一个小屋,美丽的少女被诱拐到小屋里。培恩先生写了这样一个既非小说又非童话的离奇故事。"

"是吗?那只不过是父亲虚构的吧,我认为和这次的事件没有关系。"

"但愿没关系,但是事实是否如此,我也无法保证。好了,石冈,明天我要去一趟英国,你愿意跟我一起去吗?"

"什么?你要去哪儿?"我着实被吓得不轻,张大了嘴巴问道。

"苏格兰。快点儿准备吧。"

"喂,你没搞错吧?要出国吗?"

说出来不怕读者笑话,我长这么大还没踏出过国门一步。

御手洗不耐烦地咂咂嘴,拽起我的左手腕,把我从沙发上拉了起来。

"对,远行的准备要耗费很多时间。现在就回马车道的公寓打点行装。"

"但是,那可是英国,这么匆匆忙忙……"

"没错,只是去一趟英国,又不是上月球,只是四五天的旅行而已。我早就想到会有这一天,所以上个月叫你去办了护照,这就派上用场了。"

"但是,你突然说要出发,我一点儿心理准备都没有……"我陷入慌乱之中。

"心理准备等上了飞机再说吧,毕竟要坐十几个小时飞机呢。"

"等一下!"玲王奈的声音突然变得异常严厉,"侦探先生,你闹够了吗?"

御手洗转向玲王奈,睡眼惺忪地看着她。

"我还是不明白。谁给你那么大的权利擅自闯入我家?"

"呃……"御手洗看起来有些为难,"你的意思是,要我们终止调查吗?"

"对,到此为止。"玲王奈斩钉截铁地说。

"这可真是一个大胆的想法。发现了这么多尸体,你却要我们终止调查,是这个意思吗?"

这对御手洗来讲恐怕是个巨大的打击。我的这位朋友近年来还不曾接手过这么有意思的案件。

"无论如何,调查到此为止。"

"为了维护令尊的名誉吗?还是为了保护自己的声誉?总之……"

"我不想和你争论。"玲王奈言辞激烈地反驳道,"除非你们带我去苏格兰,否则调查到此为止。"

一片沉默。

"怎么样?侦探先生,做个交易吧。或者你拒绝我,然后接着调查外遇之类的案件。"玲王奈突然莞尔一笑。

"看来你对侦探的工作产生了兴趣。难道打算辞掉演员的工作,转行当女侦探吗?"

一听这话,玲王奈立刻瞪圆了眼睛,用高亢的声音说道:"女侦探!真是个绝妙的主意!"

"我可不建议你这么干。像这样有趣的案子可谓凤毛麟角,不调查外遇的话,恐怕每天都要无聊死了。"

"那也没关系,反正艺人的工作也很无聊。喂,行不行啊?"

"那你的工作怎么办?"

"请假一周没问题的。我早就想去父亲的故乡看看了,说不定还能在那里见到他呢。"

"真的吗?"

"嗯?"

"真的能请一周的假?"

"真的。"

"那好,明天一早,请把这本书里贴着便笺的书页全部复印下来。"

"啊,复印?这么多?"

"不愿意就算了,那就不去苏格兰了。"

"啊?我可以去吗?"

"为了这个千载难逢的案件,我豁出去了。"御手洗愁眉苦脸地说。而此时,我的心早已飞往苏格兰。

墙里的克拉拉

1

我和御手洗因为最近没看电视和报纸,所以不太了解天气状况,正担心会不会遇到坏天气时,台风真的来了。

虽然这次的台风雨势不算太大,但狂风裹挟着雨水下个不停,我们等到第三天才终于在成田机场登上了去往英国的波音飞机。

老实说,这是我第一次出国,也是有生以来第一次坐飞机。由于过度紧张,从坐上去机场的电车开始我的神经就一直处于极度紧绷状态,以至于被御手洗调侃一路也没有注意到。这种糗事与本书的内容无关,就暂且不提了,说出来怕各位笑破肚皮。

我们坐经济舱,而玲王奈坐头等舱。她邀请我们一起去坐头等舱,御手洗则说喜欢经济舱,直接拒绝了。

我一直以为经济舱是类似渡轮船底的通铺席一样的东西,但事实完全出乎意料。原来经济舱也这么豪华,可以戴上耳机听音乐,前排座椅的后背上还有屏幕可以看电影。

"哎呀,这下好了,趁着跋扈的小娘子不在,我们可以慢慢聊天。石冈,现在可以把椅背调低,好好放松一下。"御手洗说道。

对我来讲,最紧张的飞机起飞的一刹那已经过去了,安全带指示灯和禁烟灯也灭了。我对所见的一切都感到新奇,当空姐把果汁饮料和香槟端到面前时,我一下子不知所措,连话都说不清楚。这就是所谓的文化冲击吧?

"这次的案子跟以往的案子完全不同,案情相当错综复杂,所以我打算放弃一贯在最后揭晓谜底的做法。在飞机到达盖特威克机场之前,我会将目前了解到的情况大致梳理一下,你负责记录下来……喂,石冈,听见了吗?你没事吧?"

"没、没事。飞机怎么不摇晃?"

"飞机和公共汽车不一样。如果气流稳定,飞机比其他交通工具都要平稳,乘客可以在飞机上写字,甚至可以打台球。"

"这些事你都做过吗?"

"做过好几次呢。但是有一次飞越莫斯科上空时遇到了乱流,相当可怕,飞机猛地下降了几百米,小桌板上的纸杯都飞上去撞到天花板了。"

"喂,你别吓唬我。"

"但愿今天不会遇到乱流。第一次坐飞机就遇上乱流的话,我敢保证你以后再也不敢坐飞机了。那样的话,你就只能坐船了。"

"可是我晕船。"

"你真应该出生在闭关锁国的年代。那样的话,无论多么离奇古怪的案子,嫌疑人只能是日本人,就不用像今天这样飞到地球的另一端去调查了。"

"有道理,英国也太远了。我到现在还不相信自己已经在空中了。外面的天空怎么一直艳阳高照啊?"

"那是因为云层的上面不会下雨。一九八四年九月二十六日,对你来说是个值得纪念的日子。石冈和己,第一次坐飞机,第一次漂洋过海踏上异国他乡的土地。当然,前提是飞机不坠毁的话。"

"别说晦气的话!"我气急败坏地说道,心头涌上恐惧,"那么,我们到底去英国干什么?"

"不是英国,是苏格兰。现在英格兰和苏格兰是联合王国,伊丽莎白女王每年夏天都会去爱丁堡避暑。但是英国人、苏格兰人和爱尔兰人都认为自己是不同国家的人。对于这一点,玲王奈大小姐似乎也没有概念。"

"那我们去苏格兰干什么?"我问道。之前一直在忙着收拾行李,根本没时间问这个问题。

"詹姆斯·培恩的出生地是位于苏格兰的因弗内斯郊外尼斯湖畔的弗塞斯村。他的书房里有一篇奇怪的文章就是关于那里的。"

"奇怪的文章?"

"没错,有可能是虚构的,但到底是虚构的小说还是一个疯子的回忆录,我很好奇。"

"难道不是小说吗?"

"不好说。藤并家后院的大楠树里出现了那么多白骨,我现在完全没有自信下结论。玲王奈小姐似乎很尊敬父亲,因为人们不断对她心中仅存的一丝父亲的形象加以美化。所以,这种话尤其不能在她面前讲,但我认为培恩先生并不是大家认为的那种品行端正、道德高尚的天生教育家。他绝不是一个会让你的读者打哈欠的人物。"

"那他是什么样的?"

"他是双重人格的分离性身份识别障碍患者。"

"双重人格?"

"没错。就像'杰基尔和海德'[①]一样,为了隐藏极其凶残的内心而表现出与之截然不同的性格,这就是双重人格。"

[①]杰基尔和海德,十九世纪英国作家罗伯特·路易斯·史蒂文森在长篇小说《化身博士》中塑造的文学史上首位双重人格形象,后来"杰基尔和海德"(Jekyll and Hyde)一词成为心理学中双重人格的代称。

"你的意思是,后院那棵大楠树里的白骨是培恩干的?"

"目前虽无法断定,但这个可能性极大。"

"这么说和大楠树本身无关?那不是一棵食人树吗?"

"那只是表面现象而已,其实和树没有关系。"

"是吗……"我不能接受这个解释。我想御手洗这次一定是弄错了。

"我还是无法理解。首先,大楠树上并没有可以塞进四具儿童尸体,不,应该说是让这四具尸体通过的空洞。"

"嗯。"御手洗点了点头。

"第二,第一个案子,也就是吊死在大楠树下的少女惨死案发生在昭和十六年,是在战前。那时候培恩还没有来到日本吧?"

御手洗看着我,满意地点了点头。

"真不错,石冈,你的进步很大。你说的这两个问题的确是难点。但我认为第一个问题并非完全无法解释。"

"怎么解释?"

"现在证据不足,无可奉告。"

"你是说苏格兰有证据吗?"

"一定有能判断培恩是不是凶手的决定性证据。"

"是什么?"

"在弗塞斯村,离村庄不远的山腰处,培恩的父亲建造了一个防空避难所。"

"防空避难所?"

"对,这是我对他写在书页空白处的大量笔记进行综合分析后得出的结论。防空避难所的外墙砌了三层砖,内墙涂了厚厚的水泥,是一个完全没有窗户的像骰子一样的正方形建筑。"

"防空避难所?躲避谁的袭击?"

"纳粹德国。"

"我只听说过伦敦遭到空袭，苏格兰也遭到了空袭吗？"

"不，但是培恩的父亲是个未雨绸缪之人，他认为位于北边的苏格兰迟早会遭到空袭，因为希特勒的最终目标是要征服英国列岛。"

"哦？"

"当年，伦敦遭遇了越来越猛烈的空袭，纳粹德国还使用了新式武器V-1导弹。你应该知道，那是堪称最早的洲际弹道导弹，从德国本土发射的V-1导弹，能直接打到伦敦。

"不过，因为V-1导弹的速度和当时的战斗机差不多，所以很容易被技术高超的炮手击落。

"很快，V-2弹道导弹登场了。这是一种超音速导弹，战斗机根本拿它没办法，伦敦的市民只好乖乖躲在防空洞里祈求上帝保佑。

"老培恩先生得知这个情报后，担心V-2导弹有朝一日也会打到苏格兰。现在的我们知道这段历史的前因后果，所以会认为老培恩先生是在杞人忧天，但对当时的苏格兰人来说，建造防空避难所可谓是一个极好的想法。事实上，希特勒的确想过袭击苏格兰，但V-2导弹出现得太晚。如果他在进攻波兰前就拥有V-2导弹，那么纳粹德国无须动用地面部队就能侵吞周边国家，美国就可能错失参战良机了。

"总之，出于这个考虑，老培恩先生在附近的山里建造了这样一个巨大的防空设施。他年轻时曾学过建筑，所以从设计到施工都由自己完成。"

"嗯。"

"防空避难所里还贮藏了粮食、武器和水，一旦炮弹袭来，这些物资足够让避难所里的人支撑好几天。但是，因为建在山里，所以避难所没有水电，卫生间也只能设在外面。"

"简直就是个营帐啊。"

"嗯，像个石砌的营帐。但历史并不会按照希特勒的想法发展。纳粹德国投降，希特勒自杀，位于丘陵地带的这个能俯瞰尼斯湖的防空避难所也就成了无用之物。"

"这个避难所现在还在吗？"

"我想肯定在，这次正是要去看一看。

"据说当时老培恩先生已经年迈，防空避难所工程的收尾工作是由培恩完成的。他把开在伦敦近郊的军需物资公司委托给他人管理，在第二次世界大战期间，一个人待在苏格兰把这个奇怪的避难所建好了。"

"哦？"

"培恩将这件事以自述的形式记录了下来，在他的日记中零散可见。我先重温了相关历史，仔细研究了培恩那些潦草的书间笔记，最后还发现这样一篇似诗非诗、似散文非散文的奇文。"

御手洗说着，从包里拿出玲王奈复印的资料，右上角用夹子夹住。御手洗一页一页地翻找。

"就是这个。不知道是苏格兰人特有的习惯还是他的个人风格，总之他用英国人都无法辨认的极其怪异的字体写了一篇奇怪的文章。"御手洗边用指甲敲资料边说。

2

文章的内容是这样的：

"哦，克拉拉，你的表情多么可爱！那悲伤的微笑，那歪着的小脑袋,还有专心听我说话的神态。你那绿色的眼眸,就像晴空下尼斯湖的湖水。

"我看见湖底的石头,又黑又圆。那就是我,我的心沉没在你的眼眸深处。

"你那如同金丝般纤细的睫毛缓缓垂下,神秘的湖水就被遮盖。

"你那金色的卷发真是迷人。你非凡人。你是上帝精心制作的人偶。所以你不能长大,不能变成女人。否则,你眼眸中碧绿的湖水就会消失。那深绿的湖底,到底隐藏着什么?

"你不知道,你完全不知道自己的存在有多神奇。你绿色的眼眸深处隐藏着一颗宝石。那是当初上帝创造你时偷偷埋下的。

"让我将它捞出吧。我不知道那是美丽的王冠,还是可怕的魔鬼,但在我揭开这个秘密之前,你千万不要长大。

"正如你永远仰慕我一样,我也要让你永远保持神秘。用我这双手。

"我要亲吻你,探寻你幼小身体的秘密。我要剖开你的肚腹,取出你的骨头,用手指探测你的内脏。我要仔细探寻你可爱的小嘴深处、喉管深处、耳朵深处,所有的所有,我都要看。我要知道你身体的所有秘密,因为你的可爱是无价之宝。

"我终于在诱拐之屋解开了你所有的秘密。在幽暗的灯光下,把你娇小美丽的身体切成细小的碎片。

"但我最想要的,是隐藏在金色睫毛下的碧绿宝石。我举起小刀,缓缓掘出宝石,将它放在手心,轻轻翻动,亲它,用舌头舔它。

"太美妙了!眼底下,透过山毛榉的缝隙,尼斯湖狭长的水面像一把银色的镰刀,闪闪发光。但那不过是月光的鬼把戏。

"比起那湖水,你这颗小小的宝石才充满无穷的神秘感,令我心潮澎湃。

"多美啊!我把两颗宝石捧在手心,开心得跳起了踢踏舞。

"然后,我把你小小的尸体砌在诱拐之屋北面的墙里,涂上厚厚的水泥。这样,你就是我一人的专属了,直到永远。"

英国纪行

1

御手洗把这既不像诗歌也不像小说的可怕文章翻译成日语讲给我听，我汗毛直竖，浑身起鸡皮疙瘩。

"这里所说的诱拐之屋，毫无疑问就是培恩父亲设计的位于弗塞斯村的防空避难所。这些内容究竟是培恩的幻想还是事实，去一趟弗塞斯，凿开避难所一楼的北墙就知道了。在我看来，这篇文章所言非虚的可能性相当高。

"培恩在自己的国家不敢写这种危险的文章，到了遥远的东方才敢在书籍的余白处写下来，还使用了这种难以辨认的字体。

"精神变态的罪犯，在竭力掩盖自己残忍罪行的同时，又会想方设法让罪行巧妙地暴露出来，心理学上称之为倒错两面性。驱使他们冲动的通常就是这种两面性的刺激。没错，因为两面的反差过大，这样的人在无聊的日常生活中无法安分守己，总是坐立不安。就像画家希望在画廊里展示自己的作品一样，他们期盼有人能发现他们离经叛道的作品，期待得到超越道德框架的评价。我想无论是这篇文章，还是那首暗号音乐，性质都差不多。"

"哦……原来是这样……"我惊呆了。

"如果在苏格兰防空避难所的北墙里真的找到克拉拉的尸体，即使你再不愿相信，到时候也证据确凿了。"

"嗯……"

"如果在他日本和苏格兰的住处中分别发现日本和英国的少女尸体，对整个案子来说将具有决定性意义。"

"但是，难道杀死藤井卓的也是培恩吗？他又偷偷回到日本了？"

御手洗点了点头。

"他为什么要杀死亲生儿子？而且……难道八千代不是他曾经爱过的妻子吗？"我问道。

"如果培恩一直待在弗塞斯村，就可以摆脱嫌疑。无论如何，去一趟苏格兰非常必要。"御手洗说。

此时我的内心闪过一种猜测：说不定八千代和藤井卓知道了培恩的秘密。藤井卓不是在调查老屋的秘密吗？说不定他们知道了些什么，因此被灭口了……

2

飞机在盖特威克国际机场着陆的瞬间，我的紧张也达到了顶点。有生以来第一次踏出国门，透过飞机的舷窗，我看到了黎明前的异国风光。在寒冷的滑行道上默默工作的英国人，似乎在无声地拒绝我这个外来者。

我解开安全带，战战兢兢地走下舷梯，进入机场大厅。

"你们好，昨晚睡得好吗？"玲王奈出现了。习惯旅行的她看上去既不疲劳也不紧张，而我只能无力地朝她微微一笑，连说话的力气都没有。实际上，在飞机上我几乎没合眼。我没有调整手表的时间，表针停在日本时间深夜两点时，飞机的舷窗外依然骄阳似火；到达英国时，日本时间已经接近傍晚时分，这边却是早上七点，清晨的寒意未退。

机场大厅冷冷清清，几乎看不到人影。作为刚到这里的日本人，我体内的生物钟显现出下午的征兆，这是我第一次体验到时差的感觉。

过海关对我来说简直是人生屈指可数的重大考验。我们排着队,轮流被叫到格子间,在海关官员面前接受入境理由的询问。御手洗和玲王奈早已习惯海外旅行,能够游刃有余地和工作人员谈笑风生,但对我来说是完全未知的体验。马上就要轮到我了,我的心几乎提到了嗓子眼。

御手洗趴在我耳边悄悄说:"没关系,你只要说'斯艾特西英古'[①]就能顺利通过。"但是很不幸,事情远没有那么简单。我面前的海关官员一口气说了一长串英语,我当然一点儿也听不懂,只好不断重复"斯艾特西英古""斯艾特西英古"。但无论我重复多少遍,都仿佛鸡同鸭讲。我只能眼巴巴地看着御手洗和玲王奈快速穿过格子间,通过海关。

那该死的五分钟简直比一个小时还要漫长。那位官员最后似乎也没办法,只好耸了耸肩放我过去,而我全身早已被汗水浸透。这个痛苦的经历使我暗下决心,以后再也不出国了。一直向往的英国之旅,给我的第一印象却是一塌糊涂。

玲王奈和御手洗在机场用日元兑换了英镑,在空无一人的自助餐厅买了三明治当早餐。接着,我们乘坐机场巴士到火车站换乘火车前往伦敦。从这里到苏格兰还有一段漫长的列车旅行。

列车在大地上飞驰。窗外苍茫的夜色已经破晓,下起了毛毛细雨,平添几分寒意。车窗外的景象和日本的完全不同,褐色的古老石街从窗外飞驰而过。在这里,哪怕是极简陋的房子也如油画般美妙。黑漆漆的石墙上没有低俗的广告牌,轻柔的雨雾缓缓落在家家户户的屋檐上。眼前的美景令人惊叹,过海关时暗下的

[①]模拟 sightseeing 的发音,意为观光旅行。

决心瞬间被抛之脑后，我开始由衷地庆幸参与这次美好的旅行。

在因睡眠不足而昏昏沉沉的脑海中，无论是绿色中点缀着房屋的田园风景，还是伦敦市区一幢幢拔地而起的高楼，都是我未曾见过的梦幻般美丽的景象，是梦是画我已然分不清了。

"石冈先生是第一次来英国吧？"玲王奈问我。

我不情愿地点了点头。我知道就算瞒过一时也迟早会露馅，只好直言相告："别说英国了，这是我第一次离开日本。"

老实说，这也是我第一次坐飞机、第一次和女明星一起出行。太多的第一次使我的脑袋至今依然处于茫然的状态。

"别担心，我也是第一次到英国的乡巴佬。"玲王奈说道。

"什么？"我很惊讶，她的样子完全看不出来。

"我虽然经常出国，但主要是去美国。欧洲的话，法国去过四次，意大利两次，西班牙、荷兰、比利时、匈牙利和奥地利各一次，德国三次，就这些。以前就一直想来英国，但总是没机会，今天终于如愿以偿了。御手洗先生呢？"

"我在伦敦住过一段时间。"

"这么说你一定很熟悉伦敦了。现在看来，欧洲各国都大同小异，感觉比日本还要像乡下。"玲王奈说道。

虽然玲王奈说她第一次来英国，但之前毕竟去过那么多国家。而我还是第一次踏出国门，甚至第一次见到这么多外国人。

我发现，御手洗和玲王奈这两个在本国格格不入的人，来到国外却异常地融入。玲王奈有一副外国人的长相，自不必说，就连御手洗看起来也很像外国人，这点令我很惊讶。

这个在日本经常显得头脑古怪的友人，到了国外却看上去落落大方，和周围的人没什么两样，似乎这里才是他应该生活的地方。

"不知道能不能见到父亲。我从六岁开始就盼着这一天。"玲王奈说道。

我们在某个车站换乘列车,站名已经完全记不清了,我只知道一个劲儿地跟紧御手洗,生怕一不留神走丢了。

英国的列车门很有意思,不是自动门,要由站台上的乘客自己开门上车。当要下车的时候,我才发现门的内侧没有把手,只能打开车窗,把手伸出窗外,从外面把门打开。据说这是因为以前列车到站时,站台上有乘务员负责开门。现在系统变了,列车换了,但这种地方还是老样子。这就是英国。

列车一直北上。离开市中心后,满眼又是诗情画意的田园风光。凝视窗外,令人陶醉。我把额头贴在窗户上,久久地望着迷人的景色,竟忘记了时间的流逝,英国的风景真是美妙绝伦。

早有耳闻英国的田园风光如诗如画,没想到竟美到这种程度。其实,日本也有过这样的美好风景,但现在已经彻底变了,固然变新潮了,却变得很俗气,不适合透过列车的车窗眺望。

而英国的郊区景致从福尔摩斯时代开始就几乎没有变过。这里地势平坦,远处没有山峦,如高尔夫球场般绿色的绒毯连绵起伏,一直延伸至遥远的地平线上。

近处则是如玩具般精致的农舍,有石砌的,也有木屋。窗框无一例外都涂成了白色,成了画卷的点睛之笔。

家家户户门前都停着一辆小汽车,栽种着两三棵树,没有电线杆,更没有广告牌。眼前风景色调偏冷,就像北方特有的凛冽空气,清澈透明。

有时列车会经过一条与铁道平行的稍有起伏的公路,路上汽车极少,看来这里不会堵车。即使是伦敦市中心,交通状况也不过如此,完全没有东京那种杀气腾腾的堵车现场。

一路北上，与东京周边相比，英国确实更像乡村，车少人稀，现代化高楼也少得可怜。虽是乡村，城里人在这里却无法保持优越感。因为这不是一个普通的乡村，它伟大、美丽而又安详，守护着一切值得守护的东西，是个能令居民骄傲的乡村。

英国多雨，但并非倾盆大雨。雨很小，淅淅沥沥地下着，空中总堆积着厚厚的云层。

越往北走，云层压得越低，在风的推动下缓缓流动。蒙蒙雨雾飘落，滋润着原野上的绿草和星星点点的树木，仿佛天空有一把巨大的喷壶。

云层飘走，雨便停了，蓝天迅速拉开大幕，西边的太阳也露出了脸。

这时，空中架起一道壮丽的彩虹。

那如诗的过云雨和绚丽的彩虹令我痴醉，我心怀感动地久久凝视着。我想要取出素描本，拿出画笔，将这幅沁人心脾的画面永远保存在记忆深处。

这是日本人忘怀已久的风景，却在地球的另一端完美地存在着，如此朴素、纯洁又美好。感谢我的友人不容分说地把我带到这里。欧洲真是一个充满诗情画意的地方。

"喜欢吗，石冈？"御手洗伏在我耳边小声问道，"就是为了让你看到这些，我才决定坐火车的。"

玲王奈把头倚靠在车窗上睡着了，侧脸依旧十分美丽。我虽然脑袋昏沉却仍毫无睡意，只是凝望着窗外的景色。这样的美景就在眼前，睡着了多可惜啊。

"美！太美了！"我把在机场时的紧张忘得一干二净，兴高采烈地回答道。这是我有生以来第一次在旅行中被美景深深打动。

"英国真是个漂亮的国家。"我说。

御手洗满意地点点头。

我虽然饿着肚子,却体会到一种难以言喻的满足,也更喜欢出生在这片土地的歇洛克·福尔摩斯、布朗神父以及大侦探波洛了。

到达因弗内斯时已是深夜。

一下车,我立刻领教到英伦列岛最北端的刺骨寒冷。空荡荡的站台上,黄色电灯发出冷冷的光,站内宛如石砌的古老剧场。顺着灯光的指引,我们沿着石阶朝车站正门走去,路上没有一个人与我们擦肩而过。

这一切都太过虚幻,我感到有些眩晕。日本绝不会有这样的车站。在日本,像这种大剧场一样的车站,无论时间多晚都是熙熙攘攘。如果是乘客很少的车站,多半像北海道的地方线车站那样,只是一个简陋的小屋。

我想,这应该就是所谓的英国特色吧。不,应该是苏格兰特色。这里到处是壮观的石砌建筑,却行人寥寥,似乎在默默讲述这个国家殷实的过往。

我们出了车站气派的拱形玄关,脚步声回荡在北部都市的暗夜里。一出车站大门,雾便像一团寒冷的烟向我们涌来,我的脸颊和脖颈都感受到了那股湿冷。我迎着雾气走到外面,站在石板路上,又吃了一惊。

雨停了,放眼望去,街道两旁清一色黑压压的巨大石造建筑。毫无疑问,这是座大城市,可不知为何更像一座鬼城。车站前一个人影也没有,建筑物的窗户也极少亮着灯。

笔直的街道向前延伸,逐渐被淹没在浓雾中,什么也看不见。可能是因为从东方跋涉而来的缘故吧，在这浓雾弥漫的黑暗中，我感到莫名的惊恐，迷雾中似乎潜伏着来历不明的魔鬼。

雾中时而出现一束像剑一样的白光，是路过的车灯。这可能是我有生以来见过的最浓的雾了。

这个国家充满着被我们这些遥远东方都市人遗忘的戏剧氛围。对我来说，这个北方尽头的城市最接近我印象中的英国。或许因为我们并没有在伦敦驻足，只是匆匆而过吧。

这是一个小说家的国度。众所周知这里曾孕育出大量优秀的幻想小说和推理小说，亲自踏上这片土地后，我觉得这是理所当然的。我们开始寻找旅馆，脚步声回响在这条陌生的街道上。

就连清脆的脚步声都使我感动。在日本，无论去到哪里都被拥挤的人潮包围，我已经好久没有听到自己的脚步声了。在这样的土地上，即使是最迟钝的人也不得不内省。如果是一个人走在这条街上，想必会更加不安吧。

"好大的雾，英国真是名不虚传，似乎开膛手杰克就要出来了！"玲王奈突然说道。

御手洗没有回答，默默地走着。过了一会儿，他对我说道："这些雾气是从北海和尼斯湖飘过来的，因弗内斯小镇就在尼斯湖的入口。"

"嗯。"我说。

"找个旅馆，稍微吃点儿东西。今天早些休息，明天一大早我们就租车去弗塞斯，那是尼斯湖畔的村落。"

"会不会遇到尼斯湖水怪？"玲王奈说道。

"嗯，以防万一会遇到，我专门穿正装来了。"御手洗回答道。

巨人之家 ————

1

第二天,我们在当地时间早上六点起床。日本时间已经是下午两点了,相当于我们睡了个大懒觉。要不是前一天晚上几乎没有合眼,过于疲劳,我根本睡不了那么久。

我们三人在走廊会合,一起到一楼的餐厅吃早餐。外面依然漆黑一片,北国的九月,天似乎要亮得晚一些。

餐厅内冷冷清清,空无一人,自助早餐只摆出不到一半的菜品。我前一天没有好好吃饭,所以现在胃口大开。

住的小旅馆无法提供租车服务,我们只好徒步前往租车门店。距离虽不至于叫计程车,但走起路来还是相当遥远。

平素过惯了名流生活的玲王奈,自始至终没有一句怨言,这令我十分佩服。如果她提出要住更豪华的旅馆、吃更丰盛的菜肴,或者不想走路、要求打车,我一点儿也不会觉得意外。但她一句抱怨都没有说,只是默默地按照御手洗的安排行动。也许正如她自己所说,她外表看上去是个英国人,内里却是个传统的日本女人吧。

我们离开旅馆时已经八点了,此时天仍未完全亮。虽然比昨晚亮了些,但我担心一整天都会如此昏暗。

雾气还没有消散,道路前面五十米开外依然什么也看不清。

在这样雾蒙蒙的阴天里,租车门店居然还在正常营业,这让我很意外。原来,在旅馆的时候御手洗已经打电话跟门店确认过租车事宜。

我们租了一辆福特的轿车。这种车在英国很受欢迎,在伦敦南部也很常见。

御手洗知道我没有国际驾照,于是直接坐上驾驶席。还没等他发动汽车、打开车灯,玲王奈就主动提出让她来开。

"我持有 A 级驾照。"她说道。

"不能让你开。"御手洗说,"不过如果你保证不开飞车,或许还能商量。"

"那好,我保证。"玲王奈说道。

御手洗这才从驾驶席下来,坐到副驾驶座,不慌不忙地打开一张地图。御手洗很擅长看地图,而且没人知道去尼斯湖和弗塞斯的路怎么走,所以如果有技术娴熟的驾驶员,御手洗当然举双手欢迎。

"前面右转。"御手洗说道。

"好的。"玲王奈边回应边发动汽车,车辆平稳地前进。玲王奈果然车技娴熟。

前挡风玻璃上挂满细小的水珠,外面似乎又下起了蒙蒙细雨,玲王奈打开了雨刷。

"哦,你戴眼镜了?"御手洗从地图上抬起头,说道。

"对,我近视。喂,不要看这边。"玲王奈连忙说道。

"驾驶技术很好啊。你在日本经常开车吗?"我坐在后座,问道。

"我在横滨有一辆保时捷944,就停在停车场,你们看到过吗?"她问。

"啊,是红色的。"我还记得。

玲王奈在迷雾中按照御手洗的指引驱车前行。

出了市区,巨型石造建筑逐渐被我们甩在身后,英国特有的田园风光在眼前徐徐展开。

道路虽然是精心铺设的柏油路，但感觉已经进入了深山。我坐在后排，看着道路两边的白色木栅栏、废弃的石屋，以及石屋下面流淌的美丽小河。这些景致就像梦中的幻影一样拨开迷雾，时隐时现。

道路两旁的原始树林连绵不绝。南部的英格兰固然很美，苏格兰也毫不逊色，大自然同样在这里绘就一幅美丽的画卷。

道路左侧有一条小河逐渐进入视野。很快，我们沿着河边的小路继续前进，小河前面又出现了白色的木栅栏。所有人为景观都与自然景色融为一体，成为大自然的一部分，这样的景致让人着迷。相比之下，日本早已远离了这个阶段。现在无论去日本列岛的哪个地方，看到的不过是大城市的缩影罢了。

天渐渐亮了。我暗自思忖，这就是培恩出生的地方吗？如果他真如御手洗所说，拥有双重人格，难道他的妄想与疯狂是这苍天的恩惠和自然美景促成的吗？

尼斯湖也是如此。这个位于英国北端的湖泊因水怪传说而闻名于世。这种不可思议的传说几乎都植根于美丽的自然环境，正如所谓的"魔性美女"，美丽与恐怖总是互相依存。

左侧的小河越来越宽，我望见一处码头，码头上停泊着几艘动力船和小游艇。

终于，河面变得十分宽阔，河的对岸也在迷雾中模糊不清。对岸的黑色森林隐藏在白雾中，如幽灵般时隐时现。

天亮了。东方天边的朝霞穿透了雾气，开始放射出白色的光芒。

左边连绵的森林和山峦开始显现形迹，右边氤氲笼罩的安静水面泛起细细涟漪。

靠近水面的地方，雾气特别浓厚，越往上空雾气越稀薄，对岸高处的森林轮廓隐约可见。

"石冈，看，尼斯湖。"坐在前排的御手洗转过头来说道。

"就是这个湖吗？"玲王奈说。

"啊，果然。"我说道。这就是那个因水怪而闻名于世的湖泊吗？

右手边的尼斯湖一直向前延伸，事实上，我们的车好像在沿着尼斯湖畔行驶。尼斯湖很长，因为湖面狭窄，所以才能看见湖对岸森林的轮廓。原来这个狭长的湖泊一直被我误认为是一条河。

"开进那边的停车场可以吗？我也想看看尼斯湖。"玲王奈说道。御手洗点了点头。

轮胎好像轧到了碎石子，车子摇晃起来。我们进入一片空地。玲王奈下车后，我把前排的座椅向前推，也跟着下了车。

"啊，这湖可真美啊。"玲王奈边说边向前伸出了双臂。

"喂，你说是吧？"她问我。

"是啊，真的很美。"我点头回答道。

"御手洗先生，你说呢？"

御手洗手里拿着地图，正望着湖面。

"有必要征求每个人的意见吗？"御手洗冷淡地说道。

的确，美的认知不需要少数服从多数。

在御手洗的催促下，我们很快又上了车，再次出发。御手洗现在满脑子都是诱拐之屋的事情，对尼斯湖风光之类的根本没有兴趣。

"慢点儿，慢点儿开。"御手洗在副驾驶席上指挥着，"就是这儿。沿着那个指示牌，在那条路右转。"

"这里吗?"

"对,接下来一路开到底就行了。好,地图没用了,收起来……"

"喂,我说,这附近有餐厅吗?"

"餐厅?"

"对。"

"肚子饿了吗?"

"现在还不,但是再往前走的话,我怕饿的时候就找不到吃饭的地方了。"

"你想得可真周到。这边可能有餐厅,但是一定不好吃。"

"你怎么知道?"

"因为没有不食人间烟火的美食家。"御手洗一本正经地说道。

道路蜿蜒而上,汽车引擎声越来越大,看来前面是高地。沿着尼斯湖畔行驶的时候,还能偶尔遇见其他车辆,但来到这附近,已经完全看不到其他车辆的影子了。不一会儿,透过薄雾,我看见前方矗立着一排排漂亮的石屋,原来那是个小村落。

"到了,侦探先生。现在怎么办?"

"打听附近有没有餐厅吧。"

"请你认真点儿。"

"不,我是认真的。停下来喝杯茶,顺便制订一下作战计划吧。"

御手洗随即摇下车窗,用英语和一位偶然路过的老人搭话。老人指着身后,似乎在说那边就有餐厅。

"他说前面左手边有一家餐厅。"御手洗边摇上车窗边说。

餐厅的门上挂着一块古老的木牌,上面写着"Emilly's(埃米莉家)",看起来是一家相当不错的餐厅。镶嵌着古旧窗棂的大窗户旁有一张空桌子。可能因为时间还早,店内没有客人。

我们在窗旁那张朴素的木桌前坐了下来,背后是熊熊燃烧的石砌壁炉。壁炉旁边的架子上陈列着大量瓷盘画,还摆放着几件马口铁制品和小玩具。挂着很多小画框的土墙十分陈旧,已经有裂纹了。店内风景有点儿像安德鲁·怀斯[①]所画的室内写生作品。

一位身材瘦削、外表文雅的中年妇女踩着红砖地板走过来,招呼我们点餐。她好像就是埃米莉。御手洗似乎在向她询问菜单。每当这种时候我就非常苦恼,因为除了我们三个人的对话,其他时候他们都说英语,而我完全听不懂。想要记下他们说了什么,除了猜测和事后问御手洗外别无他法。

"这里有木莓派,石冈,吃吗?"

"嗯。"我回答。

"那这个要两份,还有红茶。玲王奈小姐呢?"

"我只喝茶,我怕胖。"

御手洗点完餐,和这位叫埃米莉的中年妇女聊了很长时间,不知都聊了些什么。食物端上来时我才明白,原来御手洗在向她打听詹姆斯·培恩家的住址和他是否住在这个村子等问题。埃米莉从旁边的座位拉过一把椅子,在御手洗身边坐下。两人首先互做自我介绍,然后御手洗向她介绍了我和玲王奈。埃米莉看到玲王奈好像很吃惊,接着露出微笑。

他们三个人一直在用英语聊着,而我只能在旁边干瞪眼。过了一会儿,玲王奈突然惊叫了一声。御手洗转过头,向我解释道:"听到培恩家已经不在这里了,这家伙吃了一惊。"

"不在了?"我重复道。对玲王奈来说,这等于宣告她的英

[①]安德鲁·怀斯(Andrew Wyeth,1917—2009),二十世纪美国著名的新写实主义画家。

国之旅提前结束。

"嗯,听说他的家人都死了。詹姆斯·培恩的父母和兄弟全死了。之前还留有一幢空房子,现在房子也已经拆掉了。"

"那詹姆斯·培恩呢?"

"说是很久以前去了日本,一直没有回来。"

"没有回来?"

"嗯。她说培恩曾来过几封信,所以她一直以为培恩还在日本。我告诉她培恩已经回国了,她很诧异。"

"但是,培恩在伦敦的家族不是还在经营一家公司吗?"

御手洗把头转向中年妇女,与她说了几句话,然后又转向我说:"不,'家族的公司'这话有误,实际上是詹姆斯·培恩的父亲和合伙人一起经营的公司,公司现在还在。该公司经营卡车业务,这个村子有好几个人都在那里工作。那位合伙人还参加了培恩哥哥亚特里安的葬礼,所以这位女士知道他们公司的一些情况。目前伦敦的卡车公司已经没有詹姆斯的家人了。"

"詹姆斯的哥哥去世了。他的哥哥没有家属吗?"

"听说他哥哥是个怪人,一直单身未娶。这么说来,培恩的家族正在走向灭亡,如果培恩先生也已不在人世的话……"御手洗说完,又转过头和埃米莉继续交谈。

"培恩到底去哪里了呢?"我不由得用日语自言自语道。

"真没想到……"玲王奈对我小声说道。这也难怪,她不远千里来到这里,就是为了能与阔别十多年的父亲重逢,如今却听到这样的消息。这对她来说无疑是个巨大的打击。

"你以前没有打听过父亲的消息吗?"我问玲王奈。

"没有。母亲经常说,要忘掉那个抛妻弃子的薄情寡义之人。"

"你也没给父亲写过信吗?"

"没有。如果父亲来过信,我应该会给他写回信的。但我不知道父亲的下落,前天才刚知道这个叫弗塞斯的村庄是我父亲的故乡。"

"你不怎么关心你父亲的事情吗?"

"嗯……也不是不关心,只是很难想起。毕竟,我们已经有了继父。"

原来如此,我想,这也在情理之中。

可是,培恩和八千代离婚后到底去了哪里?是偷偷回英国了,还是仍然隐居在日本的某个地方呢?

"嗯。"御手洗小声应了一声。埃米莉站起身,回到餐厅里面去了。

"怎么了?"

"我问她知不知道'诱拐之屋',她说不知道这个名字。"

"已经不在了吗?"

"不,还在。她说前面的山坡上有一个建筑物样子很像'诱拐之屋',但附近的人都叫它'巨人之家'。"

"巨人之家?"

"嗯,有很多好事者专门从伦敦赶来参观这个所谓的'巨人之家'。传言说,曾经有一个身高超过五米的怪物住在那里。"

"五米?"

"对,据说那个房子里面非常奇怪,台阶的落差巨大,沙发也硕大无比。房间像洞穴一样,却没有楼梯,只有一架后来安装上去的铁梯子。所以如果身高不够四米,根本无法出入那个像洞穴一样的房间。"

"什么……"我张口结舌,"那就是培恩建的房子吗?它和你所说的躲避轰炸的防空避难所是一回事吗？"

"我也是这么想的，所以又仔细问了一遍。她说那房子像一个用砖头砌起来的骰子，没有窗户，内墙涂着水泥，外形完全吻合我说的防空避难所。她还说，附近没有其他类似的建筑了。所以那应该是培恩建的房子没错。"

"但为什么会有那种传言？听起来不像是'诱拐之屋'啊。"

"总之，那个房子现在已经成了当地的一处观光景点。因为声名远扬，千里迢迢前来参观的人络绎不绝。有人以之为题创作诗歌和小说，有人还专门制作了房子的结构图册。据说只有这家餐馆有结构图册，店主现在去拿过来。"

埃米莉拿来的结构图看上去确实很奇怪。房子的确是骰子形状的，有一个风格很不协调的屋顶，内部构造难以一目了然。

御手洗一边看结构图，一边问埃米莉问题。接着他对我说："房子在半山腰的斜坡上，据说有一半建筑埋在地底下。埋在地下确实可以减轻轰炸带来的巨大冲击。"

"嗯，所以防空洞都建在地底。这可能也是防空洞的一种吧？"我说道。

"所以入口不在下面，而在上面。从上面进去，就像进入一个很深的洞穴。斜坡上有一条小路，通往房子的入口，入口下面就是楼梯。上面必须要有这样的屋顶，否则雨水会直接灌进去。

"这个楼梯不得了。听说每个台阶有四英尺高，也就是超过一点二米高。如果不是巨人，上下楼梯就十分危险了，所以才会流传这里住着的一个身高五米的巨人的传说。"

"不过，村里人应该知道培恩在这里建了一个防空洞吧？"我问道。

"不，据说无人知晓，老板娘也说第一次听说那是培恩父子建的。之前没人知道这个古怪的建筑到底出自谁之手。虽然有传言说是培恩家建的，但关于这个建筑的传言实在太多，真假难辨。"

"也许是考虑到如果大家都知道有这么个防空洞，一旦遭遇空袭，全村人都会往那里逃命，那可就麻烦了，所以必须保密。"

"嗯。"

"因为可供避难的人数有限，所以不想被外人知道，就成了诱拐少女和藏尸的秘密之屋……"

说到一半，我赶紧住嘴，因为玲王奈就坐在我面前。她肯定不愿别人这样诋毁自己的父亲。果然，玲王奈脸色大变。

"继续说吧，石冈，没关系，迟早要公开的。我们是一起来的，不可能在回去之前只字不提。"

御手洗从脚边的公文包里拿出那张字体怪异的资料，递给玲王奈。

"你是来找父亲的，但我们不是。你先看看这个。不过，这个暂时不要被村里的人看到。"御手洗用日语说道。

玲王奈接过资料，看了几眼，表示不懂。御手洗没有理会她，转身继续询问埃米莉。聊了一会儿之后，埃米莉又起身回到餐厅后台。

"我请老板娘打电话给村里唯一的警察。我们要调查那幢房子，必须得到那个警察的许可。"

"嗯。"我突然感到有些沮丧。说到警察，我自然而然地想到丹下他们。我们这些来自东方的不速之客，根本没有权力和资格破坏这个村里为数不多的观光景点。我在脑海中预想了一些推诿扯皮的场面。说不定为了不被追究责任，警察会让我们填写很多麻烦的材料，然后让我们回去等待上级批准。说不定光批准就要

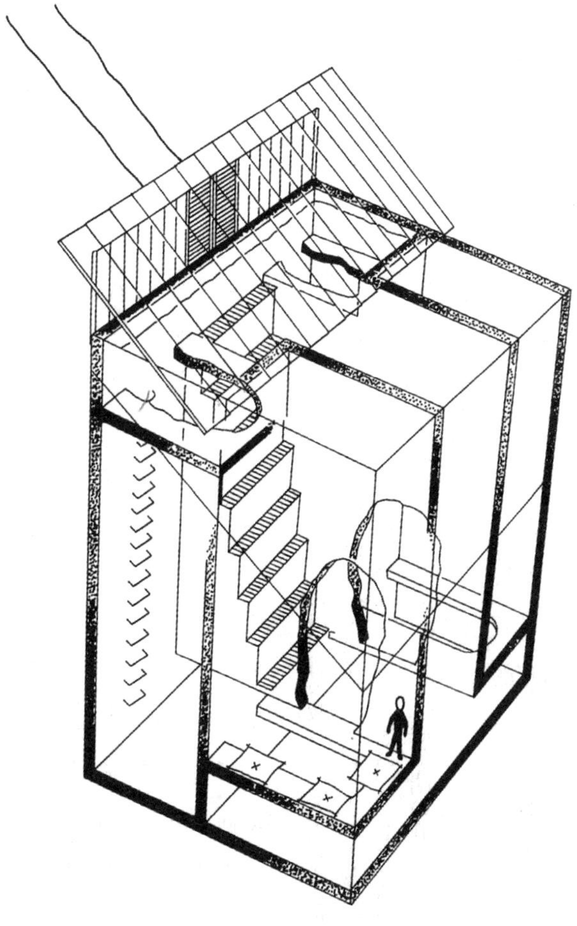

等上一个星期……

"据说入口处台阶两边的这两个锯齿形的洞是真实存在的。它们究竟是一开始就有的，还是后面的人挖的，现在还不清楚。楼梯下面左右两侧的洞也是如此。

"楼梯下的房间地板上也有个大洞，像沙发的形状，但是离地面足足有四英尺高。要从那里下到地面，或者坐上沙发都很费劲，哪怕坐上去了，脚也无法够到地面。所以这里才会被称为'巨人的沙发的房间'。

"墙上还有挂钩，不知道是什么用途。而且那个钩子离地面足足有十五英尺高，将近四点六米，如果没有梯子，正常人类根本够不到。这房子可真够奇怪的。"

"这边墙上的铁梯是怎么回事？"

"这是村里人后来安装上去的。因为楼梯左右两侧的房间太深了，像个洞穴，如果不安装梯子的话，根本无法进出。而且乍一看这是两个房间，实际上它们的底部是相通的，弯着腰可以在两个房间的底部穿梭往来。"

"咦……到底有什么玄机？为什么要建造这种奇形怪状的房子？难道真的只是个防空洞吗？"

"可以理解为是为了防止房子崩塌的措施吗？总之，要早点儿见到实物才行……玲王奈小姐，资料看完了吗？"

"这绝对是虚构的。"玲王奈当即回答道。

御手洗点了点头，表示理解。"内容很令人震惊，我也苦于不知如何解释。不过，把墙凿开看一下就知道了，很容易做出判断。"

我想，御手洗说得轻巧，还不知道能不能得到许可呢。

埃米莉回来了，这次由玲王奈和她说话，我仍在一旁听天书。

"她说已经打了电话,警察马上就到。"御手洗翻译给我听。

这可是堂堂大英帝国的警察啊,我心里暗自紧张起来。

玲王奈似乎在问埃米莉她父亲是个什么样的人。埃米莉回答说自己是"二战"后出生的,没有见过培恩本人,只是听说他沉默寡言、目光忧郁、彬彬有礼。

玲王奈接着又问培恩的哥哥亚特里安是个什么样的人。埃米莉出神地盯着天花板看了一会儿,好像在回忆着什么,接着语速很快地回答了玲王奈的问题。玲王奈和御手洗听完都"哎呀"了一声,露出十分惊异的表情。

"她说什么了?"我急忙问御手洗。

"她说亚特里安口齿不清。"

"啊?口齿不清?"

"他不怎么开口,可能还有其他方面的残疾。"御手洗快速解释道。看来培恩的原生家庭有些不幸。

这时,窗外传来嘹亮的歌声,然后是一阵口哨声,接着听到一声犬吠。

随着一阵丁零零的铃声,餐厅的门开了。我们一齐向门口看去,只见一个顶天立地的男人站在那里。

然而,那人之所以看上去高大,完全是因为他戴着一顶高帽子。等他走进屋内,我发现帽子下面的人虽然不算矮小,但是作为英国人也绝不能算高大。那是一位体形瘦削的老人,鼻子下面蓄着一撮白色的胡子,身穿黑色制服,戴着白金汉宫卫兵那种夸张的大帽子。

进屋后,他将帽子摘下,夹在腋下,像个耳背的人一样冲店里大声叫喊着什么。

御手洗站起身,毕恭毕敬地迎了上去。他边说着什么,边友好地和警官握了握手。

警察的爱犬乖乖地趴在铺在红砖地板上的一块椭圆形垫子上。

"你就是特地从日本赶来调查我们'巨人之家'的名侦探吗?"玲王奈为我翻译道。

接着玲王奈也伸出手,老人则恭敬地单膝跪地,强行将玲王奈的手翻转过来,吻了她的手背。

"我只知道日本产的汽车性能优良,没想到日本的女性也这样出色。"御手洗翻译道。

如果像这样一五一十地将当时的情形写下来,恐怕会过于啰唆,所以我决定只记录御手洗和玲王奈两人为我翻译的谈话内容。

"我们从日本绕了半个地球来到此地,是想请教几个问题。"御手洗说道。

"哦?请说。但是请不要问我尼斯湖水怪在哪里。"

"那个问题下次再请教,这次是关于'巨人之家'。"

"哦!连日本都知道我们村的'巨人之家'了吗?"

"如果我的这位作家朋友把它写成书,必定会更加广为人知。请坐吧。这狗真可爱,它叫什么名字?"

"菲尼克斯。贵国可没有这么好的狗。它虽然听不懂日语,但是听得懂法语、意大利语和西班牙语,是我最好的朋友。没有它,我的人生难以想象。"

"真是太厉害了。但是你忘记了,它还会英语。"

"不,我没忘,但是它的英语实在糟糕。"

"哈哈!"

"但它比我死去的老婆强多了,我的话她可是一句也听不懂啊。哈哈哈!"警官大笑起来。

御手洗察言观色，先和警官闲聊了一会儿尼斯湖水怪，久久没有切入正题。过了很久，他们终于做了自我介绍。警官说他叫埃里克·埃默森。

埃米莉端来埃默森的红茶，放在桌上。御手洗等她走远了之后，才把培恩写的资料复印件拿给警官看。

但是他仿佛完全看不懂似的，把资料拿到眼前又拿远，紧接着向后仰，拿到窗边透着光看，又将它高高举过头顶，显得非常吃力。

"你见过詹姆斯·培恩先生本人吗？"御手洗问道。

"嗯，很久以前见过。"警官喊着回答道。

"他是个什么样的人呢？"

"是个沉默寡言的好人。后来听说他爱上了一个日本艺伎，跑到日本去了。"

有时候流言蜚语这种东西还真是出人意料地准确啊。

我还在研究"巨人之家"的介绍。图的左边印着一串英文字母，好像是一首诗。我努力想弄明白上面写着什么，但手头没有词典，实在看不懂。

"这首诗写的是传说中巨人的生活。那是一个身高近五米的男性巨人，专门从尼斯湖畔抓小女孩回来吃。"玲王奈说道。

"啊……"我忽然想起黑暗坡的大楠树，两者如此相似，难道是巧合吗？

"他在这幢房子里住久了，感到厌倦，于是游到一个东方国度，在那里变成一棵大树。"玲王奈继续翻译道。

我吓了一跳，不禁盯着玲王奈的脸。这和藤并家后院的大楠树的传说简直如出一辙。三幸也讲过那棵大楠树从前是个巨人，专门在森林里捕食动物，后来变成大楠树。真的是巧合吗？那棵大楠树也吃人，还专吃小女孩……

"这个文件是哪儿来的？"村里唯一的老警官叫嚷着问道。

"是在培恩先生的艺伎妻子家中的书架上发现的，潦草地写在书籍的余白处。"

"像诗歌一样，我读不太懂。这些字太难辨认了，而且最近我有点儿眼花。"

"这是为一个名叫克拉拉的金发少女写的诗。诗的最后说，他杀了这个少女，并把尸体藏进'巨人之家'的北墙里。"

"什么？这可是个大案子！这是谁写的？"

"作者就是这个村子的詹姆斯·培恩。"

"天哪！这可是个大问题，必须立刻把墙凿开看看。你们愿意帮我吗？"

"很高兴为你效劳。我最喜欢帮助警官了。"御手洗高兴得直搓手。

"好了。菲尼克斯，你先自己回家……对了，你听不懂英语。"

"要试一试西班牙语吗？"

"不，下次再说吧。现在你们和我一起回家去拿工具。埃米莉，埃米莉，感谢你可口的红茶。下次我为你带好吃的自制果酱，今天先告辞了……"老警官站起身，把旁边的帽子小心翼翼地扣在头上。

"我们还没付账呢，石冈……"

"我来结账。"玲王奈从包里取出钱包。

"怎么能让你破费呢？"御手洗拘谨地说道。

"没关系，到了伦敦你陪我逛商场就好了。"

"我没办法和你做这种危险的约定。石冈，还是各付各的吧。"

"跟你开玩笑的。"

走出餐厅,外边的雾气已经基本消散,取而代之的是蒙蒙细雨。虽然现在已经是正午时分,但北方特有的阴暗仍然笼罩着这座村庄。

虽然只是毛毛雨,但我和玲王奈还是很想撑把伞,日本人不习惯淋雨。

但是埃里克·埃默森根本不在乎这点儿雨,只见他头顶高帽,毫不犹豫地跨入雨中,像来时一样开始引吭高歌,菲尼克斯紧随其后。在英国,因为一天会下好几次雨,所以淋雨简直就是英国人的家常便饭。他们之所以不怕淋雨,也许是因为家中铺的不是榻榻米,而且自古就有使用壁炉的习惯吧。

刚才提到日本人不习惯淋雨,但有一个人是例外,那就是御手洗洁。这个奇怪的日本人也毫不迟疑地走进雨中,和老警官一起肩并肩引吭高歌。和日本的警察不同,御手洗似乎和这位苏格兰老警官意气相投。

"喂,御手洗。"我叫道。

听到我说话,他们立刻停止了唱歌,一齐回头看我。我瞬间退缩了,话到嘴边又咽了回去。埃里克大叔很快又兀自继续唱了起来。这个老人看上去像喝多了。

"什么事?"御手洗问道。

"真的可以吗?砸掉村里唯一的观光景点的墙壁。"

"他本人都同意了,当然可以。"

"如果挖出白骨的话……"

"那就为村里唯一的观光景点锦上添花了。"御手洗若无其事地回答道,重新加入二人合唱。

2

埃里克·埃默森的家也是石砌的房子,虽然年代已久,但同样美如画卷。我们没有进入主屋,而是直接来到庭院的杂物房。埃默森从腰间掏出一串钥匙,挑出其中一把打开门锁,推开杂物房的大木门。杂物房里没有电灯,一片漆黑,只有一盏从天花板垂下的煤油灯。

老警官一边哼着歌、吹着口哨,一边在满是灰尘的黑暗中翻找。一阵窸窸窣窣的声响过后,只见他双手抱着冰镐、大锤和凿子等工具走了出来,"哗啦"一声将它们全扔在院子里。我想过去捡起来,他却示意我等一下。我正疑惑,只见他又从里面推出了一辆独轮小推车。他让我们把所有工具都放在推车里。

我推着载满工具的独轮车走在前往"巨人之家"的山路上。御手洗和老警官依然唱着我听不懂的外国歌在前面带路,菲尼克斯时不时咆哮几声,好像在为他们伴奏。

我不禁陷入了一种错觉,似乎自己已经是这里的老住户,正悠然地准备和大家一起到田间劳作。望着在前面引吭高歌的朋友,我不禁想,原来在地球的另一端还有很多像御手洗这样的人啊。

路途相当遥远,如果不唱歌确实有些无聊。道路越来越狭窄,我们走上一条陡峭的上坡路,推着小车的我颇感吃力。玲王奈看不下去,跑过来帮我推车。而御手洗、老警官和菲尼克斯依然兴高采烈地走在前面,似乎忘记了我们的存在。

我气喘吁吁地穿过不知名的小树林,好不容易登上山顶,接着走过一段相对平坦的山路。在树林和白色的雾霭下,尼斯湖水面如同一把细细的镰刀,风景尽收眼底。培恩的叙事诗中有一些笔墨是描写这里的，我此时真心认为描写得相当到位。

北方的空气凛冽，还夹带着潮湿的雨雾，我的脸上却渗出一层汗水。我停下脚步，望着湖面深吸了几口气。

"辛苦了。"玲王奈说着，拿出纸巾为我擦拭额头两侧的汗水，"你的搭档可真是冷酷无情啊。"

"完全正确，所以没有女人喜欢他。"

"他没有女朋友吗？"玲王奈问道。

"怎么可能有！要是真有女人爱上他，我倒是想见识一下。"我十分肯定地说。

事实如此，迄今为止我从没见过哪个女性关注过御手洗，也没见哪个女粉丝给他写过信。

"石冈，看那边。"

我闻言抬起头，御手洗从坡上折返，菲尼克斯也兴奋地跟着跑前跑后。御手洗指的是我们身后的一个转角，站在那里可以俯瞰整个弗塞斯村。

"这条山路呈反过来的B字形，和藤并家庭院的设计一样。"

"啊！"我和玲王奈异口同声地惊呼。

御手洗说完，转身快步跟上老警官。

终于到了下坡路，但下坡对我来说比上坡还要艰辛。被雨淋湿的土路很容易打滑，万一我脚一滑，手一撒，这些寻找尸体的工具就会直接冲进尼斯湖，再无踪迹。

走了十多分钟的下坡路，透过林间的空隙，我看到下面郁郁葱葱的树丛中露出的红色砖墙和灰色石板屋顶。

"就是那里吧，'巨人之家'？"玲王奈说道。

很快，我们来到一片光秃秃的斜坡草地上。"巨人之家"就孤零零地矗立在草地中央，一半被埋在地下。斜坡上有一条羊肠小路，直通"巨人之家"的入口。这时，御手洗似乎突然良心发现，跑回来帮我推独轮车。

"巨人之家"，或称"诱拐之屋"，真的非常怪异。因为建于"二战"期间，所以自然很破旧。凹凸不平，乌烟瘴气，阴气森森，这是它给我的第一印象。

这个建筑和广岛原子弹爆炸遗址、遗留在东京湾猿岛的原日军防御要塞，或者我未曾亲眼见过的奥斯威辛集中营的气氛有些类似。总之，这幢房子和日常生活中感受到的明亮、愉快等氛围相去甚远。这个没有窗户的石头盒子，让我立刻联想到四十年前的那场战争。如果没有发生那场惊心动魄的战争，恐怕谁也不会在这个人迹罕至的深山老林里建造如此奇形怪状的东西吧。

这个建筑物的建造理由可谓众说纷纭，但我打心底认为防空洞的说法最有说服力。除了战争用途以外，这种建筑物还能有什么用处？

巨大石头盒子的南侧是一面平坦的灰色石棉瓦屋顶。和其他部分比起来，这个屋顶相对较新，估计是弗塞斯村的村民不久前加盖的。

屋顶的下面是木篱笆，篱笆中间有两扇木门，门上挂着一把大锁。

篱笆和木门都被漆成白色，门上用黑色的大写字母写着"THE HOUSE OF GIANTS（巨人之家）"，篱笆上则写着"Dangerous. Keep out.（危险，禁入。）"的字样。

难道说，是因为里面住着会吃人的巨人，所以危险吗？站在这个可怕的建筑物面前，这几个字的幽默感和尼斯湖的绝佳美景简直是一种救赎。

埃里克从腰间拿出一串钥匙，挑出一把打开了大锁。

"好了,这里就是'巨人之家'。日本的客人们,不要客气,请进。只是脚下非常危险,一定要万分小心。发现这个地方的村民有好几个都掉进洞里摔断了腿,所以我们只好用栅栏把这里围起来。"警官像介绍自家房子一样滔滔不绝地讲着。接着,他掏出打火机,点燃了挂在天花板上的油灯。

脚下的确危险,门的内侧就是落差巨大的楼梯。这个水泥楼梯陡得吓人,与其说是楼梯,简直就像梯子。正如餐厅的小册子介绍的那样,每级台阶的落差超过一点二米,不熟练的人根本难以下脚。每下一级台阶,都像迈入万丈深渊,必须打起十二分精神。

楼梯入口的左右两侧各有一块接近正方形的平地,地面中央各有一个黑压压的大洞,深不见底,如同两个张开的大口。万一掉下去,恐怕不只是老警官说的摔断腿那么简单。

老警官熟练地从口袋里摸出一个手电筒。御手洗也掏出了一个,真不知他是什么时候准备的。

"你在这里等着。"老警官向菲尼克斯嘱咐了一声,然后走进门。他先是到达楼梯一旁的平地,小心翼翼地下了第一级台阶,接着慢慢侧身弯腰,把右脚探向第二级台阶。

原来如此,这个楼梯根本就不是为人类设计的。如果不是身高五米的巨人,根本无法上下自如。

"女人还是和菲尼克斯在上面等着比较好。"老警官在低处喊道。

"我穿着工装服,没问题。"玲王奈同样大声喊道。

御手洗并没有立即跟着下去,而是在上面等了一会儿。保险起见,我也效仿他在外面等了一会儿。此时洞穴底部已经有了亮光,下楼梯没那么艰难了,大概是到达底部的老警官点燃了那里的油灯。

这里散发着一股石造建筑特有的味道，混合着霉味和陈年的腐臭味。我的鞋每探及一级台阶，声音就会夸张地在周围回响。越往下走，腐臭的气味越浓，还混杂着煤油灯的气味。

终于看见一楼的狭窄地面了，散落着大量水泥和瓦砾，御手洗和老警官并排站在那里。

"那里有篝火的痕迹，因为在装门之前有流浪汉进来过。看，这里就是'巨人的沙发的房间'。"

老警官晃动着手电筒，到处照了照，还把手电筒放在御手洗的肩膀上，照了照上面墙壁的裂缝。在离楼梯底部大概一个台阶高度的墙壁上，有一个大个子男人能轻易穿过的大洞。警官走进洞中，御手洗紧随其后。

我从楼梯下到地面，正准备跟随他们进入洞中时，发现了一个奇怪的现象。从楼梯上看，地面似乎很窄，但实际上很宽。因为楼梯左右两侧的房间地面是悬空的，比地底高出一百三四十厘米。两个房间的地板下形成了一个开阔的空间，弓着身子可以轻松穿行，只是地面堆成小山的瓦砾有些碍事。

多么奇怪的建筑。站在地面上，看着左右两边墙壁上的大洞，我不禁怀疑这是否出自人类之手。人类的大脑怎么会有这么离奇的构想？

我想起了美国电影《异形》中偶然迫降在某颗行星上的未知生命体的外星船。这幢房子的内部结构正如外星船一般，大大超出正常人的想象，是用我们无法理解的想法建造的。

我在楼梯底部等玲王奈，伸手扶了她一把，然后走进御手洗和老警官所在的房间。

房间的设计异乎寻常，中央有一个地炉形状的大洞，洞口四周放着三块巨大的坐垫,足足可以躺下一个人。

"巨人就坐在这张垫子上,脚放到下面的地板上。"老警官向我们解释道,俨然一副导游的口吻。

我打算坐上沙发试试,于是跳到下面的瓦砾上。然而,我发现坐垫的高度已经到达鼻尖了。要是坐到垫子上,脚尖根本无法够到地面。我弯腰绕过沙发下面的瓦砾堆,从御手洗他们脚底的地板钻过,来到刚才下楼梯后站立的地方。接着,我弓起身体,再次进入"巨人的沙发的房间",然后蓄势跳到垫子旁边,玲王奈伸手拉住我。坐在沙发垫上,我瞬间感觉自己变得像蚂蚁一样小,或者说变成了一个身高不足十厘米的矮人。"巨人的房间"果然名不虚传。

老警官将手电筒照向上空,只见上面的墙壁上有一小块凸起。

"看,那是巨人的衣帽钩。那么高,我们搭人梯都够不着啊。"老人洪亮的声音在封闭的水泥空间里回响。

所谓北墙,就是靠尼斯湖一侧的墙。因为房子本身不大,再加上我们很清楚培恩根本不是什么巨人,不可能把少女的尸体藏在很高的地方,所以搜寻范围自然就缩小了。

事不宜迟,我们决定马上动手,于是回到外面取来冰镐、大锤、凿子和铁锹等工具。可是,当我们用手绢把口鼻蒙得严严实实开始动手,结果却出乎意料。

首先,我脑中想象的开凿场面是像我国小说名作《不记恩仇》[①]里描写的那样,我们吭哧吭哧地凿着岩洞,汗流浃背,晕头转向。但实际情况是,墙上的水泥经过近四十年的岁月,已经变得相当脆弱。也有可能是因为当年正处于战争时期,物资紧

---

① 《不记恩仇》,日本作家菊池宽创作的短篇小说,描写了开凿隧道的场面。

缺，水泥中掺入了大量泥沙。总之，我们用凿子和大锤不费吹灰之力就敲进了墙体。

其次，最让人意外的是，墙壁的水泥层薄得出奇。如果水泥层够厚，即便再怎么脆弱，毕竟是水泥，我们还是要花费很大力气凿。但是，我们用凿子凿了十厘米左右就碰到了砖头。这一点连御手洗都感到意外。十厘米的厚度不要说藏匿一具尸体了，就连一颗头颅都藏不住。

我们发现局部墙体的水泥厚度只有十厘米之后，就基本排除了这整面墙隐藏尸体的可能性，因为同一面墙的水泥厚度不可能差距很大。因此，我们的开凿工作意外地变得很轻松。

还有一点令人诧异。我们仔细查看墙体后发现，墙壁上有很多被凿过的痕迹。似乎以前也有人像我们一样搜查过这面墙，并将凿开的缺口都用水泥做了修补。

慎重起见，我们也凿了一遍位于更高处的墙壁中央，因为培恩的诗歌里明确提到了"北墙的中央"。说不定墙壁中央部分的砖头比较薄，水泥层刚好够藏匿一具尸体。但事实并非如此。

御手洗没有死心，将东、西、南三面墙全部检查了一遍，结果令人惊讶，四面墙的水泥厚度平均都在十厘米左右。

不过，仍有一丝可能，陡峭的楼梯东面还有一个房间。我们沿着墙上的金属梯子下到东面房间的底部，地面上依然是大量的瓦砾。

房间的西面是一堵高大的墙，墙底也有一百二三十厘米的空隙，弯腰前进三米左右，就可以到达西面的房间。

埃里克警官点亮了地板上的两盏油灯，我们凿开这个房间的北墙。令人更加意外的是，这里的水泥厚度居然只有三厘米。

我们如法炮制，把东、西、南墙也凿开了，依然没有发现水泥厚度超过十厘米的墙。

最后,我们连楼梯也不放过,仔细检查了一遍之后依然一无所获。楼梯处的水泥层更不可能藏匿一具尸体。

培恩的那首诗究竟是什么意思?

就连御手洗也不禁愕然,站在尘土飞扬的暗处翻着白眼。

"难道那真是虚构的……"御手洗嘟哝道。

看来御手洗这回是真的失算了。

被树吃掉的男人

1

我们在"巨人之家"寻找少女的尸体,虽然过程没有想象般艰辛,但也耗费了大半天时间。我们把工具送回埃里克家之后,又回到村里唯一的餐厅"埃米莉家"。此时已是当地时间下午三点,雨虽然停了,但雾气还没有完全消散,天上依然是厚厚的云层,似乎随时会再下一场雨。

干了半天的体力活,我们已经饥肠辘辘了,于是决定在餐厅补上这顿迟来的午餐。我忘记了具体的菜名,总之是苏格兰乡村料理。鱼汤、炖鸡肉,还有面包和简单的沙拉。我们为这半天的辛劳干了一杯。

对御手洗来说,这实际上是一杯安慰酒。他不远万里来到英国北部边城,目的就是寻找惨遭培恩残害的少女尸体。御手洗一直以为会在培恩所说的"诱拐之屋",也就是所谓"巨人之家"的北墙里找到尸体,虽然不敢说是板上钉钉,但也十有八九。他虽然没有明说,但我和他朝夕相处了这么久,自然知道他内心的想法。

另一方面,对玲王奈来说,毋庸置疑,一颗悬着的心暂时落地了。她绕了大半个地球来到这里,是想寻找失散多年的父亲。非但未能谋面,还要被迫接受父亲是个变态杀人狂的事实,想来也是一件残忍的事情。

这样的结果虽然对御手洗而言颇为遗憾,但对玲王奈来说值得庆幸。

在我看来，詹姆斯·培恩这个异于常人的外国人一开始就是错误的方向。这一连串事件，至少发生在横滨的事件，一定和大楠树的某种超能力有关。跨在屋脊上的藤并卓就是盯着大楠树断气的，这一点绝对不能忽视。

"今晚好好休息，明天再把墙上的洞都补上。"御手洗说道。

"埃里克家里有水泥，简直就是个五金店。"

用餐过程中，御手洗一直若有所思。他确实需要整理一下思路，想想问题到底出在哪儿。

我同样在默默分析这个问题。"巨人之家"的北墙里并没有少女的尸体，难道培恩所说的"诱拐之屋"和"巨人之家"是完全不同的两个建筑吗？

御手洗似乎也在怀疑这一点，问老警官这附近是否还有和"巨人之家"相似的建筑。老警官直摇头，断言在尼斯湖周围，不，在爱丁堡以北，这么奇怪的建筑仅此一幢。

御手洗似乎有些迷失了方向，这也难怪。"巨人之家"的北墙里没有少女的尸体，这就意味着他的所有推理必须推倒重来。

也就是说，培恩在苏格兰时并没有杀害少女，那么横滨藤并家大楠树里的四具少女尸体恐怕也并非培恩所为。至少我内心是这么想的。

正如世人评价的那样，培恩是一位沉默寡言、品行端正、性格内敛的名副其实的教育家，这一点也得到了弗塞斯当地村民的印证。或许他的内心确实有一些危险的妄想狂倾向，但也只停留在妄想阶段。如果这也是犯罪，那作家和诗人早该判死刑了。

直觉告诉我，所有罪行都是那棵千年古树犯下的，我们只不过偶然被詹姆斯·培恩这个苏格兰人误导罢了，真正的凶手绝不是他。

"我有点儿担心工作和家里的情况,想打个电话回横滨问一下工作室有没有人找我。"玲王奈因为近视,皱着眉头盯着餐厅墙边的座钟看,指针指向下午三点二十分。她又看了看自己的手表。

"三点二十了……现在日本时间几点?"她自言自语道。

我赶紧也看向手表。我一直没有调整时间,所以它显示的仍旧是日本时间。我的手表指针正指向十一点二十分。

"十一点二十。"我说道。

"十一点二十?上午还是晚上?"

"晚上。"御手洗回答。

"晚上十一点多,那应该还有人没睡觉。"她挪了挪椅子。

"你要往横滨的家里打电话吗?"我问道。

"嗯。"

"打给谁?"

"卓大哥已经不在了,打给谁好呢?如果工作室打电话到我房间找不到我的话,肯定会打到老屋那边去的。看来只能打给照夫了。"说着,玲王奈站起身。

电话就在厨房入口旁的墙上。玲王奈对厨房打了一声招呼,拿起了听筒。

看着她,我心想,玲王奈虽然说抽出一周时间不难,但像她这样的名人,把时间完全留给自己其实很不容易。

玲王奈放下听筒,回到我前面的座位上,慢条斯理地将剩下的沙拉和面包吃完。

餐厅老板娘埃米莉过来撤走了桌上的餐具,玲王奈微笑着说了句什么,老板娘高兴地说了声"谢谢",大概是在称赞她的手艺吧。实际上,这里的餐点并没有御手洗说的那么难吃。

御手洗一直在和老警官聊天。老警官夹着那顶夸张的大帽子，正口沫横飞地说个不停。菲尼克斯则垂着耳朵，趴在地上睡着了。他和御手洗才刚认识不久，哪儿来那么多话要说？

红茶被端了上来，装在一个大茶壶里，茶壶上还盖着一个花猫图案的布制保温罩。加热过的茶杯已经摆在我们面前。玲王奈拎起茶壶，给我的杯子里倒入红茶。她的举止看上去完全就是个日本女人。

外面响起了沙沙的声音，回头一看，水滴正顺着玻璃窗向下滑落。又下雨了，真是个雨国。当我收回目光时，电话铃响了。

"肯定是找我的。刚才的国际长途打通了。"她说着把茶壶放回桌上。我起身拿过茶壶，为御手洗、老警官和玲王奈倒茶。红茶倒入的瞬间，白色牛奶从杯底扩散开来。

"三幸吗？还没睡？"玲王奈说着日语，语气稍带惊讶。餐厅里很安静，只有雨声和壁炉柴薪燃烧的噼啪声。但她压低声音，雨声逐渐盖过讲电话的声音，我完全听不清通话的内容。

我回到座位上，放下茶壶，没有放砂糖，只是将茶杯端到鼻前，闻着红茶飘出的香气。这里的红茶和日本的红茶不同，有一股特殊的香味。我学御手洗在横滨马车道的家里喝茶的样子，右手端着茶杯，左手装模作样地擎着托盘。

御手洗这个人不太讲究，也从来不会因为我不懂如何品茶而看不起我，我只是莫名地觉得在苏格兰就应该这样喝茶。

听着窗外的雨声，一口一口品尝丝滑的奶茶，劳动后的充实感和午餐后的饱足感让我舒心惬意。此时我才注意到，这还是第一次踏进这种没有背景音乐的餐厅。在英国度过的悠闲时光给我留下了太多感动。

奢华的菜肴和豪华的餐厅固然不错，但这里远离城市的汽车尾气和喧嚣，清澈的空气、百看不厌的自然美景和毫不做作的质朴人情给我留下了更加弥足珍贵的回忆。

在如今的日本，即使去到农村也很难有这样的感动。无论去日本列岛的哪里，看到的都只是东京的缩影，还要经常遭遇各种上下打量的挑剔目光。苏格兰人是怎么做到不干涉他人的呢？难道是因为他们骨子里的适度自信吗？我不禁浮想联翩……

突然，玲王奈纤细的腰身出现在我眼前。因为不想破坏悠然思索的愉悦，我缓慢地抬起视线，深吸了一口气。

玲王奈的表情有些不对劲。她睁大双眼，嘴唇微张，浑身颤抖，似乎喘不过气来，眼睛里噙满了泪水。

御手洗也察觉到异样，看了过来。

"怎么了？"我把茶杯放到桌子上，问道。

老警官也不再喋喋不休了，转过头来看她。

"母亲和让……"玲王奈嚅嗫着。

"令堂和让先生怎么了？"我问。

"他们都死了。"

"啊？"

"说可能是被杀死的……"玲王奈哽咽着说。

"被杀死的？被谁杀死的？"御手洗问道。

"大楠树……"玲王奈回答。

御手洗一时语塞，陷入了沉默。

"两个人全被大楠树杀了吗？"我问。

"是、是的……"

玲王奈双手无力地抓着椅背，双膝发软，一下跪倒在地。我赶紧起身，一个箭步上前扶住她。她的脸像纸一般苍白。

御手洗一边站起身一边迅速为警官翻译，接着高声招呼餐厅后台的埃米莉，最后来到玲王奈身边。

"二楼有床，先上去休息一下。石冈，你扶她上去。"说着，御手洗忙往餐厅角落的楼梯处跑去。

过了一会儿，玲王奈渐渐恢复了神志，从她口中，我们得知离开黑暗坡之后发生的一系列惨案，令我后颈的汗毛根根倒竖。但另一方面，我可以接受这样的事实，因为这些惨案从某种程度上印证了我的预感。

我们离开日本的第二天夜里，台风又一次袭击了横滨，狂风暴雨肆虐了一整晚。次日早晨，一切恢复平静。像命运的安排一样，藤并家的人在台风过境的后院里，再次目击了可怕的一幕。

第一发现者是照夫。台风过后的早晨，他在大楠树下发现了妻子八千代。她身穿黑色外套，全身湿透，头朝大楠树，脸朝下趴在地上，被发现时已经死亡，一根铝制的拐杖扔在一旁。她身上有被殴打过的痕迹，右肩骨粉碎，头部左侧有瘀伤。这简直是前几天那件事的可怕重现。

医院称，八千代在病床上留下了一张字条，上面用潦草的字迹写着"有人叫我，我出去一下，马上回来"，一看便知是她自己用颤抖的手拿铅笔写出来的。

然而，她并没有回来。

她的病房旁边是应急楼梯，晚上熄灯后，外面的人进不来，但里面的人只要打开门锁就可以出去。据主治医生说，藤并八千代虽然能勉强站起来，但根本无法长距离行走。

这么说来，应该是有人让她打开了紧急出口的门，然后将她背走或抱走。

另外，有一件事最令人费解。闻讯赶来的丹下等警察搬动八千代的尸体时，发现她胸口下方一块稍稍坚硬的地面上写着"玲王奈。男……"的字样。

这些字无疑是八千代写下的遗言，因为警察在她右手食指的指甲中发现了同一地点的泥土。

这几个字很明显只是遗言的一部分，但是已经找不到后文了，不知道是其他字被雨冲掉了，还是八千代已经没有力气再写下去了。在暴风骤雨中，能保留住这几个字已经堪称奇迹。八千代一定是用尽了最后一口气想要留下什么遗言，并努力用自己的身体压在上面，保护了它。

这个遗言对玲王奈很不利，因为受害者的遗言通常写的是凶手的名字。也就是说，八千代可能在濒死之际指出自己的女儿就是杀人凶手。

幸好，玲王奈在案发时正和我们在一起，已经远离日本，来到了地球的另一侧。这是强有力的证据，我们完全可以证明她的清白。

那几个字还有一个奇怪之处。"玲王奈"大家都知道是什么意思，可是后面的"男"又指什么呢？八千代到底想接着写些什么呢？

更可怕的还不止这些。在我们离开日本的期间，发生了严重的事件，另一个死者让的死法更加离奇，完全颠覆了我的想象。他的死状足以使在场的所有人都被吓得魂飞魄散。

据称，照夫发现八千代的尸体后，正准备跑回屋里打电话报警时，目光被大楠树吸引了。

一夜的暴风雨刮落了不少树叶。在楠树茂密的树枝深处，照夫看见了一个奇怪的东西。

那是一条 V 字形的男装长裤。

他摇摇晃晃地走近大楠树,紧张和不安使他每走一步都心跳加速。他瞪圆双眼,终于忍不住惨叫出声。

在大楠树树干的平台处,可以看到男人的下半身。穿着黑裤子的腿像新长出的奇怪树枝一样,脚朝天呈 V 字形竖立着。

两只脚都没有穿鞋,只穿着黑色的袜子。

照夫没有看见上半身,因为上半身已经深深地扎进大楠树的树干里了。巨大的树干像鳄鱼的嘴一样张着,裂口处的树皮裂开,木头裸露在外,就像一条张着血盆大口的蟒蛇吞噬了让的头部和上半身。

御手洗抱着双膝坐在后院地面的一条浮根上,目不转睛地盯着大楠树。

台风刚过不久,藤井家老屋的庭院依然十分潮湿,地面散落着被吹落的枝叶,原本排列整齐的植被东倒西歪,显得有些凄凉,就像平日仪表端庄的女人被劲风吹乱了秀发。

但后院的这棵大楠树依旧苍翠挺拔,粗壮的树干立在地面上,如同有着金刚不破之身的巨人,一副坚不可摧的样子。

御手洗与大楠树对峙了一夜。这个只相信逻辑的男人终于肯承认这棵老树的超能力,开始正视它,决心和它展开殊死较量。

看着御手洗这副苦恼不堪的样子,我知道他输定了,也更加坚信詹姆斯·培恩是清白的。没错,一切的一切都是大楠树搞的鬼。

御手洗从日暮时分坐到现在,已经好几个小时了。刚开始我还在他身边晃来晃去,后来他说想一个人静静,打发我回屋。于是,我只好回到老屋的钢琴房,透过房间的窗户看向御手洗孤单的背影。

御手洗叮嘱玲王奈务必和我待在一起,以免发生意外,所以她也跟着我回到了钢琴房。她搬了张椅子,坐在可以望见大楠树和御手洗的窗边,手托腮支在窗台上,呆呆地俯视着窗外。她坐在那里一动不动的样子和之前简直判若两人。

指针已经指向凌晨两点。刚刚结束苏格兰之旅,我已经相当疲惫了,想来作为女性的玲王奈身体应该更加吃不消。我劝她去休息,她却拒绝了,说御手洗比我们更辛苦。

理论上确实是这样的,可是御手洗这个人一旦沉迷于案情之中,总能展现出令人难以置信的战斗力。不管是一口气跑几十公里,还是熬上好几个通宵,对他来说都简直是家常便饭。我对此早就习以为常,并不会特意牵挂他的身体。

"他总是那样一个人思考问题吗?"玲王奈问道。

"是的。"我回答,"他开始与我搭话,就说明他已经推理结束,准备揭晓谜底了。如果想要思考问题,他就会要求独处。"

"真是个孤僻的人啊。"玲王奈感叹道,"但这也说明他很有才华。"

"他是误闯猫群的大象,在大家看来,他只是一根奇怪的圆柱子。"

归途的飞机上,玲王奈滔滔不绝地对御手洗说着家人特别是母亲八千代的艰辛过往,事无巨细地将家底全盘托出,似乎不一吐为快就会被悲痛的情绪吞噬。

现在的她孤苦伶仃。大哥卓死了,二哥让死了,母亲也死了。藤井家幸存的郁子、千夏、照夫、三幸都和玲王奈没有血缘关系。如果詹姆斯·培恩也已不在人世的话,她在这个世上就没有血亲了。

那种悲痛和孤独,还有对未知凶手的痛恨,迫使她在飞机上一刻不停地倾诉，那是内心绝望的呐喊。我完全理解那种心情，并为此感到心痛。那种常人无法忍受的悲愤，这样倾诉出来或许能让她好受些。

几天前我刚认识了让。那天晚上，他为我讲解了古今东西方的死刑文化，那热情洋溢的演讲和生动夸张的表情再次浮现在眼前。他只是一个性格古怪的男人，本性并不坏。我想到他就这样撒手人寰，难掩悲伤之情。对于他的死，我都如此惋惜悲痛，更何况是他的血亲玲王奈。

但玲王奈表现得异常坚强，没在我们面前流过一滴眼泪。她才二十岁就不得不面对这样的生离死别，无疑是她人生中最大的悲剧。她现在已经不再是那个泼辣自信的松崎玲王奈了，极度的悲痛使她失去了自我，她的内心急切寻求一个可以听她倾诉、供她依靠的人，就像落入急流的人伸出求救之手。

我也坐在椅子上，在头脑中梳理了一遍回到横滨这一天的所见所闻。

让的尸体大头朝下扎进大楠树的树干中，而且破损严重，面目全非，肩骨、肋骨和上臂少说也有十几处骨折，被殴打的伤痕更是不计其数，甚至有些部位已经皮开肉绽，露出了骨头。

至于死因和其他线索，以及更准确的结论，丹下让我们等待解剖结果。

到底是谁，出于什么动机，用这么残忍的手段杀害了让？我并没有想这个问题，因为我一直坚信凶手就是大楠树。

但是，案件仍有很多疑点。关于让的死，情况了解得越多，就越觉得他的死是卓的死的完美再现。虽然两个案子的部分细节不同，但从整体来看恰如双胞胎般相似。这一次的事件还多了一个离奇的细节。

让的裤子口袋里有一封遗书，写着"请原谅我跳楼自杀"。这和他哥哥卓的遗书如出一辙。这封用铅笔手写的遗书，怎么看都是卓的笔迹。

没有比这更令人费解的了。难道说，先行一步的哥哥回来召唤弟弟共赴黄泉，连遗书都替他写好了？

让的鞋一只落在老屋附近，另一只则落在藤棚汤澡堂的锅炉旁。这也和卓的案件情况相似。

基于这样的事实，我做出如下推理：让和哥哥卓一样，跨在老屋的屋顶上盯着大楠树看。卓在那时突发心脏病猝死了，让则飞身跃向大楠树的树干顶部，如同俯冲的飞机一头扎进大楠树张开的树洞里。

他们为什么要这么做？因为兄弟二人都被大楠树的灵力所操控，都着了魔。

这样推理不仅可以解释让头部和上半身的累累伤痕，卓在玲王奈的文字处理机里留下的遗书也能解释得通。也就是说，卓本来也打算从老屋的屋顶上跳下去，只是不巧在跳之前就咽了气。

综上所述，卓和让两兄弟的死就像一对孪生兄弟，虽然尸体被发现时的情形有所不同，但二人殊途同归。只是弟弟冲到了终点，而哥哥半路落马。

然而，我不得不承认这样的推理存在很大的瑕疵。第一，让裤子口袋里的遗书是卓的笔迹这一点就无法解释。第二，从老屋的屋顶到大楠树的树干还有一段距离，因此从屋顶直接跳到大楠树树干上的难度着实不小。如果非要跳下去，也不是不可能，但是必须先进行一定长度的助跑。而且就算助跑了，也只能勉强跳过去，如何产生让上半身扎进树洞的冲力？

就算这一切都成功了,他的身体会损坏到那种程度吗?从尸体的损坏程度上看,让必定是从高空直落,除此之外没有其他可能性。也就是说,我用常识推理得出了一个非常识的结论。这些奇怪的现象到底是如何发生的,又为什么发生呢?

还有,如果我的推理站得住脚,让就必须借助梯子爬上屋顶,因此发现尸体的时候,梯子应该搭在房檐边。但是那把铝合金梯子至今仍放在仓库里,这也是个疑点。

"对了,"我心里叫道,"是巨人!一定是那个巨人从苏格兰游到了东方国度。是巨人干的吧?巨人的传说!但这根本不符合逻辑,简直就是开玩笑。无论如何这都不可能。"

我的推理就这样无疾而终了。但总而言之,兄弟二人的死亡事件颇为相似,都发生在风雨大作之夜,次日早晨尸体被发现,而且两次事件中老太太都遭到了袭击。只是,老太太终究没能挨过第二劫。

基于这些事实,我下意识地认为这个案子已经超出了常人的认知,无法排除是超自然力量所为的可能性。是一股灵异的力量将兄弟二人步步逼向死亡的,这股力量一定来自大楠树。

这时,一阵打嗝似的啜泣声打断了我的思路,我诧异地抬起头,是玲王奈。她双手掩面,坐在窗台边流泪。借着微弱的光线,可以看到窗外大楠树的枝干像魔爪般左右摆动,像在向我们招手。我感到一阵莫名的惊恐。

"我必须到楼下去……"一个陌生的声音说道。这是我未曾听过的声音。我看到玲王奈的嘴唇在动,但这绝不是她的声音。她的声音是低沉冷静的,这个声音却像捏着鼻子说话一样,是高亢甜美的童声。

"我要下去,到树那里去。"玲王奈用稚嫩的童声说着,站了起来。她的脸上有几道泪痕，容貌也完全变了，变成孩子的模样。

"我必须去！一定要去！"她不断地重复这句话。大楠树魔爪般的树枝在她身后不停地招手。

我感到浑身的血液就快凝固了，鸡皮疙瘩从脚底爬到头顶。大楠树终于现出本性了。它害死了玲王奈的两个哥哥，现在又要将魔爪伸向唯一幸存的玲王奈，并且已经开始控制她的神志。

"我要到树前面去……"玲王奈继续用童声边说边准备离开房间。

"不行，那里太危险了！"我大声叫道，二话不说将她抱住。

这时，越过她的肩膀，我看到窗外的御手洗也站了起来，慢慢地靠近大楠树，从我的视野里消失了。

"喂，御手洗！"我想大声叫住他，却无法发出一丝声音。这就是大楠树的魔力。冰冷的月光射进窗内，控制了玲王奈的神志，封住了我的喉咙，还准备对御手洗下死手。

玲王奈泣不成声，一直吵着要下楼。她歇斯底里地想从我的怀里挣脱，我用尽全力死死地将她抱住，让她动弹不得。过了好一会儿，她才终于精疲力竭，安静下来。

"你太累了，必须好好休息。"我在她耳边低声说道。

于是，我搀扶着她跟跟跄跄地走到走廊，向二楼的卧室移动。

这时，耳边传来轻微的"咔嗒咔嗒"声。我抬起头，看见眼前三个并排的窗户外面，大楠的魔爪正不停地敲打着玻璃窗，寒意顿时席卷了我的脊背。

它在召唤玲王奈！我紧紧地抱住她，迅速穿过走廊，尽量不让她朝向树的方向。

我把玲王奈送到二楼我曾经住过的客房。可能是听到走廊的响动，三幸也从自己的房间出来了。来得正好，我心想。我连忙跟三幸说玲王奈有些不对劲，拜托她照看一下。如果房间能上锁，我一定会把玲王奈锁在房间里，不让她离开半步，但是很遗憾，整幢房子除了培恩的书房以外，其他房间都没法上锁。

玲王奈没有换衣服就直接躺到床上去了，还是泣不成声，已经彻底神志不清了。我用毛毯轻轻遮住她那张被泪水打湿的脸，对穿着睡衣站在一旁发愣的三幸使了个眼色，然后下楼去了。我得去看看御手洗。

外面起风了，体感微寒。看着银白色月光下藤井家的庭院，我突然想起了地球另一端遥远的苏格兰。院子黑压压的一片，和平时熟悉的景象不同，看上去相当恐怖。

我担心御手洗的安危，于是直接冲到大楠树前面。可是他不在刚才坐过的树根上，彻底不见踪影，我只找到他的一只鞋。

我张皇失措，不停地呼唤他的名字。没人回答，只有大楠树不断翻腾的树叶发出沙沙的声响，树叶纷纷从树上掉落，仿佛在向我发起挑战。

我在黑暗中凝神细看，寻找御手洗的身影，突然陷入了一种可怕的错觉之中。周围万籁俱寂，漆黑一片，天地间仿佛只剩下我一个人，恐惧和无助使我想要尖声大叫。

我心神不宁地在树干周围搜寻御手洗的踪迹，终于在距离地面三米高的树瘤上找到了一件衣服，是御手洗的夹克衫。我猛地向上跳，把夹克衫从树上拽了下来。

夹克衫落在树根间的羊齿蕨上的瞬间，我突然想到了卓和让的鞋。被大楠树杀害的兄弟二人的鞋分别落在距离很远的地方，一只落在老屋附近，另一只落在藤棚汤澡堂后面的锅炉旁。那么既然在这里发现了御手洗的一只鞋，难道另一只在藤棚汤？

这么想着,我不知不觉间跑了起来。在皎洁的月光下,我直线横穿这个模仿苏格兰弗塞斯村建造的 B 字形庭院,耳边的风声呼呼作响。

我打开铁门,穿过铺满碎石的道路,径直跑向藤棚汤澡堂。月光下,宛如体育馆的巨大澡堂慢慢向我逼近。

我忧心如焚,奋力地奔跑。转眼间,那拔地而起的巨大烟囱、烟囱底部的锅炉和锅炉前的燃料房已出现在眼前。

"啊!"我绝望地大叫。我找到了另外一只鞋。澡堂巨大的锅炉旁边有一只鞋,没错,正是御手洗的鞋。

下一秒,我突然明白了。因为我们多管闲事,对真相穷追不舍,所以大楠树发怒了,这次它连御手洗也不放过。

我立刻回头看向老屋,洋楼窗户的灯光已经全部熄灭。幸好今晚有月光,除了树林只是一片黑压压的剪影之外,其他地方大致还能看清楚。

御手洗会不会也在屋顶上?我连忙抬头看,屋顶上并没有人。

瞬间一股怒火涌上心头。是那棵树,全是那棵树搞的鬼,说不定御手洗已经在它肚子里了。

我顾不上去捡御手洗的鞋,跑回老屋后直接用身体撞开了铁门,横穿庭院,来到老屋右侧的杂物房,一把推开门,闯入黑暗中,摸索寻找之前的那把冰镐。找到后我立刻将它抓在手里,冲出杂物房,沿着屋檐气势汹汹地来到大楠树前。

御手洗的一只鞋和落在树下的夹克衫映入眼帘。

这时,狂风乍起,像森林一样的大楠树横七竖八的枝条如狂魔乱舞,发出人类咆哮般的声音。瞬间,我有些胆怯。月光忽然消失了,周围陷入一片漆黑。

我回头望向身后的天空,难道月亮也害怕得躲起来了吗?

天空乌云密布，月亮躲进了云层，连星星也吓没了影。

四周弥漫着浓烈的植物气味，是暴风雨后特有的气息。

"咦？"我喃喃自语，凝神注视着夜色。月亮虽然被遮住，藤棚汤烟囱的影子却依稀可见。然而，我总觉得烟囱的影子有点儿不对劲，和平时的不太一样。

我站在原地，目不转睛地盯着烟囱看。这时，乌云终于消散，月亮又慢慢出现在南边的天空。

是满月。又大又圆的白色满月。月光下，藤棚汤的烟囱像铅笔一样矗立着，烟囱顶部清晰可见。

奇怪的是烟囱顶部，莫名其妙变成圆的了。

我赶紧放下冰镐，摇摇晃晃地再一次走向藤棚汤，视线一直没有离开那高高的烟囱顶部。

距离越来越近，我终于明白了。烟囱的顶部有个人影，有人坐在上面。

为什么？为什么要爬到那么高的地方去？这太危险了！简直不可理喻！到底是谁？

想到这里，我恍然大悟。能做出这种蠢事的还有谁？

我下意识地跑了起来，心里五味杂陈。我既生气又高兴，同时惴惴不安，混乱的情绪在我内心翻腾，如同树枝上的叶子在风的撩动下沙沙作响。但渐渐地，我感到释然和解脱。不管怎么说，御手洗平安无事。前提是他不会从烟囱上掉下来，能安全回到地面。

我放慢脚步，到达锅炉前时因为跑了两个来回，已经气喘吁吁了。我累得说不出话，站在锅炉旁喘息了几十秒，然后深吸一口气，仰头朝烟囱顶部大声喊道："御手洗！喂，御手洗！"

我用尽全力叫喊，却没有听到任何回应。为了能更清楚地看到烟囱顶，我一边后退一边继续喊他。

但烟囱上的人影稳若泰山，活像一尊雕像。我再次感到毛骨悚然，眼前的情景让我想起卓。卓不就是跨在屋顶上，像雕像一样一动不动的吗？那是因为他已经死了。

我又想到丢在老屋附近和藤棚汤后面的鞋……

"御手洗！"我双手围成喇叭状，冲着烟囱顶不停地呼唤。

可是，回应我的只有夜风的低吼。黑暗坡这块台地上树木极其茂密，树叶在风中像汹涌的浪涛不停地翻滚，沙沙声不绝于耳。

御手洗为什么要爬到烟囱上？他疯了吗？

对于这个对我的喊声毫无反应的人影，我又想到了一种可能性。莫非那人不是御手洗？如果不是他，又会是谁？想到这儿，我不禁后背发凉。

"喂！"我又喊了一声。

这时，我看到烟囱顶上的人影缓缓地动了一下。是活人！太好了！我再也不想见到死人了。

慢慢地，人影顺着烟囱上的金属梯子一步一步地向下移动。我也慢慢走向烟囱。

人影临近地面时，我终于看清了他的样貌。正是御手洗。他没穿外套，打着赤脚。他没事，还活着。

他缓缓从梯子上下来，坐在锅炉上，然后倏地滑到了水泥地面。接着，他像梦游患者一样摇摇晃晃地走到我面前。

借着月光，我看到御手洗头发凌乱，眼圈发黑，目光呆滞，面容憔悴，像一只泄了气的皮球似的精疲力竭。才几个小时不见，御手洗怎么变成了这副模样？

"喂，御手洗……"我还没来得及问出"没事吧？"御手洗就举起右手打断了我的话。

他用嘶哑的声音说："基本弄清楚了。"说话时他没有正眼看我，只是盯着远处的大楠树。

"现在只剩一两个疑点没搞清楚了。"御手洗说完，摇摇晃晃地往前走。踩在碎石路上时，脚底被碎石硌到，他疼得龇牙咧嘴。

"还是把鞋穿上吧，需要我帮你拿过来吗？"我问道。然而鞋离得有点儿远。

御手洗继续光脚前行，看来他准备先找到掉在附近的那只鞋再说。我只好让他搭着我的肩膀走路。

"这次的案件中，死者卓和让兄弟二人都没穿鞋。"

我缓缓地点了点头。的确如此，麻烦的是，现在御手洗也没穿鞋。

"你是想说，这两个案子都和烟囱有关吗？"

"对，都是因为那根烟囱。"御手洗点了点头。

"为了爬上烟囱才不穿鞋……"我接着问。

"嗯，穿着鞋踩在生锈的铁梯上会很危险，必须光脚爬，因为实在是太危险了。"

"我还是不明白。你是说，卓和让两兄弟都爬上了烟囱吗？"我一头雾水。

"不，不是的。"御手洗显得有些烦躁，脑袋摇得像拨浪鼓，"正好相反，他们都没有爬上烟囱。"

"什么……"我越发摸不着头脑，一时语塞，脑中一片混乱，"你在说什么？"

"算了，石冈，我累了，以后再说吧。"御手洗捡起鞋，从衣服口袋里掏出袜子塞进鞋里，单手拎着，准备继续光脚走回老屋。

"那你为什么要爬那个烟囱？难道只是一时兴起吗？"

御手洗这个人，思路陷入困境时经常会有这种离奇古怪的举动。

"那是一根可怕的烟囱，石冈。"御手洗还在嘟囔着我听不懂的话，"没人知道它有多可怕。大家都气定神闲地从它旁边经过，可谁知道那是比刀子还要可怕的凶器啊。"

我们穿过敞开的铁门，进入藤并家的区域，爬满常青藤的老屋立刻出现在眼前。霎时，我闻到了一股死亡的气息，这幢房子俨然一座废弃的坟墓。

之前看过这幢洋楼好多次，但这是我以前从未有过的感觉。这幢老洋房好像在对我说："我是建造在无数尸骸上的古老墓碑。"

我终于知道这幢古老的建筑意味着什么了。看着御手洗那副憔悴的面容，我知道他也领悟到了这一点。

常青藤在这座巨大的墓碑上盘根交错，叶子随着夜风不停地颤抖。忽然，月光下出现了一个女人的身影，她侧着身慢慢行进。我正想上前看个究竟，御手洗一把拉住我，说道："嘘。"

我们停住脚步，屏住呼吸。

苍白的月光照在女人棱角分明的侧脸上，是玲王奈。她缓缓走过老屋，往大楠树的方向走去。她仿佛在悬浮移动，我听不到半点儿脚步声，只有风的低吟声和树叶的沙沙声。我们依旧站在原地，屏息凝神地注视着她。

玲王奈面无表情，沿着爬满常青藤的墙壁慢慢移动，在楼角处转弯，背对着我们。很快，她在大楠树前停了下来。

我和御手洗有意识地和她拉开一定距离，蹑手蹑脚地跟在她身后。玲王奈面前的地面上,有御手洗的夹克衫和另一只鞋。

玲王奈念叨着什么。我悄悄靠近,再一次听到那个高亢的童声,但完全听不懂内容。那带着鼻音的稚嫩的童声,像在歌唱,又像在哭喊。不是日语,难道是英语吗?好像也不是。我看了看御手洗,他面无表情,聆听着含义不明的奇妙语言。

突然,玲王奈冲上前去,使尽全力双手拍打树干,还不停地推搡。过了一会儿,她哭了起来,哭声越来越大,带着很重的鼻音,还夹杂着无人能懂的语言。她一边哭,一边用拳头敲着树干,力量时强时弱。她的旁边就是挖出四具尸骸的大洞,黑压压的,像默默张开的大嘴。

她好像在和大楠树说话,我想,她边拍打着树干边用我们听不懂的语言和大楠树对话。

就这样放任不管吗?我用眼神问御手洗。御手洗目光阴沉,面无表情地看着玲王奈。他那张没有流露任何表情的侧脸,给人一种极其冷漠的感觉,却似乎有一丝痛苦的神情。或许他也想从背后喊住她,制止她的行为,但又有所顾虑。

我正不知所措,玲王奈哭着瘫倒在大楠树树根旁,蹲在大楠树裸露的树根间。突然,她好像想到了什么,后退几步,双膝跪地,开始用手挖地面的泥土。

在苏格兰时,我多次注意到玲王奈纤细修长的手指和精心修剪的指甲。现在,她居然在徒手挖地上的泥土,看来她彻底疯了。她一定是被鬼魂附体了。

御手洗走了过去,低下身从背后抓住她的手腕。

玲王奈好像完全不知道身后有人,吓得像遭到电击一样全身痉挛,接着大声尖叫起来,像个撒泼打滚的孩子。

御手洗从后面摇晃她的身体。玲王奈用沾满污泥的手擦去脸上的泪水，慢慢转身。

看到是御手洗，她的哭声戛然而止，吃惊地瞪圆双眼，突然抱住御手洗，又啜泣起来。

御手洗一时进退两难，只好让她抱着。他轻轻拍打玲王奈的后背，同时斜眼看向站在一旁的我，一副无可奈何的样子。接着，御手洗抱着玲王奈缓缓起身，随即握住她的双肩，把自己从她怀里挣脱了出来。

"怎么了？振作一点儿，醒醒！"御手洗看着玲王奈的眼睛说道。

玲王奈这才猛地抬起头。"啊，侦探先生……"这个动作才是我认识的玲王奈。太好了，玲王奈回来了。

"石冈，我的外套。"御手洗转过头对我说。

我将夹克衫从地上捡起来，递了过去。御手洗从口袋里掏出手绢，拿给玲王奈。玲王奈接过手绢擦了擦眼泪。我们都默默地看着她。令人惊讶的是，玲王奈笑了起来。我吓得瞪大了眼睛，心想她果然疯了。

但御手洗并没有表现得很吃惊，他似乎受到玲王奈笑声的感染，也嘴角上扬，露出了笑意。我无法理解这两个人到底怎么了。

"好了，看来你恢复正常了。现在我们送你回公寓吧。"御手洗一边催促着玲王奈，一边迈开脚步。

"啊，那我得去拿钥匙。"玲王奈的声音也恢复正常了。

"不，不用了。"御手洗斩钉截铁地说道，唇边仍有笑意。

"可门是锁着的。"玲王奈说道。

"没关系，我们能进去。"御手洗充满自信，我却满腹狐疑。玲王奈恢复正常了，这回轮到御手洗发疯了吗？

"石冈，这把冰镐怎么在这儿？"御手洗一边捡起冰镐一边问。

"我以为你被大楠树吃了。我想,如果你真被吃了的话,我就把树洞口凿开……"我有些难为情地解释道。

"好啊,石冈,那就凿吧。"御手洗停住了脚步,神采奕奕地说。

"什么?"我有点儿怀疑自己的耳朵,"你说什么?"

"这是个好主意。不要客气,毁了它吧,这是一棵该死的树。"

"你在说什么?"

树梢沙沙作响,御手洗的眼神充满疯狂。现在果然轮到这个男人疯了,难道发疯会传染吗?玲王奈也愣住了,茫然地看着他。

"石冈,来吧,毁掉这棵该死的树。"御手洗越说越带劲。

"别说傻话了,正因为它是一棵可怕的树,才不能对它动粗。如果毁了它,不知道会遭什么报应呢。"

"这就是阴谋!"御手洗丢掉冰镐,大声叫嚷道,"大家都觉得这棵树有超能力,所以谁都不敢动它。无论这棵树隐藏着多少惊天的大秘密,也没人会发现。"

"我不知道你想说什么,总之不能做危险的事情。刚才玲王奈的样子你也看到了。"我弯腰拾起冰镐,后悔不该拿出这东西,还是赶快把它放回仓库比较好。

"我什么也没看见。"御手洗话音刚落,他便夺过了我手中的冰镐,"我什么都没看见!"

"啊?喂,住手!"

御手洗右手拿着镐,像风一样朝着大楠树冲了过去。疯了,御手洗疯了!

他挥起冰镐,对准树干重重一击。顿时,木片碎裂,四处飞进，上空枝摇叶晃，沙沙作响。当他再次把冰镐高高举过头顶时，我从背后抱住了他。

"冷静一点儿！你疯了。你知道这是棵什么树吗？你想被诅咒吗？"我叫道。

"让开，石冈！那就让我一个人被诅咒好了！"御手洗喊道。

"住手！"我也大声喊。

"玲王奈小姐，快劝劝我的朋友！"御手洗对玲王奈说道。玲王奈惊慌失措，看了看我和御手洗，最后还是决定帮我，和我一起从后面抱住了御手洗。

"不行！你会死的！别做这么危险的事！"我们两人一起将御手洗死死抱住。我忽然想起让说过，过去在英国，破坏树木是要被处死的。

"别拦我，你们在旁边看着就行了！"

"那怎么可能?!"

"是啊！"玲王奈也跟着喊道。

突然，御手洗扔掉冰镐，转过身奋力挣脱，我和玲王奈都被甩了出去。我一屁股摔在地上。

"你们两个给我离远点儿。如果害怕被诅咒，就走开，回房间去，躺在床上用被子蒙住头！什么诅咒不诅咒的，我才不在乎！不毁掉它就破不了案。别管我。"

"喂，御手洗……"

御手洗拾起冰镐，转身走向大楠树。他手起镐落，上下挥舞。而我吓得瑟瑟发抖，手脚如同被恐惧捆住一般动弹不得，只能眼睁睁地看着他实施暴行。

叶子抖动得更加厉害了，仿佛正因愤怒咆哮发威。御手洗却不为所动，不停挥动冰镐。木片碎裂，过了一会儿，树干嘎吱作响，出现了一道裂缝。

御手洗继续用冰镐横扫，连劈几下之后，奇怪的事情发生了。一直延伸到树冠浓密处的粗壮树干竟被劈成了两半，左半部分摇摇晃晃地逐渐倾斜。御手洗举起冰镐又用力一击，树干倾倒的角度越来越大，终于随着一声巨响倒在旁边的铁丝网上。

树干的右半边仍然坚挺地立在那里。御手洗从左边移动到右边，继续用冰镐的锋利处横劈，直到右半部分也发出了嘎吱嘎吱的断裂声。树干开始倾斜，御手洗不断挥舞冰镐。树干倾斜的角度越来越大，眼看着挖出尸骸的树洞变成了一处凹陷，留在右半树干上。

我还没明白发生了什么事，树干已经被劈成两半，即将倾倒。然而，大楠树依然立在原地，因为倒下的树干里还有一根树干，黑乎乎，湿漉漉，反射着月光。

随着树叶的剧烈响动，右半边树干也慢慢倒下了，响声惊天动地。

眼前的景象让我震惊，树干明明已经一分为二倒向两边了，大楠树却依然屹立不倒。就像鸡蛋一样，大楠树剥去了外面的一层壳，里边还有一层。

"这是……怎么回事？"玲王奈不禁小声说道。

"这到底是怎么回事？"我也叫了起来。

"这是人造的，石冈。"御手洗的声音铿锵有力，语气不容置疑。

"人造的？"我鹦鹉学舌般反问道。

"没错。迄今为止大家看到的树干其实是技艺精湛的英国工匠做的，是一个花重金做出来的赝品。里面这个才是真树干。"御手洗用冰镐尖端戳了戳好不容易重见天日的湿漉漉的木头。

2

我和玲王奈都目瞪口呆，默默地站在夜幕中，仔细对比着假树干和刚刚发现的真树干的差异。我走过去，摸了摸假树干，简直和真的一模一样。

"做工真精良……简直一模一样。"我不禁感叹道。

真树干已经发黑，表面覆盖着一层黏稠的液体，看上去有些畸形。几年，不，几十年被罩在假树干里，晒不到太阳，树干就会变成这样吗？

真树干表面那层像果冻一样的物质中，有很多像细丝一样的白色纤维。这些不明物质看上去很恶心，我感觉就像是树干长时间缺乏日晒，体内的毛细管长到表面上来了。

"太像了……这个假树干是谁做的？"

"除了培恩，我想不到其他人。"御手洗开门见山地回答道。

"什么时候做的？"

"首先可以肯定不是在培恩学校建成以后。因为如果大家见过真树干，肯定能察觉到树干的细微变化。"

"那么就是在昭和二十或二十一年吗？"

"差不多吧。可能是在清理玻璃厂的废墟时，或是清理后立刻做的。"

"那么培恩学校的师生都被蒙在鼓里，认为这是真实的树干……"

"就连藤井家的三个孩子——卓、让和玲王奈，也从没怀疑过这个树干的真实性吧？"

我看了看玲王奈，玲王奈点头表示同意。

"他骗了大家四十多年……但话说回来，这假树干经历了四十年的风吹日晒，竟还能保持得如此完好……"

"必定经过了防腐处理。尽管如此，它也已经朽烂不堪了，用冰镐就能轻易凿开。只要愿意，谁都能把它劈开。只是大家都害怕，没人敢动手罢了。"

"那些看上去像内脏一样的东西，原来是大楠树原本的树干啊。太令人震惊了。真有你的，你怎么知道它是假的？"

"这是逻辑思考的结果，否则就前后矛盾了。"

"他为什么要做这个假树干……对了，是为了隐藏尸体吧？因为杀了人，要藏匿尸体，所以做了这个外壳。"

"不，并非如此。"御手洗一口否定，抱起双臂，低头说道，"这个假树干还有另一层目的。依我看，藏匿尸体只是后来想到的用途。"

"那为什么……为什么要做这个假树干？"

"在下结论之前，还有几点需要确认。石冈，玲王奈小姐，你们都过来，现在我们三个一起去藤并公寓看看。"御手洗说完，拍了拍我的后背，向前走去。

我们乘坐电梯到达公寓顶层，走到玲王奈家门口。玲王奈正发愁没带钥匙，御手洗从衣服口袋里掏出一把黑色的钥匙，插进门把手中间的钥匙孔，居然打开了门。

"玲王奈小姐，别客气，请进。"御手洗一点儿也不见外，说得像自己家一样。

"那把钥匙是哪儿来的？"我问道。

"我捡到的。玲王奈小姐，请靠着这边的墙根走。"御手洗嘱咐刚打开灯的玲王奈。

"为什么？"我责怪道。御手洗也太不把自己当外人了，怎么说这里也是玲王奈自己的家。

"稍后告诉你原因。你也一样,别冒冒失失地走到中间去。"说完,御手洗趴在黑白方格的地板上仔细查看地板表面,检查完一处后又站起来向前移动,再次趴下检查,重复了好几遍。

"你在做什么?"玲王奈惊讶地问。

"我在看这里的水痕。不出所料,水滴的痕迹顺着地板中央一直延续到玄关。"御手洗趴在地板上小声说道。

"喂,这个房间的钥匙,你是在哪儿捡到的?"我问道,心想,那个人也太大意了,竟然轻易弄丢钥匙。

"在藤棚汤澡堂的后面。"

"你怎么知道钥匙是这个房间的?"

"只能是这里的,这也是逻辑推理的结果,否则我的推理就站不住脚了。好了,接下来……"御手洗从地板上站起来,刚才还一脸憔悴,霎时间变得精神抖擞。真搞不懂他那深不可测的热情是从哪儿来的。

"玲王奈小姐,从苏格兰回来以后,有警察来过吗?"

"没有。"玲王奈摇了摇头,"从苏格兰回来以后,不仅是你们,连我也是第一次进屋。我一直待在老屋那边。"

"太好了。犯罪现场就像刺身一样,越新鲜越好。接下来去阳台看看吧。"御手洗说着又迅速走向阳台。

"御手洗先生,你刚才说这里是犯罪现场?"

"对,正是这个意思。"

"没开玩笑吧?为什么这里会是犯罪现场?"

"是啊,御手洗,这里离大楠树和老屋那么远。"我也说道。

"石冈,所谓的盲区经常是这样出现的。"御手洗说着,站在通往阳台的大玻璃门前。

"锁住了。"御手洗用手绢缠住手,拨开插销,把玻璃门往左边滑开。

"啊。"玲王奈叫了出来。我也觉得诧异。阳台上仅有的塑料躺椅又侧翻了。

这样的情景似曾相识。卓死后,玲王奈曾向我们演示过台风过后阳台的情景,正是现在这样。

"和大哥卓去世那天的情形一模一样。"玲王奈说道。

玲王奈两个哥哥的死确实如出一辙。他们都死于台风天,而且阳台上的塑料躺椅都是这样侧翻在地的。

"可以把躺椅扶起来吗?"玲王奈问道。

"不碍事的话,还是保持原样吧。如果丹下他们意识到这个地方的重要性,或许也会来看……不,我改变主意了。没关系,扶起来吧。我发誓,只要我不说,他们做梦也不会想到这里的。"御手洗得意地笑了。

他绕过躺椅,来到水泥护栏前,用手指在护栏上轻轻抹了抹,搓了搓指尖。接着,他身体靠在护栏上,眺望远处的老屋。老屋的灯全熄灭了,沐浴在月光之下,大楠树的黑色剪影依旧如故。

"门的玻璃没有破损。玲王奈小姐,麻烦检查一下卧室、壁橱和浴室,看看有没有什么异常。还有那台打字机。有什么情况请告诉我。"

御手洗将双肘支撑在水泥护栏上,望着曾经的刑场发呆。风在耳边低吟。

我看着御手洗的背影,正准备开口,电话铃响了。外面的风声很大,我竟没留意到电话是什么时候开始响的。

"没有任何异常!"玲王奈朝这边喊道。电话铃声停了,玲王奈"喂"了一声，然后用英语说着什么，声音压得很低。看来是外国人打来的电话。

御手洗慢慢转过身，腰部靠着栏杆，双手抱在胸前，一副从容无畏的表情。

"这个电话是给我的口信，是苏格兰的埃里克·埃默森打来的。"

"啊？"我十分惊讶，"你给他打过电话吗？"

御手洗点了点头，说："目前一切进展顺利，全在意料之中，电话的内容也会和我预料的一样。现在，谜题只剩一个了……啊，玲王奈小姐，请问是埃里克打来的电话吗？"

"嗯。"玲王奈的脸色略显苍白，"埃里克·埃默森让我告诉你，正如你所说，那幢房子的水泥墙里的确藏匿了一具十岁左右的少女尸体。女孩是战争期间失踪的达勒斯村的克拉拉。埃里克说，感谢你为他们破获了这桩千古谜案，还夸奖你是东京的福尔摩斯。"

听了这番话，御手洗并没有表现出喜出望外的样子，似乎这是理所当然的结果。他双手叉腰，点了点头。

"这下你满意了吧？这等于宣告我父亲有重大嫌疑。"玲王奈悲伤地说道。

"那是你父亲的事情，与你无关。"

"可他是我父亲。"

"他只是生下了你，你六岁时他就离开了。"御手洗说道。

"尸体是在哪里找到的？在'巨人之家'吗？"我问道。

对我而言，这是一个难以信服的消息。我们明明已经远征苏格兰，全方位搜查过"巨人之家"的墙壁了。

"当时不是把墙壁全都仔细检查过了吗？"

"是啊,连楼梯都没有放过。"玲王奈也说道。

"难道是在其他地方发现的?"我问道。

"不,就在'巨人之家'。"玲王奈回答说。

"那么是在'巨人之家'外面吗?"

"不,在里面。就在墙里。"御手洗说道。

"到底是怎么回事?"

"以后再告诉你,石冈。我们合作了这么久,你也知道我都是到最后才揭晓谜底的。还有,玲王奈小姐,"御手洗转向玲王奈,郑重其事地说,"我有一事相求。"

火灾

我和御手洗回到老屋客厅，正想小睡一会儿，突然传来一阵急促的下楼声，似乎有人在走廊上飞奔。声音越来越近，随着玻璃门刺耳的巨响，一个脸色苍白的人闯了进来。是照夫。他穿着睡衣，花白的头发乱蓬蓬的，眼睛有些浮肿。

"怎么了？"御手洗问道。

"三幸……你们知道三幸去哪儿了吗？"他说。

"不在房间里吗？"

"不在。我去房间找过了，床上放着这张字条，是用英语写的，我看不懂。能帮我看一下吗？"照夫急忙把字条递了过来。

字条是用英文草书写的，一看便知出自精通英语之人。"亲爱的照夫先生，三幸小姐跳楼自杀了，比父亲先走一步，请原谅她的不孝。J.P……J.P？"

"跳楼自杀？！"照夫大叫起来，"别开玩笑了！那孩子为什么要自杀？她根本没什么想不开的！喂，你不是侦探吗？从哪里跳楼自杀的？喂，快说啊！从哪里跳的？"

"和卓、让的案件一模一样，也就是说，这是第三个跳楼自杀的人。"

"从这个屋顶上吗？"照夫大叫一声，随即右转冲出走廊，向门口飞奔而去。

他胡乱地穿上摆在门口的拖鞋，撞开了玄关的大门，火速冲了出去。我们也跟着跑了出去，来到外面时，他正在庭院的石板路上伸长脖子跳着往屋顶上看。

"屋顶上没人，也没有梯子……"我们走近后，照夫魂不守舍地喃喃道。

"发生了什么？从头开始慢慢说清楚。"御手洗问道。

"刚才我在房间里接到一个奇怪的电话，是一个沙哑的老人声音，说着我完全听不懂的外语，他也似乎听不懂我说的话。不过，我听他说了好几遍三幸的名字，心想会不会是找我女儿的，于是跑到她的房间，却发现房间空空如也。床上放着这张用英文写的字条，被子还有余温。你快说，三幸在哪儿？她会在哪儿？在这里吗？"

照夫焦急地大喊大叫，像热锅上的蚂蚁一样围着大楠树团团转。御手洗什么也没说，只是默默跟在他身后。

"这边也没有。啊，这是怎么回事？"看见熟悉的树干被一分为二砍倒在地，照夫大喊道。

他迟疑了片刻，似乎意识到寻找女儿才是当务之急，于是立刻绕到大楠树的另一侧继续寻找。他心急如焚地四处张望，对独生女强烈的爱让这个父亲几近疯狂。

树叶的沙沙声从天而降，夜风更加强劲了。

"J.P是什么意思？"我一直很在意这两个字母的含义，于是问御手洗。

"詹姆斯·培恩。"御手洗淡定地说道。

"什么？他还活着？"我惊叫起来。

"看来是这样的。"御手洗目不转睛地盯着照夫的一举一动，低声说道。

照夫在大楠树的暗处找了一遍，又慌慌张张地跑到我们身边，踮起脚尖，伸长脖子，一跳一跳地往树冠上看。的确，虽然三幸已经是个高中生，体型接近成年人，但和卓、让相比，体型明显小得多，更容易成为大楠树的猎物。我们也在黑暗中向上张望,但什么都没看到。

突然,照夫推开我和御手洗,飞快地冲向位于房子正面的庭院。

东方的天边已经出现一丝鱼肚白,黎明将至。御手洗把手插进裤子口袋,又开始了他的踱步沉思,可能是在推测三幸的下落。

"御手洗,已经死了三个人了,至少救出一个吧。"三幸生死未卜,我倍感焦急。

"她不会有事的,能得救。"御手洗信心满满地说,然后大摇大摆地穿过庭院,走出大门,来到门前的路上。

他站在路上,抬头看了看烟囱顶部,随后转身对照夫喊道:"喂,照夫先生!"他挥手示意照夫过来。

听到喊声,照夫立刻穿过大门向这边跑来。当他跑到御手洗面前时,御手洗指着烟囱顶部问:"照夫先生,那是什么?"我也顺着御手洗指的方向看去。

"啊……"我不禁叫出声来。

烟囱顶端发着微光,远远看去,像一只倒立的萤火虫,竟有种意想不到的美丽。

御手洗阔步走向藤棚汤澡堂,越走越快,最后甚至小跑起来。我和照夫追了上去。我们三人来到锅炉旁。

"照夫先生,你看,烟囱顶有根绳子,是不是很奇怪?"虽然光线昏暗,看不太清,但烟囱顶部的确有一根绳子悬在空中。等眼睛适应了黑暗,绳子的轮廓就更明显了。

"绳子好像连接着藤井公寓的某个阳台。"御手洗说道。

我又顺着他手指的方向望去,视线在烟囱和公寓间不断游移。这根绳子到底是干什么用的?

"真奇怪啊,照夫先生,要不顺着这根绳子走过去看看吧?"

我看见照夫的白头发在黑暗中左右猛烈地摇晃。

"这个以后再说。先找三幸。"照夫说着,朝藤棚汤澡堂后面的暗处跑去。

他撬开澡堂废墟的后门,对着里面的黑暗拼命喊:"三幸!三幸!"

御手洗依然手插口袋,一动不动地低头站着。我站在他旁边,望着荡在夜空中的绳子,琢磨个中缘由。突然,传来"轰"的一声巨响,响声震天,地动山摇。

"怎么回事?"御手洗大惊失色,迅速将手从口袋里抽了出来,扭过头循声望去。

是老屋。透过树木的缝隙,我看见洋楼一楼的窗户里,红色的火焰正从地面缓缓伸向天花板。御手洗二话不说,立刻跑向老屋。

"三幸!"照夫声嘶力竭地边跑边喊。

我简直不敢相信自己的眼睛,追了上去,像在和御手洗赛跑一样,抢先一步推开老屋的铁门。当我跑上石板小径时,一股猛烈的热风向我扑来,我停下了脚步。已经无计可施,我只能站在原地眼睁睁地看着火势逐渐蔓延。

一楼的窗户里面已经变成一片火海。红色的烈焰,腾起的热浪,骇人的轰鸣声,场面之惨烈触目惊心。

烈焰像无数个拳头向窗外挥舞,又如同狂笑的恶魔伸出巨大的舌头到处舔舐。火势已经蔓延至二楼了,不久三楼也没能幸免,玻璃的炸裂声不绝于耳。

我仿佛看见恶魔的幻影。它抡起一把无形的大锤,将玻璃窗一扇扇打碎,得意地发出阵阵狂笑,笑声充满邪恶和愉悦。

培恩书房里的贵重藏品也已葬身火海。常青藤的叶子瞬间化作滚滚白烟，四处飘散。火灾是突发的，而且火势蔓延迅猛，已经无法扑救了。即便洋楼是枯干的木质建筑，这样的火势也堪称异常。这无疑是人为纵火。

我正失神，突然看见两个黑影扭打在一起，是照夫和御手洗。出什么事了？我一头雾水。

"石冈，快来帮忙！"御手洗喊道。

"三幸，是爸爸不好！"照夫还在撕心裂肺地哭喊着。他是在忏悔吗？这个男人做了什么？

"石冈，别愣着了！他会被烧死的。快按住他的胳膊！"御手洗继续喊道。

我这才明白，原来是照夫想跳进火海救人，而御手洗在阻止他，于是从背后拼命拽住他的手臂。

"三幸！"

"三幸不在里面。快说，还有谁在屋里？"御手洗叫道。

"三幸！"这位救女心切的父亲根本听不见御手洗的话。

"爸爸！"忽然，背后传来一声清脆的呼喊。

"啊！"照夫急忙转身。背对着火海的他一脸汗水和苦相，活像阿修罗。

"爸爸！"

"三幸，你没事吧？"父女二人激动地抱在一起。

"牧野夫妇。"另一个女人的声音回答了御手洗的问题。

"牧野夫妇啊……如果他们在里面的话，已经没救了。"御手洗喃喃地说道。

不知不觉间，背后传来了围观群众的叫喊声。人群开始聚集，纷纷向庭院跑来，脚步声和喊叫声乱成一团，远处还传来了消防车的警笛声。

天亮了,东方的天空彻底亮起,天边被染成烈焰般的红色。

伴随着巨大的轰鸣声,洋楼开始垮塌,噼啪的爆裂声此起彼伏。三楼楼顶青铜鸡站立的地方开始坍塌,火光冲天,人群惊呼着向后退去。

"大家都没事吧?"背后传来一声女人惨叫。回头一看,是身穿睡衣的郁子。千夏也睡眼惺忪地站在她身后。

"都没事。"我代表大家回答道。

"好了,石冈,该回马车道舒适的家了。这里很快会成为消防队的战场,案子也到此结束了。"御手洗说着,拨开人群向门口走去。

消防车似乎就停在门口,警笛声震耳欲聋。现场充斥着消防员的口令声、柴油发动机的低吟声和沉重的脚步声等,喧闹嘈杂,混乱不堪。

我追着御手洗钻出人群。

"等等我!"玲王奈也跟了过来。

"等一下,御手洗。案子全部结束了吗?詹姆斯·培恩呢?放任不管吗?"我一边拨开人群一边喊道。

"都结束了,不用管了。她也得救了,接下来该回去好好补上一觉。"说着,御手洗把手放在玲王奈的肩上。

我感到莫名其妙。得救的不是三幸吗?御手洗的手为什么搭在玲王奈的肩上?而且,詹姆斯·培恩怎么办?但在这种闹哄哄的场面里,我根本无法继续追问。

御手洗的行动 ———

自那天起，不知为何，御手洗只字不提黑暗坡藤井家的案子，并且迅速着手调查其他案件了。关于黑暗坡的事，无论我怎么问，他都不肯透露半点儿风声，似乎对"黑暗坡食人树事件"已经完全失去了兴趣。在他看来，那个可怕的案子已经彻底画上了句号。

我着实感到惊讶，和御手洗认识这么久，这是第一次见他在没有揭晓前一个案子谜底的情况下，进入下一个案件。这只能说明那个案子很不简单。

这个悬而未决的谜案令我困惑不已，但也只能仰天长叹。没有指认凶手，犯罪过程也扑朔迷离，詹姆斯·培恩好像还活着，真的可以就这么放任他逍遥法外吗？还有，那天晚上烟囱顶部的亮光，以及从那里一直连到藤井公寓的绳索到底是怎么回事？

不，这个案子的谜团还有很多。藤井家后院的大楠树为什么会被罩上一个假树干长达四十年之久？苏格兰"巨人之家"的墙壁里克拉拉的尸体是怎么找到的，为什么我们调查时没有发现？昭和十六年秋天，被吊在食人树下惨死的女孩是谁，凶手又是谁？楠树假树干里的四具尸体是谁？为什么头骨上会用胶水粘着头发？那天晚上，玲王奈为什么会失常？还有，是谁纵的火？这些谜团在我脑中不停盘旋，无法因为御手洗轻描淡写的一句"都结束了"就立马消失。

关于那一晚的火灾，我在报纸上看到了几篇报道。

报道称，老屋已被彻底烧毁，警察在废墟中发现了牧野夫妇的遗体。记者采访了他们在黑暗坡经营照相馆的儿子和儿媳。据他们讲述，牧野省二郎很早以前就患有严重的肾病，每周要进行三次透析，沉重的经济负担使他对未来丧失了信心，所以采取这种方式结束自己的生命。而牧野夫人为了丈夫在黄泉之路有人做伴，也毅然选择和丈夫一起自杀。

起火的原因是燃气爆炸。据调查，死者打开了一楼厨房的燃气栓，待燃气充满整个楼层后点火引燃。

为什么偏偏选择在藤井家自杀？这一举动确实很奇怪，但仔细想想也有几分道理。藤井家是独门独院，这样的房子并不多见，没有邻居也就意味着没有连累他人的顾虑。那天晚上，因为三幸不见了，照夫和我们都在外面找她，牧野夫妇便趁着这个时候点燃了房子。如果不想牵连其他人，恐怕那天晚上是绝无仅有的纵火机会了。

"喂，御手洗，你打算什么时候揭晓谜底？"我三番五次地缠着他问。

"偶尔留点儿悬念不好吗？"御手洗无动于衷地说道。

"可是你也留太多了，这样我怎么写啊？"我反驳说。

"怎么不能写？就写你之前说的，那棵树很可疑，这个案件虽然可以通过逻辑推理解释，但仍存在几分神秘的色彩。这些神秘的因素与大楠树和黑暗坡的风土人情有关。"

"但是推理小说不能空留谜团而不解答。"

"但这就是文学。人生本来就充满谜题。不过话说回来，解不开的谜题只是九牛一毛。人类都很自恋，对很多问题总是视而不见，被那些鼓吹'人生是神秘的'的所谓伟大的文学先驱者洗了脑。如果你写的小说揭晓了所有谜题的答案，人们会笑话你写的是和漫画或浅薄的侦探小说一样的东西。"

时至今日，我已经能切身体会到御手洗说的那种倾向，但在一九八四年当下，我完全无法理解御手洗这番话。于是我极力反驳道："说什么呢？哪儿有推理小说不揭晓谜底的？这样吧，你解开一个就行，这样我就能写出来了。"

"石冈，这个案子暂时不要公开为好，因为会对各方造成巨大的冲击。至少再等五年，这样大家也能更冷静客观地去看待。而且，五年以后，那些看热闹不嫌事大的家伙会逐渐失去兴趣，当事人也开始了新生活或有所成长，更容易冷静地接受现实。"

当时的我同样不能理解御手洗这番话的深意，在好奇心的驱使下，依然穷追不舍。

"那至少给我讲讲卓的死……他为什么会死在屋顶上？"

"那个嘛……现在更不能说了，暂时保持神秘感吧。我敢打赌，就算我解开了谜题，别人也不会相信。他们非但不领情，还会捧腹大笑，把我当成骗子。这个世界就是这么回事，石冈。对了，我这里有卡拉扬指挥的柴可夫斯基的《悲怆》，听听第三乐章吧，很有意思的。"

御手洗总是这样敷衍我。

那年年底，丹下和立松突然造访我们寒酸的事务所。两位警官坐在沙发上，说想听听御手洗对藤并家案子的见解。看来他们对这个案子感到束手无策了。

"案子已经结束了。"御手洗开门见山地说。

"结束了？你说结束了，对吗？"丹下似乎十分诧异。

"难道不是吗？"御手洗反问道。

丹下哑口无言，沉默了一会儿才字斟句酌地说道："关于藤并让，我们按你之前说的，对其口腔进行细致周密的检查，发现死者的牙龈上有细微的组织破损和出血。"丹下的态度变得十分谦虚,丝毫没有之前盛气凌人的样子。

"哦,有什么问题吗?"

"法医说,牙龈上有注射的痕迹。"

"搞错了吧?"御手洗立刻说道,"那是死者自己用牙签剔牙时不小心弄伤的。"

两名刑警面面相觑,哑口无言。我也目瞪口呆,这是第一次见到御手洗这么毫无诚意地与人交谈。

"你说什么?"丹下停顿了好一会儿,继续说道,"那我想请问一下,卓、让和八千代三人的死是他杀吗?"

"为什么向我这个门外汉请教这个问题?"这完全不像御手洗会说出的话,我简直不敢相信自己的耳朵。

"你们难道没有自尊吗?我可是一介素人,怎么可能比你们这些专业人士知道得多呢?"

"御手洗先生,"丹下摆出手势,硬着头皮故作镇定地说道,"如果以前我们的态度有不妥的地方,或者有惹恼你的地方,在此深表歉意。但也请你站在我们的立场考虑一下。总有一些小报记者和相关人士自作聪明,吹嘘自己是名侦探,试图介入案件的调查。我们稍有放松,他们就乘虚而入。我们也有工作,不可能听这些人指手画脚。你说对吗?"

"说得对,那就请你坚持到底吧,我就是自作聪明的门外汉之一。"

丹下目不转睛地看着我的朋友,深深地叹了一口气。

"出什么事了?御手洗先生,当初你不是立下豪言壮语,说自己能破解此案吗?看来,你也是个狂妄自大的牛皮大王啊。"

"的确如此,我当时只是想在二位面前装装样子罢了。"御手洗重重地点了点头。

"不，我知道你不是那种人。你一定知道些什么，只是有所隐瞒。我们专业人士愿意放下架子，低头向你虚心请教。请问这个案子是怎么回事？是谁用如此残忍的手段杀害了这三个人？是谋杀吗？"丹下呷呷嘴，说道。

"你是怎么认为的呢？"

"我不知道，所以前来请教你！"

"是谋杀。"

"那凶手是谁？"

"是大楠树。"

丹下无言地斜眼瞪着御手洗，最后说了句："算了！"然后愤愤地起身离开。

御手洗则跷着二郎腿，无动于衷地看着他们。

我送走两名刑警，回来坐在刚才他们坐过的位置上，责问御手洗："为什么要这样？御手洗，你到底在想什么？"

"我已经厌烦了。"御手洗托着腮，无精打采地说道。

"厌烦什么？"我问。

"我为什么非得一五一十地告诉这些警察？他们自己不会查吗？我告诉他们，他们又为我做了什么？抓到犯人后连封感谢信都没有。都是些过河拆桥的家伙。"说着，御手洗站了起来。

"喂，御手洗，你什么时候变得这么计较得失了？你不是一直都在追求工作的意义而非回报吗？"我喊道。

御手洗没有回答，回到自己的房间，关起门来弹起了吉他。从那以后，丹下和立松就再没来过了。

不久，坊间又有一番炒作。许多名人、作家和所谓的名侦探凭空想象，在杂志上发表了五花八门的推理，甚至有男性杂志专门为此临时开设了增刊。我不由得联想到以前的"占星术杀人事件"。

事件本身就稀奇古怪，有一定的吸引力，而且还牵扯到明星松崎玲王奈的家人，让众人兴奋得如同斗牛场上的公牛。市面上出现了各种各样的推理，我就不在此一一赘述了，因为在我看来那都是些无稽之谈。

玲王奈无疑被推上了舆论的风口浪尖。为了逃避这场风波，她于一九八四年年末独自前往美国。幸运的是，至今无人提及苏格兰的"巨人之家"，看来日本的记者还没有挖到位于遥远的苏格兰那幢房子的猛料。

时光飞逝，转眼两年过去了。一九八六年，喜新厌旧的世人开始淡忘此事，藤并家的遗属也开始了新生活。

让的同居女友千夏拿到一笔不菲的赔偿金，离开了藤并家，据说现在在银座上班。无家可归的照夫父女搬进了让之前居住的房子。郁子仍旧一个人住在藤并公寓。

另一边，松崎玲王奈在美国越来越红，还主演了一九八六年新春公映的日美合拍电影《花魁》。这是一部描写幕末时期造访江户的美国军官与横滨花魁的故事以及德川幕府纠葛的大型文艺片，在日美两国风靡一时。在杂志和电视上经常能看到玲王奈的身影。

同年三月，玲王奈荣耀归国，在一档电视节目里我偶然得知，她在好莱坞的比弗利山庄购入了一幢带泳池的豪宅。对我们这些凡夫俗子来说，她已然是云端上的人物了。

在那个节目里，玲王奈还谈及了她在黑暗坡的家。她说，这次回日本是想把横滨的那块地重新整理出来，建成摄影棚和录音棚。

我把这些事告诉御手洗，御手洗的脸上闪过一丝复杂的表情。

一九八六年五月十一日,一个晴朗的星期天。我起得有点儿晚,刚吃过烤面包片当早午餐,玄关处传来四下连续的敲门声。以这种方式敲门的基本是外国人,我一般会让御手洗去应付。

"请进。"御手洗一边翻着杂志一边不耐烦地说道。门开了。

"Hi! It's a long time!(好久不见!)"不出所料,我听到了英语。我手里拿着碗碟,正懒洋洋地走向屏风后面,不经意瞥了一眼,彻底惊呆了。

站在门口的是一位美若天仙的女人,画一般完美的身材,花一般灿烂的笑脸,就像海报里的大明星。

她身着淡绿色的夹克和茶色短裙,一双苗条美腿迈动着无可挑剔的步伐朝我们走来。这是电影里的一幕,还是现实?我已经有点儿分不清了。

"哎呀,好久不见,快这边请坐。是不是又遇到什么疑案了?"御手洗说道。

玲王奈坐上沙发,双腿交叉。她将手提包放在脚边,把墨镜摘下插在头发上,一副大明星的派头。在我眼中,她依然美得令人窒息。两年前的她还有几分柔弱和稚嫩的孩子气,如今的她已经完全长成大人,看起来更像一个雷厉风行的美国女人。

"这是我从美国带回来的礼物,不知是否合二位的口味。"玲王奈从脚下的包里拿出一个纸包放在桌上,"石冈先生,没关系,请坐这边吧。"

"谢谢。"我说。

天哪,她还记得我的名字。我激动得口干舌燥,决定先去泡茶。

"御手洗先生,我给你打过几次电话,你却态度冷淡,我对你很生气。不过……"玲王奈的声音传入耳际。这事我还是第一次听说。

"那个时候我就是个孩子,思想还不成熟,考虑不周,无法充分理解你的想法和好意。但是我在美国摸爬滚打了这么多年,现在已经是个大人了。我长大了,也变得更加顽强懂事了。我知道,我能走到今天,都是你的功劳。真是非常感谢你。"

御手洗瞪大了眼睛。我也觉得玲王奈说得太夸张,一定有什么误会。

"实在是过奖了。你能主演《花魁》,靠的是你的实力。"

玲王奈用力摇了摇头。"发生了很多不愉快的事情。我不清楚你是怎么想的,但我确实不适合演艺圈。如果你让我退出,我明天就能退出。"

"我为什么要那样要求你呢?"御手洗微微一笑。

不知为何,玲王奈美丽的大眼睛流露出深深的哀愁,她目不转睛地看着御手洗。虽然她看的不是我,但我还是很紧张。我忽然回忆起培恩为克拉拉写的诗,终于理解他为何赞美那双眼睛了。

"你不会要求我吗?"

"不会。"御手洗冷淡地回答。

"那我和别人结婚生子呢?"

"那是你的自由。"御手洗沉默了一会儿,慢慢说道。

玲王奈轻轻叹了一口气。对我来说,她叹气的理由也是个谜。我把红茶放在托盘上,端了过去。

"谢谢你,石冈先生。"玲王奈说。

然后,她不知道是对我还是对御手洗说道:"那时候我真傻,就是个孩子。但从那以后,我也开始琢磨那个案子,意识到那件可怕的事情到底是怎么回事,你看似欺骗的行为却是如此深思远虑的结果。更重要的是，那时的我不曾注意到自己的弱点，你却注意到了。但是，现在的我已经没问题了，二十三岁就成为女演员的中坚力量，是个了不起的大人了。为了自己今后的人生，我必须和那个案子做个了结。否则，我将很难继续安心投入工作中去。"

御手洗一直注视着玲王奈的脸，仿佛在测量她的成长状况。

"今天是星期天，藤棚汤澡堂的拆除工程暂停。或许这么说很失礼，但是我的确只有今天一天的自由时间。"玲王奈说道。

"明天开始又是繁重的工作吗？如果今天遭到沉重的打击，明天还能轻松完成工作吗？"

"两年前的我肯定不行，但现在已经完全没问题了。我的工作已经步入正轨，无论什么样的打击我都能承受。我身处的环境比你想象的残酷得多。"

"那好，石冈，准备好蜡烛、大号手电筒和长靴。"御手洗突然转向我，说道。

"蜡烛和长靴？"我一时愕然。

恐怖的美术馆

我们走到室外。外面的天气好得出奇，晴空万里，宜人的海风轻轻拂过马车道。

按照御手洗的指示，我穿上了早就想扔的旧工装裤，又套上橡胶长靴，这副模样感觉像是要去筑地海鲜市场。御手洗也是同样的装束。这样的两个人加上一个世界级女明星，这个三人组走在国际大都市横滨的马车道上无疑显得相当突兀。为了不引人注目，我们连忙钻进玲王奈停在马车道上的梅赛德斯奔驰车内。

我把御手洗吩咐的蜡烛、大号手电筒和替换的鞋子一起放进塑料包内，拿在手里。

虽然玲王奈从进电梯开始就一直戴着墨镜，但当她坐进驾驶席准备开车时，还是有几个青年男女指指点点着跑了过来。

"哎呀，太可怜了，当明星可真够呛，估计连咖啡店都进不了吧。"御手洗隔着车窗看向后方，说，"他们以为我们正在拍喜剧片吗，石冈？以后还是不要给我写书了。"御手洗回过头。

"开什么玩笑？不写书我们靠什么吃饭？"我反驳道。

"吃饭的问题很好解决。"

"玲王奈小姐，空闲的时候，明星们都是怎么打发时间的？"我问道。

"参加朋友聚会，"玲王奈一边操控方向盘一边说，"或者谈恋爱。"

"哦，玲王奈小姐也是吗？"我吃惊地问。

玲王奈摆了摆手，说："怎么可能？我最讨厌派对了。人生苦短，应该过得更有意义。我也不想和任何人谈恋爱，除非他能让我变得更好。"她的语气出奇地坚定。说完,她向左旋转方向盘,朝樱木町的方向开去。

"真令人怀念啊,我想起在苏格兰开福特轿车的情景了。"

"是啊。"我附和道。

"已经过去两年了。不,才一年半吧?因为发生了太多事,感觉好像过了很久。日本路上车太多,开车也没什么乐趣可言。"

"你的保时捷呢?"

"我和经纪公司的合同中有一条是禁止持有跑车,所以只能换成这辆了。"

"哎呀,你的这种工作,我恐怕干三天就受不了了。"御手洗说道。

"我也一样。每年过年的时候,我都下定决心再熬一年就不干了,但还是坚持了这么久。"

"如果真的不干了,你会做什么呢?"我问道。

"我打算写书,诗歌、童话、小说都试试。还有作曲,导演。我想做的事情实在太多了。对了,还有女侦探。"

"原来如此。"

玲王奈驾驶着梅赛德斯奔驰300E从户部警察局门前飞驰而过,随后穿过户部车站前的立交桥底。透过车窗,我看见户部警察局的门口挂着一幅"安全驾驶"的标语。丹下和立松应该就在那幢大楼里办公。今天这么重要的日子,我们把专家晾在一边真的好吗?

我下意识地看了看御手洗的脸,只见他眯着眼睛,歪着嘴,微微点头,好像在说"与我无关"。

玲王奈开了一条我不知道的路线,并没有经过藤棚商店街。

我正疑惑，车子已经到达黑暗坡了。原来黑暗坡是条单行道，只能向下通行，不能从藤棚商店街或者狮子堂那边开上来。

"啊！"来到坡上，我不由得发出一声感叹。

据说幕末时，有一个日本仆役因杀死了为非作歹的外国人而被处死。在外国军队的列队注视下，他高歌一曲，堂堂正正地接受了斩首的刑罚。除此之外，黑暗坡还目睹了许多罪犯的悲伤和行刑过程。后来这里变成玻璃厂，再后来变成外国人学校，而后是澡堂、公寓。这片历尽沧桑的土地，面貌还在不断发生着变化。

站在街上看，这里的景象全变了。废弃的藤棚汤澡堂已经变成一座雄伟的瓦砾山，只剩下高大的烟囱、锅炉和燃料房孤零零地立着。

玲王奈把车开进澡堂和藤并公寓中间的碎石路。透过瓦砾山的缝隙，可以直接看见大楠树。因为藤并家老屋已被烧毁，詹姆斯·培恩曾经拥有的这片土地如今空荡荡的，只剩下零零散散的几棵树。案件才过去不到两年时间，这里已经面目全非了，再加上玲王奈发生的变化，我觉得之前的一切恍如隔世。

玲王奈停下车，说要回房间换身衣服，问我们是否一起上楼。御手洗摆了摆手，说就在外面等她。

关车门时，玲王奈突然问道："要不要叫上照夫和郁子？"

"不，没那个必要。"御手洗立刻回答说，"今天就我们三个人去，其他人等以后看石冈写的书吧。"

玲王奈点了点头，关上车门，小跑进了公寓楼。透过车窗看着她远去的背影，我又陷入了看电影的错觉之中。

"她没有提到三幸。"我对御手洗说。

"三幸在东京上大学。"

我下了车，仰望蓝天，天空依旧万里无云，天气好得令人生厌。一年半前，我们待在这里的那些日子，不是台风就是阴雨连绵，没碰上一天好天气。这是第一次在这片土地上体验到这么好的天气。

回想起来，在苏格兰的那段日子也是整日阴雨绵绵。纵观整个事件，好像只有结案的今日才迎来第一个艳阳天。

我靠在灰色的梅赛德斯奔驰车上，和煦的微风夹带着植物的芳香吹拂着我的头发。对面是藤并家老屋焚毁后留下的水泥地基，大部分已被杂草淹没，时间流逝，现在已然看不到火烧的痕迹了。过去的一切恍如梦境。我不禁怀疑，那个可怕的事件是否真实发生过。

建于"二战"前后的玻璃厂变成了鬼屋一样的地方。在那之前的江户时期，这里到处充斥着死囚的哀号声。

但此时，这里碧空如洗，春风温煦，那些过往变得很不真实。历史如幻影般随风逝去。今后，这片土地上还将继续上演新的历史。目击这些历史的不是短命的人类，而只能是那棵千百年来傲然挺立的大楠树。

"久等了。"玲王奈回来了。她身穿工装服，脚穿红色长靴。御手洗也从车上下来，拿出塑料背包，轻轻地关上了车门。

"大侦探，你要带我去哪儿？"

"到大楠树那边去。你刚才上楼，没碰到其他人吧？"

"没有，一个人也没碰到。"

"好。石冈，你去那边藤棚汤的瓦砾堆里找两三根木棍来。"御手洗说道。

靠近瓦砾山，离大楠树也更近了一些，我发现被御手洗砍倒在地的假树干已经不见了。也许是在大火中被烧毁了吧？上次见到的又湿又黑的真树干，经过一年多的风吹日晒，看上去已经正常了很多，和我们当年看到的假树干一样，到处长着凹凸不平的树瘤子。树干上也有两处树洞，只是比假树干上的小，威慑力差很多。

树下变宽敞了许多。地面上仍然盘踞着蛇形的树根，但树根间的泥土变得很干，长满杂草，已经见不到羊齿蕨了。大概是因为缺少打理，抑或是火灾的缘故吧。

建于"二战"前后的藤井家老屋被烧得只剩下地基，淹没于一片杂草之中。我捡起两根木棍，往御手洗身边走时，看见他背对着我站在杂草丛里，抬头看着老楠树，杂草把他的长靴也淹没了。

"这棵树，除了树干有些腐烂之外，没什么变化。还打算再活一千年吗？真是辛苦了。"御手洗像在和一位老者开玩笑。

"石冈，把木棍拿过来……谢谢。来吧，二位，现在把蜡烛点燃，让我们去爱丽丝的仙境探险吧。"

"什么？去哪儿？"

"探秘黄泉之国。如果我的推理正确的话，那里应该是人类不曾见过的诡异离奇的美术馆。今日我们有幸目睹这样的天才之作，这种机会可是绝无仅有的啊。"

说着，御手洗轻轻地把一根木棍插进楠树前面的泥土里，又拔了出来，再插进去，再拔出来，重复了好几次。等到地表的泥土有些松动，他又拔掉混在泥土中的杂草。我站在一旁吃惊地看着，不知道御手洗又在搞什么名堂，怀疑他又疯了。

"别发呆了，石冈，快把蜡烛点上。"

说完，御手洗用鞋尖拨开地上的泥土。我急忙从包里拿出蜡烛，一共十根，我抽出四根，用打火机点着。

御手洗奋力将木棍插进地面，将整个上半身压在上面。顿时传来石块摩擦的声音，脚下腾起一股轻风。御手洗继续用力，忽然，一块方形水泥板冲破长满杂草的黑土地，出现在眼前。

"这是什么？"

"快帮忙啊，石冈。"御手洗喊道。

我赶紧过去，抓住石板向上掀。

"对，继续向上，把它靠在树上……对，很好。"

大楠树的树干前出现了一个一米见方的黑色地洞，仿佛地面张开了一张可怕的大嘴。

地洞里不断传来令人毛骨悚然的"咻咻""嘶嘶"的声音。里面一片漆黑，无数细小的根须纠缠在一起，犹如一团乱麻堵在洞口。

"这是……"

"进去吧。把蜡烛给我，里面可能聚积了毒气，所以不能全靠手电筒。"

御手洗从口袋里摸出一张纸，把它揉成一团，用蜡烛点燃后扔向洞内。微小的火焰照亮洞内，在洞壁反弹了几次，落向洞底。纸团持续燃烧了一会儿。

"里面好像没有沼气。我们下去吧。"

御手洗左手拿着两根蜡烛，右手拿着大号手电筒，毫不犹豫地把脚伸进洞内。他先用脚小心翼翼地把细小的树根拨到一边，接着一步一步地向下移动。慢慢地，他整个身体都进入了地洞。

洞穴其实是一条倾斜的地道，并非通向大楠树，而是通向我们右边的老屋。御手洗下去后，我也只好拿起手电筒和两根蜡烛，硬着头皮跟下去，总不能让玲王奈走在我前面吧。

我先坐在地上，然后把脚伸进洞中。这时身体就像滑滑梯一样，自然地往下滑。我站稳脚跟，左手支撑着慢慢向下移动。身体进到地洞的瞬间，鼻尖立刻闻到一股土腥味，还有一股湿冷的、不知是腥臭还是腐臭的强烈气味。

洞口已经离我很远，周围一片漆黑，手电筒只能照到御手洗头顶的发旋，根本看不到前路。我感到害怕，心里七上八下地打着退堂鼓。洞口那么小，又没有楼梯，不知道通往何处。这条狭长的地道比我想象的长得多，时而平坦，时而弯曲。不愧是御手洗，居然能在这样一条不知终点的地道里大步前行。不，说不定他知道这条地道通往何处，也预料到前方会有什么。

我能感觉到玲王奈就在身后，回过头看见了她那双靴子的鞋底。看来，已经没有回头路可走了，只能硬着头皮前进。

狭长的坡道似乎没有尽头。又走了一会儿，御手洗停住了脚步，我差点儿踩到他的头发。御手洗刚才扔下的纸团就掉在附近，已经烧成了灰烬。我正疑惑，就听到"砰"的一声巨响。我以为是塌方了，吓得缩了缩脖子。

御手洗一下子消失了，随后传来哗啦啦的流水声。我低头，发现水已经溅到我的鞋尖。我战战兢兢地站直身体，看到自己正站在一片被浅水覆盖的坚硬平坦的地上。

我用手电筒照了照脚下，黑色的水面上，波纹正一圈圈向远处扩散，一股令人作呕的闷湿的气味迎面扑来。我又向上照，发现这里的空间相当宽敞，但是不知道具体有多大，因为四周仍是漆黑一片。我再次把手电筒抬高，不禁发出一声惊叹。

头顶的景象太过怪异。大楠树的树根如同无数血管纠缠在一起，结成一张大网，笼罩在上方。有的树根紧紧扎进洞顶的土中，有的则无力地垂下，像老婆婆瘦骨嶙峋的手。我们仿佛钻进了巨人的肚子里。

水声从身后传来,玲王奈打着手电筒走向这边。我伸出手扶她。玲王奈站稳后,也和我一样屏住呼吸环顾四周。

"御手洗,这是什么地方?"我问走在前面的御手洗。

"这里是藤并家的地下室。果然有积水,不过蜡烛没灭,说明空气没问题。"御手洗低沉的声音从黑暗中传来,夸张的回声在密闭的空间内回荡。

"地下室?玲王奈,你知道吗?"

玲王奈在黑暗中用力摇头。走到这里,外面光线已经完全进不来了。

我战战兢兢地往前走,如履薄冰,害怕水面下会有万丈深渊。无论我如何小心翼翼,还是激起了水声。洞穴里一片死寂,稍微有一点儿声音就会被放大好几倍,每一步我都走得胆战心惊。

终于走到御手洗驻足的地方了。他一动不动地站着,不知道是怎么回事。他面前有一张四脚木桌,手电筒正照着盖在上面的帆布。

他在等着我和玲王奈。

"石冈,你抓住帆布的那边,我抓这边,一起把它掀开放在这个铁皮箱上。准备好了吗?"

我把蜡烛递给玲王奈,按照御手洗的指示,左手拿着手电筒,右手抓住帆布的一角,和御手洗喊了声"一,二"同时掀起帆布。玲王奈用手电筒为我们打光。

帆布有些发硬,掀起时腾起了一团灰尘。我做好了帆布下面是可怕东西的心理准备,掀开一看,下面是可爱的日本人偶,这才松了一口气。

我们把帆布团在一起,放在铁皮箱上,回来仔细端详这些人偶。

一个长一米四五、宽五六十厘米、高一米左右的黑箱子上，摆着四个略显大型的可爱人偶。

人偶白色的小脸比拳头稍大，直发娃娃头，身穿色彩鲜艳的和服，但由于光线太暗又布满灰尘，已看不清衣服的颜色。四个人偶大小均等，高度都在五十厘米左右。

"这就是按照培恩书房里那本书上的设计图制作出来的人偶。培恩果然做出来了。"御手洗冷静地说道。我点了点头。

"石冈，把蜡烛放在这张桌子上。"御手洗说着，将手里的两根蜡烛倒过来，把融化的蜡油滴在桌面上，然后把蜡烛底端粘了上去。我站在他对面，如法炮制。这样一来，就有四根蜡烛围着这四个人偶了。

"看，箱子这边有个摇柄。转动摇柄，人偶就会唱歌。"御手洗说罢，立刻转动起来。但是很遗憾，没有听到歌声，可能是放置时间过长的缘故吧，箱体内部某个缝隙传来嘎吱嘎吱的漏气声。

然而，在这个由三个手电筒的聚光灯和四根蜡烛的光线照射的舞台上，四个人偶像直列发动机的活塞一样依次升高，张开嘴巴，模样非常可爱。

我不解地看了看御手洗。按照他的说法，这里应该有极其惊悚的东西在等着我们，我记得他对玲王奈也是这么说的。但这些可爱的娃娃究竟哪里惊悚呢？

"这不是很可爱吗？这哪里——"

御手洗迅速抬起右手打断我。地道的入口处不断传来"咻咻"的风吟声。

"看上去确实可爱，石冈。"御手洗突然贴着我的耳朵说，

"如果这些真的是人偶的话。"

"你说什么？什么意思？你说她们不是人偶吗？不可能吧……"

"啊！"玲王奈的惨叫伴随着刺耳的回声在黑暗的地下空间回旋激荡。我不明就里地看向她，不知道她为何突然尖叫。

"这是张真人的脸，石冈。"御手洗言之凿凿。紧接着是一阵回声。

"真人？！"我大声喊道。又是一声巨大的回声。

"什么意思？可是……"我不由得压低了声音。

"虽然是人偶大小，但是这些人偶的脸是用真人的面部皮肤制作的。否则，她们的嘴巴没办法这样一张一合。"

我像被突然浇了一盆冰水，感觉全身的血液都冻结了。我震惊得说不出话来，呆呆地站了足足一分钟。

"然而……可是……可是……"我结结巴巴，全身不停颤抖。玲王奈也吓得说不出话来。

"我知道你想说什么。这些脸确实很小，但它的确是用真人的面部皮肤做的。将真人的头骨取出来，在头骨的位置放入比头骨稍小的石头。当头部皮肤缩小至石头大小时，取出那块石头，换成更小的石头。把头放在火上炙烤，皮肤就会继续收缩。接着换成更小的石头，继续炙烤，重复这一步骤，皮肤就能变成现在这般大小了。南美丛林里的食人部落，为了保存战利品，会以这种方式缩小敌人的脸。曾经有白人传教士记录过这种方法。培恩应该熟悉这段历史，于是将其运用在制作人偶上。"

御手洗的语气平淡无奇，不带任何感情，对我来说却惊心动魄。我忍住恐惧，凑近仔细端详这四具人偶的面孔，她们玻璃球做的小眼睛茫然地回看我。虽然眼睛和人偶的没有不同，但眼角的小皱纹、鼓起来的小鼻梁，还有嘴唇和眉毛，就算是巧夺天工的工匠也做不到如此逼真。我彻底崩溃了，感到一阵眩晕，莫名的恐惧使我双脚发软，几乎无法站立。人类居然能做出此等惨绝人寰的事来？我对人类这种生物产生了极度的恐惧，甚至感到绝望。一想到自己竟是这种可怕生物的一员，我更加毛骨悚然。

"石冈，你看这里，这个更不得了。如果抛开道德，这简直是个了不起的艺术品，伟大的死亡艺术。"御手洗手电筒的光束快速移动着，最终落在一个奇怪的东西上。

立在水里的人形物体，乍一看以为像高中时在理科教室看到的人体肌肉模型。我的脑袋像笼罩着一层薄雾，意识开始变得模糊，几乎失去了思考能力。

恍惚间，我拖着沉重的步伐慢慢朝御手洗手电筒照射的地方移动，膝盖剧烈地颤抖。然后，我终于明白了。

那东西个子不高，还没到御手洗的肩膀。

"啊……"我再次发出惨叫。这奇怪的东西就像刚才看到的洞顶，全身包裹着根须叶脉一样的东西，似乎是血管。全身的血管完好无损，清晰可见，紧紧地贴在已经风化成干尸的骨肉上。在三支手电筒的照射下，投射在水面的光影摇曳不定。

"这……这也是真人吗？"

"是具小孩的尸体。你看这里。"

御手洗把手电筒照向头部。头骨呈深褐色，两个眼窝深处嵌着黑色的玻璃球，正直勾勾地盯着我们。

"这是什么？血管吗？"

"没错，全身的动脉和静脉血管都完好无损。这东西对医学生来说想必是个相当难得的研究资料，因为以现在的技术根本做不出如此完美的血管标本。"

"根本做不出？这个不就是吗？"我追问道。

"这是奇迹，是人类无法做到的奇迹。"

我仍然不明白御手洗的意思。这东西难道不是人做出来的吗？

"之所以说现代技术做不到，是因为一旦人的心脏停止跳动，防腐剂无论如何都不可能到达血管末梢，也不可能使末梢的血管硬化。"

"哦……"我点了点头，但仍心存疑问。那为什么这个做出来了呢？

"但是，有一个方法可以做到。这个方法人们很早以前就知道了。"

"呃……"我本能地感到恐惧，预感接下来听到的将是更为可怕的话。

"那就是，趁人还活着的时候，也就是心脏还在正常跳动的时候，往动脉里注射大量水银。然后就能做成这样……石冈，快撑住她！"御手洗突然大叫了一声。

正当我惊慌失措的时候，听到"啪"的一声巨响。御手洗一个箭步跨到我旁边。原来是玲王奈晕倒了。

御手洗把玲王奈从水里抱了起来，我急忙捞起水中的手电筒，照向她的脸。

她那艺术品般美丽的脸庞沾满了泥水，简直惨不忍睹，微张的嘴巴里露出的雪白牙齿也沾满了污泥。看来她受到很大的打击，我感到一阵钻心的疼痛。

御手洗扶起玲王奈，让她坐在铁皮箱上。目前也只有那里能坐着休息了。

他用手绢拭去她脸上的污泥，玲王奈这才慢慢苏醒过来。

"你没事吧？要不要出去休息一下？"御手洗问道。

"没事。"她用微弱的声音回答。我看见眼泪在她的眼里打转，随即流了下来，冲刷着脸上的污泥。

她开始小声啜泣，最后实在忍不住了，咬着牙哭出声来。御手洗最不愿意看到的一幕发生了。

"真是难办啊。此地不宜久留，洞口还开着，随时可能被人发现。"御手洗焦急地嘟囔着。

如果这里被世人知晓，松崎玲王奈就会再次卷入丑闻的旋涡中，搞不好会演变成一个世界性丑闻。

但是，玲王奈这样的反应也很正常。这些惨无人道的暴行毫无疑问是她的父亲所为，她再怎么坚强，也难以经受这样的打击。

"对不起，御手洗先生，石冈先生。"玲王奈用御手洗的手绢边擦眼泪边说，"没事了，我已经没事了，哭过以后感觉好多了。请拉我一下，这样的话……这是我自愿的，让这一切快点儿结束吧。"

玲王奈的坚强令人震惊。她抓住御手洗的手，站了起来。

御手洗看了看玲王奈，冷淡地将她交到我手里，自顾自地回到那具伫立水中的人体前。他瞥了一眼人体标本，继续往深处走去。玲王奈的手搭在我的肩膀上，我扶着她继续跟在御手洗身后。我能感觉到她身上散发出的淡淡香水味，还有微弱的颤抖。御手洗双腿荡起的涟漪在漆黑的地下水面扩散开，哗啦啦地拍打着我的脚。

突然，他将大号手电筒的光从水面移向眼前。在黄色的圆形光晕里，我又看到了可怕的东西。

那是一具衣衫褴褛的干尸。

我本以为已经看到那么多诡异的东西，多少应该有些抵抗力了，谁知看到这具干尸，还是不由得倒吸了一口凉气。因为干尸的站姿实在怪异。

他双臂张开，摆出一副跳舞的姿态，头部稍稍倾斜，单脚立在水中，另一只脚则弯曲抬起。令我吃惊的不仅是怪异的站姿，还有他金鸡独立一动不动的样子。他的身边既没有墙体，也没有其他支撑物，是什么让他像稻草人一样稳稳当当地立在那里呢？

我凑近仔细观察，发现他的胸前垂着一条破旧的领带，领带旁边是肋骨和已经变成空洞的胸腔。透过胸腔，可以看到水面荡起的微波和摇曳的手电筒灯光。

干尸的头部只有暗褐色的头骨，嘴巴张得很大，像在无声地呐喊，露出满口牙齿。眼睛处是两个漆黑的大洞，从右面的黑洞里钻出一条树根，像一条正在蠕动的蛇。

我终于明白了。原来，从洞顶垂下来的楠树根已经盘踞在他的体内，是那些树根的巨大拉力使他能够以这种姿势稳稳地站立着。

他被树根操控、束缚，就像提线木偶一样立在地面。真是不可思议的奇迹。见过好几次的那棵大楠树，根系居然扎得如此之深，正如传说的那样，吮吸着尸体的汁液。那果然是一棵可怕的树。

御手洗毫不顾忌地靠近金鸡独立的干尸。令人震惊的是，干尸几乎和御手洗一样高。这是一具成人的尸体，并且他的身高超过了一般的日本人。

"这位是詹姆斯·培恩先生。"御手洗转过身，右手指着干尸的颚骨，像介绍活人一样说道。

"你说什么？"我忍不住大叫起来，巨大的回声紧随而来。

"他已经死了？"我又大叫起来，一头雾水，眩晕感再次袭来。

我感觉自己正身处旋涡之中，旋转的速度在无限加快，但因为周围一片漆黑，所以我什么都搞不清楚。

渐渐地，我甚至不知道自己的眼睛是睁着还是闭着，脑袋里嗡嗡作响，感觉意识越来越模糊。我所在的地方，以及眼前的恐怖事物，都仿佛不属于现实。

这是梦，这绝对是一场梦，一场可怕的噩梦。这场梦足以使我发疯或精神失常。如果不振作起来，我将无法继续像正常人一样活着。我必须马上从这里逃出去！

"石冈！"

"石冈先生！"

听到呼唤，我猛地回过神来。原来我已经一屁股坐在水里了，御手洗和玲王奈的脸在我头顶。他们慢慢将我搀扶起来。

"怎么连你也这样？今天大家是怎么了？"御手洗说道。

我感到有些难为情，摇摇晃晃地站了起来。

"绕过这具干尸，到这边看看。"

御手洗走在前面，继续向深处迈进。我强忍着胃部的恶心和全身的恶寒，从干尸旁边走过。刚才距离远还看不太清，现在可以清楚地看见无数树根牢牢地抓住培恩的尸体，能感受到周围弥漫的淡淡的尸臭。

绕开干尸继续前行，我们终于来到了地道的尽头。御手洗站在一个水泥楼梯上。他向上走了几步，上到第三级台阶，出了水面。

"这上面就是培恩的书房，和我们之前看到的那个壁橱连在一起。当然，现在上面的房子已经被烧毁了。你们看，那里用水泥封住了。"

御手洗拿着手电筒向上照,出口处胡乱用水泥封着,墙壁和楼梯上还掉了不少水泥块,已经凝结了。出口周围的水泥像钟乳石一样倒垂下来。也许因为这里是地下室,没必要在意美观问题,所以做工自然就简单粗暴了。

"地下室这样就走到头了。用水泥封住地下室的人以为把这里堵住就万事大吉,根本不知道这个地下室还有另一个出口,就在大楠树下。

"根据这一点我推断出一个重要的事实,那就是詹姆斯·培恩不是活着被关进来的,因为他完全可以通过我们进来的洞口逃跑。有两种可能,他要么是在这里被杀的,要么是死后被扔在这里的。"

我难以呼吸,已经无力开口说话。想必玲王奈和我一样。

"难以置信……"终于,我使出全身气力,挤出了一句话,"也就是说,那场火灾过后,地下室一直就是这样吗?"

"从更早以前就这样了,大概是从昭和四十五年开始。这里就像一个被封存起来的时间胶囊。"

"那发生火灾的时候……"

"发生火灾的时候,这里一定像一个灼热的地狱。地下水会变成蒸汽,充斥这个空间。"

"原来这些是地下水。"

"还有消防队灭火时喷出的水,"御手洗若无其事地说,"我当时就注意到这个地下空间的存在,正考虑进来查看时,发生了那场大火。火灾过后,地下室需要一个星期左右的时间冷却。在等待的过程中,我改变了主意。既然还没人发现,那就索性再等一年吧,等那些自命不凡的名侦探都厌倦了'黑暗坡事件'的推理游戏。于是,一年半后的今天,我终于如愿以偿地完成了这次地下探险。"

我头痛欲裂,浑身不适,只能深深地叹一口气。可能是地下空气质量糟糕的缘故吧,也可能是心理作用,我感觉蜡烛的火苗飘忽不定,越来越微弱。

御手洗说完,又与干尸擦身而过,准备沿原路返回。他再次打开铁皮箱,看了看里面,又将其盖上,在地下室里走来走去,积水被搅得哗哗响。很明显,他不想错过任何线索。

我用手电筒的光追着他,看来没其他惊悚的东西了。

"御手洗,铁皮箱里是什么?"

"里面有七种工具。手术刀、锯子、各种药品、注射器、大小不一的石头、胶水,还有指甲和头发。简直就是奥斯维辛集中营的工具箱。火炉翻倒在这边的地面上,这里是个煤油罐。"

"胶水?也就是说,培恩把制作人偶用不到的头发用胶水粘在同样用不到的头骨上?"

"没错。"

"然后连同躯干一起扔到树洞里?"

"说得对,通过这条地下通道。"

"那些死去的孩子是谁?"

"昭和二十年代游荡在附近的战争孤儿之类的吧。这些人即便突然失踪或者被秘密杀害,甚至遭到分尸,也不会有人关心,因为都是些身世可怜的孩子。他们没有父母,况且那时候就连大人也朝不保夕,自己能不能活下去都是个问题。日本的确有过那样的年代。对于虐杀儿童成瘾者来说,那简直是千载难逢的好时代。"

我又深深叹了一口气。

"那么,这个可怕的地方该看的都看了吧?"我问。

我想尽快离开这个弥漫着尸臭的恐怖地方,我都快得幽闭恐惧症了。

"还有一样东西,"御手洗说,"就是这个。"

他把大号手电筒照向墙上。我心烦意乱,已经搞不清那面墙是北墙还是南墙了。

"啊!"我和玲王奈同时大叫。

那是一幅用高超的绘制手法描绘而成的宏大壁画。这绝非出自一般人之手,只有具备相当水准的专业画家才能画得出来。

"是那棵树,那棵食人树!"我的叫声在幽闭的地下空间里激荡回旋。

是一棵大楠树。这幅画让我再次崩溃。

大楠树的树干像一个准备接受手术的患者,柔软的腹部被切开,腹中露出白骨。我数了一下,一共有四具白骨,和现实情况吻合。

树干上部露出一双呈 V 字岔开的腿,那个人的上半身扎在树干里。

更令人吃惊的是,巨树旁还画着藤并家的老屋。一个男人坐在屋脊上,摆出骑马的姿势,目不转睛地盯着吃人的大楠树。

"这是……"

"嗯,真是令人难以置信的画作。如果作画时间是二十世纪四十年代,那么它对四十年后发生在这片土地的一连串事件做了精准的预言。"

的确如此。是预言,还是启示?或者说,这幅壁画本身就是一份谋杀计划?

画上没有藤棚汤澡堂和藤并公寓。这也是当然,作画时这些建筑都不存在。我站在原地，屏息凝神地看着。不知从哪里又传来"咻咻"的风声。

空中画着云，是细长的毛卷云和碎片云。云的形状相当诡异，像卷曲的小肠。云是白色的，至少是亮灰色的，但天空的颜色并不是蓝色。因为地下昏暗，仅靠手电筒微弱的光线难以准确判断是什么颜色，但我感觉天空是土褐色的。

那么，屋顶上坐着的人的衣服应该是暗粉色的，从树干顶端伸出来的裤子就是暗绿色的。这些颜色和周围很不协调。培恩的色感似乎与常人不同，说不定他有色弱。

"这边还有一幅。"御手洗的声音在黑暗中回响。他的手电筒光束飞快地划过，停留在对面的墙壁上。

"啊！"我再次叫出声来。画上是令人怀念的风景。

那里画着一幢冷冰冰的砖砌建筑，形状像骰子，周围是一片森林。

这幅画的颜色也很奇特。砖瓦是像海藻一样的深绿色。但令人费解的是，树叶是正常的绿色。

沿着一条树木丛生的斜坡向下，是一个月牙形的湖泊——尼斯湖。毫无疑问，这幅画描绘的是苏格兰的弗塞斯村。

"这幅壁画描绘的是他的故乡。这个现在被称为'巨人之家'的房子就在这边。再看这里。你看，这里画着一个金发少女。她的手、脚和头都被砍断，分别隔开几厘米的距离，被立在'巨人之家'的墙边。

"这幅画描绘了发生在'巨人之家'的惨案，证明培恩与此案有密切关系。凶手是谁不言自明，因为只有培恩知道克拉拉被杀的事情。秘密就此揭露。

"石冈，正如你所说，一位画家身在向往已久的异国他乡，不可能一次都不拿起画笔。他每天在固定的时间秘密潜入这间地下室，就是在创作这样的死亡艺术。

"他每天像时钟一样精确地作息，大概是因为不希望被他人打扰，也不想被发现。设想一下，一个人总是在固定时间待在房间里，还有谁会去追问他的行踪？别人有事自然也会乖乖在外面等他到时间出来。这是最好的隐藏手段。

"好了，我们该走了，该看的都看了。要想成为这里的居民，我们都还太年轻。"御手洗说着，晃动手电筒，照向我们来时的洞口。

"啊，御手洗！"我高声叫道。

"啊！"玲王奈也叫了起来。

手电筒照射到的墙壁就像被油浸润的和纸，白色的区域逐渐扩大，迅速侵蚀着整幅壁画。壁画正在消失！

我用手触摸墙壁，但已于事无补。腐蚀的边界从我手下穿过，转眼间，整个墙壁就要变成灰白色了。我的耳边又响起了"咻咻"的风声。

"这是干燥空气的作用。"御手洗说。

堪称《启示录》的壁画正在我们的眼前消失，马上就变成——不，应该说是变回一面灰色的墙。我只能默默地看着这一切，束手无策。谁还会相信这里有过一幅预言了四十年后发生的一连串事件的奇画呢？

我连忙用手电筒照了照另一面墙上的苏格兰风景画。那边也一样，可怕的灰白色区域正在不断扩大，奇迹正在消失。很快，壁画变成一面乏味的灰墙，不留一丝痕迹。壁画永远地消失了。

"石冈，我们已经无能为力了。让我们把这里的画永远封存在记忆里吧。"御手洗平静地说。

* * *

我们像鼹鼠一样历尽千辛万苦终于爬到地面。外面的光线太耀眼,我们一时间什么也看不见。过了很久,眼睛才渐渐适应。我们很幸运,周围没有其他人,没人注意到我们的行动。

太阳稍稍西斜,天气晴朗,风干物燥。

我们三人合力把水泥板按原样严丝合缝地盖好,在上面盖上泥土,踩实,再把杂草小心翼翼地插回土里。太阳把我们晒得细汗涔涔。洞口恢复原样后,刚才看到的一切突然变得很不真实,好像做了一场白日梦。

我坐在地面的一条树根上休息,干燥的微风轻拂脸颊,只觉得脑袋昏沉沉的。

"为什么?"我喃喃自语,"为什么至今没有人注意到这个可怕的地下坑道?"

"你也真是的,那是因为入口处有一根人造树干啊。"御手洗冷淡地说道。

"哦,对啊!入口在那个树干的内侧,如同在剑鞘里。"我恍然大悟。

"没错。"御手洗笑着说。

"原来如此。所以……啊,我懂了!原来是为了隐蔽洞口才做了那个假树干……"

"你终于开窍了,石冈。"御手洗无奈地说。我的脑袋总是慢半拍。

"但是,为什么……"

"我想这个应该是以防万一而准备的紧急出入口吧。培恩是个小心谨慎的人,为了防止被人关进地下室,才开了这个紧急逃生口。

"下雨那天,我当着丹下他们的面用冰镐凿树,之所以那么轻易就劈开一个洞,正是因为假树干上原本就留有一个逃生口。如果从树干内侧用力向外推,那个口就会像门一样打开,因为它是个逃生通道。"

"啊,原来如此……"我佩服得五体投地。

"培恩将尸体剩下的部分通过地下坑道运出来,扔在这个逃生口附近。就是这么回事。我想,可能是因为他觉得尸体留在地下室影响美观,也可能是为了防止他人误闯地下室而暴露罪行……因为下面那两个死亡作品,在昏暗的光线下匆匆一瞥,根本看不出是用真实的人体制成的,还能蒙混过去。"

"啊……"我已经数不清这是第几次叹息了。不知是过于疲劳,还是被吓坏了,玲王奈一直一声不吭地坐着。

"假树干和真树干之间有一条狭窄的缝隙,只要有风就会呼呼响,所以把耳朵贴近树洞时能听见好像很多人在惨叫。"

"原来如此……话说回来,这里的地下室入口,不,逃生口,你是怎么知道的?"

"石冈,难道你忘了吗?那首乐曲,那段暗号旋律。"御手洗又笑了。

"暗号旋律……啊!"

是那个!

"暗号的意思是'under the tree',而不是'bottom of the tree'——不是'树下',而是'树底'。培恩要向大家高调宣布的,是大楠树底下有他引以为傲的美术馆,而不是被他丢弃在树下的四具残骸。"

"啊……"我又感到头晕目眩,差点儿晕倒。

巨人的犯罪

透过玲王奈家阳台的玻璃向外望去,只能见到藤井家空荡荡的土地、高耸的大楠树和藤棚汤澡堂的烟囱。我们在客厅的吧台落座,虽然工装裤沾到了泥水,但吧台前的高脚椅是塑料的,应该擦一擦就干净了。

玲王奈拿出啤酒,分别为我和御手洗倒上,就匆匆跑去洗澡了。

"地下室怎么办?迟早会被人发现的吧?"

"也许吧。来,先干一杯吧。"御手洗端起酒杯。

"不等玲王奈吗?"

"她应该不想喝吧。来吧,石冈,辛苦了。这案子拖了太久。"

"嗯,我们还去了遥远的地方旅行。"

"干杯。"我们碰了杯。

"那些可怕的作品和培恩的尸体怎么办?"我问。

"那些都没办法运出来。紧急逃生坑道太窄,中间还有两处弯道。"

"嗯……本来出入口是在书房那边的,现在那边已经堵住了。"

"楠树下的出入口是用水泥浇筑的,坑道中间也有几处用水泥加固过。如果把这几个地方打通,把坑道拓宽,或许能运出来。不过,这样一来未免要大动干戈请专业的施工队,不仅要花费重金,而且相当于把秘密公诸天下。"

"但是,也不能这样置之不管吧?"

"未尝不可。只要玲王奈自己不说出去就行。欧洲就有很多这样的秘密坑道，至今无人知晓，因为知道秘密的人已经去世了。日本有这种地方也不足为奇。将来有一天，等玲王奈、三幸、郁子和照夫都不在人世了，那时再被发现也无伤大雅，因为那充其量就是个大棺材。我们只要忘掉今天看到的一切就可以了。"

"嗯……"

"幸好我当年没有泄露机密。"

"如果没有音乐暗号，你是不是不会注意到这个地下室？"

"应该不会注意不到，但有可能不会注意到楠树下的出入口，因为被隐藏得很好。"

"嗯，这样啊……但是，培恩竟然把那么危险的地方用暗号告诉大家……我实在无法理解这种心理。"

"我倒是能理解。他一定很享受这种惊险的刺激吧。如果他知道自己会被杀死，地下室的出入口会被封堵，他创造的艺术品将永眠于地下，一定会很失望的。他一方面想隐瞒罪行，另一方面又渴望自己的作品被人欣赏。这是疯狂艺术家的倒错心理。不过，现在他应该心满意足了。因为我们破解了他的音乐暗号，欣赏了他的作品，赞叹了他的才能，你和玲王奈还被吓到失去理智。我们没有辜负他的期待。现在，地狱里的他一定大喜过望呢。"

"是吗……那你现在可以为我解谜了吗？"

"当然，如果你愿意听的话。"御手洗抿起嘴，点了点头。这是他的招牌表情。

"那么，要不要通知一下照夫、三幸和郁子？还有丹下和立松？他们也有权知道事情的来龙去脉吧？"

"谁都没有这个权利。"御手洗的回答真让人扫兴。

"真的不通知他们吗?"

"不用了。"

"但是凶手呢……这个案子肯定有凶手吧?"

"有啊。"

"你会说出凶手的名字吗?"

"当然。"

听到这里,我的心开始剧烈跳动。

"那……要逮捕凶手吗?"

"没那个必要。"

我陷入沉思,御手洗这么说难道另有深意?

"难道……"我脑海中突然冒出一个可怕的想法,心跳加速,声音也有些颤抖,"你说不用通知这些人,意思是凶手不在他们当中?"

"没错。"御手洗表情冷淡。

刚才一直听到的淋浴声,此刻突然停下了。我的心脏怦怦直跳,胸膛几乎要炸开。想说的话已经到了喉咙,却因为恐惧而无法说出。好了,说出来吧,现在就说出来。我屡次下定决心,但怎么也张不开嘴。

也就是说……也就是说,刚才没有提到的人只剩一个了。

"不可能……不可能……"我一边在心里嘀咕,一边胆战心惊地看着面无表情的御手洗。御手洗摆出这副表情的时候,可是什么冷酷的话都说得出口的。

"玲王奈她……"

就在我好不容易从牙缝里挤出这几个字的时候,通往淋浴间的卧室门却打开了,玲王奈围着黄色浴袍出现在我们面前。

"对不起，洗头耽误了些时间。石冈先生，御手洗先生，你们要洗澡吗？"玲王奈一边用橄榄绿的毛巾擦拭头发一边说道。

"不了，石冈好像累了，我也一样。方便的话，我想尽快揭晓谜底，如果你也愿意听的话。"御手洗语速很快地说道。

我战战兢兢地看向玲王奈。她头发湿漉漉的，虽未施粉黛，却如出水芙蓉般娇艳美丽。她的美，用"异乎寻常"来形容也不为过。虽然她正处于人生中最灿烂如花的时期，但也过于耀眼。这种美太危险，甚至让我产生了一种不祥的预感。

"感觉真的很可怕，但还是麻烦你了。"玲王奈的声音听起来紧张又坚定。

"如果你想喝点儿什么的话，赶紧从冰箱里拿出来吧，然后坐到这边来。"御手洗对玲王奈说道。

"那我喝无糖可乐……"

玲王奈绕到吧台后面，打开小冰箱，向玻璃杯中倒入黑色液体。然后她走出吧台，坐在我对面。

"心情平复一些了吗？"

"嗯，已经没事了。因为刚才哭过，有些头疼，就当是演了一部恐怖片吧。"玲王奈说道。

原来如此，我想。

"那从哪里说起呢？喂，石冈……石冈，你怎么了？"

我精神恍惚，并没有回应御手洗的话。

"不好，看来我的朋友已经支撑不住了，他比你更不习惯这种事。"

"我也不习惯，只是强撑罢了。"玲王奈低声说道。

我依旧默不作声，只能暗自祈祷，希望结局不要那么可怕。

"玲王奈小姐，你最想知道什么？是杀害亲人的凶手吗？"

御手洗单刀直入地问道。

"关于'巨人之家'……"玲王奈擦了擦头发,说。

我也有同感。我们当初把"巨人之家"翻了个底朝天,却没找到克拉拉的尸体。为什么后来又找到了呢?是在什么地方找到的?

"你是想问克拉拉的尸体藏在房子的哪里吧?很简单,请看这张图。"

御手洗从胸前的口袋里掏出那张从埃米莉餐厅拿来的"巨人之家"平面图,将折叠起来的图纸展开,放在吧台上。

"这不是什么'巨人之家',只是一个骰子形状的防空避难所。一个意外事件,或者说是事故,把它变成了传说中'巨人之家'的模样。一场天灾跟这幢房子开了个小小的玩笑。"御手洗停了一下,好像在等我们的反应。

我完全没听懂。玲王奈也盯着图纸一言不发。

"我一时大意,直到登上回日本的飞机才注意到这个简单的诡计,可能是被食人树分散了注意力。其实,在我们到达那所房子时,一个重要的提示就摆在了我们的眼前,只是被我们忽略了。试想一下,假设我们要建一个防空避难所,肯定会选择在树林里建造,对吧?因为空中的敌人不仅仅是导弹。可是,那个防空避难所周围连一棵树都没有,居然建在一个光秃秃的斜坡上……"

"啊!"玲王奈接着又说了一句我听不懂的英语。

"明白了吗?没错,那幢房子原本确实是建在树林里的。不过,那里可能战后不久发生了泥石流,大部分树木都被连根拔起冲走了,所以现在成了长满杂草的斜坡。而那幢房子也一样被冲走了,并且在泥石流的作用下发生了侧翻。"

御手洗把"巨人之家"的平面图向左逆时针旋转了九十度。"实际上,'巨人之家'建成的时候应该是这样的。这才是当初培恩父子建造的避难所的形态。"

"啊!原来如此。"我这才恍然大悟。

"所以图纸必须以这样的角度看才是正确的。这房子本来是幢二层建筑,有两层地板,中央有一条平缓的楼梯。"

"哦,所以楼梯才会变得那么陡。"

"没错。原本平缓的楼梯立起来了,变得非常陡峭难走。"

这的确是个盲点!只要稍稍改变一下思路就能想到。但是,谁会想到把房子翻转九十度呢?这种不符合常识的事,一般人想不到的!

"那么这墙上的洞……这种锯齿形的洞是……"

"原本那里有门,但是房子侧翻后变成一个门朝上的长方形洞穴,流浪汉把它当作临时居所显然很不方便,为了居住便利,他们就把墙壁打掉了,本来的小门洞也就变成现在这样的大洞了。

"陡峭的楼梯两侧墙壁上的大洞,我想也是流浪汉为了进出方便砸开的。因为那里原本是没有门的。

"这里也是如此。斜坡上'巨人之家'的入口,还有这些地方,这整面墙都被人打掉了,因为这里原本只有一扇门。还有,现在的波纹状石棉瓦屋顶是弗塞斯村的村民后来铺上去的,入口处的木栅栏和木门也是之后加装的。"

我惊诧得说不出话来。

"太厉害了……"玲王奈喃喃地说。

我不明白玲王奈指什么厉害?

"那么,所谓北墙是……"

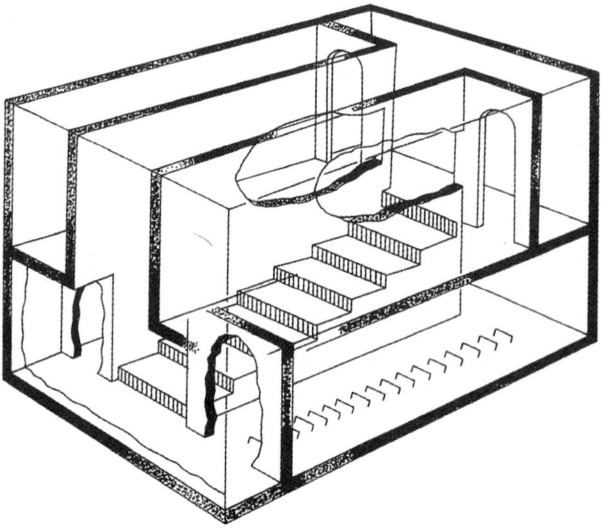

"当然就是现在的地面了。房子向北翻转,北墙当然就在脚下。可能是二楼的这里,或是一楼的这块地板。于是,我给埃里克·埃默森打了电话,请他协助调查。这一次,还没等他动手,我就有百分之百的把握,调查的结果你们也知道了。"

"太震惊了……"玲王奈梦呓般呢喃道,"将近三十年里,大家都犯了同样的错误。苏格兰人中也没有像你这样发现真相的人。"

"'巨人传说'如此诗情画意,大家都被迷惑了,所以没人意识到这是个谜团。好了,苏格兰的事情就先说到这儿吧,下面说说发生在日本的事件。"御手洗漫不经心地说。

此刻的我却心跳加速,喉咙像火烧一般干涩难耐,于是把剩下的啤酒一口气喝完。

"啊,啤酒……"玲王奈准备起身去拿酒,我和御手洗同时制止了她。

"我还没喝完。"御手洗说道,"石冈,你想先听什么?"

"疑问太多了。首先……哦,对了,那是杀人事件吗?"我稍稍思索了一下问道。

"是的。"御手洗回答道。

"凶手是先让死者一个像马一样骑在屋顶上,一个一头栽进大楠树的树干里,然后再将他们杀掉吗?还是把他们杀死之后再摆成那种造型?如果是那样的话,凶手一定是个身强力壮的男人吧……"

但是,已知的相关人物中并不存在这样的男人。如果真有巨人的话,那就另当别论了。

"为什么要把死者摆成那种姿势?有什么特殊含义吗?"我继续追问。

御手洗似乎在思考如何回答我的问题，并没有立刻回应。

"卓、让兄弟二人死状离奇，是凶手故意设计的吧？"

"不。"御手洗摇着头说道。

"什么？"

"两兄弟的死状连凶手也觉得难以置信，完全是意料之外的偶然。"

"偶然？但是，他们的死不是早在四十年前就被预言了吗？我们刚才在地下室不是看到那幅壁画了吗？"我满腹狐疑。

听到我的话，御手洗抱起胳膊，盯着天花板看了半天。

"怎么说呢？说不定那只是我们的幻觉，搞不好那幅壁画从来就没有存在过。"御手洗如是说。

"你胡说什么呢？刚才我们明明都看到了。你不是也看到了吗？"

"但是壁画现在已经消失了，说明那可能是一种幻象。"

我看到御手洗身旁的玲王奈点了点头。

"说实话，在这次的事件中，那幅壁画是最让我震惊的。唯独这一点我无法解释。因为这次的案子是惊人的多个偶然事件叠加的结果。我还真怀疑过那幅壁画是只有我能看到的幻觉，所以当知道你们也能看到的时候吓了一跳。"

"多个偶然叠加？"

"没错，我还是从头说起吧。有个人，当然是指凶手，出于某种理由决定杀掉卓，并选择在那个台风之夜动手。于是他和卓约好在这里见面。"

"约在这个房间见面？为什么？"

这不等于宣告玲王奈是凶手吗？凶手怎么会有玲王奈家的钥匙？

"因为凶手认为在这里下手最合适。他先让卓在这里昏睡过去。"

"怎么做到的?"

"先用酒把他灌醉,然后用注射器在他的牙龈上注射毒药。"

"什么?你怎么知道?"

"因为我发现了注射器和毒药。那种毒药本身不致命,只是一种麻醉剂,会让人产生短暂的意识模糊。"

"在哪里发现的?"

"在澡堂的燃料房,就藏在煤堆下面的一个金属盒里。凶手就这样通过注射使被害者失去意识,接下来的行动简直让人叹为观止,可以说是前无古人后无来者。"

"什么?"我弹起身体,屏住呼吸。

"凶手做了什么?"我再次追问,紧张得几乎能听见自己的心跳。

"凶手这么做,是为了摆脱嫌疑和制造不在场证明。"

"嗯……"

"最好的办法就是让卓'自杀'。"

"也就是伪造成自杀?"

"没错。"

"怎么做?"

"制造一个跳楼自杀的现场。为此,凶手还在这个房间的文字处理机上留下了遗书。"

"是从藤并家老屋的屋顶上跳吗?"

"不是。"御手洗果断地摇了摇头,"从那里跳下去没人会死的。"

"那从哪里跳?"

御手洗在椅子上转动身体，面向阳台门，然后伸手指着唯一可见的人工建筑说道："就是那里。"

"烟囱？"我叫了起来，那是藤棚汤唯一没有倒塌的烟囱。

玲王奈不知为何无动于衷，仍旧默不作声。

"对。凶手本来计划让卓从烟囱顶上跳下去。"御手洗慢慢将身体转向吧台。

"这样一来，就和文字处理机里的遗书内容相吻合了。还记得遗书的内容吗？'请为跳楼自杀的我感到悲哀吧。现在看来，就好像是我为自己的死量身定制的手段。'

"从字面上理解，为自己的死量身定制，除此之外没有别的用处，指的就是包括烟囱在内的废弃的藤棚汤澡堂。"

"原来是这样……现在那个烟囱的确只能成为自杀的工具了……但是，为什么要伪造一个那样的自杀现场呢？被害者当时在这里吧？难道说，凶手把卓从这里背到烟囱底下，再背着他用金属梯子爬上烟囱顶，然后从那里把他扔下去吗？"

"以常识来说是这样的，但这样做并不能让凶手摆脱嫌疑。"

"啊，对啊……那么凶手是怎么做的呢？"

"凶手谋划了一个异想天开的方法，你们听了一定会吓一跳。"御手洗一到关键时刻就喜欢吊人胃口，他恶作剧地看了我一眼，"这个想法简直让人拍案称奇，亏他想得出来。搞不好凶手以前也这么干过。到底是怎么做到的呢？就是在烟囱顶的圆周处架两根木棒，下面分别吊一个大网袋。"

"什么？"我怀疑御手洗又要开始胡说八道了，"你在开玩笑吧？"

"我非常认真，石冈，你如果有意见就向凶手本人提。像你这种满脑子常识的人是绝对不会相信的，但我说的是事实。"

"那你快说吧!"我几乎吼着说道。

与此同时,旁边的玲王奈始终保持沉默,让我非常担心。

"在烟囱顶的圆周处架两根木棒,每根木棒下面各吊上一个大网袋,在大网袋里装上足够多的煤。"

"煤?"我想摸摸御手洗的额头,看看他是不是烧糊涂了。这实在太出乎意料了。

"就是煤,石冈。锅炉里不知哪儿来那么多没烧过的煤,燃料房里更多,都快赶上卖煤的了。"

"你是说,凶手背着两个装满煤的网袋爬上烟囱吗?"

"怎么可能?没人能背动。不是那样的。凶手先在烟囱顶架好木棒,吊上网袋,然后趁人不注意的时候一点一点地往上运煤,直到装满两个网袋。凶手要做很长时间的准备工作。"

"他这样做的目的是什么?"

"为了让卓的身体自己上到烟囱顶部。"

"什么意思?"我一下子没反应过来。

"换句话说,凶手做了一个电梯。这两个装满煤的网袋只要比卓的体重重,就能做成一个电梯。凶手提前用绳子把这两个网袋和卓的身体连接起来,然后打掉木棒,这样一来,沉甸甸的网袋就会落到烟囱里,而另一端的卓的身体则会被绳子拉到烟囱的顶部。凶手不用辛苦地背着卓爬梯子,卓的身体可以自己到达烟囱顶端。

"如果系在身体那头的绳结绑得松一些,到达烟囱顶部后绳结就会自动松开,身体就会从烟囱顶上坠落下来。身体一旦坠落,撞击地面,就和自己跳下去的没什么区别了。虽然这样做多多少少还会有些不自然,不过只要选择大雨倾盆的时候实施就能瞒天过海。凶手的思路大致是这样的。

"而绳子在煤袋的重力作用下,会一起落入烟囱底部的锅炉内。事成之后,凶手伺机收回网袋和绳索即可。万一找不到收回的时机也没关系,因为锅炉早就成了垃圾场,网袋和绳子混迹其中也不显眼。而且网袋落地时,里面的煤会因为巨大的冲力四处飞散,在锅炉中形成比较自然的状态。除非遇上特别变态的侦查员,否则没人会把锅炉里的煤和外面的死者联系在一起。"

御手洗停了下来,我却呆若木鸡。凶手的想法简直是异想天开。而且,御手洗的解释无法令我完全信服。果真如此的话,卓的尸体不是应该出现在烟囱下面吗?

"可是卓的尸体并没有掉在烟囱下面,而且……难道凶手把卓的尸体背到烟囱下面,再把绑住卓身体的绳子的另一端拉到烟囱上去吗?"

"不,石冈,这两个问题一个是原因,一个是结果。凶手不会那么麻烦,有更加简便的方法。"

"什么方法?"

"跟我来。"御手洗突然站了起来,阔步穿过客厅,打开阳台的玻璃门,走了出去。

还没等我反应过来,他一把抬起阳台的塑料躺椅,把椅脚搭在阳台的护栏上。

"像这样,先把椅子摆好,再把卓放在躺椅上,让他双腿伸出护栏,然后用长绳绑住他的双脚,把绳子的另一头扔到楼下。

"接着,凶手关好阳台的玻璃门,上锁,走出玄关,锁上大门,来到阳台下面,拉住刚才扔下来的绳子爬上烟囱,将另一端系在两个煤袋上。"

"两个都要系吗?"

"我觉得没必要,但凶手必须做到万无一失。"

"接着凶手要亲自把架在烟囱顶的木棒折断吗?"

"这可不行,石冈,这样就没有不在场证明了。凶手要为自己制造不在场证明,木棒就一定要在凶手回到有第三者在场的地方时才能断掉,不然一切准备工作就白费了。卓只是因为注射药物而陷入昏迷状态,必须从烟囱上掉下来才会彻底死亡。"

"那要怎么做?"

"做出这个时间差并不难。凶手只要将两根木棒点燃即可。"

"啊……"

"所以要事先用汽油或酒精浸泡木棒。凶手点燃木棒后,从烟囱下来,回到平时生活的地方,而木棒持续燃烧一段时间后就会自动断掉。"

御手洗的话让我几乎忘记了呼吸。

"这种方法理论上是可行的,但过于理想化,具体实施起来未必行得通。不出所料,凶手在作案过程中遇到了好几个意外,因此,结果和凶手想象的完全不同。其中一个结果就是卓的尸体出现在老屋的屋顶上,这是难以置信的偶然。因为原本卓的身体不在烟囱下,而是要从这个阳台通过滑轮原理拉到烟囱上去的。然而木棒烧断,卓的身体被绳索拉动的时候,像一个巨大的秋千荡了起来,而且绳结在卓到达烟囱顶之前就松开了,于是,在强台风的作用下,卓的身体飞到了老屋的房顶上。"

"什么?"我惊讶得张大了嘴巴,"那,在屋顶上骑马的姿势呢……"

"完全是偶然,石冈。他只是恰好以那样的姿势坠落到屋顶上。"

"太荒唐了!"

"那是老天的恶作剧。卓的身体坠落时,巨大的冲力把屋顶上的青铜鸡撞飞了,青铜鸡正好落在途经黑暗坡的卡车车斗里。

"虽然整个过程听起来荒诞不经,却合乎逻辑。当我听说青铜鸡飞到黑暗坡上去的时候,我就知道卓是从天而降的。落下时的巨大冲击使他心脏骤停,当场猝死。"御手洗站在阳台上,指着已经付之一炬的老屋说道。外面天色渐暗。

"难以置信。凶手竟然连这种手段都想得出来。"我又不禁深深地叹了一口气。

"事实远比小说更离奇。"

"那让也是……"

"是啊,他飞过老屋的屋顶,直接落到大楠树的树干上了。这是何等的奇迹,他也奇迹般地应验了培恩的那幅壁画。"

简直是天方夜谭!如果此话不是出自御手洗之口,我绝对不会相信。

"也就是说,卓和让兄弟二人都是在这个房间里被注射了麻药,陷入昏迷,然后躺在阳台的躺椅上。凶手用绳子连接他们的双腿和烟囱上的煤袋,最后点燃支撑在烟囱口的木棒。兄弟二人就是这样被杀死的,对吗?本来凶手预谋制造一个他们从烟囱上跳下来的自杀现场,但是两人并没有按照计划落在烟囱的正下方,而是飞到了离得很远的老屋屋顶和大楠树上……"我总结道。

"最吃惊的应该是凶手本人。"

"所以才不需要梯子……"我低声说。

"不可能有梯子。梯子是狮子堂的老板和看热闹的人群来过之后才有的,可能是照夫想爬上屋顶看个究竟而搭的吧。虽然他最终没有上去,甚至可能连梯子的事儿也忘了。"

"嗯?他对警察说了吗?"

"警察根本没问起梯子的事。"

"原来如此。"我点了点头,"也就是说,凶手最初就已经计划好用这样的手段杀掉卓、让兄弟二人,对吧?所以让他们昏迷、在烟囱顶上架木棒、往网袋里装煤,这些都是凶手亲力亲为的吗?"

"并非完全如此。凶手的确有杀死兄弟二人的计划。杀害卓时,凶手想要制造一个他从烟囱顶跳下来的自杀现场,对付让则有其他手段。但是,后来出现了两个意外,打乱了凶手的杀人计划。"

"什么意外?"

"还是先回吧台吧。"御手洗把躺椅放回原位,进入室内,关上玻璃门,坐到原来的座位上。玲王奈跟在后面,默默坐在旁边的高脚凳上。

"其中一个意外是,吊在烟囱顶的两个煤袋只落下了一个,也就是说,有一个煤袋还吊在半空中。因为雨把木棒的火浇灭了。另一个意外是……"

"凶手本人受了重伤。"一直沉默的玲王奈终于开口了。御手洗目不转睛地看着她,重重地点了点头。

"说得对。凶手身处暴风雨之中,而且年事已高,攀爬烟囱时不慎失足从梯子上跌落下来,身受重伤,甚至有生命危险。"

听了御手洗的这番话,我努力回忆着整个事件的经过,终于得出了一个令我毛骨悚然的结论。凶手竟是——

"那、那……藤并八千代?"

"没错,石冈。她之所以费尽心思制造不在场证明,不是因为贪生怕死,也不是为了逃脱罪责。她要杀掉卓,然后杀掉让,最后杀掉玲王奈。在成功杀死三人之前,她不能死也不能被捕,所以必须隐瞒一切，策划了如此异想天开的杀人计划。

"但是，她在实施计划的过程中身受重伤。想着无论如何也要逃离现场，她拼尽全力爬回了老屋。不过我不明白她为什么一定要爬到大楠树下。"

"母亲认为她的人生被大楠树支配，就算是死也要死在它面前。"

"为什么被大楠树支配？"

"之后再说。请继续。"

"后面的事你们也都知道了。八千代女士住院养伤，康复速度连医生都感到震惊。她之所以恢复得那么快，是因为还有心愿未了，一股必须活下去的精神力量奇迹般支撑着她。"

"所谓心愿就是杀死让吗？"

"没错。她不仅要杀掉让，如果可能的话，还要杀掉玲王奈。所幸杀掉让之后她就赍志而殁了。"

"但是，八千代为什么要杀死亲生骨肉呢？"

"不仅如此，她还杀死了丈夫培恩，因为她察觉到了培恩的惊悚怪癖。只要培恩还活着，就会威胁到世人的生命。

"昭和二三十年代，培恩是战胜国的公民，拥有尊贵的地位和雄厚的财力。而当时的日本人掉入贫苦的深渊，只能苟延残喘地活着。在那种差距悬殊的情形之下，培恩基本上可以肆意妄为，将儿童诱拐、杀害、分尸之类的为所欲为。而八千代绝不能放任变态老公继续为非作歹，于是亲手将他杀害，弃尸地下室，并且用水泥把书房通往地下室的出入口堵死，上面还用地板封住。为了保守这个秘密，她住进书房，严防死守，寸步不离。

"但是，事情远没有结束。随着时间的流逝，八千代最担心的事情发生了，至少她本人是这么认为的。那就是，她和培恩所生的子女也开始暴露出培恩当年的怪癖。"

"啊……"我开始全身发抖。

"玲王奈暂时还看不出来，但卓和让都表现出了令生母胆寒的遗传特征。八千代认为自己有不可推卸的责任，所以终日郁郁寡欢，坐立不安。

"她必须第一时间阻止孩子们结婚，但是造化弄人，卓容貌英俊，吸引女性喜爱。他不顾母亲的反对，毅然决然地结婚了。

"就算结婚也没有关系，只要不生孩子，变态的血统就可以在儿子这一代终结，于是八千代再三叮嘱两个儿子不要生育。然而，儿子的妻子和情人都不同意。她们想要孩子，已经到了刻不容缓的地步。如果放任不管，一旦儿子的伴侣怀孕，后果将不堪设想。所以八千代痛下决心，哪怕是搭上自己的性命也要负起这个责任。她要杀掉兄妹三人。"

这个离奇的故事听得我后背阵阵发凉，但是细想又觉得有几分道理。卓也好，让也罢，都是那个变态的后代，也的确有一些异于常人的表现。

"卓的死亡经过刚才已经说过了。他有这个房间的钥匙，只要和他约好在这里见面，迟一点儿赴约，就可以轻易进入这个房间。杀掉卓以后，钥匙当然就在八千代手里了。

"八千代身体稍有好转，就偷偷跑去锅炉那边查看。她发现煤袋只掉下了一个，由此得知一个煤袋就足够了，于是决定用同样的方法对付让。而且重伤在身的八千代体力渐衰，已无法使用其他手段了。

"她把让灌醉，在牙龈上注射了同样的麻醉药，然后费尽全力把他的身体横放在阳台的躺椅上。接着，她把事先准备好的遗书塞进他的裤子口袋里。这封遗书原本是为卓准备的，所以模仿了卓的笔迹。

"为什么遗书会留到那时呢？因为八千代杀掉卓的时候，突然注意到隔壁房间有一个文字处理机，于是想到用它来写遗书。尽管她模仿卓的笔迹伪造了遗书，但还是担心被人识破，所以想尽量避免手写。然而，八千代不知道如何将文字处理机的内容打印出来，只好让机器一直开着。

"这样一来，模仿卓笔迹的遗书就一直留着，杀掉让时刚好派上用场，因为八千代那时的身体状况已经不允许她再模仿让的笔迹了。让的口袋里出现卓笔迹的遗书，就是这么回事。

"但是悲剧重演。八千代虚弱的身体再次从烟囱的铁梯上坠落，这次她同样强撑着爬到大楠树下，却力竭命殒了。

"然而，八千代无法瞑目，因为有一个孩子还活着。因此在濒死之际，她在地上为你写下了遗言：'玲王奈，不许结识男人，不许生孩子。'"

听到这里我感慨万千，不禁又长叹一声。到此为止，真相大白，谜底总算全部揭晓。不，还不是全部。

说起来怪难为情的，我最初听到八千代的遗言时，因为内容不全，还以为她想说玲王奈其实是个男的呢，真够荒唐的。

一时间，我们三人都陷入了沉默。窗外的天色越来越暗。

"如果八千代还活着，看见让的死状，一定会吓得浑身发抖，因为那幅景象和培恩壁画上的一模一样，但是她最终还是没能看到。"

"啊……"案子太过离奇，我的脑子已经无法运转了。这简直是一桩奇谈怪案。

我的头脑一直跟不上御手洗的思路，半天才想到一个问题。

"那个又是怎么回事？发生火灾的当晚，有一条绳子连接烟囱顶和这幢公寓楼,照你刚才的说法,应该连接了这里的阳台。而且当时烟囱顶上有微弱的火光,那是怎么回事?"

"当时我已经基本推理出了整个事件的经过。但是,还剩下百分之几的可能性,无法认定照夫的清白。昭和十六年,照夫的妹妹遭遇不明原因的残杀,尸体就吊在大楠树上。说不定照夫认为妹妹的死和藤并家有关,于是混入藤并家,伺机杀掉全家人为妹妹报仇。至少在火灾发生之前,这种可能性是存在的。杀掉藤并一家,这家人的万贯家财也能落到他女儿手里。

"判断照夫是不是杀害卓、让两兄弟的凶手,方法很简单,就是把三幸藏起来,让照夫误以为三幸遇害了,再制造一个和卓、让兄弟被杀时相似的凶案现场。如果他是凶手,看到从烟囱顶连到阳台的绳索和烟囱顶的火光,立刻就会意识到有人要以同样的方式报复他,必定会跑到阳台上,或者爬上烟囱顶。

"但照夫对绳子和烟囱上的火光视若无睹,不像是在演戏。当时我才确定他对杀害卓、让兄弟的手段毫不知情,因此排除了他的嫌疑,完成了完美的推理。"

"原来如此……"我对御手洗的高超手段佩服得五体投地,"所以你就说要回马车道'补上一觉'?"

"没错。"

"那个时候三幸在哪儿?"

"就在这里,三幸当时和我在一起。"玲王奈说道。

"我把三幸交给玲王奈。照夫手中的纸条是我写的,就是用来威胁他的。半夜照夫接到的外国人打来的电话,是我用玲王奈的盒式录音机事先录好,并指定时间让玲王奈给照夫打电话,然后播放给他听的。还有其他问题吗?"御手洗似乎想尽快结束话题,"如果没有什么问题,我们该去吃饭了。终于卸下了重担,我都快饿晕了。"

没有了思想负担，御手洗终于知道饿了。

"我知道中华街有一家不错的餐厅，如果不介意的话……"玲王奈说道。

"你也要和我们一起去吗？嗯，中华料理吗？我现在倒想去前面的那家海鲜餐馆。石冈，就是之前和森真理子小姐一起去的那家。玲王奈小姐，那家店并不是什么高级餐厅，可能不合你的口味哦。"御手洗调侃道。

但玲王奈表示，不管什么餐厅她都会奉陪。

一九八六年，黑暗坡 ————

1

玲王奈转身回房间去换出门的衣服。御手洗趴在我耳边小声说："等这个大明星梳妆打扮完，晚餐都要变消夜了，还不如吃便当。现在几点了？五点半。八点能吃上饭就谢天谢地了。"

然而，玲王奈只过了十五分钟就出来了。她似乎没有化妆，只戴了一副黑框眼镜。

位于藤棚综合医院坡道上的那家海鲜餐厅，窗边的座位依然空着。因为店内光线有些昏暗，玲王奈又戴着眼镜，所以没人注意到我们的女伴就是大名鼎鼎的世界明星松崎玲王奈。

玲王奈坐下来，把包放在旁边，开口就问："森真理子是谁？"

御手洗朝我扬了扬下巴，我只好勉为其难地把认识森真理子的前因后果讲了一遍。玲王奈听后哈哈大笑。既然她还能笑得出来，似乎家族惨案带给她的伤害没有我想象的那么严重，我也松了一口气。

晚餐吃得相当愉快。天黑了，店内的灯光更亮了些，窗边的铜质煤油提灯也燃起了小小的火苗。

店内静静流淌着管弦乐的旋律，透过白色窗框的玻璃窗，可以看见马路对面神社幽暗的院落和石阶旁的一片竹林。我不禁想起了幕末时期的黑暗坡。行人都缩着脖子，行色匆匆。

目光移回室内，松崎玲王奈就坐在眼前。这样近距离和她共进晚餐，今晚恐怕是最后一次了吧。人家现在可是世界明星。

漫长的黑暗坡事件终于尘埃落定,对我来说却恍如一夜长梦,一个凄美绝伦又让人瑟瑟发抖的长梦。随着时间流逝,这场恐怖的梦和英国之旅会化作我内心美好的回忆吗?但愿如此。

"这次真的非常感谢二位。"点完菜,玲王奈突然向我和御手洗低头致谢。

"感谢什么?对你来讲,我们只是两个不速之客罢了。"御手洗说道。

"不,你们救了我的命。"

"我不记得救过你。是老天想让你活下来。"

"不,"玲王奈直摇头,"不仅是活下来这么简单。你把我从绝望的深渊中拯救了出来。"

御手洗一言不发,只是看着玲王奈的脸,露出感慨的神情。窗台上提灯的黄色火苗微微摇曳,映照出玲王奈真切的面容。

"案件在社会上引起轰动时,你完全可以召集新闻记者或娱乐媒体,大张旗鼓地揭露真相,说不定还可以一夜成名。"玲王奈说道。

"原来如此,我怎么没想到呢?"御手洗抬起下巴,盯着天花板说。

"我是个不会隐瞒内心想法的人,有什么心事经常一不小心就说出来,过后又追悔莫及。"

"那就不要再说了。"

"不,今天一定要说。今天不说,我会后悔的。这次真的多亏了你。如果前年秋天你公布了真相,我肯定会被无情的媒体追着跑,被世人的目光杀死,顶不住舆论压力而自杀,那就真的遂了母亲的遗愿了……"

我这才恍然大悟,终于理解了御手洗的良苦用心。如果当时公布真相，玲王奈就无法继续她正常的演艺生活，也就不会蜕变成今日的世界明星了。为了保护玲王奈，御手洗对丹下和立松也三缄其口。

"你早就知道凶手是谁了，对吧？"御手洗问。玲王奈点了点头。

"我是上周知道的。上周我收到了母亲的手记。手记封存完好，一直由藤棚综合医院的院长代为保管。上周院长去世了，他在遗嘱中要求把手记交还给我。手记的内容我已经读过了。

"读完手记，我深受打击。虽然前年的事件同样让我崩溃，但当我知道母亲决意杀我，而且原因竟是我身上流着变态父亲的血时，我万念俱灰，觉得已经没有继续活下去的权利，非自行了断不可。

"但我胆子太小，一想到自杀就害怕。我怕死，却必须死。我心如死灰，惶惶不可终日，得了严重的抑郁症，一连几天都蜷缩在被窝里，不敢踏出家门半步。我感觉如同置身于一个阴森恐怖的黑暗空间，就像今天看到的那个可怕的地下室。

"但是你不图回报的英雄壮举让我重新振作起来。当年的我只身一人，举目无亲，也曾诅咒过家人和这片养育我的土地。我离开了这个国家，在美国过着更加孤单的生活。每当我孤独无助，陷入绝望时，就会想到你。一想到你，我就仿佛在黑暗中看到了曙光。"

坐在我旁边的御手洗显得很不自在。他虽然什么都没说，但我们认识这么久，我非常了解他的感受。

"人类对于遗传这种现象的理解还挺有意思的。"御手洗小心翼翼地转移话题。

"我曾经写过几篇这方面的论文。例如，革命后的俄国出现过这么一个跳梁小丑。他把农作物品种改良只能缓慢进行这一传统观点看作资本家的借口,鼓吹掀起遗传学革命。

"这个小丑名叫李森科。他缺乏真才实学,只是一介凡夫俗子,却长于弄虚作假,因颇得斯大林的赏识而一跃成为苏联农学院院长。从此,苏联的遗传学研究遭到毁灭性的打击,巴甫洛夫等大批优秀科学家惨遭杀害。

"纳粹政权下的德国也发生过类似的事情。有些西方人无视自己体毛浓密得堪比大猩猩,反而用大量学说论证东方人长相酷似黑猩猩,得出东方人比西方人进化得慢的结论。"御手洗双臂交叉抱于胸前,继续说道。

"也就是说,人类对遗传这种现象一无所知。连DNA的存在都不知道的达尔文古典学说至今仍未进博物馆,还是流传于世的学说。另外,对于基因突变对物种的进化是否有贡献这一根本性问题,目前最尖端的基因工程学权威专家也无法给出合理的解释。因此,当权的政治意识形态有了制约和干涉科学研究的机会。关于遗传学,人类还有很大的想象空间。八千代老夫人就是这许多空想家中的一员。"

听了御手洗的这番话,玲王奈如释重负,脸上浮现出难以形容的微笑。这抹笑容让我感到欣慰。御手洗这个人,平时虽然言行淡漠,关键时刻却能体会人心,说出的话意味深长,感人肺腑。

"明天你还能继续工作吗?"我问道。

"嗯,没问题。托你们的福,我已经恢复精神了。我过去一直认为自己生来就背负着极度的痛苦和悲伤。"

"但是如果你不是这样的人,就无法感动他人。"我说道。

"是吗?我总觉得周围的人都在催着我快点儿死。"

"像讨债鬼一样吗？那是其他原因造成的。"

"其他原因？"

"你非常有才华，但这种才华是你从许多无名无声的平凡人身上像征税一样一点点征收来的。才华就是负债，你必须活下去，向公众偿还你的债务。"御手洗说完，玲王奈陷入了沉思。

"啊……你的话太难懂了，我现在还理解不了，但我相信总有一天我会懂的。如果你能偶尔帮帮我的话……另外，关于我体内的变态遗传基因……"

"那只不过是一种想象罢了。现代科学还远远不能证明这种假想，那是诗人的空想。

"DNA是一种非常稳定的物质，极少变异。在复制时，仅有十亿分之一的概率出错，这是自然状态下的突变概率。但是，如果我们观察生物的进化速度，就会发现生命体的进化并没有以这样的速度进行。这就为突变并不会传给下一代这种观点留下了空间。"

玲王奈缓缓点了点头。

"但是，无论如何，我打算遵照母亲的遗愿，一辈子不结婚不生子。"玲王奈说道。

"那是你的自由。"御手洗回答说。

我们吃完饭，走出餐厅。户外凉风习习，顿感心旷神怡。我将装着胶靴和杂物的背包挎在肩上。

我们三人并肩走向黑暗坡。我突然想起了森真理子，不知道她现在过得如何。玲王奈说自己一辈子不结婚，那么森真理子呢？御手洗之前说她急着结婚，但如果她走不出藤并卓死亡的阴影，今后恐怕也很难结婚了吧。我对女性的内心世界多多少少有一些了解。

穿过藤棚商店街,前面就是黑暗坡和户部车站的交叉路口。想当初,我们和照夫、藤并让一起走上了右边的坡道,而森真理子独自先行回家,我们正是在此分道扬镳的。

玲王奈提出要开车送我们回马车道,御手洗说想自己走路回去,就在此分别。

道别时,玲王奈从包里拿出一本看上去有些旧的大学笔记本,交给御手洗。

"这是母亲留下的。如果你们对这个案子还有什么疑惑之处,相信可以从中找到答案。"

"你不介意吗?"

"不介意,请二位一定看看。但我有一个请求。如果要公开的话,请等到三年以后。我想,三年后,我现在想做的工作应该会有些结果,开始步入稳定期了。"

"明白了,我和石冈保证遵守约定。"御手洗说。

"我们一定遵守约定。"我说。

"那么,承蒙关照,二位对我的帮助没齿难忘。"

玲王奈说完,和御手洗握手,接着又同我握手。她的手华丽又纤细。我的心里忽然闪过一个疑问。藤并老屋失火当晚,玲王奈突然精神失常,发出孩子般的啜泣声,不停地说要下楼到楠树旁去,我当时还以为她被恶灵附体了。那究竟是怎么回事?

夜晚的黑暗坡,不虚此名,果然漆黑一片,路灯稀疏,行人踪迹全无。狮子堂也店门紧闭,一片沉寂。

玲王奈迈着纤细的双腿,独自走上黑暗坡。看着她离去的背影,我在脑海中想象她在自己所属世界里的样子。我们站在坡下目送她远去,准备转身离开。

"御手洗先生！"

突然，背后传来玲王奈的声音。我们停下脚步。玲王奈站在狮子堂前面不远处。

"我绝对不会放弃你的！"

玲王奈站在坡上，堂堂正正地大声宣告，旋即迅速转身，朝坡上跑去。

我看不见御手洗的表情，因为周围一片漆黑。天上繁星点点，却不见月亮。

2

藤井八千代的手记主要讲述了她和前夫詹姆斯·培恩的往事，也出现了培恩在苏格兰的经历，但那部分内容大概是她结合培恩的自述推测出来的。我不认为培恩会亲口对日本妻子讲述自己在苏格兰杀死克拉拉一事。不过，虽然有八千代的想象和猜测的成分，实际情况与手记中的描述并没有太大出入。

这篇手记零零散散地记录了她杀死培恩，并在培恩书房里开始独居生活的过程。文中包含了大量关于大楠树的记述，无疑反映了那一代人对老树的敬畏之心。从这篇手记中还可以看出，藤井八千代颇具写小说的天赋。

按照八千代的计划，等她顺利杀死和前夫生下的三个孩子，她就将和这本手记同归于尽。可是那晚，当她潜出病房去杀让时，已经预感到自己此去凶多吉少，于是将这个笔记本小心地封好，寄存在多年老友藤棚综合医院的院长那里。

如果她死了，说明玲王奈还活着。为了将事态的严重性和不生孩子的必要性告诉女儿，八千代委托院长将手记转交玲王奈。

当然，如果她能活着回来，那就另当别论了。

可是，八千代死后，老院长不知何故并没有立即将手记交给玲王奈，而是保存了一年半的时间，直至垂死之际才决定将手记交出来。

我猜，老院长看了手记，感到事态严重，所以犹豫是否按照八千代的遗愿去做。但最终，玲王奈还是收到了笔记本，并且笔记本现在就在我手里。

我在前面的讲述中已经加入了一部分手记的内容，因为我认为当事人的文章更准确、更接近事实，也更具故事性。

下面，我将以藤井八千代手记的剩余部分作为此次案件记录的尾声。该手记是八千代早年开始苦心孤诣，点滴记录下来的。最后一页的字体歪歪扭扭，难以辨认，显然是她在垂危之际于病房偷偷写下的。哪怕生命即将落幕，八千代仍忍受着身体的痛苦笔耕不辍，着实令人唏嘘。

尾声：手记　————

我想好好讲讲我这一生是如何被黑暗坡上的大楠树支配的。说来话长，如果事无巨细地讲，又不免变成一篇无聊的流水账，所以我决定择精要而述。

我出生于横须贺近郊一个还算富裕的商人家庭，是独生女。横须贺一带山海相连，玩乐场所比比皆是。如果我是个男孩子，想必童年时光会过得更加快活。

父亲可以说是个爱好风花雪月之人。我当时年龄尚小，并不理解他的生活状态，只觉得他是个和蔼可亲的慈祥父亲。但这种事，孩子总有一天会明白的。

父亲亲近女色，但比起身穿和服的日本女人，他似乎对时髦洋气的女人更感兴趣。因此，他很早就让我接受李斯特和肖邦音乐的熏陶，学习钢琴和小提琴。及至适龄，他把我送进横滨的教会女校学习。学校老师有三分之一是外国人，但我入学不久，大部分外国教师都回国了。

于我而言，人生至此顺风顺水，父亲令我衣食无忧，我对他没有丝毫怨言。父亲的想法也很简单，只是希望把我培养成他憧憬的那种西洋漂亮女人，等我到了适婚年龄，再招一个上门女婿来继承家业。

在教会女校上学时，我就离开父母，过上了寄宿生活，地点就是坐落于黑暗坡上的洋楼。现在看来，只能说是命运的安排。

当时，即使是在横滨这种洋人聚居的地方，也少有日本人住洋楼。崇洋媚外的父亲为了让我住进洋楼，三番五次拜托他生意上的朋友——玻璃厂老板太田先生。虽然太田先生多次婉拒，还是拗不过父亲的软磨硬泡。最终如父亲所愿，我住进了洋楼。

但住了一段时间之后，我发现自己和太田一家相处并不融洽。太田先生在外面包养了情人，很少回家。而太田夫人因为我知道了她的家丑，对我十分冷漠，还百般刁难。我无数次想离开这里，另寻寄宿人家。无奈战前生活困难，找不到合适的，再加上父亲的生意还要承蒙太田先生关照，要是我一走了之，恐怕会对父亲的生意造成不好的影响。

不上学的时候，我只能把自己关在三楼的房间里，或读书，或弹手风琴度日。但是弹琴的时间是规定好的，时间一过就只能看书。有时候我想出去看电影，太田夫人绝不允许。我好不容易从外面带本小说回来，她也以不许看小说为由强行没收。如果我从女校回来晚了，她一定会给学校打电话。就这样，太田夫人限制着我的人身自由，并以此为乐。

昭和十六年，世风日下，街头巷尾经常传来打架斗殴的声音，太田夫人便变本加厉地管束我。这个女人简直不可理喻，自己和丈夫关系不好，就拿我这个无辜的房客撒气。

太田夫人必须看到我在洋楼附近才会满足。我放学稍微绕个远路或散散步，她的脸色就会很不好。

无奈之下，放学后我只能匆匆赶回家，一个人在洋楼附近或玻璃厂内玩。但是太田夫人不喜欢我和工人说话，带同学回来她也板着个脸。还好附近的孩子经常来玻璃厂玩，偶尔还有一些误闯工厂的流浪狗，他们自然而然成了我的玩伴。回想起来，那正是噩梦的开始，甚至影响了我的一生。

那些流浪狗中，有一条体型中等的棕毛犬。我经常拿东西喂它，把它当成宠物养着。也许是在外面饱受欺凌的缘故吧，那条狗十分胆小，还有些神经质，只要人一靠近就会狂吠不止。

我却莫名其妙地喜欢上了这条狗。于是，我在厂内选了一处偏僻的角落，用绳子拴住它，偷偷养了起来。太田夫人很讨厌动物，平日里就对我横挑鼻子竖挑眼，看到我逗弄小狗更是摆出一副露骨的厌恶表情。或许是出于叛逆心理吧，我故意和她对着干。养狗的地方离玻璃厂老板家不远，我每天跑来跑去，乐此不疲。

现在回想起来真是悔不当初。那种野狗，为什么要养起来，放了不好吗？

一个星期五的下午，我从学校回来，在家门口碰到准备出门买菜的太田夫人，打了声招呼就急匆匆地跑上三楼，放下书包，拿了块剩面包准备跑到工厂里喂狗。前一天晚上，夫人盯得太紧，我没能出去喂它，所以一整天在学校都心神不宁。

我拿着面包拐过铁皮建筑时看到的景象此生难忘。时至今日，那天晚上的回忆仍历历在目。当时我被吓得怔住了，连惨叫都发不出来。

那是令世界颤抖的恐怖画面。一个五六岁的小女孩倒在血泊之中。我认识她，她就住在附近，经常来玻璃厂玩。女孩像一个被撕碎的洋娃娃，浑身是血，全身支离破碎，头部几乎脱离了躯干。毫无疑问，她已经死了。而那条丧心病狂的恶犬则蹲在一旁，若无其事地斜着眼睛喘着粗气。

我忍不住号啕大哭，下意识地想去喊人，又猛地停下了脚步。

这条野狗是我拴在这里的，不管怎么说，我都有推卸不掉的责任。那个对狗深恶痛绝的太田夫人绝对不会放过我，一定会借此大做文章。这样一来，我可能会连累父母。

天还这么亮，居然没有人注意到这里发生的一切，真是不可思议。女孩被撕咬的时候难道没有哭喊吗？

不，肯定是工厂的关系。玻璃厂的噪声太大了，女孩的哭喊声一定被噪声盖住了。

我立刻决定把尸体藏起来，之后的事再慢慢想。我急忙折回房间，拿来一块以前搬书用过的旧毛毯，手忙脚乱地把女孩的尸体包裹起来。那个过程简直不堪回首，但为了逃脱罪责，我顾不了太多。

接着，我解开拴住恶犬的绳子，想让它逃走。可它死活不走，我差点儿急哭了，只好拿石头打它，终于把它轰走了。我从未对动物如此残忍。我用脚将地上黏糊糊的血迹用泥盖住，然后抱起卷着尸体的布急匆匆地回到自己的房间。

幸好一路上没有遇到任何人。太田夫人还没有回来，她的两个儿子也早已离开家独立生活了，不住在这里。太田家连用人也没有雇。

我决定先把尸体藏到壁橱里，再想办法处理掉。可是该怎么处理呢？我为此绞尽了脑汁。

但我想不出什么好方法。一般情况下，遇到这种情况的人可能会在夜里跑出去，找个地方把尸体埋了。但当年我才十八岁，一个女孩怎么敢半夜出去？再说，洋楼一到晚上就大门紧锁，趁大家都睡着的时候一个人抱着尸体跑出去，光是想想就毛骨悚然，不可能做到。如果再不小心被谁发现，那就更糟糕了。

况且，小女孩彻夜未归，她的家人一定在焦急地寻找，警察也会连夜搜寻。我不可能就这样贸然抱着尸体跑出去。更何况，我根本没想好要把尸体弄到哪儿。我只有一个人，没有帮手。白天就更没机会了，除了上学，我甚至连门都出不了。

别无良策，我只好暂时把尸体藏在壁橱里。焦虑和恐惧使我整晚寝食难安。

不出所料,第二天一早,我就听太田夫人说附近面包房读一年级的女孩淳子被人拐走了。我以为女孩还很小,没想到已经上一年级了。听到这个消息,我心虚得直冒冷汗,赶紧跑回房间,把尸体往壁橱的深处塞。保险起见,我还在上面放了个空箱子并压上了几本书,将尸体盖得严严实实,才出门去上学。

当然,我根本无法安心上课。昨夜的失眠使我双眼昏花,直犯恶心。一想到房间里的尸体可能会被发现,我就害怕得想哭。为什么要拴住那种野狗?为什么要把尸体抱回房间?我后悔得几乎要捶胸顿足,但无济于事。

午间放学,我急忙赶回洋楼,却不敢踏进家门。尸体被发现了吗?是不是来了很多警察?家里闹翻天了吧?担忧和恐惧使我浑身颤抖。

最终,我下定决心走进屋内。所幸家里一切如常,没有什么特别的变化。我和太田夫人打了一声招呼,就急匆匆回到房间。

房间里还是老样子,壁橱里的东西没人动过,看来暂时安全。但很快出现了新的问题。我闻到了一股令人毛骨悚然的气味。尸体的臭味飘散在整个房间,闻起来既不像血腥味,又不像腐臭味,而是二者的混合。

这下糟了。我赶紧开窗换气。这样下去,尸体迟早会被发现,一旦被发现就完了。我无颜面对父母,只能以死谢罪。不,就算是死了也不够赎罪。

必须做些什么。必须做些什么。我坐在窗边,六神无主,痛苦不堪。

窗外是那棵两千多岁的稀世大楠树,隔着对面的木板围墙,是一条叫作黑暗坡的斜坡,坡上停着一辆卖蔬果的带车篷的卡车。

因为围墙的遮挡,我看不到卡车的全貌,只能看到深灰色的篷布和车顶。

蔬果店的卡车停在坡道上,准备开始营业。他会在卡车车厢旁架起一个小小的摊位,上面摆满各色蔬菜水果。有了这个蔬果摊,附近的主妇不用跑到很远的蔬果店去买菜。而且卡车拉过来的蔬果品类齐全,物美价廉,所以生意一直很好。

附近的主妇很期待蔬果店卡车的到来。因为老板十分健谈,主妇们买完菜后喜欢聚在一起闲聊,经常聊到天黑收摊。我经常见到老板在黑暗中一个人默默收拾摊位,然后发动卡车离开。

蔬果店卡车的篷布上方就是大楠树的茂密枝干。楼下渐渐传来主妇们的说话声,很快大家就会聚拢到卡车周围。

我呆呆地注视着这一切,萌生了一个想法。

我记得有一次太田夫人叫我去买菜,蔬果店老板曾经对我说过这样的话。他说,开装蔬果的卡车很不容易。蔬菜和水果都很娇贵,稍稍磕碰就会坏,所以开车一定要稳。但是,矶子海岸一带的道路很难走,弯道多,路面坑坑洼洼,车辆晃得厉害。以前没用篷布,蔬菜经常从车上滚落下来。

我已经无能为力了,不能再拖下去。除了去学校,我不能踏出家门一步。如果就这样把尸体放在房间里,迟早会被发现的。要把尸体运到远处,只能利用这辆卡车。那个时候,我想不出别的办法。

我的想法是这样的。趁天黑后卡车还停在坡上时,把女孩的尸体用绳子绑住,吊在卡车篷布上方的树枝上,然后拉住绳子的另一头,缓缓松开,让尸体慢慢落在车斗的篷布上。

这样一来,卡车开走时就会把尸体一起带走。说不定还没等老板到家,尸体就被甩在中途的某个弯道上了。运气好的话,说不定会掉在车辆晃得厉害的矶子海岸沿线。天黑了,即使掉在路上也不会有人发现。运气更好的话,可能连开车的老板自己都没有察觉。如果真是那样就好了,女孩的尸体会被拉到很远很远的地方,我就可以摆脱嫌疑了。

事不宜迟,我决定立刻动手。我无法忍受尸体再在我的房间里多留一晚,臭味越来越重,恐惧快把我逼疯了。

幸好那时是金秋十月,日落得比较早,天气还不算炎热,东西也不容易腐烂。而且恰逢星期六,今天蔬果店的卡车要比往常多停留一阵子。

我从壁橱深处拉出搬家时打包行李用的长绳,趁太田夫人不注意,偷偷溜出洋楼。她如果发现天黑了我还到院子里去,一定会唠叨个没完。

我绕到后院,隔着围墙确认卡车还没那么快开走,然后用绳子绑住一块小石头,将石头向树上抛去。我反复抛了几次,以便让绳子挂在更高的地方,这样尸体才不容易被发现。

抛到理想的位置之后,我用竹竿把绳子推到围墙外卡车上方的枝头,将它卡在一个树瘤上。

接着,我把绳子两边的末端打成一个结,抛到我位于阁楼的房间的窗台上。这一步更难,我连续抛了好几次都没有成功,绝望得差点儿哭出来。最后总算成功了。

天色已经完全暗下来了,但围墙外还有人在聊天,看来卡车短时间内不会开走。我避开太田夫人的监视,迅速回到房间。

当我要将扔上来的绳子绑在尸体上时,新的问题出现了。毛毯怎么办?如果和尸体放在一起,万一被发现是我的毛毯怎么办?搬来这里的时候,太田先生和夫人都见过这张毛毯,虽然他们很可能已经忘记了,但必须小心谨慎。

我左思右想,没有更好的办法,还是决定把毛毯拿掉。

我打开裹尸的毛毯,发现尸体已经僵硬。虽然手指碰到的地方会凹进去,但已经相当硬了。我强忍着哭泣,用绳子在尸体的两侧腋下和胸部绕了一圈。我提醒自己绳子不能绕太多圈,尸体被发现的时候最好不绑着绳子。为了不被察觉到真实的情况,我认为留下的物证越少越好。

但绳结一定要打结实。为了防止松动,我连续打了好几个死结。接着,我将女孩的尸体顺着窗户往下放,同时立刻拽住另一头绳子向上拉,免得尸体垂得太低。

这个环节最让我绝望,我感到胃在剧烈地收缩,心脏仿佛停止了跳动。不管我如何用力拉绳子,女孩的尸体还是会碰到周围的树枝,然后剧烈晃动着坠向黑夜深处。但我还是拼命拽住绳子,终于把尸体吊到树枝的最高处。幸好周围一片漆黑,没人注意到这一切。我就那样静静等待着坡上的说话声安静下来。

不一会儿,主妇们的交谈声逐渐变小,上下坡的脚步声也渐渐远去,蔬果店老板开始收拾摊子准备回家,传来咔嗒咔嗒的声音。就是现在。只要慢慢松开绳子,悄悄将尸体放在篷布上就大功告成了。没事,一定会成功!天色很暗,只要动静轻柔,一定不会被发现的。

我轻轻地松开手中的绳索。咦,怎么回事?绳子没有反应。我松开拉紧绳子的手,绳子依然一动不动。我在夜色中定睛一看,隐约可见女孩的尸体还吊在原处。

我吓了一跳,赶紧收回绳子,可它纹丝不动。我大惊失色,汗毛倒竖,想大声尖叫。绳子肯定卡在树枝的分杈处了。

我边哭边用力将绳子拉了又放,放了又拉。但不管我怎么用力,拉住尸体的绳子依然毫无反应。至今我还记得当时绝望的心情。连接着黑暗另一端的绳子绷得紧紧的,抵抗着我的手,像铁一样无法撼动。

看来我这辈子真的完了。我自暴自弃,只是疯狂地拉扯绳子。

我太过用力,大楠树的树枝随着我的动作晃动起来,树叶沙沙作响。如果惊动了下面蔬果店的大叔可就麻烦了。但我顾不了那么多。出一点儿声音也没关系,今天如果不把尸体弄上车,我的人生就真的完了。啊,我怎么会想出这么一个馊主意。不过这都是后话了。

"啊!"我惊叫了一声,一屁股摔倒在地。我不知道发生了什么,这时再拉绳子,绳子很轻易就回到了手边。过了一会儿我才明白,原来是绳子断了。这根用稻草编织的绳子也太劣质了。

这时,我听到卡车发动的声音,引擎声越来越大,卡车就要开走了。

尸体呢?想到这里,我赶紧跳起来,趴在窗台上看。只见篷布晃动了几下,卡车朝坡下开走了。而女孩的尸体依然摇摇晃晃地吊在树上。

从那晚开始,我高烧不退,还不停地说胡话,但我不记得说过什么。

高烧一直持续到星期一。医生诊断是疲劳过度。高烧时,我脑子里一直在想该怎么死才好。我很想爬起来给父母写一封遗书,甚至已经打好了腹稿。

星期一上午,烧退了,我终于能下床了。我战战兢兢地来到窗前。

我高烧的这几日,脑袋昏昏沉沉的,意识也十分模糊。我原以为女孩的尸体早就被发现了,引起了巨大的骚动,没想到半点儿风声都没听到。正百思不得其解时,我看见女孩的尸体居然还吊在树上。

大楠树枝繁叶茂,即便是大白天,树下也很昏暗。尸体藏在浓密的树叶间,所以很难被发现吧。即便如此,尸体在树上悬挂了这么多天,居然没有人抬头向上看过,真是不可思议。

星期一这天,风有点儿大,蔬果店的卡车又来了。它通常会在星期一、星期三和星期六到黑暗坡来。

那天傍晚,尸体被发现了。事后我从主妇那里打听到了尸体被发现的过程,并以目击者的口吻记录下了整个事情的经过。

(前面已述,此处省略。)

我以为人生就此结束,但说来也怪,警察甚至没有找我问过话。

后来听说街坊们都认为女孩是被在街上游荡的变态害死的。正常情况下,警察不可能不找上门来。也许是那时爆发了太平洋战争,警察无暇顾及吧,总之案子不了了之了。

从这件事开始,我的生活发生了巨变。战争爆发后,我离开了黑暗坡上太田先生的家,跟随父母疏散到信州。再后来,父亲因为生意的关系去了一趟东京,结果遭遇空袭,不幸身亡。

父亲去世不久,母亲也在姨妈的婆家松本市病逝了。现在全家只剩下我一个人,孤苦伶仃,无依无靠。父亲的财产理应由我继承,但早就被他的兄弟姐妹瓜分殆尽。除了身上穿的衣服,我一无所有。但我不敢有半句怨言,因为这是我的报应。

我不能再给姨妈家添麻烦了。战争一结束,我就立刻来到横滨,在一家高级日本餐厅当艺妓。我虽然不会弹奏三味线,但会说英语,又会钢琴和小提琴。当时到店的客人几乎没有日本人,全是外国占领军，所以我很快就成了店里的红人。昭和二十年年末，我在这里遇到了后来的丈夫詹姆斯·培恩。这就是命运。

当初，詹姆斯是个非常体贴的绅士。他性格斯文腼腆，不苟言笑。事实上，他表面的绅士风度一直都没有变过，但温柔的外表下隐藏着一颗变态的心。不过，我察觉到这一点，已经是很久以后的事了。

有一天，培恩对我说想在横滨设立一所外国人子女学校，希望我帮忙物色合适的地块。日本餐厅的老板娘也让我帮他，于是我抽出几天时间，陪他去了趟横滨的不动产公司，担任翻译。

很快我们就找到了合适的地点，竟是位于可怕的黑暗坡上的太田玻璃厂旧址。太田先生一家战时全部死于空袭，这里已经成了废墟。三天后，詹姆斯突然向我求婚。我认识他总共不到十天，当然不可能答应。但老板娘和周围的人极力撮合，我虽不甚情愿，但考虑到在日本餐厅表演才艺终究不是长久之计，最终接受了他的求婚。

如果当初知道会成为培恩的妻子，我绝不可能同意买下太田玻璃厂。可是培恩是签订了购地协议之后才向我求婚的，我无能为力。没想到，百转千回，我再次回到了这个可怕的地方。这也是命运的安排。

詹姆斯买下土地后，立刻动工。这边请工人拆除厂房、清理废墟，那边出学校的设计图纸，忙得不亦乐乎。他似乎很擅长这些事。当听到他说想把原先太田先生的洋楼修缮之后自己住时，我不禁倒吸了一口凉气。工程完工之前，我们一直租住在户部车站前的公寓里。

学校开学在即，校舍的建设和洋楼的修缮工作不到一年就完工了。昭和二十一年七月，我们搬进了黑暗坡的洋楼，并在此举行了婚礼。

我那时已经怀孕了，挺着大肚子参加婚礼，两个月后生下了卓。婚礼的来宾全是英国人和美国人，没有日本人参加。詹姆斯问我是否有想邀请的客人，我摇了摇头。

丈夫的英国朋友非常友善，曾经在日本社会惨遭不幸的我得到了意想不到的幸福。原先属于太田先生的洋楼经过修缮改造之后敞亮了许多，没有了先前令人厌恶的感觉。或许是因为长时间被灌输外国人是魔鬼的观念吧，我对这段婚姻不抱有任何期待，突如其来的幸福反而让我有些难以置信。结婚第一年，我时常窃喜当初没有拒绝培恩的求婚。可怕的不是和外国人一起生活，而是后院的那棵大楠树。昭和十六年的那件事一直在我脑海中挥之不去。

现在回想起来，一切都是因为那棵树的诅咒。江户时期这里是个刑场，无数囚徒在这里命丧黄泉，他们的冤魂就附在这棵老树上。也许就是这棵树把可怕的詹姆斯·培恩吸引过来的。

培恩其人，生活作息准得像时钟。他在早上六点四十五分起床，散步三十分钟以后吃早餐，八点五十分去学校，九点出席早会，上午一直待在学校，十一点五十分回家，到三楼给青铜鸡上发条，然后到一楼吃午餐直至下午一点。一点开始，他会在书房工作到四点，四点开始到街上散步、购买书籍和艺术品。晚上八点准时吃晚饭，接着他又把自己关在书房里。十点半回到我们位于二楼的卧室。

（前面已述，此处省略。）

起初，我发自内心地敬佩他的绅士风度，对他高度自律的生活肃然起敬。但后来我才知道,那其实是他的假面具。作为一名教育家,这种规律的生活方式既能得到别人的尊重,又能使他在书房里的时间不受任何干扰。下午四点一到,他就会准时从书房里出来,大家如果有事找他,只需在外面默默等候即可。他要的就是这个效果。

在黑暗坡生活了一年以后,丈夫开始奇怪地疏远我。他依然彬彬有礼,却极其厌烦我干涉他的生活。我擅自进入书房打扫,他就会特别恼火。后来他干脆给书房安上锁,自己保管钥匙,不让我踏进书房半步。刚开始我只是怀疑他对我的感情,担心他看不起日本人。

下午四点一到,他就会独自一人去横滨的街头散步。渐渐地,我注意到一些奇怪的事情。我怀疑他买回来的不仅是艺术品,还有人类的小孩。因为有一次,他把我赶到外面,然后把一个十多岁的流浪小孩带回了家。我中途悄悄溜回家,听到他和那个孩子在书房里用日语交谈。我丈夫居然会说日语?要知道,他可是一句日语都没跟我说过啊!那一次我真的吓得不轻。

我是个敏感的人,就算把我赶出家门,我也能察觉一二。我发现,他们每次谈话后,第二天孩子就会莫名其妙地消失。这样的事情,每隔几个月就会发生一次,已经发生四五次了。我怀疑丈夫背着我做见不得人的事,再也无法坐视不管了。

终于有一天,我偷偷配了一把书房的钥匙,趁丈夫在学校的时候潜入书房。我检查了书房的每一个角落,刚开始什么异常也没发现,我还怪自己太多心。然而,结果证明并不是我多心。我在书房的壁橱里找到了地下室的秘密通道。

原来丈夫暗中让人挖了一个地下室。我非常清楚,太田先生一家当年住在这里的时候,这里没有这个地下室。我在里面发现了几具小女孩的尸体，其中一具被脱光了衣服丢在地上，旁边的桌子上还放着四个女孩的人头。

地下室的天花板布满了后院老楠树的根须，看得人头皮发麻。墙上画着一棵正在吃人的大楠树和大量溢出树干的人骨，树的旁边还画了一个屋顶，屋顶上有一个大活人坐在那里看着大楠树吃人。我痛心疾首，心如死灰。这就是丈夫的真面目——一个隐藏在绅士面具下的精神变态者。

然而，当我发现这一切的时候，已经是结婚十几年以后了。此时的我已经诞下两个男孩，肚子里还怀着第三个孩子，想要堕胎已经来不及了。不久，我生下了第三个孩子。此后的数年里我整日心神不宁，寝食难安。经过一番痛苦的思想斗争，最终我决定杀掉丈夫。如果让他继续这样下去，不知还会干出什么伤天害理的事来。

在教会女校上学的时候，我曾经从太田玻璃厂偷出一种药品。当时有一个工程师告诉我，那是一种制造特殊玻璃的添加剂，如果注射进人体，身体就会出现麻痹症状，人会失去意识，严重的话两个小时就会毙命。当然，技师不可能把这么危险的东西给我。但我想，说不定有朝一日想自杀的时候能用上，于是就偷走了一些。我杀丈夫时就使用了这种药品。我趁他熟睡，在他的牙龈上注射了这种药。我曾经读过医学方面的书籍，知道如果采用这种注射方式，即使验尸也很难判断死因。注射器是从我丈夫的工具箱里拿的。

我把丈夫的尸体扔进地下室，趁着夜里独自一人将地下室的出入口用水泥封住。培恩学校方面则委托教导主任全权负责闭校事宜。我跟教导主任说，丈夫突然回国了，所以要关闭学校，他居然对我的话深信不疑，现在想想还真是不可思议。或许是因为那段时期学生人数日益减少，再加上大家对培恩道貌岸然的变态行为有所觉察了吧。

丈夫死后，我又仔细检查了书房，得知他来自苏格兰的弗塞斯村，并且早年曾经在那个村里偷偷犯下类似的罪行。因为我找到了一篇日记风格的文章。当然，我已经销毁了。

但是丈夫有一个癖好，喜欢在书籍的余白处写字。他有那么多藏书，我不可能一一翻阅。继续找找，或许还能找到其他危险的内容。

但是，也可能已经没有了。我根据回忆，在此记录下丈夫写的文章。他虽然是个变态疯子，却也是个才华横溢的艺术家。毁掉他的作品，我多少有些自责。

（前面已述，此处省略。）

我对大楠树的恐惧已经到达极限。它是所有悲剧的始作俑者，我无法摆脱它的魔咒，半步也无法逃离。这棵老树一句话也不说，却操控着一切。我和我身边的人不过是任由它摆布的玩偶罢了。

当我得知再婚丈夫照夫是昭和十六年被我吊在树上的女孩淳子的哥哥时，我愕然失色，就像挨了一道晴天霹雳。如果说这也是命运在和我开玩笑，那命运未免太残忍了。为什么它只跟我一个人开玩笑，我的内心充满了怨恨。一切都是那棵老树搞的鬼，只有这样才能解释接二连三的不幸。看来，我这辈子永远无法摆脱它的纠缠。从昭和十六年的那场悲剧开始，它就将我牢牢抓住，把我变成一个可怜的牺牲品。

那棵树到底有多可怕？昭和二十年夏天发生的惨案就可以证

明这一点。牧野照相馆的牧野省二郎先生从坡下狮子堂的老板那里听说了那起惨案。他的讲述,让我充分认识到那棵大楠树的恐怖本质。

(前面已述,此处省略。)

我的孩子们因为遗传了变态父亲的基因,开始出现异常的苗头。与其说是命运弄人,不如说是中了大楠树的邪,被它诅咒了。

大楠树的诡异之处,还体现在培恩创作的青铜鸡音乐里,那简直是为大楠树量身定制的旋律。丈夫每天都会在大楠树旁边奏响那首乐曲,就像每天给花浇水一样,完全是为了取悦大楠树。那正是疯子给恶魔的献礼。

我不该生下这些孩子,都是我的错,我必须对自己犯下的错误负全部责任,必须亲手葬送我的骨肉。但与其说这是我的想法,倒不如说是那棵和日本同岁的大楠树的旨意。但无论如何,这个旨意必须由我来执行。如果不抓紧时间,他们就要生育孩子了,这个世上又会出现继承丈夫可怕血脉的人。早知如此,我应该趁他们还是孩子的时候就把他们杀了,那样就轻松多了吧。

我杀死了卓,参考了十八岁时的那个可怕经验。听说家里来了两个奇怪的侦探,不知道他们会如何展开调查。

(前面已述,此处省略。)

我只能这么想。

我必须马上动手，把让也从这个世界带走，然后是玲王奈。

然而，我心有余而力不足，身体已经不听使唤了。杀卓的时候，我不慎受了重伤，说不定杀掉让之后，我会力竭而亡。我可能再也无法回到这间病房了。如果是那样，这本手记将不得不留在人世。我要把它密封好，暂时交给院长保管，以防万一。院长是个值得信赖的人。我会请求他在我死后将手记交给玲王奈。如果我的计划顺利实施，杀掉所有的孩子之后，我将抱着这本手记，与老屋一起化为灰烬。因为这是天意。

我拜托牧野夫妇在我死后放火烧掉老屋，这幢可怕的老宅就应该和我同归于尽。牧野夫妇是我毕生的好友，我得到过他们无微不至的照顾。我意外住院，也是托他们将这本手记从家中的隐蔽处找出，连同衣物一起送到病房来的。现在我能够托付的，也只有他们夫妇二人了。

玲王奈啊，如果你不幸看到这本手记，请怜悯你的母亲，将这本手记烧成灰烬吧，绝不能留给后世。母亲深爱着你们，你们不相信也无妨。可你们知道吗？总有一天你们会遭世人唾弃，被当成恶魔，我一想到这里就深觉不得不送你们离开人世。你们的父亲也是如此。那么好的一个人，在不知不觉中变成了恶魔。疯狂就是这样的，当事人完全没有自觉。玲王奈啊，看了这本手记你就会明白，千万不要生孩子，因为你生出来的一定也是孽根祸胎。

但是玲王奈啊，我的人生到底算什么？不得不亲手杀掉自己的骨肉，否则死都无法瞑目，究竟是为什么？母亲的人生何等失败！

不，与其说是我的失败，不如说是那棵楠树造的孽。我死后，它还会一直活着吧？它已经杀了我们一家，将来还会引发什么灾祸呢？

479

参考文献

《异相：巨木传承》，牧野和春著，牧野出版。
《世界珍草奇木余话》，川崎勉著，内田老鹤圃。
《图说：死刑物语》，K.B. 勒塔著，西村克彦、保仓和彦译，原书房。
《拷问刑罚史》，名和弓雄著，雄山阁。
《老照片里的幕末·明治》，小泽健志主编，世界文化社。

KURAYAMIZAKA NO HITOKUI NO KI
© Shimada Soji 2021
All rights reserved.
Original Japanese edition published by KODANSHA LTD.
Publication rights for Simplified Chinese character edition arranged with KODANSHA LTD. through KODANSHA BEIJING CULTURE LTD. Beijing, China
本书由日本讲谈社正式授权，版权所有，未经书面同意，不得以任何方式做全面或局部翻印、仿制或转载。
Simplified Chinese edition copyright: 2024 New Star Press Co., Ltd
著作版权合同登记号：01-2006-2549

图书在版编目（CIP）数据

黑暗坡食人树 /（日）岛田庄司著；张翔娜译 .
修订版 . — 北京：新星出版社，2024.11. — ISBN 978-7-5133-5710-4
Ⅰ . I313.45
中国国家版本馆 CIP 数据核字第 202478PL60 号

午夜文库
谢刚 主持

黑暗坡食人树（全新修订版）
[日] 岛田庄司 著；张翔娜 译

责任编辑	王　萌	特约编辑	郭澄澄
责任校对	刘　义	责任印制	李珊珊
装帧设计	冷暖儿	封面插图	[日] 影山彻

出 版 人　马汝军
出版发行　新星出版社
　　　　　（北京市西城区车公庄大街丙 3 号楼 8001　100044）
网　　址　www.newstarpress.com
法律顾问　北京市岳成律师事务所
印　　刷　北京天恒嘉业印刷有限公司
开　　本　910mm×1230mm　1/32
印　　张　15.5
字　　数　219 千字
版　　次　2024 年 11 月第 3 版　　2024 年 11 月第 1 次印刷
书　　号　ISBN 978-7-5133-5710-4
定　　价　69.00 元

版权专有，侵权必究。如有印装错误，请与出版社联系。
总机：010-88310888　　传真：010-65270449　　销售中心：010-88310811